AF398580

Ensa Elrik ist das Pseudonym von zwei deutschen Autorinnen, die Romane mit Herz schreiben. Murphy Malone promoviert in Psychologie am King's College in London. Davor studierte sie in Schottland und den Niederlanden. Amber Wild arbeitet in Deutschland als Buchdesignerin und im Autoren-Management bei BoD. Davor lebte sie 10 Jahre mit ihrer Familie an der andalusischen Küste in Spanien. Zusammen sprechen sie 5 Sprachen, haben mehr als 20 Länder bereist und setzen sich für LGBTQIA+, Diversität und Menschen mit Neurodivergenz ein.

ENSA ELRIK

Rising Above

Erstausgabe Juli 2024

Copyright © 2024 dp Verlag, ein Imprint der
dp DIGITAL PUBLISHERS GmbH
Made in Stuttgart with ♥
Alle Rechte vorbehalten

Rising above

ISBN 978-3-98778-845-1
E-Book-ISBN 978-3-98778-841-3

Covergestaltung: Anne Gebhardt
Umschlaggestaltung: ARTC.ore Design
Unter Verwendung von Abbildungen von
shutterstock.com: © Dmytro Zinkevych
Lektorat: Stephanie Schilling
Satz: dp DIGITAL PUBLISHERS GmbH
Druck und Bindung: Books on Demand GmbH, Norderstedt

Für alle, die große Träume haben. Wir hoffen, dass ihr es bis zu den Sternen schafft.

Liebe Leser*innen,

dieses Buch enthält potenziell triggernde Inhalte. Deshalb könnt ihr am Ende eine Liste mit Triggern finden. Diese Warnungen enthalten potenzielle Spoiler für das Buch. Wir wünschen allen das bestmögliche Leseerlebnis.

Ensa Elrik

Kapitel 1: Durch das Raue zu den Sternen

Atlas

Kein Plan ist wasserdicht.

Das hat meine beste Freundin Forest immer gesagt, wenn wir beim Klettern ohne Seil an einer Wand hingen und spontan unsere Route ändern mussten. Genau daran denke ich, als der erste Tropfen in meinem Nacken landet.

»Es regnet«, bemerkt Sam unnötigerweise. Ich ignoriere die Warnung, die in seiner Aussage mitschwingt. Nicht einmal eine Zombieapokalypse kann mich davon abhalten, die Tower Bridge zu besteigen, und schon gar nicht etwas Nieselregen. Sie ist die berühmteste Brücke in London und liegt im Herzen der Stadt. Über 40.000 Menschen überqueren die Brücke täglich, was sie zur perfekten Location für unsere Aktion macht. Je mehr Aufmerksamkeit, desto besser. Ehrlicherweise gefällt es mir, dass die Chancen schlecht für uns stehen. Die frische Nachtluft riecht nach Abenteuer.

Wenn der Wind und der Regen von Osten kommen, dann klettern wir halt auf der Westseite. Wir wechseln die Straßenseite.

Ein Autofahrer im Anzug rast hupend vorbei und streckt uns den Mittelfinger entgegen. Sam brüllt ihm hinterher, dass er ein kleiner Pisser ist, und ich winke. Ganz ehrlich? Wenn ich noch vor dem Morgengrauen ins Büro fahren müsste, wäre ich auch angefressen.

Ich schwinge mich leichtfüßig auf den gebogenen Stahlträger der Tower Bridge. Ich binde mir die dunkelbraunen Haare zu einem Pferdeschwanz und ziehe die schwarze Sturmhaube auf. London schwebt durch die Zeit, bei der niemand weiß, ob es noch Nacht ist oder schon früher Morgen. Bald geht die Sonne auf und es wird hier nur so vor Menschen wimmeln. Am anderen Ufer der Themse blinken die Lichter der Stadt in einem dunstigen Blau. Der Wind ist stark und die nächsten Regentropfen besprenkeln mich von der Seite. Wir müssen uns beeilen, wenn wir den Turm besteigen wollen, bevor irgendein Arsch auf die Idee kommt, die Polizei zu alarmieren. Ich liebe Herausforderungen, aber nur solange ich nicht hinter Gitter muss.

»Showtime«, rufe ich Sam zu, bevor er es sich anders überlegen kann. Er sieht mich kurz mit zusammengezogenen Augenbrauen an. Neunzig Prozent von Sams Emotionen werden durch seine buschigen Augenbrauen gezeigt, die wie zwei schwarze Raupen aus den Löchern seiner Sturmhaube kriechen. Darunter hat er blondes, gewelltes Haar. Ein paar der Strähnen kräuseln sich aus den Gucklöchern und es sieht so aus, als würden die Raupen Spaghetti futtern. Wir stecken beide in dunklen Kampfuniformen bestehend aus taktischer Jacke, Cargohosen, Rucksack und Kletterschuhen. Die Beschreibung auf Ebay »original SWAT-Uniform« war einfach zu verlockend und ich finde man könnte uns wirklich für Spezialagenten halten. Sam und ich sind ungefähr gleich groß, doch da enden schon unsere Ähnlichkeiten. Er ist stark und sehnig, wie die meisten Free Climbing-Profis eben aussehen. Seine Haare sind blond und er hat die typische englische Blässe, weswegen er das halbe Jahr mit einem Sonnenbrand auf den Schultern herumrennt. Mir sieht man die spanischen Gene direkt an. Dunkle, lange Haare, olivfarbener Teint, den ich nur im Winter verliere, und ein breites Kreuz, weswegen die Jacke etwas spannt. Wenn ich klettere, dann liebe ich große, präzise Bewegungen, da ich mit fast 1,90 m nicht für kleine Manöver gemacht bin.

Sam seufzt, dann holt er aber doch das Equipment aus dem Rucksack und montiert eine GoPro-Kamera an seinem Helm. Heute ist die letzte Chance, diese Aktion durchziehen zu können, und ich werde das Team von *Green Vanguard* nicht im Stich lassen. Dafür sind wir zu weit gekommen.

Unsere – nicht ganz legalen – Klettervideos für die Naturschutzorganisation sind auf TikTok durch die Decke gegangen und haben in der britischen Bevölkerung eine Protestwelle ausgelöst. Wir müssen das Biest weiter füttern, solange *Green Vanguard* noch im Mittelpunkt der Aufmerksamkeit steht.

Ich ziehe Sam mit einem Ruck auf den Stahlträger.

»Denk an die Klicks«, sage ich mit einem Grinsen, in der Hoffnung, Sams Bedenken über das miese Wetter wegzublasen. Ich weiß, wo ich sein Ego kitzeln muss. Wenn es um Social Media-Reichweite geht, ist er ganz vorne mit dabei. Ich bin mir sicher, dass er es insgeheim lieber hätte, wenn wir unsere Gesichter auf den illegalen Protestvideos zeigen könnten. Viral zu gehen, ohne die Anerkennung zu kassieren, stinkt ihm gewaltig. Zum Glück kenne ich ihn, seitdem wir als Rotzlöffel gemeinsam Pokémon-Karten auf dem Schulhof getauscht haben, und weiß, dass er lieber anonym auf der *For You-Page* von Tausenden landet, als gar nicht zu trenden.

Ich visualisiere ein letztes Mal die Kletterroute. Die Tower Bridge besteht aus zwei Brückentürmen, die 65 Meter hoch sind. Die Türme werden von zwei Fußgängerstegen verbunden, die in einer Höhe von 43 Metern liegen. Unser Ziel ist es, in der Mitte der Stege ein zwanzig Meter langes Banner von oben zu hissen. Zu den Türmen gelangt man über gebogene Stahlträger, die kurz über der Fahrbahn anfangen und sich dann bis hinauf zu den Türmen erstrecken. Der knifflige Teil ist es, von dem Stahlträger zu den Fußgängerstegen zu kommen. Dafür müssen wir uns entlang der Turmfassade hangeln. Nichts leichter als das.

Sam schlingt seine Sicherheitsleine um den Träger und richtet dann die GoPro auf mich. Sobald das rote Licht blinkt, ziehe ich die Sturmhaube über und greife in den Chalkbeutel an meiner Hüfte. Chalk hält meine Hände trocken und griffig, denn anders als Sam klettere ich ohne Leine. Eine falsche Bewegung und ich ende als Fliegenschiss auf dem Asphalt.

Wie jedes Mal vor einem Free Solo fahre ich mit dem Daumen über das Tattoo an meinem Handgelenk und hinterlasse eine weiße Schicht über dem »Don't Panic«.

Ich blicke auf das dunkle Wasser unter uns. Jeder Kletterer sagt einem, dass man nicht in die Tiefe schauen soll. Mir hilft es. Zuerst Gänsehaut, dann Herzrasen und dann verschwindet die Welt und es gibt nur noch mich und den Stahlträger.

Bereits nach wenigen Metern sind meine Finger taub von der Kälte des Metalls. Ganz anders als die Felsen, die ich sonst so besteige. Der Seitenregen macht alles rutschig. Wir kommen zu langsam voran. Ich klettere in Schuhen, die mir extra Halt geben. Sie dienen nicht nur dem Halt, sondern auch der Tarnung. Ich bin dafür bekannt, dass ich in meiner Freizeit gerne barfuß klettere. Bei Tag sind Sam und ich professionelle Climber und auf Social Media nehmen wir die Menschen in die Welt des Kletterns mit. Unter unseren Followern gibt es genug Fußfetischisten, denen ich zutraue, mich anhand meiner Zehen und Fußtattoos wiederzuerkennen. Bei knapp vier Millionen Followern erhalte ich täglich Anfragen, meine Fußbilder gegen etwas Taschengeld herauszurücken. Eventuell habe ich ein oder zwei Mal darüber nachgedacht. Sams Mutter Camilla ist auch gleichzeitig unsere Managerin und sie hat mir vehement davon abgeraten – Spaßbremse. Wenigstens weiß sie nicht, was wir hier für *Green Vanguard* machen, dann wären meine sexy Zehen ihr kleinstes Problem.

Der Neigungswinkel wird immer steiler, bis ich fast im neunzig Grad Winkel aufsteige. Hier bin ich in meinem Element. Oben bei der Turmfassade angekommen, drehe ich mich zu Sam um, der mir dicht auf den Fersen ist. Der Stahlträger liegt wie eine abgefahrene Rutsche hinter uns. Vor uns ragt die Tower Bridge empor, ein über 100 Jahre altes Mahnmal, das zu der Zeit erbaut wurde, als England in der zweiten industriellen Revolution steckte. Ob die Menschen schon damals geahnt haben, dass sie mit diesem Fortschritt das Grab für unser Klima schaufeln würden?

»Fuck, die sind sicher wegen uns hier«, ruft Sam, als in der Ferne Polizeisirenen zu hören sind. Mist. Unter uns versammeln sich Schaulustige. Die Scheinwerfer der Brücke verwandeln uns in Theaterkünstler auf einer improvisierten Bühne. Der Regen nimmt zu.

»Wir müssen abbrechen«, ruft Sam und seine Stimme verliert sich im peitschenden Wind.

Ich strecke die Hand aus. »Gib mir die GoPro.«

Wenn er nicht weitergehen will, dann ziehe ich es allein durch. Ich bin noch nie vor einer Challenge zurückgeschreckt und ich werde jetzt nicht damit anfangen.

Sams Blick verhärtet sich. »Lass den Mist«, sagt er und geht einen Schritt zurück.

»Ich mache das mit dir oder ohne dich«, verkünde ich. *The show must go on.*

»Atlas«, sagt Sam mit Nachdruck und packt meinen Unterschenkel. In dieser Sekunde rutscht er. In einem Moment sehe ich noch seine vor Schreck geweiteten Augen, dann ist er weg. Der Ruck an meinem Bein bringt mich ins Wanken. Ich strauchle. Unten schreien Menschen.

Ich bekomme den Träger mit einer Hand zu fassen und mit all der Kraft in den Fingerspitzen, die ich mir in den letzten fünfzehn Jahren im Freeclimbing angeeignet habe, ziehe ich mich in Sicherheit.

Mein Puls wummert so laut in meinen Ohren, dass es den Tumult unter uns übertönt.

Shit. Was ist mit Sam? Ich halte den Atem an und beuge mich vorsichtig vor. Die Schlaufe der Sicherheitsleine ist drei bis vier Meter an dem Träger heruntergerutscht und dann eingerastet. Erleichterung rollt in Wellen über mich. Sam flucht laut. Die Leine ist kurz und mit etwas Schwung ist er wieder auf dem Träger.

»Das sind fünf Pfund für das Fluchglas«, versuche ich es mit einem Scherz.

»Halt den Mund und lass uns endlich dieses verdammte Banner hissen«, sagt Sam entschlossen.

Ich lächle erleichtert gen Himmel.

»Per aspera ad astra«, rufe ich unser Motto. *Durch das Raue zu den Sternen.* Oder mit anderen Worten: Ohne Fleiß keinen Preis.

Ich stelle mir vor, wie Forest mit uns klettert und dieselben Worte in den Wind schreit. Die Tower Bridge gegen den Klimawandel zu besteigen, wäre ganz nach ihrem Geschmack gewesen. Aber Forest ist nicht hier. Aus dem Trio ist ein Duo geworden.

Die Seite der Brücke zu wechseln, ist eine gute Entscheidung gewesen, denn auf der Westseite sind wir besser vor Wind und Regen geschützt. Der Übergang vom Stahlträger auf den Turm klappt reibungslos. Ich blende den Lärm unter uns aus. Schalte meine Neuronen auf Durchzug und überlasse mich ganz meinem Instinkt. Der Vorsprung an der Turmfassade ist nur eine halbe Hand breit und nicht dafür gedacht, zwei Männer Mitte zwanzig zu halten. Dennoch lege ich mein Leben in die Hände von vier Zentimetern. Ich ertaste winzige Ritzen im Gestein und halte mein Gewicht mit der Kraft meiner Fingerspitzen.

Ich gelange zu dem Fenster des Towers, wo ich mehr Fläche zum Greifen habe. Dort lege ich eine kurze Verschnaufpause ein und greife in den Chalkbeutel. Die Wetterlage verändert sich schlagartig. Der Wind dreht und kommt plötzlich aus Westen. Da, wo der Stein gerade noch trocken ist, sehe ich die ersten Tropfen.

»Eure Taten stören die öffentliche Ordnung. Dies ist das Eigentum der Stadt London. Kooperieren Sie mit den Autoritäten«, dröhnt die Stimme eines angepissten Polizisten aus einem Megafon. Kooperieren? Mit Bullen? Niemals. Ich beobachte die Fassade, zähle die Sekunden, bis die Tropfen einziehen. Dann mache ich weiter. Ein Fuß nach dem anderen. Die andere Seite des Turms, zu der ich muss, um auf die Balken in der Mitte zu kommen, ist schon zum Greifen nahe. Trotzdem finde ich mit meiner führenden Hand keinen Halt mehr. Bislang habe ich mich an der Ritze zwischen den Steinen über mir orientiert. Der Spalt ist so durchnässt, dass ich mich nicht traue, mit der anderen Hand loszulassen. Mittlerweile tropft es in die Sturmhaube und läuft mir in die Augen. Ich blinzle und klammere und blinzle weiter. Der Regen hat den Chalk von meinem Tattoo gewaschen. Das »Don't Panic« liegt offen. Die Sehne an meinem Handgelenk tritt bei der Anstrengung hervor und teilt das Tattoo in zwei. *Don't. Panic.*

Wie fühlt es sich an, zu fallen? Der Gedanke streift mich in dem Moment, als ich endlich den Handwechsel vollführen will. Ich halte inne. Ein Blitz durchzuckt den dunklen Himmel und plötzlich höre ich die Welt um mich herum, als hätte jemand das Radio aufgedreht. Ich verliere den Fokus. Das Heulen der Polizeisirenen, die Rufe der Schaulustigen, der Wind, der an der Brücke zerrt. *Panik.*

Ich schließe die Augen. Ich will nicht an Forest denken, aber es ist wie mit dem rosa Elefanten. Plötzlich sehe ich ihr schiefes Grinsen, mit der gleichen, niedlichen Zahnlücke, die auch ihr kleiner Bruder hat. Ihre grünen Augen sind wie die Wipfel der Bäume, die wir als Kinder zusammen hochgeklettert sind, und ihre Haare so braun wie die Äste, an denen wir uns entlanggehangelt haben.

Ist es schnell gegangen? ... »Nein«, sage ich laut, um das Denken zu durchbrechen und ihr Bild aus meinem Kopf zu verbannen.

Stattdessen beginne ich, mein Leben wie der Moderator einer Naturdoku zu kommentieren.

»Hier sehen Sie Atlas Cruzado in seinem natürlichen Habitat. Er gehört zur Gattung der sogenannten Freeclimber, einer kleinen Subgruppierung von Homo sapiens, die sich am wohlsten fühlen, wenn ihre Eier vierzig Meter über der Erde baumeln.« Ich verstelle meine Stimme zu einem tiefen Bariton, um einen zweiten Kommentator in das imaginäre Gespräch zu holen: »Erzähl mir mehr, Terry!«

Ich habe schon gefährlichere Klippen in die Knie gezwungen.

»Wie Sie sehen, befindet sich Atlas gerade in einer misslichen Position. Seine Griffel sind nicht in der Lage, ihn bei diesem Wetter zu halten.« Erneut verstelle ich die Stimme. »Oh nein, Terry! Und jetzt?«

Ich verlagere mein Gewicht, bis ich die perfekte Balance zwischen Körperspannung und Halt finde.

»Er wird wohl Trick 17 verwenden müssen.« Ich mache mich bereit. »Terry, was ist Trick 17?«

Ich weiß nicht, wie es sich anfühlt zu fallen, und ich werde es auch nicht herausfinden.

»Beten, dass sein dummer Plan aufgeht.«

Wenn ich mich nicht langsam vortasten kann, muss ich es mit einem Schwung bis auf den Balken in der Mitte schaffen. Wer zögert, verliert.

Ich klammere mich an den unteren Teil eines kleinen Türmchens, der in die Höhe ragt und in einem Kreuz endet. Erst, als ich mich in meinem Griff sicher fühle, schwinge ich mich zurück, bis meine rechte Körperhälfte an der Wand ist, um mich mit aller Kraft meinem Ziel entgegen zu katapultieren.

Ich halte die Luft an, vertraue den Sternen und ... lande sicher auf dem Balken in der Mitte. In meinem Kopf brennt Jubel auf, der verebbt, als ich nach unten blicke.

»Die sperren die Straße«, sage ich zu Sam, als er ebenfalls den Übergang schafft. Die Brücke ist für diese Uhrzeit ungewöhnlich voll geworden, mehrere Polizeifahrzeuge verursachen einen Stau bei aufkommendem Berufsverkehr. Die Leute stehen mitten auf der Straße und sehen uns zu.

»Dann lass uns den Scheiß endlich hinter uns bringen und abhauen«, brummt Sam und reicht mir ein Ende des Banners und eine Rauchbombe. Er zählt von drei runter und dann zünden wir sie. Dichter roter und grüner Rauch hüllt uns ein. Sofort sprinte ich los bis ans andere Ende des Tower-Übergangs, hake den Karabiner des Banners ein und warte, bis Sam so weit ist, dann werfen wir den Stoff von der Brücke. Mit erhobener Rauchbombe stehe ich über den Dächern Londons. Ich habe mich schon lange nicht mehr so badass gefühlt.

»Lass dich nicht erwischen«, rufe ich Sam zu, bevor wir in entgegengesetzte Richtungen flüchten. Niemandem ist geholfen, wenn wir gemeinsam geschnappt werden. Im Vergleich zum Aufstieg ist der Abstieg entlang des südlichen Turms ein Kinderspiel. Ich schaffe es problemlos auf das Dach des Häuschens, von dem man die Zugbrücke kontrolliert und das sich auf der Höhe der Straße befindet. Drei Polizisten kommen angerannt, schreien mir zu, dass ich stehen bleiben soll. Ich denke nicht mal dran.

»Parkour!«, rufe ich und springe vom Dach. Mein Publikum jubelt. Ihre Aufmerksamkeit macht süchtig. Bevor einer der Bullen mich zu fassen bekommt, hüpfe ich auf das Geländer, das die Tower Bridge von der Themse trennt, und sprinte auf ihm davon. Es ist Flut und der Fluss schimmert dunkel unter mir. Wenn ich es nur bis zur südlichen Seite des Flusses schaffe, kann ich dort untertauchen. Die Bullen versuchen mir zu folgen. Doch ich habe den Teil des Geländers erreicht, der an die Straße angrenzt und die Cops müssen sich erst mal durch die gaffenden Menschen kämpfen. Allerdings hetzen sie jetzt von vorne und von hinten auf mich zu. Das juckt mich aber nicht, denn mir kommt ein neuer Fluchtplan in den Sinn. Ich setze zum Sprung an.

»Hab ich dich!« Jemand packt mich an meinem Knöchel im selben Augenblick, in dem ich springe.
    Scheiße.

Kapitel 2: Kontrollverlust

River

Wenn man sein Leben nicht unter Kontrolle hat, kann das manchmal verdammt hilfreich sein. Ich bin mir sicher, dass Londons Lärm und Menschenmassen mich heute tagsüber zum Verzweifeln gebracht hätten. Denn im Ernst. Dieser Tag hat mir vor einem Jahr alles genommen.

Außerdem: Welche Person, deren Augenringe so schwarz sind wie die sieben Tassen Kaffee, die sie intus hat, mag schon laute Menschen?! Oder schlimmer noch: gut gelaunte, kreischende Tourist*innen?

Aber um sechs Uhr morgens ist der Weg entlang der Themse eine fast idyllische Strecke für mein Skateboard und mich. Diesen Luxus habe ich nur meinem kaputten Biorhythmus zu verdanken. Ich habe bis um acht Uhr abends geschlafen und den Anfang der Nacht mit meinem Laptop und Photoshop im Bett verbracht. Um Mitternacht gab es Instantnudeln zum Frühstück, um vier Uhr bin ich mit dem Nachtbus zu einem 24 Stunden offenen Copyshop gefahren. Und nun trage ich eine Rolle mit Postern, Stickern und Zetteln mit mir herum.

Also alles in allem ein perfektes Beispiel für mein erfolgreiches Erwachsenenleben. Wenigstens ist es auf den Straßen still.

An Tagen wie diesen frage ich mich, wie es so weit kommen konnte. Jeder bleischwere Meter vorwärts fühlt sich gleichzeitig lächerlich klein und wie ein Marathon an.

Ich atme tief durch, doch selbst der immer stärker werdende Wind, der über die Themse fegt, ist feucht und schwer. Ich stelle mein Board an der Reling ab. An ihr hängt ein Mosaik, das die Aussicht auf die historische London Bridge beschreibt. Kurz halte ich inne und sehe mich um. Obwohl ich am King's College London Sports Medicine studiere, war ich seit Ewigkeiten nicht mehr hier in der Gegend. Der einzige Kurs, zu dem ich mich hin und wieder geschleift habe, ist *Introduction to Psychology*, weil unsere Seminarleitung Xenia die schrecklichsten Witze der Welt drauf hat.

Hier am Ufer der Themse erkennt mein professionell geschultes Videografenauge Potenzial. Die Lichter der London Bridge schimmern auf der dreckigen Oberfläche des Flusses. Sie schmücken die Dämmerung mit Rot- und Blautönen, und in meinem Kopf gehe ich die Einstellungen durch, die ich bräuchte, um mit der Kamera in diesem Halblicht die perfekten Bokeh-Effekte einzufangen.

Gleichzeitig sieht meine Seele nur Schrott. Eine verschmutzte Stadt. Ein Ort, der trotz seiner Millionen Einwohner nur so von Einsamkeit trieft.

Aber ist nicht jeder Ort ohne dich einsam?

Ich wünschte, ich könnte einer dieser Menschen sein, der sich einredet, du seist irgendwo um mich herum.

Im Wind, Wasser, was auch immer für ein Scheiß. Wenn das der Fall wäre, würde ich dir abraten, deine Existenz durch diesen Dreck zu ziehen. Mein Augenlid zuckt, ich rümpfe die Nase. Der einzige Ort, wo vielleicht noch etwas von dir übrig ist, ist am Fuße dieser beschissenen amerikanischen Klippe. Wobei selbst dein Blut sicher mittlerweile von irgendwelchen Insekten aufgeleckt wurde.

Du solltest dringend schlafen, River. Und deinen Zynismus unter Kontrolle bringen.

Wie ich mir allerdings immer und immer wieder beweise, ist Kontrolle absolut nicht meine Spezialität. Ich fluche und trete gegen das Schild vor mir. Das Einzige, was es mir bringt, ist ein dumpfer Schmerz im Knie.

Konzentrier dich. Du bist hierhergekommen, weil du eine Mission hast. Weil deine Zukunft von dem Erfolg dieser Aktion abhängt.

Ich drehe Wind, Wasser und nie dagewesenen Geistern den Rücken zu und wende mich zur Hay's Galleria. Ich sehe zu einem Torbogen, stelle meinen Rucksack ab und versuche eines der Poster aus der Rolle zu ziehen, die mir der Verkäufer aus dem Night Shop aufgeschwatzt hat. Warum habe ich dazu nochmal ›ja‹ gesagt? Normalerweise bin ich gut darin, Menschen den verbalen Mittelfinger zu geben. Doch im Moment ist nichts normal. Nichts, wie es sein soll.

Nicht mal das Poster, das ich versuche herauszuziehen. Obwohl ich vorsichtig bin, reißt das Scheißding an der Kante ein. Wer gibt nun wem den Mittelfinger?

»Die wollen mich doch verarschen!«

Zehn Pfund. Zehn beschissene Pfund habe ich pro Poster bezahlt! Ich habe nur sieben gedruckt und kann es mir nicht leisten, eines davon zu verlieren.

Vielleicht meldet sich ja jemand aus Mitleid, wenn sie sehen, wie schlecht das Ding angebracht ist ...

Elf gescheiterte Versuche und viel zu viel Klebeband später, ist das Poster in der richtigen Position.

Capturing Life's Flow – River Trayl Cinematography. Dokumentarfilme, Hochzeiten, Veranstaltungen, Werbung. Buche jetzt dein kostenloses Erstgespräch.

Mein eigenes, dürres Gesicht starrt mich an und ich hoffe, dass man mir das Lächeln abkauft. Hoffentlich bekomme ich keine Anzeige wegen Vandalismus. Doch das muss ich riskieren. Was sind schon mehrere Dutzend Pfund, wenn die Schulden in meinem Briefkasten die tausender Marke überschritten haben? Als Sirenen durch den Morgen jaulen, zucke ich zusammen. Ich sehe mich paranoid um und frage mich, ob ich die Dämonen der Stadt heraufbeschworen habe, als hätte ich dreimal *Bloody Bullen* gedacht.

Ich muss dringend weiter. Meine Strecke führt mich östlich, der Tower Bridge entgegen. Ich stoße mich schwungvoll mit dem Skateboard ab und muss noch im selben Moment mein Gewicht verlagern, da eine Windböe mich fast von den Füßen reißt.

Ein weiterer Beweis dafür, dass du nicht mehr hier bist. Du bist immer diejenige gewesen, die mir Stabilität und Halt gegeben hat. Und genau das hat dir das Leben gekostet: meine beschissene Unfähigkeit, die Kontrolle zu behalten.

Die Wolken spucken mir Regen ins Gesicht. Sie sind genauso angewidert von mir, wie ich es bin. Wer behauptet, die Zeit heilt alle Wunden, ist sicher nicht für den Tod seiner Schwester verantwortlich. Heute raubt Zeit mir nur den letzten Nerv und rennt mir davon. Der Regen nimmt zu, die Nacht neigt sich dem Ende zu.

Ich passiere die HMS Belfast und erkenne, wie sich die Tower Bridge wie ein schwebendes Schloss aus dem Dunst des Regens abhebt. Ihre zwei Türme ragen dem unbarmherzigen Himmel entgegen und lassen mit ihrem Licht die dunklen Wolken leuchten. Selbst ich kann die gotische Architektur wertschätzen. Die Steine tragen Geschichte mit sich, Eleganz, wie sie heute nicht mehr erschaffen wird, und ich wünschte, London hätte mehr von seiner alten Magie behalten. Stattdessen wird ein Hochhaus aus Metall und Glas nach dem nächsten gebaut. Die Tower Bridge, die einst eines der größten und beeindruckendsten Bauwerke der Stadt war, geht nun unter, wird klein gehalten von Fortschritt, während sie im Suff verloren geht.

Vielleicht sollte ich mich nochmal bei meiner Therapeutin melden. Mehr Sympathie für Brücken als für Menschen zu empfinden, ist sicherlich nicht gesund. Genau diese fragwürdige Empathie wirft mich fast vom Board. Ich rudere mit den Armen, springe ab, renne ein paar Schritte, damit ich abbremsen kann. Mein Board überschlägt sich, schlittert und bleibt auf dem Asphalt liegen.

Ich will meinen Augen nicht trauen. Sofort beschleunigt sich mein Atem, trotzdem bekomme ich kaum Luft. Meine Hände zittern. Ich balle sie zu Fäusten, in der Hoffnung, dass es dadurch besser wird.

Es wird nicht besser.

Mein Blick schweift erneut nach oben und katapultiert mich zurück zu dem Tag vor einem Jahr.

Dort oben klettern zwei Menschen über das Metall, was bei diesem Wetter fürchterlich rutschig sein muss. Es ist genau wie damals in Kalifornien. Ein plötzlicher Umschwung im Wind. Nässe, wo trockener Stein sein sollte. Eine Lebensgefahr für jeden, der es wagt, die Natur herauszufordern. Die Panik in meiner Brust vermischt sich mit Galle. Sie schmeckt wie die Luft am El Capitan. Wie der Regen, der alles zerstört hat. Wie der Stein, der dich nicht gehalten hat.

»River, du blutest! Warte. Ich helfe dir. So kannst du nicht weiterklettern.«

»Nein! Bleib auf der Route! Wir müssen einen sicheren Part finden, um dir eine Sicherung anzulegen. Du kannst bei dem Regen nicht weitermachen! Ich schaffe das allein! Du musst auf dich aufpassen!«

»Keine Sorge, Riv. Auf mich passen die Sterne auf.«

Versprechen, die nicht gehalten werden konnten. Worte, die nicht deine letzten hätten sein dürfen.

Ich möchte schreien. Doch genau wie damals starre ich nur, während ich zusehen muss, wie dein Lächeln sich in Ungläubigkeit verwandelt und du dich plötzlich immer und immer und immer weiter von mir entfernst.

Der Regen spuckt mich an und verachtet mich. Hasst mich, wie ich mich selbst hasse. Wie ich die Menschen hasse, die dort klettern.

Polizeiwagen rasen auf die Brücke zu und versperren die Straße. Selbst von hier unten kann ich sehen, wie sich Schaulustige im Regen versammeln. Es widert mich an. Sie glotzen, jubeln, statt auch nur eine Sekunde darüber nachzudenken, was passiert, wenn einer der Kletterer fällt.

Ich muss hier weg. Weg von diesen Arschlöchern. Weg von den Erinnerungen an El Capitan und an dich. Aber ich bin wie paralysiert. Der Regen durchnässt mich und meinen Rucksack. Er zerstört die Poster, all das Geld und damit meine letzte Hoffnung auf neue Kund*innen.

Zu dem Lärm der Polizist*innen gesellt sich das Schreien eines Rettungswagens. Ein Geräusch, das mich wieder das sehen lässt, was damals von deinem Körper übriggeblieben ist. Ich hatte noch von der Klippe die Emergency Services über Satelliten benachrichtigt, in der lächerlich naiven Hoffnung, sie könnten dich retten. Doch stattdessen war da nur ein lärmender Hubschrauber, aus dem sich das Rettungsteam abseilte. Genau wie ich, der so schnell die Felswand heruntergeschlittert ist, wie jemand, der sich danach sehnt, dir hinterherzufallen. Als ich unten ankam, erkannte ich deine Kleidung.

Weiß und Rot. Chalk und Blut.

Und irgendwo dazwischen deine Haare, dein Körper, das Ende deiner Existenz. Ich zittere. Oder ist es die Kälte, die mich auffressen will?

Reiß dich zusammen. Du musst hier weg und dein Werbematerial retten. Dich retten.

Es gibt keine Rettung für mich.

Ein Knall und ich schrecke auf. Wie von selbst springt mein selbstzerstörerischer Blick zurück zur Tower Bridge. Ein riesiges, neongrünes Banner flattert von der mittleren Fußgängerbrücke, die die beiden Türme verbindet.

Terra Drill kills!

ziert das Banner.

Terra Drill tötet.

Ein weiterer Knall.

Die beiden Kletterer thronen über ihrem Werk und halten Rauchgranaten über ihre Köpfe. Rote und grüne Wolken werden vom Wind und Regen über den anbrechenden Tag getragen. Wenn die ganze Scheißaktion nicht so fürchterlich rücksichtslos wäre, hätte das sogar ein verdammt cooles Bild oder Video abgeben können. Doch nichts, absolut nichts, kann die unnötige Gefahr rechtfertigen, in der die Kletterer sich gebracht haben.

»Woah! Sieh dir das an, Mate!«

»Megacool!«

»Schnell, starte einen Livestream.«

Vollkommen taub rappele ich mich auf und schnappe mir mein Board. Ich greife in meine Jackentasche und ziehe eine durchgeweichte Visitenkarte heraus.

»Shit, der eine Bulle hat ihn zu fassen bekommen!«

»Nimm das auf. Nimm das auf«, sagt ein Kerl zu seinem Kumpel, der das Handy auf den Tower richtet. Diesmal schaffe ich es, wegzusehen. Ich trete auf die Kerle zu und drücke dem Sprecher meine Karte gegen die Brust.

»Was zur Hölle, Dude?«

»Falls ihr mal einen richtigen Kameramann braucht«, erwidere ich nüchtern, lasse mein Board auf den Boden knallen und drehe dem Geschehen den Rücken zu. Fliehe den Weg zurück, den ich gekommen bin, ohne zu beenden, was ich angefangen habe.

Eine weitere gescheiterte Mission.

Kontrollverlust, der nicht länger hilfreich ist, sondern mich meine letzte Hoffnung kostet.

In nur wenigen Stunden erwarten unsere Eltern, dass ich bei der Trauerfeier eine Rede für dich halte. Aber wenn etwas immer noch am Fuß des El Capitan begraben liegt, dann ist es mein Wille, ohne dich weiterzuleben.

Kapitel 3: Siebzehn Jahre Freundschaft und ein Dutzend Insider

Atlas

»Shit«, murmle ich mit dem Gesicht im Fell meines Teppichs und fange ungewollt an zu lachen. Ächzend setze ich mich auf und versuche im Halbdunkeln zu entziffern, über was ich gestolpert bin. Der Aufprall hat meine verstopften Ohren gelöst und nun fließt mir die halbe Themse aus dem Schädel. Angewidert wische ich mir die langen, nassen Haare aus dem Gesicht. Ach, da war ja was. Kurz bevor ich heute Morgen zur Tower Bridge aufgebrochen bin, habe ich hastig das monatliche Carepaket meiner Mutter in das Apartment geschoben und vergessen. Es sieht aus wie immer: etwas ramponiert, mit tausend Briefmarken aus El Chorro, dem Dorf aus Malaga, in dem ich geboren wurde und in das meine Eltern vor einigen Jahren zurückgekehrt sind.

Ein eingehender Anruf kommt rein und ich beschließe, dass das Paket warten kann.

»Sam und ich sind in einer halben Stunde da«, ist das Einzige, was Lex sagt, bevor dey direkt wieder auflegt. Obwohl ich nichts anderes von Green Vanguards Founder erwarte, grinse ich, als eine Sekunde später eine Nachricht von dem erscheint:

Lex: Sorry, ich hasse es, zu telefonieren. Wollte dich nicht abwürgen. Freue mich auf dich. / Aufgeregt und erwartungsvoll.

Am Anfang unserer Freundschaft war es mir merkwürdig und überflüssig vorgekommen, dass Lex kenntlich macht, wie deren Nachrichten zu verstehen sind. Dafür verwendet dey niemals Emojis, da diese je nach Internetkultur und Altersgruppe zu Missverständnissen führen.

Mittlerweile mag ich Lex' Art. Mit dey zu schreiben ist erfrischend ehrlich und unkompliziert. Nach der letzten Green Vanguard Aktion im Februar, bei der ich zum ersten Mal ein Hochhaus im Finanzdistrikt bestiegen habe, sind unsere nächtlichen Gespräche immer häufiger vom Umweltschutz in eine private Ecke gerutscht. Seit Forest gestorben ist, blockt Sam ab und redet nur noch über Extremsport und das Social Media Business mit mir. Meistens hocken wir in meiner Bude und brüten über TikTok Content oder trainieren. Ich weiß, dass er seine Zeit braucht, aber so langsam vermisse ich ihn als Freund. Als Kletterfreak kann ich echt den ganzen Tag über Felsspalten und Grifftechniken diskutieren, aber es tut auch mal gut, wenn Lex mich aus meiner Bubble holt und sich erkundigt, wie die Nacht mit meiner letzten Eroberung war, wie meine Ernährungsumstellung läuft – sehr mies – oder bei welcher Folge *True Detective* ich bin. Wenn ich mal einen Abend Zeit habe, zocken wir online oder hängen schweigend im Discordserver ab, während Lex den Abwasch macht. Freundschaft eben.

Ich stelle mich unter die Dusche. Während Sand und Schlamm in langen, braunen Schlieren in den Abfluss wirbeln, kann ich nicht aufhören, meinen linken Knöchel zu inspizieren. Der Bulle hat ihn beinahe als Souvenir behalten. Jetzt, wo das Adrenalin langsam meine Glieder verlässt, drängt sich der pochende Schmerz in den Vordergrund. Ich lasse den Kopf hängen, verteile halbherzig das Shampoo in meinen langen Haaren, kratze gedankenversunken den Sand von der Kopfhaut. Mein Gehirn bleibt in einer Endlosschleife kleben, in der ich jeden Schritt der heutigen Aktion durchgehe. Das Urteil ist vernichtend: Der Free Solo-Aufstieg der Tower Bridge war nicht gut genug. Ich ertrage es nicht. Mich so kurz vor Sams und meiner Klettertour zu verletzen, ist der denkbar schlechteste Zeitpunkt. Zugegeben, es gibt nie einen guten Zeitpunkt, um sich den Fuß zu verletzen. So eine Kleinigkeit wird mich aber nicht aufhalten, schon gar nicht, wenn es die zertifizierte I.I.I. Atlas-Methode gibt: Ignorieren, Ibuprofen, Im Notfall amputieren. Für mein verletztes Ego wegen dieses erbärmlichen Abgangs gibt es leider keine Pille. Ich hoffe ernsthaft für diese bedrohten Robbenbabys, dass Sams Video so richtig reinhaut.

»Wenn du mich jetzt sehen könntest, Forest«, murmle ich und halte das Gesicht unter den Wasserstrahl. Der Gedanke an meine beste Freundin ist tröstlich. Sie hätte das mit dem Fuß zu einem Dauerwitz gemacht und am Ende auf ihrem iPad einen hässlichen Button designt, nur um mich zu ärgern. Sowas wie: *Wenn du um 6 Uhr morgens als Cop für Recht und Ordnung sorgst und als Dank einen Fuß bekommst.*

Ich trockne mich ab, öffne die Fenster, um Licht in das Appartement zu locken. In der Ferne schlägt eine Kirchturmuhr Zwölf. Der Himmel ist dunkel verhangen.

»Lass uns einen Deal machen, du schickst mir Sonne und ich trage für dich ein Hemd, Deal?«, sage ich und blinzle erwartungsvoll in die Gewitterwolken. Nichts geschieht.

»Wenn du mir so die kalte Schulter zeigst, werde ich mir den Bart abrasieren.« Wie auf Kommando erhellt ein Blitz den Himmel. Ich lache und streife über meinen Bart, der tatsächlich etwas zu lang ist.

»Trimmen ist aber okay?«, frage ich und bekomme ein Donnergrollen als Antwort.

***

»Sei mir nicht böse Atlas, aber dein Zuhause sieht aus wie ›Schöner Wohnen‹ für Serienmörder*innen«, sagt Lex, sieht sich um und verschränkt die Arme, als müsste dey sich vor der minimalistischen Einrichtung und der grau-weißen Farbpalette schützen. Dey ist das erste Mal bei mir, sonst schreiben wir uns oder hängen in Discord ab.

»Das sage ich ihm auch andauernd«, erwidert Sam, der immer noch in den nassen Kletterklamotten steckt und meinen 3.000 Pfund Teppich volltropft. Seine blonden Haare trägt er ordentlich zurückgekämmt und erinnert mit dem überheblichen Grinsen an einen schmierigen Staubsaugervertreter.

»Das ist modern. So leben halt erfolgreiche Leute«, erwidere ich, klinge aber selbst in meinen Ohren nicht ganz überzeugt. Lex mustert mich amüsiert, betrachtet dann meinen Eingang, das offene Wohnkonzept und die teuren weißen Möbel wie bei einer Ausstellung.

Alles an Lex ist auf den ersten Blick laut, mit starkem Kontrast und genauso starker Meinung. Dey ist ein Klecks roter Farbe auf der eintönigen Leinwand, die mein Appartement darstellt. Die Haare, die Jacke und die Kontaktlinsen leuchten rot. Selbst deren Jutebeutel hat was zu sagen: Eine brennende Erde und darunter der Schriftzug »I burn for climate crisis«. Den Beutel hat Lex designt und man konnte ihn als Goodie bei einer Spendenaktion von Green Vanguard erwerben. Mit dem Erlös hat dey den ersten Mitarbeitenden der Klimaaktivistengruppe eingestellt.

Sam legt Lex eine Hand auf die Schulter, lehnt sich vor und flüstert übertrieben laut. »Atlas hat das Apartment so einrichten lassen, um seinen Daddy zu beeindrucken.«

Die beiden sehen mich grinsend an. Obwohl Sam recht hat, will ich mich verteidigen, beiße mir dann aber auf die Zunge. Mein Vater kann es nicht ausstehen, dass ich mein Leben mit dem Klettern und meiner Arbeit als Content Creator finanziere. Aber er ist auch ein Mann, der seinen Erfolg zur Schau stellt, und als er mich vor ein paar Monaten besucht hat, war er so etwas wie beeindruckt. Zum ersten Mal, seitdem ich volljährig bin, gab es keine Diskussion über meine Zukunft. Sam deutet auf das zwei Meter hohe abstrakte Gemälde, das hinter der Ledercouch hängt. Schwarze Striche und Kreise auf weißem Hintergrund. »Drei Mal darfst du raten, wie viel er dafür ausgegeben hat«, sagt er gehässig. Was für ein kleines Wiesel dieser Bastard doch ist. Das nächste Mal, wenn wir campen, werde ich ihm die Augenbrauen mit Kaltwachs entfernen.

»Es ist von einem lokalen Künstler«, verteidige ich mich, weiß aber, dass ich auf verlorenem Posten kämpfe.

»Er hasst es«, sagt Sam immer noch in diesem gespielten Flüsterton. Das habe ich ihm im Vertrauen erzählt. Wofür braucht man Feinde, wenn man solche Freunde hat? Die beiden drehen eine Runde und bleiben vor meinem künstlichen Kamin hängen. Ja, der Kamin ist nur zur Deko da, na und?

»Wir sollten ihn nicht verärgern, sonst weidet er uns aus und hängt uns zu den Trophäen«, sagt Lex in demselben Flüsterton und deutet auf die Wand über dem digitalen Feuer.

Über ihm hängen eingerahmte Zeitungsartikel über mich, meine Zertifikate als Bouldertrainer, Auszeichnungen und drei Sportmagazincover in Übergröße. Auf meinem Lieblingscover des Magazins »Climber« hänge ich oberkörperfrei in einer Felsspalte. Die Überschrift lautet

Sie nennen ihn Flash Wizard

und darunter

Atlas Cruzado (19) flasht als Erstes den unbezwingbaren Perfecto Mundo.

Das war die erste Coverstory über mich und meine beste Disziplin, dem Flash Climbing, bei der man eine Wand beim ersten Mal bezwingt, ohne die Route jemals geklettert zu sein. Nach dem Free Solo, bei der man komplett ohne Hilfsmittel klettert, ist es die intensivste Art, eine Kletterroute zu erleben.

Der Roast von Lex und Sam wegen meiner Einrichtung ist endlich vorbei und wir machen das, wofür die beiden eigentlich hier sind. Sam überträgt das Videomaterial von heute Morgen auf Lex' Laptop.

»Das Hauptvideo ist nicht einmal online, aber die Petition kommt jetzt schon ins Rollen«, stellt Lex fest. »Die Petition war gestern bei etwa 900 Unterstützer*innen und gerade haben wir die 10.000 geknackt.«

Tatsächlich. Ich kann mir das Grinsen nicht verkneifen, als alle paar Sekunden ein neuer Name im Live-Feed der Petition auftaucht. Lex' Augen funkeln. Es ist eine Seltenheit, Lex so zufrieden zu sehen. Meistens runzelt dey die Stirn, als wäre dey immer in tiefgründigen Gedanken versunken – was durchaus sein kann. Es gibt niemanden, den ich so respektiere wie Lex. In wenigen Jahren hat dey es geschafft, Green Vanguard neben dem Studium und ohne Mittel aus dem Boden zu stampfen. Gerade setzen wir uns dafür ein, dass das Fracking Projekt im Naturschutzgebiet Lincolnshire von der Firma Terra Drill gestoppt wird. Wenn es eine Person gibt, die das erreichen kann, dann ist es Lex. Und wenn dey selbst dort hinfahren muss, um den Bohrkopf eigenhändig aus der Erde zu ziehen.

Sam und ich klettern seit einigen Monaten für Green Vanguard und haben an den unmöglichsten Stellen unsere Message an Wände gesprayt. Manchmal fühle ich mich wie Spiderman, nur ohne den arschbeißenden Ganzkörperanzug und mit einer schöneren Kinnpartie.

»Was macht dein Fuß?«, erkundigt sich Lex und deren Augen wandern zu meinem geschwollenen Knöchel.

»Woher weißt du davon?«, frage ich ausweichend.

»Hast du die Videos auf Twitter nicht gesehen? Dein Themsensprung hat uns die meisten Unterstützer gebracht.«

»Tut weh«, sage ich und will eigentlich nicht darüber nachdenken, was dieser verdammte Polizist heute Morgen angerichtet hat.

»Ich hoffe, die Seelöwen zeigen sich etwas dankbar für unseren Einsatz«, wirft Sam ein.

»Kegelrobben«, verbessert ihn Lex. Das Fracking-Gebiet, welches Terra Drill im Auge hat, ist eins der letzten Reservate für Kegelrobben in Großbritannien. Wir setzen uns dafür ein, dass die Politik einen Deal unterschreibt, der das Gebiet auf unbestimmte Zeit unantastbar für Scheißvereine wie Terra Drill macht.

»Was auch immer«, sagt Sam und wuschelt sich durch die blonden Haare. »Die viel wichtigere Frage ist, ob du mit der Verletzung klettern kannst.«

Ich rotiere demonstrativ den Fuß. Ein spitzer Stich schießt mein Bein entlang. Ibuprofen wird es richten.

»Alles bestens«, gebe ich zurück und zeige mit beiden Daumen auf mich selbst. »Dieses Aschenputtel wird problemlos auf dem nächsten Ball tanzen.«

»Dann hoffen wir mal, dass du nicht deine Glasschuhe verlierst«, brummt Sam.

»Wo wir gerade von Bällen und Tanzen reden. Wann hättet ihr denn Zeit, um was Neues zu starten?«, fragt Lex.

»Vor unserer Klettertour sieht es schlecht aus«, antwortet Sam und bemüht sich, bedauernd zu klingen, doch ich kann sehen, dass er es alles andere als schade findet, erstmal nicht mehr bei Green Vanguard dabei zu sein.

»Spätestens im Sommer«, spezifiziere ich seine Aussage.

»Echt schade. Trotzdem danke, dass ihr das für uns gemacht habt. Vor allem heute.« Lex spielt auf die Gedenkfeier an, die am Abend stattfindet.

Denn es ist ein Jahr her, seit wir Forest verloren haben.

Nachdem Lex gegangen ist und Sam unter meiner Dusche steht, erlaube ich mir ein paar Minuten auf Twitter. Mein Feed wird direkt mit Nachrichten über die Tower Bridge geflutet. Die Hashtags #GreenVanguard und #SealTheDeal, der offizielle Hashtag für die Rettung der Robben, trenden. Es gibt ein richtig gutes Video, in dem Sam und ich das Banner hissen und dann alles im farbigen Nebel abtaucht. Es sieht episch aus und für einen kurzen Moment finde ich es schade, dass niemand erfahren wird, dass ich das war.

Wenig überraschend finde ich auch zwei Clips von meiner Flucht. Der erste ist nur wenige Sekunden lang und zeigt, wie ich springe und »Parkour!« rufe. In dem Moment habe ich mich echt cool gefühlt, aber von unten gefilmt sehe ich gehetzt und verwirrt aus. Weniger wie ein Spezialagent und mehr wie ein billiger Räuber aus einer Comedyshow. Das andere ist ein längeres Video und zeigt den Moment, in dem der Cop mich zu fassen bekommt und ich ungelenk in der Themse lande. Wie nicht anders zu erwarten, hat auch jemand diesen Videoausschnitt auf TikTok geteilt und mit dem »*It was this moment he knew he fucked up*«-Sound hinterlegt.

Wenn man es objektiv betrachtet, dann ist das Video wirklich witzig. Ich öffne die Kommentare und erwarte eigentlich eine Welle an guten Wortwitzen und Zuspruch für Green Vanguard. Stattdessen scrolle ich durch ein Meer aus Hass. Mir wird kalt.

Klimaleugner nennen mich einen Ökoterrorist. Andere werfen mir vor, Bill Gates hat mich gekauft. Selbsternannte Sportexperten zerreißen sich das Maul, nennen mich einen Amateur. Die meisten Kommentare bestehen aber einfach nur aus einer endlosen Reihe an Clown Emojis. Immer und immer wieder.

He is a clown.

»Hör auf, dich zum Narren zu machen, und fang endlich etwas Richtiges mit deinem Leben an.« Ich höre die Stimme meines Vaters genau so klar wie an jenem Tag. Ostern vor zwei Jahren. Wir sitzen am Esstisch von Forests Eltern, bei denen ich gewohnt habe, während ich auf der Suche nach einer bezahlbaren Wohnung war – sehr zur Missbilligung meiner leiblichen Eltern.

Vater schmeißt mein neues Trainerzertifikat mit so viel Verachtung auf den Tisch, als wären wir eine Königsfamilie und ich hätte ihnen die Geburtsurkunde meines Bastards zugeschoben. Das Glas des Bilderrahmens, den Forest mir geschenkt hat, zerspringt. Vater sieht mich nicht mal an, als Jodie Trayl ihn bittet zu gehen. Er hat sich in ihrem Esszimmer eine Zigarette angemacht und den Kopf geschüttelt. Mit jeder Sekunde, die verstreicht, nimmt der Druck in meiner Brust und das Brennen in meiner Kehle zu. Ich bin nicht wütend auf meinen Vater. Ich schäme mich.

»Atlas, Camilla ist bald da. Zieh dich an«, ruft Sam aus dem Bad und reißt mich aus den Gedanken. Immer noch befremdlich, dass Sam seine Mutter bei ihrem Namen nennt, seitdem sie unsere Agentin geworden ist. Scheiß auf die Hasskommentare. Es gibt zwei Arten von Leuten. Die, die sich was trauen, und die, die sich das Maul darüber zerreißen, und ich weiß genau, zu welcher Sorte ich gehöre.

Ich öffne den Einbauschrank in meinem Schlafzimmer. Auf der einen Seite sind meine Klamotten, die nicht einmal ein Drittel des Schranks füllen. Auf der anderen stapeln sich meine Schallplatten, Bücher, Ordner und Kisten mit Erinnerungen. Den Kram, der mich ausmacht, aber nicht in meine Wohnästhetik passt. Aus dem obersten Regal hole ich ein Stück Stoff, das so übersäht ist mit Pins, dass man nur erahnen kann, dass es sich um ein Stück Militärrucksack handelt. Forests Rucksack mit ihren selbstdesignten Buttons. Die Karikaturen und Sprüche sind so random, dass man nicht einen einzigen Button versteht, wenn man nicht dabei gewesen ist. Zehn Jahre Freundschaft reduziert auf zwei Dutzend Insider. Ich picke fünf Favoriten heraus.

Mein Lieblingspin ist neon-pink und zeigt ein aggressives Opossum auf dem

I didn't choose the rat life, the rat life chose me

steht. Eine Anspielung auf unsere erste gemeinsame Reise nach Kanada. Sam ist mit einem Opossum im Schlafsack aufgewacht. Das Tier war starr vor Schreck und hat ihn erst gebissen, als er es als Ratte beschimpft hat. Für Forest und mich war direkt klar, dass das Opossum nie vorhatte, Sam zu attackieren, bis dieser es in seiner Ehre verletzt hat.

Ich versuche die übrigen Pins wieder zurück in den Schrank zu legen, da fallen mir alte Zeitungen entgegen.

Freeclimberin stürzt 1000 Meter in den Tod

Todesberg El Capitan: Ein Traum vom Rekordversuch zerplatzt.

Schock: TikTok-Star Forest Trayl (23) ist tot.

Hunderte nehmen Abschied von Astra Vertice-Ikone in London.

›Sie ist gestorben, bei dem was sie liebt‹ – Atlas Cruzado über den Tod von Forest Trayl.

Die letzte Schlagzeile zieht an meinen Mundwinkeln und ich lächle. Ich bin genau wie Forest. Wir klettern nicht, um zu leben. Sondern wir leben, um zu klettern.

Beflügelt ziehe ich ein sonnengelbes Hemd an und stecke mir Forests Pins an die Brusttasche über meinem Herzen. Heute wird das Leben gefeiert.

Weil Sam noch nicht fertig ist, gebe ich mir einen Ruck und öffne das Carepaket meiner Mutter. Zuckerbrot und Peitsche erwarten mich. Darin sind Süßigkeiten und Snacks aus der Heimat, wie gesalzene Sonnenblumenkerne, Cheetos und geröstete Maiskörner, genauso wie Flyer und Prospekte für Unis aus Spanien, Großbritannien und Amerika. Mittlerweile frage ich mich, ob die Leute an den Unis und Colleges meine Mutter kennen, weil sie sich die Flyer jedes Semester altmodisch per Post nach Spanien schicken lässt.

Was hat Forest immer gesagt? *The Devil works hard, but your mum works harder.«*

»Meine Mut– Camilla wartet unten«, sagt Sam und scheint sich daran erinnern zu müssen, dass Camilla auch sein Boss ist. Er lehnt im Türrahmen und klopft ungeduldig mit den Fingern gegen seinen Arm. Er hat das dunkle Tarnoutfit durch eine helle, gestärkte Leinenhose mit Bügelfalten und ein babyblaues Hemd mit kurzen Ärmeln und kleinen Sonnenblumen eingetauscht. Die Haare hat er weiterhin zurückgekämmt, ist aber von einem Staubsaugervertreter zu einem Geschäftsmann an der Côte d'Azur aufgestiegen. Forest hätte das Outfit an ihm gefallen.

»Kann losgehen!«, entgegne ich. Sams Blick wandert an mir herab, er presst die Lippen aufeinander, sein Ausdruck ist hart. Die einzige Regung ist ein leichtes Zucken über seiner buschigen Augenbraue.

»Warum hast *du* sie?«, sagt er und fixiert dabei die Buttons auf meiner Brust.

»Forests Mum hat sie mir gegeben«, antworte ich mit einem lässigen Schulterzucken, als würde er wirklich

nur wissen wollen, wie ich in den Besitz der Buttons gekommen bin und nicht *warum* Forests Mum sie gerade
mir und nicht ihm anvertraut hat. Kurz sieht er so aus,
als würde er noch etwas sagen wollen, dann schüttelt
er den Kopf.

Kapitel 4: Meine durchgeknallte Wundertüte.

River

Nichts hilft. Obwohl ich mich im Gym ausgepowert habe, bis meine Muskeln versagt haben, ist mir immer noch kalt. Ich fühle mich manisch, wütend und leer zugleich. Aber ich will meine Eltern nicht wieder bitten, mir eine private Therapie zu bezahlen. Das bin ich nicht wert. Nicht, nachdem, was ich zerstört habe.

Der einzige Grund, warum ich mir überhaupt die Gym Membership leiste, sind die Duschen. Es ist günstiger, 40 Pfund im Monat zu zahlen und einen Ort zu haben, wo ich heiß duschen kann, als in meiner schäbigen Wohnung den elektrischen Boiler zu benutzen. Vor allem, nachdem die Kosten für Strom ums fünffache gestiegen sind. Außerdem tut es gut, einen Ort zu haben, an dem ich meinen Frust auslassen und meinen Körper fit halten kann. Nur für den Fall, dass jemand mal einen Kameramann braucht, der zur Not auch kopfüber irgendwo runterhängen kann.

Ich packe meinen Scheiß zusammen, verlasse die Pure Gym neben der Camden Town Tube Station und eile durch den Regen. Zum Glück ist mein Zimmer nur zwei Straßen weiter. Im Keller eines Reihenhauses der Greenland Road. Am Eingang wische ich mir die Füße ab und wäre fast in meinen Vermieter gerannt, der im gleichen Haus wohnt.

»Guten Tag, Mister Trayl«, begrüßt er mich karg, aber der Mund unter seinem Schnauzer ist zu einem Strich geformt.

»Morgen, Mister Robinson«, erwidere ich kleinlaut. Hoffentlich spricht er mich nicht wieder auf ...

»Die Miete, River. Wenn sie bis nächste Woche nicht überwiesen ist, bin ich gezwungen zu handeln«, warnt er mich zum wiederholten Mal. Ich versuche ein genervtes Seufzen zu unterdrücken.

»Danke für die Warnung. Ich arbeite daran.«

Mister Robinson schüttelt nur den Kopf. »Das ist deine letzte Chance. Nutz sie bitte«, sagt er, greift seinen Regenschirm und tritt ins Mistwetter hinaus, ohne mir eine Antwort zu erlauben.

Ich schleppe mich zu meinem Zimmer runter. Mein Blick schweift über die karge Einrichtung, die nur durch die unzähligen Bandposter an meinen Wänden und die Lichterketten aufgewertet wird.

Warum habe ich nochmal die 4500 Pfund ausgegeben, um mir einen Platz für den Filmmaking Master an der London Film Academy zu sichern? Ich hätte meine beschissene Miete bezahlen müssen, statt dafür Geld zu verschwenden. Vor allem, weil ich nicht mal weiß, ob ich überhaupt noch reinkomme, so schlecht wie meine Noten im Moment sind. Ich will mir nicht die Blöße geben und meine Eltern um Geld anbetteln. Immerhin habe ich wirklich gedacht, mir mit River Trayl Videography etwas dazuzuverdienen.

Ich schmeiße mich aufs Bett und starre zu den im Dunkeln leuchtenden Sternen hoch, die meine Decke schmücken. Du hast sie damals mit mir angebracht, als ich eingezogen bin.

Statt ein Power Nap zu machen, entscheide ich mich, mir die Haare zu schneiden und neu zu färben. Damit ich nicht ganz aussehe wie jemand, der sich nicht um sich kümmert. Während meine Blondierung einwirkt, setze ich mich an meinen Laptop. Keine neuen Mails. Keine Anfragen. Keine Chance, Geld zu verdienen.

Nur WhatsApp zeigt mir mehrere neue Nachrichten. Von meinen Eltern, ein paar Leuten aus der Klettercommunity, die mir ihr fucking Beileid aussprechen und ... Atlas. Es reicht, sein Scheißprofilbild an der Seite zu sehen, damit mir wieder schlecht wird. Dort hängt der Drecksack an irgendeinem Felsvorsprung, wo man nur seine Silhouette und die untergehende Sonne im Hintergrund sieht. Sein Chat landet ungelesen im Archiv. Stattdessen öffne ich die Nachricht von Winston. Er ist der Einzige aus meinem Studium, der mir immer noch schreibt, obwohl ich alle von mir weggestoßen habe.

Winston: Wie geht's, Mann? Ist heute nicht diese Gedenkfeier? Hältst du durch? Willst du im Anschluss was trinken?

Ich reagiere bloß mit einem Daumen nach unten. Das fasst so ziemlich jede der Fragen gut zusammen. Ich wasche mir die Blondierung mit eiskaltem Wasser aus und klatsche im Anschluss noch silberne Farbe drauf und suche was zum Anziehen. Das einzig angebrachte, das ich für eine Trauerfeier habe, ist mein Anzug, den ich schon zu deiner Beerdigung anhatte. Ich hole das Ding aus dem Schrank und schlüpfe hinein. Fuck. Das Drecksteil ist mir mittlerweile viel zu groß.

Honestly? Whatever.

Weil ich mich heute nicht schon genug verletzt habe, öffne ich Instagram, gehe auf meine blockierten Accounts und sehe mir das Profil von Astra Vertice an. Der Klettergruppe, zu der Forest gehörte. Das goldene Trio mit ihr, Atlas und Sam. Astra Vertice setzt sich aus den lateinischen Wörtern *Sterne* und *oben* zusammen und ist eine Anspielung auf ihren bescheuerten Schlachtruf *Per aspera ad astra*. Er bedeutet nichts weiter, als dass man leiden muss, um an die Spitze zu gelangen und erfolgreich zu sein. Und wohin hat Forest all dieses Leiden und all diese Mühe gebracht? Ich hasse die beiden immer noch dafür, dass sie den Account weitergeführt haben und ihn nur noch benutzen, um Geld mit Sponsoren zu verdienen.

Wie zu erwarten, wird mir sofort schlecht, als ich Atlas und Sam beim Klettern sehe. Gleichzeitig schnaube ich über die stümperhafte Arbeit, die ihr neuer Fotograf macht. Ich scrolle über die Timeline und erkenne sogar das Bild, das Atlas auch als Profilbild hat. Ich scrolle ... zu weit.

Denn da ist ein Foto, das *ich* gemacht habe. Von uns Vieren. Wir stehen Arm an Arm an den San Vito Lo Capo-Klippen in Sizilien. Wir waren während meiner Seminarferien im Februar in den Süden geflogen, um dort zu klettern und den Agenturvertrag von Astra Vertice zu feiern. Forest so strahlen zu sehen ist unerträglich. Ich berühre ihr Gesicht, das meinem so ähnlich sieht ... sah.

»Fuck!«, entfährt es mir und ich schmeiße mein Smartphone weg, das ein ungesundes Knacken von sich gibt. Ein Blick über die Bettkante reicht, um mir zu zeigen, dass der Bildschirm gesprungen ist. Mein Brustkorb verengt sich, ich bekomme kaum Luft. Geschlagen gehe ich ins Bad, um mir das Gesicht zu waschen. Gleichzeitig frage ich mich, wieso ich mir überhaupt die Mühe mache.

Denn in diesem Moment hätte ich lieber Blondierung geschluckt, statt auf diese Trauerfeier zu gehen.

Atlas

»Bringt es euch um, wenn ihr ein Mal pünktlich seid?«, fragt Sams Mutter Camilla uns mit einer Schärfe in der Stimme, bei der ich jedes Mal strammstehen und salutieren will. Sie schiebt die Sonnenbrille in ihren blonden Bob und sieht uns – vor allem Sam – enttäuscht an.

»Du sieht gut aus. Ist der Blazer neu?«, versuche ich es mit Sweet Talk, als wir bei ihr im Taxi Platz nehmen. Wenn ich eine Sache gelernt habe, dann dass man Camilla manchmal aus ihrer Spirale als enttäuschte Mutter und geschäftiger Agentin herauskitzeln muss, damit das Leben in ihrer Gegenwart etwas entspannter läuft.

»Ganz im Gegenteil, der ist Vintage. Hat eine befreundete Schauspielerin mir geschenkt«, antwortet sie und kommt dann direkt zur Sache. »Wir haben immer noch keinen neuen Kameramann für die Tour«, beschwert sie sich, zückt einen Taschenspiegel und zieht den Lippenstift nach. Ich glaube ja, dass diese Frau implodiert, wenn sie nicht multitasken kann.

»Hast du dir schon die Kletterer angesehen, die wir vorgeschlagen haben?«, erkundigt sich Sam hoffnungsvoll, so als würde er darauf warten, von ihr für gute Arbeit gelobt zu werden. In dem Punkt verstehe ich ihn gut. Camilla und mein Vater teilen sich jedes Jahr den Award für die beschissensten Eltern. Obwohl ich weiß, dass eher die Hölle zufriert, bevor mein Vater mal was Gutes über mich sagt ... muss die Tour ein voller Erfolg werden. Vielleicht sieht mein Vater, der das Klettern für ein unsinniges Hobby hält, ja dann, was ich leiste.

»Das waren alles Nieten. Ich frage mich, ob heutzutage überhaupt noch jemand arbeiten will. Immer nur nehmen, nehmen, nehmen, aber wenn es darauf ankommt, will sich niemand die Hände schmutzig machen.« Eigentlich echt schräg, dass Sams Mutter Camilla und mein Vater Sergio nie Besties geworden sind. Aber meine Arbeiterfamilie ist unter ihrer Würde.

»Was ist denn mit Mitch? Er war Feuer und Flamme für das Projekt. Was hat er gesagt?«, frage ich.

»Unsere Vorstellungen bezüglich der Vergütung gehen stark auseinander«, antwortet Camilla in einem Tonfall, der keine Widerworte duldet.

»Dann erhöhe das Budget«, sage ich und lehne mich mit einem Grinsen zurück. »Wofür haben wir denn Sponsoren?«

Ist doch nicht so kompliziert. Klettern. Energydrinks, Klamotten, Equipment, Autos in die Linse halten. Goldene Nase verdienen. Easy.

»Ich rede nicht vom Geld. Mitch will nicht nur filmen, sondern in den Vlogs eine Hauptrolle spielen. Das kommt nicht in Frage.«

»Meine Mutter hat recht«, murmelt Sam, lehnt sich zurück und seufzt. »Wir brauchen jemanden, der einfach nur seine Arbeit macht und uns nicht als Sprungbrett benutzt.«

Ich verkneife mir die Frage, wo dabei das Problem wäre. Es ist doch cool, sich zu unterstützen. Vor allem bei so einem Megapojekt wie der Tour, bei der wir Orte besteigen, die auf Forests Bucket Liste sind.

Wer hätte nur gedacht, dass uns das Anheuern eines Kameramanns solche Schwierigkeiten bereiten würde?

»Guckt mal! Es gibt schon einige Beiträge unter #WeMissYouForest«, verkündet Sam. Ich schaue auch nach. Die Timeline von Astra Vertice ist geflutet von Nachrufen und Bildern von meiner besten Freundin.

»Sehr gut«, sagt Camilla. »Die Ankündigung der Tour wird sich perfekt in das Event einfügen.«

Ich stutze. »Wir kündigen die Tour auf der Feier an?«, frage ich. Die Idee war es zu warten, bis die Crew vollständig ist und dann einen Livestream zu machen.

»Je früher, desto besser«, erklärt sie und holt etwas aus ihrer Handtasche. »Die sind gerade noch rechtzeitig angekommen.«

Sie hält mir einen Schwarz-Weiß Sticker mit einer Illustration von Forest hin. Sie hängt über Kopf von der

Wand, ein frecher Ausdruck auf ihrem Gesicht. Der Sticker ist mit einer holographischen Folie überzogen.

»Forest Memorial Tour 2024«, lese ich irritiert vor. Nichts hiervon ist mit mir abgesprochen.

»Wusstest du davon?«, frage ich an Sam gewandt. Er zuckt mit den Schultern. Danke für nichts.

»Ich dachte, die Gedenkfeier ist nur für die Community und Familie«, sage ich und versuche die richtigen Worte dafür zu finden, was das in mir auslöst.

Camilla nickt. »Ich habe die Gelegenheit beim Schopf gepackt und daraus ein etwas größeres Event gemacht. Keine Sorge. Es wird trotzdem um Forest gehen. Für die Emotionen haben wir ja River.«

Der Gedanke an Forests kleinen Bruder verengt mir die Brust. Nach der Beerdigung hat der Kleine uns alle blockiert.

»Weiß River von der Ankündigung?«, frage ich.

»Ich hatte keine Zeit mehr, es ihm zu sagen«, erwidert sie, als würden wir damit nicht direkt in ein Hornissennest stechen. Großartig. Ich atme geräuschvoll aus.

»Mir schmeckt die Vorstellung nicht«, sage ich und drehe nachdenklich den Sticker zwischen meinen Fingern. »Forests Gedenkfeier für PR zu benutzen, fühlt sich falsch an. Vor allem, wenn River nicht eingeweiht ist.«

Hilfesuchend drehe ich mich zu Sam um, doch dieser weicht meinem Blick aus. »Sag doch auch mal was.«

»Meine Mutter hat recht«, erwidert er, schafft es aber nicht, mir länger als eine Sekunde in die Augen zu sehen. Ich hasse, wie klein und schleimig er wird, wenn es um seine Mommy geht. »Entspann dich, Atlas«, fügt er noch hinzu. »Was soll schon schiefgehen?«

Die Gedenkfeier findet in einem der zahlreichen Hotels von Sams Vater statt. Die Wände des Atriums sind mit Bäumen und weißgelben Blumenwänden übersäht. Es ist wie in einem verwunschenen Wald. Zwischen den Blättern schimmern Lichterketten und Schmetterlinge aus Papier. Nur die Glasdecke und der Regen erinnern daran, dass wir uns an einem verregneten Tag im März im Herzen von London befinden.

Schwarzweiße Portraitfotos von Forest sind auf großen Staffeleien entlang der Wände verteilt. Ganz hinten steht eine Bühne, auf dessen Leinwand eine Diashow läuft. Je weiter man in das Atrium vordringt, desto älter wird Forest auf den Bildern. Ich lächle, als ich das Foto von ihr auf unserem Abschlussball sehe, wo sie Wanderstiefel zu ihrem Ballkleid trägt. Genau so habe ich mir die Gedenkfeier vorgestellt.

Sam ist mitten im Raum stehengeblieben und wirkt so verloren wie ein Kind im Supermarkt. Mein Enthusiasmus bekommt Risse, als ich sehe, wie schlecht es ihm geht. Seine glasigen Augen fixieren ein bestimmtes Foto. Forest steht wie eine Cheerleaderin auf seinen Schultern und hält ein Schild hoch mit 1.000.000 Followern. Man erkennt mich verschwommen im Hintergrund, wie ich so tue, als würde ich den Moment verpassen, indem ich in einen Busch pisse.

Ich kann seinen Schmerz nicht nachempfinden. Unsere beste Freundin fehlt mir zwar, aber wenn ich an sie denke, ist da dieser Funke und der fühlt sich hoffnungsvoll an. Ihre Hülle ist weg, aber ihre Energie lebt und vibriert in und um uns herum. Trotzdem lege ich Sam eine Hand auf die Schulter und versuche für ihn da zu sein. Er schüttelt mich ab und verschwindet wortlos in Richtung Toiletten. Am liebsten würde ich ihm hinterherrennen und fragen, was sein fucking Problem mit mir ist. So genervt und abweisend verhält er sich mittlerweile ständig.

Um die Laune zu heben, drehe ich ein paar Runden und begrüße Freunde aus der Community und alte Schulkameraden. Irgendwann gesellt sich Sam dazu, aber er hat es nur auf Sponsoren abgesehen, mit denen er Hände schüttelt.

Ich geselle mich zu einer Traube von Leuten aus der Mittelstufe. Die Umarmungen und aufmunternden Worte tun gut. Sie sind alle gekommen und wie auf der Einladung gewünscht, trägt niemand Trauerkleidung, sondern helle und bunte Outfits. Camilla ist zwar eine sture Ziege, aber sie hat genau das Gartenpartyfeeling eingefangen, das wir besprochen haben. Wir tauschen Geschichten über Forest aus. Eine alte Schulfreundin erinnert sich an den berühmt berüchtigten Jonathan-Finley, Forests ersten Crush. Jemand anderes erzählt, wie er mit Forest einen Weihnachtsbaum aus einem Shoppingcenter geklaut hat.

Bei Storys über Forest bin ich wie eine Motte um das Licht. Ich entferne mich, wenn sie zu melancholisch und düster werden, und tauche voll in das Gespräch ein, wenn jemand eine coole Anekdote teilt, die ich noch nicht kenne.

Meine Forest. Mein Wald. Meine durchgeknallte Wundertüte. Sie war nicht von dieser Welt. Mit ihr, einem Baum und einer Piñata hat damals alles angefangen.

Dank ihr wurde Astra Vertice zu dem, was es ist.

Was zur – Mein Blick fällt auf einen Kerl, der nicht aussieht, als würde er hierhin gehören. Verdammt, ich erkenne River kaum wieder. Er steht abseits, überfliegt Karteikarten und wirkt so, als müsste er sich gleich übergeben. Das Bild von ihm stimmt mit keiner Erinnerung überein. Das in der Ecke ist Riv und auch wieder nicht. Wenn ich an ihn zurückdenke, sehe ich zuerst einen Teenager mit schwarz gefärbten Haaren, Babyspeck, zu viel Kajal unter den blauen Augen und einer frechen Zahnlücke zwischen den Schneidezähnen.

In dem dunklen Anzug und mit den silbernen, zerzausten Haaren wirkt River zwischen den bunten Lichtern und den Blumen komplett fehl am Platz. Die formelle Kleidung ist ihm gleichzeitig zu weit und zu kurz. Das Sakko trägt eher ihn, als dass er das Sakko trägt. Er ist größer und schlanker geworden. Zwölf Monate haben wir uns nicht mehr gesehen, traurigerweise ist er in der Zeit Jahre gealtert. Das Wort »ausgewachsen« kommt mir in den Sinn, passender wäre aber »ausgezehrt«.

Zum ersten Mal heute verfliegt etwas von dem Funken, der Wärme, dem Gefühl von Zusammenhalt. Verdammt, Forest, dein Bruder ist richtig einsam. Bevor ich es mir anders überlegen kann, nehme ich einen Drink und schlendere in seine Ecke, mit dem festen Ziel, ihm ein Lächeln ins Gesicht zu zaubern.

»Der Look steht dir.«

Kapitel 5:
#WeMissYouForest

River

Ich wusste, es wird hart werden, Atlas *fucking* Cruzado in Fleisch und Blut zu sehen. Dennoch trifft mich sein Blick wie ein Schlag in den Magen. Mit aller Kraft versuche ich, nicht in seine haselnussbraunen Augen zu starren, deren grüner Rand wie eine Zeitmaschine ist. Eine Apparatur, die an meiner ganzen Existenz zerrt und versucht mich aufzulösen, damit ich wieder in einer Zeit bin, in der alles leichter war. Wo der schönste Geruch der Welt eine Mischung aus frischem Gras, Chalk und rauem Stein war. Wo die Sonne so warm auf meiner Haut kitzelte, wie das Lachen meiner Freunde in meinem Herzen.

Mit aller Willenskraft wehre ich mich gegen die Erinnerungen und löse meinen Blick. Obwohl er sicher bemerkt haben muss, wie ich ihn angeglotzt habe, drehe ich mich von ihm weg und wende mich meinen Karteikarten zu. Vielleicht kapiert er, dass ich nicht mit ihm reden – oder ihn ansehen – will.

»Der Look steht dir.« Ich höre seine tiefe, raue Stimme dicht hinter mir. Noch immer hat jedes seiner Rs diesen ganz dezenten, spanischen Nachklang. Mein Herz zieht sich schmerzhaft zusammen, denn Atlas beugt sich über meine Schulter und findet meinen Blick. Ich versuche ruhig zu atmen und dennoch überwältigt mich sein ganz eigener Duft, der mich schon vor Jahren fast um den Verstand gebracht hätte. Ich atme eine Mischung aus Kreide, Eukalyptus und ... Themse (?) ein. Instinktiv mache ich wieder einen Schritt zur Seite und verschränke die Arme vor der Brust. Verdammt, ich habe vergessen, wie aufdringlich dieser Arsch sein kann. Sein schiefes Grinsen ist bei dieser Trauerfeier vollkommen fehl am Platz.

Forests Trauerfeier.

»Wenn man auf Verzweiflung, durchgemachte Nächte und Regenwasser steht ist das garantiert ein toller Look«, erwidere ich sarkastisch. »Was willst du?«

Atlas lacht und fährt sich mit der Hand durch die gelockten Haare, die seit unserer letzten Begegnung definitiv länger geworden sind. Selbst seine Wangenknochen wirken markanter und kommen durch den kurzen Bart, den er sich stehen lässt, nur noch besser zur Geltung. Ich kann es Forest nicht verübeln, dass sie mit ihm zusammen war. Immerhin war ich selbst ewig unglücklich in ihn verliebt. Was die ganze Scheiße hier nur noch schlimmer macht.

Mein Blick fällt auf die Buttons, die er trägt. Forests Buttons. Wieder sticht mein Herz, vor allem, weil er den mit dem Hahn trägt, auf dem ›Getting COCK Blocked‹ steht. Das Ding ist nach einer meiner ersten Ausflüge mit den Dreien entstanden. Wir waren in Rumänien klettern und ich hatte mit einem niedlichen Farmersjungen in den Bergen geflirtet. Kurz bevor wir uns küssen konnten, wurde ich allerdings von seinem überfürsorglichen *Hahn* angesprungen. Fuck. Ist das wirklich mir passiert? Oder einem anderen Menschen? Muss Atlas ausgerechnet *dieses* Ding tragen?

»Die Party genießen und ein paar Häppchen futtern«, sagt er und sieht sich demonstrativ im Raum um. »Aber bei dir ist so eine Trauerstimmung.«

Ich will sein viel zu attraktives Gesicht mit meiner Faust vertraut machen. Es kostet mich jede Überwindung tief einzuatmen und ihm zu antworten.

»Du warst noch nie lustig«, entgegne ich eiskalt. Ich hoffe inständig, dass er meine geballten Fäuste sieht und sich verpisst. Ein Anflug von Enttäuschung huscht über seine Augen.

»Früher hast du über meine Witze gelacht.«

Nicht sein scheiß ernst. Ich atme ein. Ich raste aus.

»Früher war Forest auch noch am Leben!« Ein paar der umstehenden Gäste drehen sich zu mir um und sehen mich an, als wäre ich ein reißendes Kletterseil. Irritiert starre ich sie an und zeige ihnen den Mittelfinger. Wer sind diese Leute? Bis auf meine Eltern und drei oder vier Menschen aus der Londoner Klettercommunity kenne ich *niemanden*. »Forest hätte den ganzen Scheiß, den du und deine Agentin geplant haben, nicht gewollt. Ich meine im Ernst? ›#We miss you forest‹? Damit hat Camilla sich sicher ein Bein ausgerissen.«

Ich hasse, wie einer meiner ehemaligen besten Freunde, wie *Forests bester und fester Freund* es wagt, ihren Tod für diese Social Media-Scharade auszubeuten.

Wieso nochmal habe ich Camilla gesagt, ich würde eine Rede halten?

Atlas lässt meine Wut komplett kalt. Er lehnt sich nur lässig auf ein Bein und zuckt mit den Schultern.

»Ich war ja für ›#Forest Forever‹, aber auf mich hört ja keiner.«

»Wieso braucht es überhaupt ein Hashtag? Ich dachte, das hier wäre eine Trauerfeier für … ach, vergiss es.«

Erschöpft suche ich nach meinen Eltern. Obwohl ich es kaum ertrage, mit ihnen zu sprechen, sind sie mir gerade tausend Mal lieber als Atlas.

»Nein. Sag schon, Riv.«

»Lass mich in Ruhe.« Ich erkenne endlich meine Mutter Jodie in der Menge aus wildfremden Menschen, die den Konferenzsaal des Hotels wie Parasiten füllen. Zielsicher trete ich einen Schritt nach vorne, doch Atlas legt eine Hand auf meine Schulter. Sofort schlage ich sie weg und funkle ihn hasserfüllt an.

»Die Feier ist für uns. Für Forests Freunde, für eure Familie. Für dich. Schau dich doch um. Es sind alle da. Alle, die sie geliebt haben.«

Ich schnaube nur verächtlich. »Glaub mir, ich hätte Forests *Freund*innen* erkannt. Aber anscheinend sind plötzlich *deine* neuen Instagram-Follower*innen ihre neuen Besties.«

Endlich schaffe ich es, mich von Atlas wegzubewegen, dennoch lässt er nicht locker.

»Hättest du in den letzten Monaten mal auf unsere Nachrichten reagiert, hättest du mitplanen können. Wir dachten wirklich, du kommst nicht.«

»Ich habe eurer Agentin doch gesagt, dass ich komme. Ich mache das hier nicht für Camilla, oder für dich und deine Klicks. Sondern für meine Eltern.«

Damit ist diese Konversation für mich zu Ende. Atlas kann sich gerne sein iPhone in den Arsch schieben gehen.

»Jetzt hab dich nicht so. Du verschwindest in der Versenkung und das ist alles, was ich von dir zu hören bekomme?«, fragt Atlas und ich kann nicht sagen, ob er entrüstet oder wirklich verletzt ist. Ein letztes Mal drehe ich mich zu ihm um.

»Du behauptest, die Feier ist für uns. Aber es gibt kein *uns* mehr. Die *Astra Vertice* sind für mich gestorben. Also lass mich endlich in Frieden.«

Diesmal sprinte ich los. Nicht zu meinen Eltern, wie ich es ursprünglich geplant habe, sondern ins Badezimmer des Hotels. Ich will nur schlafen und mich dann ... nein. Nichts mehr. Es gibt nichts mehr, was ich dann machen möchte. Auf mich warten nur Schulden, Rechnungen und eine seelenzerschmetternde Suche nach Aufträgen.

Es ist ein Fehler mich im Spiegel anzusehen, denn das Rot meiner aufgeheizten Wangen verträgt sich überhaupt nicht mit den schwarzen Ringen unter meinen Augen. Was Atlas fucking Follower*innen auf TikTok wohl zu mir sagen werden?

Drauf geschissen. Ich muss nur meinen Eltern weiß machen, dass ich klarkomme. Ich setze ein falsches Lächeln auf und suche erneut nach den beiden.

Doch statt ihnen erkenne ich Sam. Der Dritte aus dem unzertrennlichen Trio der *Astra Vertice*. Ich kann nicht glauben, dass ich zu ihm, Atlas und Forest mal aufgesehen habe, wie ein kleiner Junge es normalerweise nur mit Superhelden tut. Für mich war es das Größte gewesen, als Forest mich nach meinem 18. Geburtstag als Kameramann und Social Media Manager während der Ferien mit auf ihre Reisen genommen hatte. Für zwei Jahre war mein Leben die perfekte Mischung aus Klettern, Fotografieren und Videografie gewesen. Den Dingen, die ich am meisten liebte. Jetzt gibt mir das Klettern nur noch Pickel am Arsch und einen Hass, den ich nicht zu kontrollieren weiß.

Auch Sams Haare sind länger geworden und er ist in ein Gespräch mit irgendwelchen Männern vertieft, die vollkommen fehl am Platz wirken. Zum Glück scheint Sam mich nicht zu bemerken. Er ist viel zu sehr auf den Mann vor sich fokussiert, dem er wild die Hand schüttelt.

»Vielen Dank, Mister Forbes. Ich versichere Ihnen, ihre Investition wird sich auszuzahlen. Wir sind froh, Sie als Sponsor gewonnen zu haben.«

Ich kann nicht so viel essen, wie ich kotzen möchte. Ich wusste doch, das hier ist mehr als nur eine Trauerfeier und ich hasse Camilla dafür, dass sie mich angelogen hat. Dass sie mich alle angelogen haben.

Meinen Eltern scheint das herzlich egal zu sein. Mum schließt mich glücklich in die Arme, als ich endlich bei ihr ankomme.

»Ist das nicht wunderschön, Riv? Wie viele gekommen sind, um Forests Leben zu feiern?«

»Ganz fantastisch«, knurre ich. Ich möchte ihr sagen, was ich eben gehört habe. Sie anschreien, sie schütteln, doch ich tue nichts davon. Ich habe es vor einem Jahr nicht getan und ich werde jetzt nicht damit anfangen.

Wie von selbst wandert mein Blick über die Menge und bleibt an Atlas' dunklen Locken hängen. Er hat den Arm um irgendeine junge Frau gelegt, die ihn mit funkelnden Augen anhimmelt und erzählt energisch eine lächerliche Geschichte. Wichser. Forest ist gerade mal ein Jahr unter der Erde und statt um sie zu trauern, baggert er seine Fans an. Genau so ehrt man den Tod seiner Partnerin. Nicht.

»Mum? Weißt du, wann ich die Rede halten soll?«, frage ich und versuche mich nur auf meine Mutter zu konzentrieren.

Sie hebt die Brauen, zückt einen Zettel und räuspert sich. »Sechs Uhr: Ankunft. Sechs Uhr Dreißig: Häppchen und Networking. Sieben Uhr Dreißig: Eröffnungsreden«, liest sie vor und verdreht die Augen. »Die Frau lässt mir mit ihrem Kontrollzwang graue Haare wachsen.«

Ein trockenes Lachen entfährt mir. Mum konnte Camilla noch nie ausstehen.

»Graue Haare sind doch voll in«, witzelt Dad und deutet auf meinen Kopf. »Auch wenn du älter aussiehst als deine Mutter, Riv.«

Ich zucke mit den Schultern. Selbst wenn sie lachen, weiß ich, wie sehr meine Abwesenheit und Depressionen sie im letzten Jahr verletzt haben. Sie würden es niemals laut aussprechen, doch an diesem Tag vor einem Jahr haben sie beide Kinder verloren. Aber weil meine Eltern ekelhaft verständnisvoll sind, erlauben sie mir zu machen, was ich will. Wenn sie wüssten, dass ich mich verschuldet habe, um Film zu studieren, hätten sie mich auch dabei finanziell unterstützt. Doch ich kann ihre Hilfe nicht annehmen. Nicht, nachdem ich meine Schwester umgebracht habe.

Ich sehe, wie Camilla auf Stöckelschuhen den Weg zu dem Podium antritt, das sich am hinteren Ende des Saals befindet. Atlas und Sam dicht hinter ihr. Wieder ist Atlas wie ein Leuchtfeuer, das nur darauf wartet, dass ich mich ihm nähere. Ich hasse, welchen Effekt er immer noch auf mich hat. Selbst nach so langer Zeit.

Bringen wir es endlich hinter uns.

»Ich glaube, das ist mein Stichwort. Mum? Dad? Hab euch lieb. Bis nachher oder so«, verabschiede ich mich von meinen Eltern, nicht wissend, ob ich wirklich die Kraft habe, sie später erneut mit meiner Anwesenheit zu enttäuschen. Mum gibt mir einen Kuss auf die Wange, Dad wuschelt mir grob durch die Haare und ich wende mich ab. Ich schleife die Füße über den Boden und vergrabe die Hände in der Anzugshose, die sich fürchterlich falsch an meiner Haut anfühlt. Ein hoch auf Jogginghosen und Shorts.

Die gute Camilla würde sich sicher niemals mit so etwas in der Öffentlichkeit blicken lassen. Ihr korallenfarbenes Kleid sitzt hauteng. Darüber trägt sie einen Blazer, den mein Opa in seiner Jugend bestimmt richtig heiß gefunden hätte. Sie tritt an das Mikrofon des Podests, fummelt daran herum und betätigt irgendwelche Tasten.

Hinter ihr wechselt das Bild auf der Leinwand und ein paar Augenblicke später zerreißt mein Herz erneut. Das Bild von Forest, Atlas, Sam und mir, das ich schon heute Mittag auf Social Media gesehen habe, leuchtet über den Saal. Atlas nickt mir aufmunternd zu und reckt einen Daumen in die Höhe. Er kann froh sein, dass ich ihn nicht vor versammelter Mannschaft mit meinem Boxsack verwechsele. Camilla labert irgendeine Scheiße, doch ich kann sie kaum hören. Glasscherben sammeln sich in meiner Kehle, während ich auf Forests Lächeln starre, in ihre grünen Augen blicke.

Die Schuldgefühle überfluten mich erneut. Ich schlucke und alles in mir brennt, wird von innen aufgerissen. Wäre ich nicht mitgekommen, müssten wir nicht diese Farce von einer Feier halten. In dem Konferenzsaal ist es plötzlich viel zu heiß und ich muss die Krawatte lockern, um irgendwie Luft zu bekommen.

»Es ist wichtig, Forest Trayls Erinnerung zu Ehren. Deswegen möchte ich diese Gelegenheit nutzen, um etwas Besonderes anzukündigen: Die Forest Memorial Tour.«

Ich verschlucke mich an meiner eigenen Spucke, ehe Galle meinen Mund füllt.

Die. Fucking. Was. Für. Eine. Tour?!

Um mich herum bricht Jubel aus. »Wir lieben dich Forest!«, rufen ein paar. »In unseren Herzen lebst du weiter!«, schreit jemand anderes und ich zucke zusammen. Ich bin im falschen Film gelandet. Ganz klar. Wie kann diese Frau es wagen, den Tod meiner Schwester so auszubeuten? Wer hat ihr die Erlaubnis gegeben?

Ich frage mich, ob mein Blick Camilla nicht töten kann. Sie hebt die Hände und deutet auf die andere Seite der Bühne, wo Atlas und Sam stehen.

»Die Tour wird von niemand anderem geklettert als von Atlas Cruzado und Sam Courtenay, den beiden besten Freunden von Forest. Dem goldenen Duo der Astra Vertice.«

Trio. Sie waren ein goldenes Trio, du hinterlistige Schlange. Jubel bricht aus und Atlas hebt die Hand, winkt in die Runde, ehe er sich theatralisch verbeugt. Auch Sam schenkt der Menge ein selbstgefälliges Lächeln.

»Bevor ich Atlas und Sam ans Mikrofon bitte, haben wir noch einen ganz besonderen Sprecher. River Trayl. Der kleine Bruder unserer Heldin der Herzen.«

Ich trete an die Stelle, wo Camilla eben gestanden hat, und sehe sie an, als wäre sie scheiße unter meinen Schuhen, aber ihr Lächeln verschwindet nicht. Nur die Feindseligkeit und die Warnung in ihren Augen verraten, was sie *wirklich* von mir denkt. Vielleicht sollte ich ihr zeigen, was ich über *sie* denke. Ich nehme ihr das Mikrofon ab und imitiere ihr falsches Lächeln.

»Danke, Camilla«, betone ich, drehe mich von dem Pult weg und werfe ihr die Karteikarten, die sie geschrieben hat, vor die Füße. Ich sehe zu der Menge aus fremden Menschen, hocke mich im Schneidersitz auf das Podest und lehne einen Arm aufs Knie. »Was für eine berührende Rede.« Meine Stimme trieft von Sarkasmus. »Wisst ihr? Forest hat es geliebt wie niemand sonst, im Rampenlicht zu stehen. So sehr, dass sie niemandem erzählt hat, wann wir zum El Cap sind. Oh, sie würde es *lieben*, wenn sie wüsste, wie ihr Tod für Marketingzwecke missbraucht wird. Ich bin sicher, sie würde vor Freude in die Luft springen, wenn sie sehen würde, wie viele von euch gekommen sind, um #Wemissyouforest auf Social Media zu posten.«

Ein paar vor mir lachen unsicher, als wären sie nicht sicher, ob das hier noch umschwingt.

»Oh, aber man sollte nicht in die Luft springen, wenn man gerade an einer Wand hängt. Das ist mein erster Sicherheitshinweis für die Forest Memorial Tour. Liebe Kinder und die, die nicht erwachsen werden wollen. Springen und Freeclimbing sind keine gute Kombination.« Ich schüttle den Kopf und genieße die geschockten Blicke, die mich anstarren, als hätte ich vor ihnen einen Welpen ertränkt. Ein paar holen ihre Handys hervor und beginnen zu filmen. Ich deute mit dem Finger direkt in die Kamera.

»Ich habe eine wichtige Botschaft, an alle, die heute hierhergekommen sind, um mit uns zu *feiern*.« Ich spucke vor mir auf den Boden und ein junger Mann macht angeekelt einen Schritt zurück. »Verpisst euch und lasst diese geheuchelte Scheiße sein.«

Mit diesen Worten halte ich das Mikron mit ausgestrecktem Arm vor mich und lasse es fallen. Eine ohrenbetäubende Rückkopplung hallt durch den Saal, bei dem die meisten sich die Ohren zuhalten. Ich springe auf und hetze durch die Menge, nicht ohne dabei so viele Besuchenden anzurempeln, wie ich kann. Mein Blick fällt auf Mum, die breit grinst und anscheinend einen Lachanfall unterdrückt. Wenigstens eine hat heute Spaß.

Ich schnappe mir meinen Rucksack, den ich unter einem der Tische mit Häppchen versteckt habe und eile auf einen der Flure des Hotels. Hinter mir klackert es.

Es wäre so leicht vor Camilla in ihren Hacken wegzulaufen. Aber wieso? Sie kann gerne genau wissen, was ich von ihr halte. Mit geballten Fäusten drehe ich mich zu ihr um.

»Hat dir meine Rede gefallen?«, werfe ich ihr entgegen und ihr geschminktes Gesicht hat noch nie mehr nach einer Clownsmaske ausgesehen.

»Ich hatte mehr von dir erwartet«, teilt sie mir nüchtern mit.

»Und ich von dir! Was fällt dir ein, Profit aus der Tragödie meiner Familie zu schlagen?«

»Hier geht es nicht um Geld. Wir wollen Forest ehren, ihren Namen weiterleben lassen. Sie hätte sich –«

»Interessiert mich nicht!«, schreie ich sie an. »Du hast sie kaum gekannt. Meine Familie war dir schon immer ein Dorn im Auge, weil Sam lieber bei uns als bei dir war! Würdest du auch seinen Tod so ausschlachten?«

Ich denke an die Tage, an denen Sam weinend vor unserer Haustür stand, um bei Forest zu übernachten.

Mein Vorwurf juckt sie nicht einmal. »Du hättest nur die Karten ablesen müssen«, erwidert sie nüchtern und ich verstehe nicht, wie sie so ruhig bleiben kann.

»Du hättest mir von diesem Scheiß erzählen müssen! Diese Tour ist ekelhaft!« Ich wende mich von ihr ab. Wenn ich ihr nicht mit einem ihrer Stöckelschuhe eins überbraten kann, hat das hier sowieso keinen Sinn.

»Die Tour war nicht meine Idee«, offenbart sie mir. »Atlas hat sie vorgeschlagen.«

Wundervoll. Das macht es *so viel* besser. Ich weiß, dass Camilla nur auf Geld aus ist. Aber dass Atlas zu so einem Fame-geilen Sack geworden ist, ist zu viel.

»Ich habe meinen Namen gehört?«, höre ich seine Stimme im Korridor und stoße einen genervten Schrei aus.

»Dein Plan ist nach hinten losgegangen. River war eine schlechte Wahl für die Rede«, belehrt Camilla ihn.

»Nein. *Dein* Plan ist nach hinten losgegangen. Ich habe gesagt, er sollte vorher von der Tour erfahren. An seiner Stelle wäre ich auch sauer«, wehrt Atlas sich. Ich muss hier weg. Das können die gerne unter sich ausdiskutieren. Nichts davon ist mein Problem und ich will mit niemanden von ihnen jemals wieder etwas zu tun haben. Endlich schaffe ich es, zu rennen und die Scheiße hinter mir zu lassen.

Der Regen vor der Hotellobby ist genau die erfrischende Kälte, die ich jetzt gebrauchen kann. Ich trete in die strömende Nässe und schließe die Augen, während die Tropfen mein viel zu heißes Gesicht abkühlen.

»Hey, warte!«

Mein Geduldsfaden ist kurz davor zu reißen.

»Verpiss dich, Atlas. Musst du nicht auf der Bühne stehen und hinter mir aufräumen?«, sage ich, ohne mich umzudrehen. Ich ertrage sein attraktives Gesicht nicht. Von allen Menschen hätte ich bei ihm am wenigsten erwartet, dass er Forest so hintergeht. Aber Menschen ändern sich. Und er sich definitiv nicht zum Besseren.

»Das ist mir gerade egal. Scheiße River, es pisst aus Eimern. Lass mich dir wenigstens ein Black Cab rufen.«

»Wer hat schon Geld für ein Taxi?«

»Ich kann ein Uber bestellen. Geht auf mich«, schlägt er vor und ich spüre seine Hand an meinem Arm. Er versucht mich aus dem Regen zu holen, doch ich stoße ihn nur von mir und funkele ihn wütend an.

»Du glaubst echt, man kann alle Probleme mit Geld lösen, oder?« Die Ironie meiner Worte ist wie eine Ohrfeige, die ich mir selbst verpasse. Lustigerweise ist Geld genau das, was all meine Probleme lösen würde. Alle Probleme bis auf die Tatsache, dass meine Schwester tot ist. Wegen mir.

»Ich will nur nicht, dass du nass zu Hause ankommst. Habe ich heute schon hinter mir. Kann ich nicht empfehlen.«

»Keine Sorge. Ich kann im Fitnessstudio in der Nähe meiner Wohnung duschen gehen. Da ist das Wasser schön warm.«

»Anscheinend verpasse ich echte Lebenshighlights dadurch, dass ich nicht studiere. Leben am Limit. Eigentlich genau mein Geschmack.«

Mein Geduldsfaden reißt. »Kannst du einmal die Schnauze halten?«, schreie ich. »Du drehst den ganzen Tag nur irgendwelche rücksichtslosen Videos, die Kids zum unsicheren Klettern anspornen und bekommst dafür Geld in den Arsch geschoben. Jetzt benutzt du Forest, um noch mehr zu verdienen. Du widerst mich so an. Und du hast keine Ahnung von meinem Leben, oder vom wahren Leben und wie tief ich in der Scheiße stecke.«

Zum ersten Mal seit wir uns wiedergesehen habe, verschwindet das Lächeln aus Atlas' Gesicht. Da ist eine Dunkelheit in seinen Augen, die ich nur aus Momenten kenne, wenn es um seinen Vater geht.

»Woher soll ich denn auch wissen, was bei dir los ist, wenn du nicht mit uns redest? Du bist abgetaucht, hast Sam und mich geghostet und dich nie wieder blicken lassen. Das war auch nicht leicht für uns. Du weißt, wir hätten dich jederzeit bei uns aufgenommen und uns um dich gekümmert. Ich dachte, wir sind Freunde, Riv.«

Bevor ich noch irgendwelche unüberlegten Entscheidungen treffe oder Atlas in die Eier trete, suche ich mich nach einem Fluchtweg um. Am Ende der Straße erkenne ich ein Taxi und winke ihm entgegen.

»Wir waren mal Freunde. Aber Dinge ändern sich. Ich bin euch nichts schuldig. Und schon gar nicht brauche ich eure Hilfe. Wieso kannst du das nicht respektieren?«

Atlas' Schultern hängen ein wenig hinunter. »Weil das Klettern ohne dich nicht das gleiche ist. Vielleicht drehen wir nur Videos, aber zumindest werden wir für das bezahlt, was wir lieben.«

Erleichterung überflutet mich als das Taxi vor mir hält und der Fahrer die Tür zum Black Cab öffnet.

»Da hast du doch deine Antwort. Ich *hasse* das Klettern und will nichts damit oder mit Leuten aus der Community zu tun haben. Und jetzt lass mich endlich in Ruhe.« Mit diesen Worten steige ich ein, doch wieder lässt Atlas nicht locker. Er greift nach meinem Rucksack, um mich zurückzuhalten. Der Reißverschluss öffnet sich und einige meiner durchweichten Flyer fallen zu Boden.

»Verdammter Wichser«, fluche ich und reiße meinen Rucksack an mich.

»Bist du okay, Mate?«, fragt der Fahrer. »Soll ich die Polizei alarmieren?«

»Nein. Schon gut. Fahr bitte los«, sage ich bestimmt. Die Tür schließt sich und ich sehe, wie Atlas sich bückt, während wir losfahren.

»Wohin?«

»Nur außer Sichtweite. Vielleicht zwei Straßen weiter oder so. Sorry. Mehr kann ich mir nicht leisten.«

Der Fahrer seufzt schwer und schüttelt den Kopf. »Schon okay. Du siehst aus, als hättest du einen beschissenen Tag gehabt. Wohin?«

»Camden Town.«

»Ist nicht weit von hier. Wird gemacht.«

»Danke. Hey, wenn du mal nen Fotografen oder so brauchst, hier ist einer meiner Flyer. Ich mach was umsonst für dich«, biete ich dem Fahrer an, der mir gerade den Arsch rettet. Er greift das durchnässte Ding durch den Schlitz, durch den man normalerweise mit Bargeld bezahlt.

»Gern. Meine Tochter hat bald Bat Mitzwa. Ginge das?«

»Klar, gerne.«

Wenn ich gute Arbeit leiste, bekomme ich ja vielleicht ein paar bezahlte Aufträge ... Ein letztes Mal drehe ich mich um, und sehe Atlas mit einem meiner Flyer in der Hand vor dem Hotel stehen, als wäre er bestellt und nicht abgeholt worden.

Und ich hoffe inständig, ich muss sein Gesicht nie wieder sehen.

Kapitel 6: Von guten Ideen und grauen Jogginghosen

Atlas

Die Zuschauerzahl im Livestream steigt auf über 15.000. Kommentare und Herzen fliegen durch den Bildschirm. Wir sitzen auf Sams Balkon und machen ein FAQ.

»Danke, Jessica, wir sind auch richtig gehyped auf die Tour«, sage ich fröhlich und forme mit Daumen und Zeigefinger ein kleines Herzchen. Seitdem ich mit diesem Fanservice angefangen haben, rasten die Girlies komplett aus und wie auf Kommando wird der Chat mit Emojis überschwemmt. Seitdem wir die Tour angekündigt haben, schwebe ich auf Wolke Sieben. Aber Sam ist mit seiner Laune eher sechs Fuß unter der Erde.

»Wir sind nicht nur zum Flirten hier«, zischt er mich an und holt die Tour-Sticker aus der Hosentasche seiner grauen Jogginghose. Er braucht gar nicht so pissig wegen dem Fanservice zu sein, denn was auch immer für Crack in dem graumelierten Stoff eingewoben ist – Jogginghosen sind im Internet Brennstoff für extrem horny Fans und Sam ist sich dessen ebenfalls bewusst.

»Die erste Etappe der Klettertour findet in Europa statt. Den kompletten Reiseplan veröffentlichen wir diese Woche auf Insta, haltet also die Augen offen«, erklärt er. »Wir werden auf diversen Europa-Stopps diese Sticker verteilen und geben euch dann einen Hinweis in den Storys. Ihr habt dann 24 Stunden Zeit, um ein Foto mit dem Sticker zu posten und uns unter @astra.vertice zu markieren. Unter allen Teilnehmern verlosen wir fünf All Inklusive Reisen mit einer Begleitung eurer Wahl zu unserem Meet and Greet Ende Mai in Kanada.«

Nach der Ankündigung versuchen Sam und ich uns auf Fragen zur Tour und über das Klettern zu fokussieren, aber wie zu erwarten, sind die meisten an unserem Privatleben interessiert. Während Sam gerade erklärt, welches Equipment wir für die Tour mitnehmen werden, überfliege ich den Chat.

MasterClimber: In welchen Ländern klettert ihr?

»Die Tour geht über Frankreich, Spanien, Sardinien, Thailand, Malaysien, Indonesien, Kanada und zum Schluss in die USA«, antworte ich.

Issyis: Würdet ihr auch Fans daten?

A.C.: Campen wir dann auch alle zusammen in einem Zelt? Frage für nen Freund ...

James: Was haltet ihr vor der Aktion von River auf der Gedenkfeier?

Ich stutze bei dem letzten Kommentar. Camilla will nicht, dass wir uns öffentlich zu River äußern. Obwohl Astra Vertice über den Vorfall schweigt, habe ich nicht aufgehört, an ihn zu denken. Ich weiß nicht, in was für Schwierigkeiten der kleine Riachuelo steckt, aber ich will ihm helfen. Gedankenversunken fliegen weitere Kommentare an mir vorbei.

Issyis: Sam dürfte mich auch mal besteigen. IYKYK

HenTheVan: Gibt es einen Berg, auf den ihr euch besonders freut?

Ich will auf den letzten Kommentar antworten, wälze aber immer noch so intensiv den Gedanken an Riv, dass mein Gehirn ohne mein Zutun auf die nächste Frage antwortet.

OwOequals2: Seid ihr aktuell vergeben?

»Nein, wir sind single.«
Der Chat explodiert.

Datet ihr auch Männer? Hatte Forest einen festen Freund? Habt ihr euch mal geküsst?

Oh verdammt.
»Was sollte die Scheiße?«, grummelt Sam, nachdem wir den Livestream beendet haben. Er steht auf, bringt Distanz zwischen uns, als könnte er es nicht ertragen, länger mit mir auf einer Bank zu sitzen.

»Ich hab gedacht –«, setze ich an, aber Sam unterbricht mich »Das ist das Problem. Wenn du nachdenkst, kommt nur Mist dabei raus. Wir haben gesagt, dass wir Privates nicht kommentieren.« Er reibt sich müde die Augen. Ich habe nichts zu meiner Verteidigung zu sagen, weil mein Spatzenhirn dieses Mal wirklich ausgefallen ist.

»Der ganze Fanservice geht mir mittlerweile so auf den Sack«, sagt er, knüllt die leere Energy-Dose zusammen und kickt sie in den Eimer.

»Das war deine Idee«, erinnere ich ihn daran, dass er und Camilla vorgeschlagen haben, dass wir den Fans ein kleines bisschen mehr entgegenkommen sollten.

»Und ich bereue es. Ich will einfach nicht ...«, er sucht nach den richtigen Worten. »Stört es dich nicht, dass sie andauernd Fragen zu Forests Liebesleben stellen?«, fragt er und ich zucke mit den Schultern.

»Diese Fragen werden kommen. Immer und immer wieder. Egal ob wir was sagen oder nicht. Ich möchte zu Protokoll geben, dass ich noch nie auf die Forest-Kommentare eingegangen bin und es auch nicht vorhabe. Was zwischen ihr und uns war, geht die Leute nichts an.«

***

»Du. Ich. Wettlaufen«, fordere ich Sam heraus und deute auf die Westminster Bridge in der Ferne. Um uns auf die Tour vorzubereiten, haben wir das Training angezogen. Inklusive Cardio. »Wenn du gewinnst, hast du im Hotel immer die erste Wahl beim Zimmer und Bett.«

»Ich dachte, da mein Vater die Hotels bezahlt, habe ich eh das Vorrecht.«

»Du bist ein kleines, nobles Stück Scheiße«, gebe ich mit einem Lachen zurück.

»Und du ein armer Schlucker, der letzter wird«, sagt er, schubst mich zur Seite. »Und los!«, ruft er und sprintet noch während des Starts davon. Pft. Dreckige Methoden. Ich schreie in den Wind und gebe Vollgas. Meine Haare lösen sich aus ihrem Bun und flattern wild umher. Die Morgenluft ist herrlich und mich überkommt ein Hoch, dass ich nur von dem Moment kenne, wenn ich hoch oben auf einem Gipfel stehe und die Sonne aufgeht.

Auf der Höhe des London Eyes sieht es so aus, als könnte ich ihn einholen. Doch ein stechender Schmerz in meinem Fuß macht sich trotz Schmerzmitteln bei jedem Schritt bemerkbar und nimmt mit jedem gelaufenen Meter zu. Nach einer Woche Schonung habe ich geglaubt, dass ich direkt wieder durchstarten könnte.

Ich bin ernsthaft enttäuscht, als Sam als erster ankommt. Er jubelt und zeigt mir den Mittelfinger.

»Alter, du hast geschummelt und bist zu früh los«, bringe ich zwischen Lachen und Keuchen hervor. Mit dem gesunden Fuß trete ich ihm in den Arsch. Er packt ihn und lässt mich ein paar Mal auf dem verletzten Fuß humpeln. Trotz der ausgelassenen Stimmung kann ich den Schmerz nicht verbergen und zucke zusammen.

»Noch immer so doll?«, brummt er.

»Ne, ich wollte nur dein Mitleid«, lüge ich und schubse ihn.

»Hast du eigentlich schon den Masterplan von Camilla gelesen?«, wechselt er das Thema und wir schlendern an der Themse weiter. Ich verziehe das Gesicht und nicke.

Camillas Team hat das komplette Social Media-Konzept überarbeitet und einen extrem detaillierten Contentplan für die Tour erstellt.

Tägliche TikToks, Livestreams, Instagram, Stories und dann noch den dokumentarstyle Vlog auf YouTube. Meine Vorstellung und die unserer Agentin weichen oft stark voneinander ab. Die Leute lieben mich wegen der Spontanität und genau das werde ich ihnen verdammt nochmal liefern. Camilla ist gut für das Geschäft. Ihr Plan darf Astra Vertice aber nicht die Seele ausquetschen. Dafür werde ich schon sorgen.

Ganz ehrlich, wenn es nur um Spaß an der Freude gehen würde, dann hätte ich keine Agentin. Mir fällt aber die ganze Bürokratie unfassbar schwer: E-Mails beantworten, mit Sponsoren verhandeln und eine gewisse Brand-Einheit pflegen. Ich will nur an die Wand. Jedes Mal, wenn ich Steuerformulare sehe, schwindet meine Lebensfreude.

Ich gebe es ungerne zu. Aber, ohne Camillas Hilfe hätte ich nicht den Job in der Boulderhalle kündigen können. An dem Tag, als ich meinem Vater gesagt habe, dass wir eine Agentin haben und ich mit meiner Leidenschaft bald mehr verdiene, als er in meinem Alter, hat er das erste Mal sowas wie Interesse für Astra Vertice gezeigt. Selbst meine Mutter hat für eine kurze Weile damit aufgehört, Uni Flyer in Care-Paketen zu verschicken.

An dieser Tour hängt eine Menge Kohle. Kein Wunder, dass Camilla so darauf fixiert ist, einen guten Kameramann zu finden. Aber ... Ich schiebe meine Hand in die Hosentasche und ertaste den Flyer, den ich seit Tagen mit mir herumtrage. Ein einzelner Sonnenstrahl durchbricht die dunkle Wolkendecke. *Ich weiß Forest, es ist eine gute Idee.*

»Sag mal Sam, was hältst du davon, River als Kameramann an Bord zu holen?«

Kapitel 7: Zwischen Pest und Cholera

River

»Die glauben echt, die könnten mir gegens Bein pissen und behaupten, es regnet, oder?!«, fluche ich und starre auf den Bildschirm.

Für einen Moment habe ich den Fehler gemacht, Hoffnung zu spüren. Meine Fitbit hat eine neue E-Mail angezeigt. Eine Mail mit dem Titel

Anfrage für River Trayl Videographie

ist reingekommen. Nicht in tausend Jahren wäre ich darauf gekommen, sie könnte von Talent Tribe Agency – Camilla Courtenays Agentur, sein. In der Vorschau kann ich nur die ersten Sätze lesen:

Hallo River, vielen Dank, dass du Interesse an unserer Tournee gezeigt haben. Atlas hat mir erzählt, wie begeistert du von der Idee warst, für uns zu klettern und zu …

Ohne die Mail zu öffnen oder mir die Anhänge mit Titel ›Gehaltsvorschlag‹ und ›Reiseverlauf‹ anzusehen, landet alles im Papierkorb. Es ist eine Woche her, seit ich Atlas die Meinung bei ihrer kleinen Party gegeigt habe. Viel wichtiger: ich habe seitdem nicht mit ihm geredet. Was Atlas – oder Camilla – in der Mail behaupten, ist eine verdammte Lüge. Wie kommt Atlas auf die Idee seiner scheiß Agentin zu erzählen, ich hätte zugestimmt, sie als Kameramann zu begleiten? Oder noch schlimmer – *mit ihnen zu klettern?!*

Um nicht weiter über Atlas nachzudenken, gehe ich zum wiederholten Mal die anderen Anfragen durch, die ich erhalten habe. Eine beschissener als die andere. Ich streite mich seit Tagen mit einem Bräutigam wegen des Preises für seine Hochzeit. Ich wollte 1000, er bietet maximal 500. Doch auch wenn ich mich damit unter Wert verkaufe, könnte ich davon ein paar der Rechnungen bezahlen, auf denen mittlerweile ›Letzte Chance‹ oder ›Nicht ignorieren‹ steht.

Von der nächsten Anfrage weiß ich immer noch nicht, ob ich lachen oder weinen soll.

Betreff: Kameramann für Fetisch-Porno gesucht

Werter Sklave River,
wir suchen jemanden, der unseren baldigen Fetisch Gang Bang filmt. Dein bezauberndes Gesicht hat uns sofort überzeugt. Wir hoffen, dich erregt der Gedanke, vor und hinter der Kamera ausgepeitscht zu werden, genauso wie uns ...

Auch wenn ich gutem Kink nicht abgeneigt bin, sehe ich in dieser Anfrage nur rote Fahnen, mit denen ich geschmeidig über den Atlantik segeln könnte.

Es klopft lautstark an der Tür und ich zucke zusammen.

»Mister Trayl?«, höre ich die tiefe Stimme von Mister Robinson. »Das Licht brennt. Öffnen Sie bitte sofort.«

Scheiße.

Ich schleppe mich an ungewaschener Kleidung, weiteren Rechnungen und Müll vorbei. Meine Hand zittert, als ich die Klinke betätige und mein Vermieter vor mir steht. In seinen Händen hält er einen riesigen Umschlag, auf dem ich das Siegel des *Royal Court of Justice* erkennen kann.

Panik lässt alle Farbe aus meinem Gesicht schwinden und Mister Robinson wendet den Blick ab. Er räuspert sich und hält mir den Umschlag entgegen.

»Es tut mir leid, River.«

Ich nicke. Er brummt, fährt sich verlegen durch sein kurzes, dünnes Haar und verschwindet.

Erschöpft lasse ich mich aufs Bett sinken. Ich schaue zu den Plastiksternen hoch und zu den Postern von *Linkin Park*. Bei dem Umschlag handelt es sich um meine Räumungspapiere. So wie es aussieht, werde ich demnächst auf der Straße landen.

Geile. Scheiße.

Ich rolle mich auf dem Bett zusammen und greife nach deinem Bild. Du lächelst mir verschmitzt entgegen und ich merke, wie sich meine Kehle zuschnürt.

»Was soll ich nur machen, Forest?«

Voller Selbsthass erhebe ich mich und gehe wieder an den Laptop. Ich öffne meinen Papierkorb, klicke bei

Camillas Mail auf ›Wiederherstellen‹ und fühle mich
wie ein Verräter als ich den Anhang ›Gehaltsvorschlag‹
runterlade. Mir fallen fast die Augen auf die Tastatur.

30.000 Pfund.

Camilla bietet mir 30.000 Pfund, um mit Atlas und
Sam auf Tour zu gehen. Zudem 5% Erfolgsbeteiligung
aller Verdienste und am Sponsorengeld. Die einzige Bedingung? Ich darf die Tour nicht für meine eigene
(nicht vorhandene) Kletter-Karriere benutzen und ich
muss eine öffentliche Entschuldigung wegen meines
Ausbruchs auf der Feier posten. Als hätte ich mich ver-
brannt, klappe ich meinen Laptop zu.

So viel Geld.

Damit könnte ich Mister Robinson locker bezahlen,
alle Rechnungen begleichen und hätte sogar noch genug, um die Studiengebühren für die Film Academy zu
zahlen.

Eine sichere Wohnung. Schuldenfreiheit. Bildung.

All das würde dieses Angebot mir ermöglichen.

Doch dafür bin ich gezwungen zu klettern und was
noch viel schlimmer ist: Ich müsste mit Atlas und Sam
zusammenarbeiten.

»Verdammt, Atlas. Ich hasse dich!«, schreie ich, um
meinen Frust irgendwie rauszulassen und funkele meinen Laptop wütend an. Ich habe mir doch geschworen,
nie wieder einem Berg oder einer Wand auch nur in die
Nähe zu kommen. Wenn ich zusage, bin ich der
schlimmste Heuchler, den die Welt jemals gesehen hat.
Es wäre so lächerlich, mit Atlas und Sam auf Tour zu
gehen, nachdem ich bei Forests Gedenkfeier so eine
Szene geschoben habe. Es wundert mich, dass Camilla
bloß eine billige Entschuldigung von mir will und mich

nicht wegen Rufschädigung oder sowas verklagt. Aber das ist anscheinend nicht ihr Stil.

Ich greife nach meinem Handy, das auf meinem Schreibtisch liegt, um mir die Social Media-Kanäle von *Astra Vertice* erneut anzusehen. Mein gesprungenes Display spiegelt ziemlich gut meine mentale Verfassung wider.

Vlogs und Interviews auf YouTube. Fotos auf Instagram. Waghalsige Videos auf TikTok, von denen mir schlecht wird. Ich weigere mich, so etwas zu filmen.

Aus irgendeinem unheiligen Grund sehe ich mir auch Atlas Privataccount an. Von der Nacht der Tourankündigung ist da ein Video von ihm und Forest als Teenager. »Remembering my best friend. Forest Forever«, steht darunter. Schon zu diesem Zeitpunkt war Atlas fast eineinhalb Köpfe größer gewesen als Forest. Sie steht auf seinen Füßen und er versucht ihr irgendeinen spanischen Tanz beizubringen. Forests lautes Lachen zerreißt mir das Herz. Sie sieht mit einer Zuneigung zu Atlas auf, die jedem ›Erste große Liebe‹ entgegenschreit. Auch sein Grinsen verrät eine Hingabe, die er mir nie entgegengebracht hat. Für ihn war ich immer nur der kleine Bruder von ihnen allen. Für ihn war ich nie ... *das*. Obwohl ich es mir so sehr gewünscht habe.

Alles dreht sich, während ich die Mail überfliege und mir die Reiseroute ansehe. Irgendwo in mir drin wimmert der River, der ich war, bevor du fielst. Frankreich, Sardinien, Spanien, Thailand, Malaysien, Kanada ... All die Orte, von denen wir schon immer geträumt haben. Ich hatte Zeitungsausschnitte gesammelt und in unsere hässliche Triple R Box gepackt. Statt weiter auf die

Mail zu starren, öffne ich WhatsApp und Winstons Chat.

Riv: »Hi Kumpel. Bist du im Sommer nicht bei deinen Diplomateneltern in Singapur?«

Winston: »Dude, ich bin schon seit drei Tagen in Singapur. Mum geht's schlecht und ich kümmere mich um sie, weil Dad in Saudi Arabien ist. Ich hab dir doch geschrieben, ich muss die Examen im Re-Sit schreiben.«

Riv: »Fuck, es tut mir leid. Kann ich was tun?«

Winston: »Kein selbstbezogenes Arschloch sein?«

Riv: »Sorry. Ich hätte mehr für dich da sein sollen.«

Winston. »Bisschen spät. Mann, Riv. Ich hab versucht über deine depressive Scheiße hinwegzusehen. Immerhin hatten wir beim Lernen und Ficken eine gute Zeit. Aber ich bin es leid, von dir runtergezogen zu werden. Meld dich erst wieder, wenn du deinen Scheiß im Griff hast.«

Riv: »Ok«

Wie viel beschissener soll mein Leben noch werden? Jetzt ist auch noch Winston sauer auf mich. Verdammt, damit bin ich nicht besser als Atlas, der auch nur an sich denkt. Falls ich die Tour mache, müsste ich die Examen im August nachschreiben ...

»Scheiße Forest, was soll ich nur machen?«, frage ich erneut in die Leere meines winzigen Raumes und erhalte wie immer keine Antwort. Diese Entscheidung geht allein auf mich. Und was ich auch tue, ich werde entweder auf der Straße oder in der Hölle landen. Ich kann mich selbst verraten oder meine Prinzipien aufgeben.

Ich nehme meinen Stressball in die Hand und drehe mich immer und immer wieder auf meinem Schreibtischstuhl, versuche den Kampf in meinem Inneren zu gewinnen. Egal, was ich mache, ich bin gefickt. Wortwörtlich.

Ich wende mich meinem Laptop zu, antworte auf meine Mails und gebe mich geschlagen.

Kapitel 8: Crop Tops und Croissants

Atlas

Der Bereich für den Eurostar am St. Pancras Bahnhof ist voller aufgeregter Menschen. Schulgruppen, Paare, Business-Männer kommen hier alle zusammen. Jemand spielt auf dem öffentlichen Klavier einen flotten Rocksong und ich fühle mich wie in einem Film mit geilem Soundtrack. Ich wippe im Takt und knote mir zum wiederholten Mal an diesem Morgen die Haare auf dem Kopf zusammen. Das Einzige, was mir zu meinem Glück fehlt, ist unser verdammter Kameramann.

Sam sitzt neben mir im Schneidersitzt auf dem Boden. Seine Augen gucken ins Leere, als wäre bei ihm der Film gerissen oder der Projektor kaputt.

Mein Smartphone meldet, dass der Eurostar nach Paris in vierzig Minuten losfährt. Und wir müssen immer noch durch die Security und die Passkontrolle.

»Ich nehme Wetten entgegen. Wie viel setzt du auf die Frage, ob er kommt oder nicht?«, scherze ich. Auch, um mir nicht anmerken zu lassen, wie ich langsam nervös werde.

»An seiner Stelle wäre ich im Bett geblieben«, murrt Sam, aber so wie's aussieht habe ich River quasi heraufbeschworen. Denn eine dunkle Gestalt betritt die Bahnhofshalle und meine Miene hellt sich auf.

»Por fin! Du machst es spannend«, ich schaue zur Uhr. »Jetzt konnten wir leider keine Wetteinsätze sammeln.«

Obwohl River den Job als Kameramann schnell zugesagt hat, hat er bis jetzt meine Nachrichten ignoriert und jede Kommunikation über Camilla laufen lassen. Nicht einmal die Einladung zum Probeklettern, hat er wahrgenommen. Bei jeder anderen Person wäre das ein absolutes No-Go gewesen. Bei Riv habe ich keine Zweifel, dass er eine gute Figur an der Wand machen wird. Apropos Figur … Ich glaube die 2000er wollen ihre Baggy-Klamotten wiederhaben. Von seinem etwas zu großem Anzug fehlt jede Spur, seine schlanken Beine stecken in einer schlabbrigen Jeans. Darüber hat er ein Linkin Park T-Shirt in Übergröße. In der Hand hält er ein Objektiv und trägt sowohl einen schwarzen Wanderrucksack als auch eine Umhängetasche.

River lässt Tasche und Rucksack lustlos auf den Boden fallen und weicht meinem Blick aus. Insgesamt wirkt er wie ein Alien, der zum ersten Mal die Haut eines Menschen trägt und noch nicht so richtig weiß, ob er das neue Gefühl mag.

»Ich hätte mitwetten sollen. Bis vor einer Stunde wusste ich selbst nicht, ob ich komme, oder nicht«, erwidert er.

»Da du uns ignoriert hast, hoffe ich doch, dass du dir wenigstens das Briefing gut durchgelesen hast«, merkt Sam an und gähnt, bevor er aufsteht. So langsam scheint jemand einen neuen Film in sein Oberstübchen einzulegen.

»Natürlich«, brummt River. »Auch wenn ich nicht hier sein will – wenn ich einen Job mache, mache ich ihn gut.«

Sam grinst ihn an. Das ist mehr, als ich von ihm bekommen habe. Dreckskerl. »Genau so frech wie früher. Kannst du damit überhaupt umgehen?« Er deutet auf die Linse in Rivers Hand.

»Klar. Ist ganz einfach. Schau mal.«

Während er den Deckel von der Linse schraubt, imitiert er Klickgeräusche, führt sich dann die Linse an seine Lippen und trinkt. Ich verkneife mir das Lachen, als Sam alles aus dem Gesicht fällt, sobald er realisiert, dass das ein Kaffeebecher ist. Riv hat Humor und flüchtig sehe ich den unbekümmerten Jungen vor mir, der er vor Forests Unfall war und der uns wie ein Entlein überall hin gefolgt ist.

Kein Stein zu groß, kein Ziel zu weit.

»Jetzt sind wir endlich wieder ein goldenes Trio!«, rufe ich begeistert und lege den beiden einen Arm um die Schultern. River windet sich sofort aus der Berührung.

»Ich habe nicht vor, Forest zu ersetzen. Das hier ist nur ein Job, okay?«

Die Wucht seiner Worte trifft mich und ich halte einen Moment lang inne. Ich bin es nicht gewohnt, bei ihm durch so ein emotionales Mienenfeld zu wandern. Ich weiß nicht, wie ich diesen neuen, kratzbürstigen Riv und sein altes Ich in Einklang bringen soll.

»Wie ich Forest kenne, hätte es ihr gefallen, dich als Teil des Teams zu wissen. Außerdem: Ich habe uns T-

Shirts gemacht.« Ich ziehe eine Tüte aus meinem Gepäck und krame drei Shirts heraus. Vorne steht »Per aspera ad astra« und hinten »Astra Vertice«.

»Das ist weder meine Größe noch Farbe. L? Wirklich? Ich bin doch mehr der XL-Typ«, meckert Sam und fällt mir damit in den Rücken. Judas!

»Hier, dann nimm meins. Ist größer«, biete ich ihm an, schäle mich aus meinem Hoodie und dem Unterhemd und zwänge mich in sein Shirt. Okay ... vielleicht ist L doch etwas eng. Der Stoff spannt über meiner Brust und der Saum ist so kurz, dass ich bauchfrei trage.

Sam inspiziert das Etikett. »Das sind Damenshirts.«

»Ich ... ich zieh das nicht an«, presst Riv hervor, sein Blick huscht über den Streifen nackter Haut über meinem Hosenbund. Bilde ich es mir nur ein oder wird der kleine Riachuelo rot?

»Doch. Tust du, weil ich dein Chef bin«, knurre ich. River und ich liefern uns ein Blickkontaktduell. Ich lasse nicht zu, dass die beiden Miesepeter mir noch vor dem ersten Kaffee den Tag madig machen. Ich grinse, als ich das Duell gegen River verliere. Murrend packt River Sam am Handgelenk und die beiden verschwinden in einem Seitengang, um sich umzuziehen. Sehr zu meinem Missfallen, sind *ihre* Shirts lang genug und passen. Direkt, bevor wir uns in die Schlange für die Passkontrolle einreihen, stülpt River sich auch noch einen übergroßen Hoodie über.

»Du schummelst«, sage ich schmollend.

»Mir doch egal.«

Ich schüttle den Kopf »Fängt ja gut an.«

***

Mit jeder Kurve, die der Zug nimmt, schreckt Riv auf. Sieht sich um, zieht seine Kapuze tiefer in die Stirn und versucht, wieder einzuschlafen. Laute, wütende Musik dringt aus den schwarzen Kopfhörern. Ich beobachte ihn dabei. Jedes Mal, wenn er wieder einschläft, glättet sich sein genervtes Gesicht. Für eine kurze Weile driftet er zurück in den Schlaf. Wenige Minuten später atmet er flach. Nichts daran sieht erholsam aus und ich werde nur vom Zusehen gestresst.

Wir fahren aus einem Tunnel, ein Lichtstrahl trifft Riv direkt auf der Nase. Er blinzelt wieder. Atmet genervt aus und versucht eine bequemere Position zu finden.

Nach einer Weile halte ich sein Gewälze nicht mehr aus. Behutsam berühre ich seine Schulter, er schreckt auf und sieht mich verirrt an.

»Nimm die«, sage ich und halte ihm meine Schlafmaske und meine Reisetabletten hin. Kurz sieht er so aus, als würde er protestieren. Seine Finger zittern und sind eiskalt, als er die Tabletten nimmt und eine trocken schluckt. Danach rollt er sich mit der Schlafmaske zusammen.

Ich weiß nicht, mit was für Dämonen er zu kämpfen hat, aber ihn wie ein fiebriges Tier leiden zu sehen, ist unerträglich.

»Ich hoffe, dass er die Tour packt«, flüstert Sam mir zu, der das ganze Szenario stumm beobachtet hat.

»Das wird er«, behaupte ich zuversichtlich. Mir ist nicht entgangen, wie schmächtig River aussieht. Trotzdem kann ich sehen, was für eine enorme Kraft in ihm

steckt und wenn er aufhören würde, immer so wütend
zu sein, könnte er die gesparte Energie ins Klettern stecken.

Ich werde auf ihn auspassen, Forest. Versprochen.

@Astra.Vertice hat einen neuen Beitrag gepostet:

*Hey Folks! Die Tour startet für uns mit einer langen Zug-
reise ab in den Süden. Erster Stopp: Paris, Baaaaby! Wenn
ihr in der Stadt der Liebe seid, vergesst nicht die Augen
nach unseren Forest-Stickern Ausschau zu halten. Großer
Dank an @Eurostar für die Fahrt. Wir können das Panini
im Board Bistro empfehlen. Atlas liegt jetzt noch im Fress-
koma. Bis zum 2. Mai könnt ihr mit dem Code AstraV noch
25 % auf eure nächste Reise sparen. Jetzt gönnen wir uns
erstmal nen Croissant*
*Bildbeschreibung: Atlas, wie er in einem Croptop auf dem
Sitz im Eurostar schläft.*

Kapitel 9: Paris, Piñatas und Papá

River

Paris wird überbewertet. Im Grunde genommen ist es nur ein französisches London. Dreckig, voller Tourist*innen und nervigen Menschen, die einem etwas andrehen wollen. Wir schleppen unsere Rucksäcke und meine Equipment Tasche durch den Gare du Nord, bis es Sam zu bunt wird und er uns zu den Taxiständen schleift.

Alles, was ich mache, ist, mich hinter meinen Linsen zu verstecken, damit ich nicht mit den beiden reden muss. Die meisten Anweisungen gebe ich mit fuchtelnden Gesten weiter. Atlas versucht ständig, mich in ein Gespräch zu verwickeln, aber ich tue so, als würde ich ihn durch meine Kopfhörer und die laute Musik nicht hören. Das Einzige, was er von mir als Antwort erhält, ist »Lauf einfach weiter« oder »Tu wenigstens, als wärest du normal«.

Ich brauche keinen Zoom, um die Blicke zu erkennen, die Sam Atlas zuwirft. Sie bereuen jetzt schon, mich mitgenommen zu haben. Mitleid bekommen sie definitiv nicht von mir. Immerhin mache ich das nicht zum Spaß, sondern weil ich die Kohle brauche. Während die beiden den Ausgang aus der Zugstation suchen, gehe ich in die Hocke, um einen guten Shot zu bekommen, den ich nachher in den ersten Vlog schneiden kann.

Zugegeben. Das Equipment, das Camilla von Sponsoren organisiert hat, ist verdammt geil. Ich darf nur nicht daran denken, dass die Kamera und der Gimbal allein wahrscheinlich ein halbes Jahr meine Miete abdecken würden.

Sam winkt einem Taxi und zückt gönnerhaft eine goldene Amex-Kreditkarte, die definitiv Camilla gehört. Ich stelle sicher, dass ich auch einfange, wie er damit herumwedelt. Vielleicht kann ich ein paar Fans zeigen, wie dreckig das hier ist, wenn ich den Shot mit ins YouTube-Video schneide.

Zu meiner großen Verwunderung schmeißt die Fahrerin uns nicht bei einem Hotel raus, sondern bei den Bassins du Champ de Mars, wie ein Blick auf ihr Navi mir verrät. Der weite Platz, der sich vor uns auftut, ist mit Bäumen geschmückt, die direkt zum Eiffelturm führen. Wieder hebe ich die Kamera, um einzufangen, wie Atlas mit weit ausgestreckten Armen nach vorne läuft und sich mehrfach um die eigene Achse dreht. Sam führt einen albernen Tanz auf, bei dem er seine geballten Hände umeinanderkreisen lässt.

Ich dachte, ich würde mehr fühlen. Obwohl ich schon mehrmals durch Paris gefahren bin, war ich noch nie vor diesem Stahlträger. Damals hatten wir die Regel, den Eiffelturm erst mit einem festen Partner zu besuchen. Angewidert sehe ich zu Atlas. Ob er Forest wenigstens zu ihren Lebzeiten hergebracht hat?

Seine Lippen bewegen sich, aber ich höre nur Chester *Nobody Can Save Me* singen. Passend.

Atlas verdreht die Augen, tritt zu mir und zieht mir die Kopfhörer ab.

»Was fällt dir ein?«, zische ich ihn an, aber er hält sie nur hoch über seinen Wuschelkopf. Ohne zu Springen komme ich da nicht dran.

»Ich rede mit dir«, stellt er klar. »So kannst du mich auch hören.«

»Ich will aber nicht mit dir reden.«

Sam gibt ein genervtes Stöhnen von sich.

»Hast du Spaß daran, den Moment zu zerstören?«, fährt Sam mich an und ich umklammere die Kamera um meinem Hals.

»Was willst du von mir? Das ist Belästigung am Arbeitsplatz!«

»Ach, bist du etwa im *Flow*, Riachuelo?«, neckt Atlas mich. »Lass das Ding doch mal zehn Sekunden in Ruhe und schau dir den Eiffelturm mit bloßen Augen an.«

»Also länger, als du im Bett brauchst?«, fahre ich ihn an und Sam schlägt sich die flache Hand gegen den Kopf.

»Bin ich hier im Kindergarten oder was?«, fragt Sam, während Atlas dunkel lacht.

»Na also. Er kann ja doch sprechen. Und er ist streitlustig. Willst du dich prügeln? Ich bin dabei.« Atlas ballt die Hände zu Fäusten, wobei meine Kopfhörer an seinem Unterarm baumeln und hüpft vor mir hin und her. Statt darauf einzugehen, schnappe ich mir nur wieder meine Kopfhörer und mache direkt ein paar Schritte nach hinten, bevor er sie mir wieder entreißt.

»Ich will nur das machen, wofür ich bezahlt werde: Filmen. In meinem Vertrag stand nichts von Small Talk«, verteidige ich mich.

»Ich halte das keine sechs Wochen aus«, beschwert Sam sich. »Wieso bist du überhaupt mitgekommen, wenn du nur eine Fresse ziehst?«

»Meine Gründe gehen dich nichts an. Außerdem bin nicht ich derjenige, der danach gefragt hat.«

»Jungs. Entspannt euch.« Atlas versucht einen Arm um mich zu legen und wieder weiche ich ihm aus.

»Ich bin entspannt, wenn ihr mich in Ruhe lasst!«, keife ich ihn an.

»River, ich bin auf dieser Tour dein Chef. Und ich muss dir Anweisungen geben. Du kannst mich nicht ignorieren«, sein Tonfall wird härter.

»Dann mach von mir aus ein Handzeichen, wenn was Wichtiges ist, damit ich filtern kann«, schlage ich vor. »So eins zum Beispiel.« Ich zeige ihm den Mittelfinger. Er kann sich sein Chefgetue und den Machttrip, auf dem er sich befindet, sonst wohin schieben. Atlas seufzt und er setzt sein charmantes Lächeln auf. Anscheinend geht er gerade eine Checkliste mit Methoden durch, um mich zu motivieren. Schade nur, dass keine davon funktionieren wird.

»Sag mir doch lieber, ob du schon mal hier warst. Hast du im letzten Jahr jemanden getroffen, der dich zum Eiffelturm gebracht hat?«, fragt Atlas und wackelt mit den Augenbrauen.

»Auch das geht keinen von euch was an.«

Gleichzeitig brennt mir die Frage auf der Zunge, ob er mit Forest hier war. Forest hat mir nie von ihr und Atlas erzählt, auch wenn es offensichtlich war. Wahrscheinlich um meine Gefühle nicht zu verletzen, weil sie wusste, dass ich schon immer in Atlas verknallt war. Trotzdem scheint Atlas meine Gedanken gelesen zu haben und will mir anscheinend eins auswischen.

»Also Forest fand es hier fantastisch. Sie –«

»Atlas, du nervst noch mehr als River«, fährt Sam ihm dazwischen. Sein Gesicht hat mittlerweile einen wütenden Rotton angenommen. Meines wird nur blass und kalt. Damit hat Atlas gerade mit unumstrittener Sicherheit bestätigt, dass *Forest und er* hier waren. Als Paar. »Lass uns bitte den Beginn des Sticker-Wettbewerb ankündigen und endlich zum Hotel. Ich brauche einen Nap.«

»Was für ein Sticker-Wettbewerb?«, frage ich, froh das Thema wechseln zu können. Atlas öffnet eine kleine Tasche an der Halterung seines Wanderrucksacks und holt Sticker hervor. Dabei fallen auch ein paar Buttons auf den Boden in den Staub. Es ist Sam, der sich nach ihnen bückt und sie aufhebt und einsteckt. Atlas bemerkt es nicht, sondern grinst mich wieder an.

»Hey River. Erinnerst du dich noch an die *Buns*?«

»Wie oft denn noch? Ich. Will. Nicht. Mit. Euch. Reden«, schnauze ich ihn an und Sam legt Atlas eine Hand auf die Schulter.

»Lass es, Mann. Das hat keinen Sinn. Soll er sein Videoding machen. Dann können wir wenigstens ins Hotel. So langsam bekomm ich Rückenschmerzen von dem Backpack.«

»Wenigstens einer, der es checkt«, wende ich mich an Sam. »So. Jetzt erklärt das mit den Stickern.«

Atlas hält mir das Bild von Forest entgegen, bei dem sie kopfüber von einer Wand hängt und unter dem ›Forest Memorial Tour‹ steht.

»Wir kleben an jeden Ort der Europatour einen Sticker hin. Unsere Fans können dann Selfies neben ihnen machen und sie einsenden. Wer die meisten Sticker findet und fotografiert, gewinnt ein Flugticket und Hotelzimmer für unser Meet and Greet in Kanada«, erklärt Atlas.

»Okay. Dann befestigt diese Mikrofone irgendwo an eurer Brust«, weise ich an und hole den kleinen Beutel mit den Bluetooth-Mikros hervor. Solange ich meine Arbeit machen kann, ist das hier erträglich. Solange ich mich von all dem distanziere und mir vormache, das sind zwei Fremde, die mich angestellt haben, funktioniert das hier.

Rede ich mir ein. Lüge ich mich an.

Denn nichts von all dem ist in Ordnung. Jede Erwähnung von #Wemissyouforest ist eine Qual. Anscheinend ist das die Rache der Sterne, die mich dafür bestrafen, was bei El Capitan passiert ist. Und ich verdiene es.

Atlas

Sams Dad hat uns eine geile Suite in einem Apartmenthotel gebucht, von der man den Eiffelturm sehen kann. Es hat einen ähnlichen Charme wie meine Psychopathen-Wohnung. Modern, weiß und elegant. Da Wettschulden Ehrenschulden sind, darf sich Sam das erste Zimmer aussuchen und ich strecke mich auf der Couch aus. Ich freue mich jetzt schon auf unseren ersten Climb in der Céüse Kletterregion. In den vergangenen Wochen habe ich mir jedes Video, das ich von unserer Route finden konnte, reingezogen. Jetzt versuche ich, den Felsen vor mir zu visualisieren, den Stein unter meinen Fingerkuppen zu spüren. Sam wurschtelt in der Küche neben mir rum, während Riv wortlos auf das Zimmer gegangen ist, das Sam ihm übriggelassen hat.

»Mann, hätte Dad nicht einen Champagner organisieren können? Da ist ja nichts im Kühlschrank«, beschwert Sam sich und ich richte mich auf dem Sofa auf.

»Wir können doch bestimmt den Zimmerservice rufen, oder? Das wollte ich *schon immer* mal machen«, schlage ich vor.

»Hmm«, brummt Sam. Er greift nach einer Karte, die auf der Theke liegt und blättert sie durch. »Holy shit. Da kostet eine Flasche über sechzig Euro.«

»Kleingeld. Geht zur Not auf meine Rechnung.« Wenn mein Vater wüsste, dass ich so viel Kohle für Alkohol ausgeben würde, hätte er sich lebendig in ein Grab gelegt, nur um sich darin zu drehen.

»Na dann«, meint Sam und greift nach dem Hörer am Eingang. Er versucht sich an Französisch, gibt aber schnell auf und wechselt auf Englisch zurück.

»Schon geil, huh?«, meine ich, verschränke die Arme hinter dem Kopf und sehe auf den Eiffelturm.

»Mich nervt, wie scheiße Riv drauf ist«, beschwert Sam sich und sieht zu der Tür, die in sein Zimmer führt. Am liebsten hätte ich ihm gesagt, dass seine Stimmung auch nicht besser ist.

»Gib ihm Zeit«, bitte ich.

»Er verdient keine Zeit«, nörgelt er. »Das hier ist der bedeutsamste Moment unserer Karriere und River zieht die ganze Zeit eine Fresse. Ich sehe nicht ein, dass er das hier versaut, nur weil er meint, eine zweite Emo-Phase durchmachen zu müssen.«

Ich schaudere bei der Erinnerung an Rivs erste Phase. Er hatte sich die Haare lang wachsen lassen, schwarz gefärbt und war nicht ohne dunkles Make-up und Nagellack in die Schule gegangen. Die anderen Kids hatten versucht, ihn dafür fertig zu machen, aber wer immer ihm blöd kam, hat eine in die Fresse bekommen.

»Immerhin trägt er nicht mehr Schminke als Forest«, werfe ich ein, in der Hoffnung, Sam damit ein wenig zu beruhigen. Es passt mir gar nicht wie er über Riv redet.

»Brauch er ja nicht. Die Augenringe sind dunkel genug«, stichelt er weiter. »Du kannst mir nicht sagen, dass dich seine Art nicht abfuckt.«

Gerade mache ich den Mund auf, als es an der Tür klopft. »Champagner-Zeit!«

***

»Hey, Riachuelo!«, rufe ich. »Wir haben Champagner, um die Ankunft zu feiern.« Nichts. Ich öffne die Tür. River sitzt an dem Schreibtisch, wackelt mit dem Bein und hat irgendein Schnittprogramm offen. Verdammt, wir sind doch gerade mal eine Stunde hier, wieso sitzt er schon an der Arbeit? Er reagiert nicht auf mich, ist voll in seinem Fokus und schiebt Clips hin und her. Um seine Aufmerksamkeit zu erhalten, werfe ich einen Eiswürfel gegen seinen Hinterkopf.

»Was?«

»Champagner«, wiederhole ich. »Wir feiern die Ankunft.«

»Muss arbeiten«, sagt er und dreht sich wieder weg. Ich will Sam nicht recht geben. Sein Verhalten ist anstrengend. Gleichzeitig sehe ich auch den Schmerz, der wie eine schwarze Wolke um ihn wabert. Keine Ahnung, wie ich an ihn rankommen soll. Also mache ich die Tür wieder zu.

»Hab's dir ja gesagt«, meint Sam nur. »Komm, wir lassen uns die Laune von ihm nicht verderben.«

Es fühlt sich falsch an, ohne River anzustoßen. Trotzdem lache ich und reiße schlechte Witze.

»Was ist der Plan für heute?«, frage ich Sam, nachdem wir die Flasche geleert haben.

»Bootsfahrt auf der Seine mit unserem Vlog-Interview. Und später dann irgendwo schick Essen. Morgen Parkour«, fasst er zusammen.

»Sehr gut. Ich freue mich schon auf die ganzen Pokémon Go Spots. Habe online gelesen, dass es vor allem um den Eiffelturm herum ziemlich viele Arenen gibt«, lasse ich Sam wissen, der nur den Kopf schüttelt.

»Junge, bist du da nicht ein bisschen alt für?«

Schockiert fasse ich mir an die Brust. »Man ist niemals zu alt für Pokémon Go!« Ich zücke mein Handy und öffne die App. »Guck mal, ich kann sogar von hier den Item-Spot am Eiffelturm drehen!«

Die App gibt mir dafür ein paar Beeren, Pokébälle und auch ein Geschenk. Sofort klicke ich darauf und sende es an River, so wie wir es früher immer gemacht haben.

***

Das kleine Privatboot, das Camilla für uns organisiert hat, tuckert über die Seine. Ich lasse meine Hand in die Wellen gleiten und bin beeindruckt, wie viel sauberer das Wasser hier ist als in London.

»Du holst dir noch irgendeine Vergiftung«, merkt Sam an. »Wir wollen ja nicht, dass dir die Fingernägel vor unserem ersten Climb abfallen.«

»Quatsch. Die Chemikalien geben mir, wenn überhaupt, Superkräfte!«, halte ich dagegen, ziehe meine Hand aber trotzdem wieder raus.

»Seid ihr fertig? Können wir mit dem Interview anfangen?«, fragt Riv genervt, der uns wieder die Ansteckmikrofone reicht.

»Du sitzt falsch. Geh da hin, neben Sam, damit ich die Stadt im Hintergrund mit draufbekomme«, fordert er und ich salutiere.

»Wird gemacht! Womit fangen wir an? Mit meiner Skin Care-Routine? Oder mit den vielen Fragen um meine Füße? Da gibt es —«

»Nein. Camilla hat die Fragen vorbereitet«, unterbricht River mich.

Nichts hilft. Ich entlocke ihm kein einziges Lächeln. Dafür ist jetzt auch Sam genervt. »Niemand interessiert sich für deine Füße.«

»Das sehen meine DMs anders«, lasse ich ihn wissen und wackele mit den Augenbrauen.

»Ihr seid live. Wenn ihr mir einen Gefallen tun wollt, hört ihr jetzt mit dem belanglosen Scheiß auf, damit ich nicht jeden zweiten Satz rausschneiden muss.«

Mir brennt ein Kommentar auf der Zunge, aber ich schlucke ihn hinunter.

»Atlas. Erzähl uns mehr über deine Kindheit. Wie bist du zum Klettern gekommen? Und was war das Klettern für dich?«, fragt River und ich strahle in die Kamera. Wenn man sich schon wie ein Movie-Star fühlen kann, dann aber richtig.

»Mein Vater hat trotz seiner miserablen Englischkenntnisse einen Job als Ingenieur in England bekommen und meine Mamá und mich mit hergenommen. Ich komme aus einem kleinen Dorf in Andalusien, ein kleines Mekka für Kletternde und da habe ich meine erste Wand bestiegen. So richtig angefangen habe ich aber in der Boulderhalle.«

»Wie alt warst du da?«, fragt River.

»Sieben. Ich erinnere mich noch wie verdammt angepisst ich war, dass wir aus Andalusien weg sind. Ich hatte damals eine üble Pokémon Phase und auf der neuen Schule wollte niemand mit mir Pokémon-Karten tauschen oder spielen, weil meine Karten auf Spanisch waren. Ich musste mir ein neues Deck zusammenbauen. Das traumatisiert mich bis heute.«

»Du bist auch bis heute noch ein Pokémon Freak. Das Erste, was er im Hotel gemacht hat, war Pokémon Go zu spielen«, wirft Sam ein.

Für einen kurzen Moment erkenne ich, wie River sich anspannt und mich direkt ansieht. Was er gerade denkt? Ob er mein Geschenk gesehen hat?

»Was soll ich sagen? Das Herz will, was das Herz will. Da fällt mir ein. Kommentiert mit eurem Lieblings-Pokémon und ich wähle zufällig zwanzig von euch aus, denen ich meinen Freundescode schicke.« Ich zwinkere in die Kamera.

»Ich sag's euch. Das mit dem kleinen Atlas war schlimm damals«, sagt Sam grinsend. »Er hat im Unterricht angefangen zu weinen. Die ganze Klasse dachte, etwas Schlimmes sei passiert, weil das spanische Kind am Heulen war.«

»Das war nicht witzig! Ich konnte kaum Englisch, alle haben sich über mich lustig gemacht.«

»Es war auch lustig«, meint Sam und River fährt mehrfach mit der Hand über seinen Hals, um ihm zu signalisieren, dass das nicht wirklich angebracht ist. Vielleicht auch besser so. Wenn wir das Thema vertiefen, rutscht mir vielleicht etwas heraus, was ich später bereuen würde. River meldet sich zu Wort und ich wünschte, ich könnte ihm sagen, wie dankbar ich ihm gerade dafür bin.

»Wie habt ihr euch dann kennengelernt? Kam doch irgendwann noch ein Pokémonkartentausch zustande?«, lenkt er das Interview wieder in die richtige Richtung. Selbst wenn er es offensichtlich hasst, hier zu sein, macht er seine Arbeit verdammt gut.

Ich lächele in seine Kamera. »Das war bei Forests achtem Geburtstag. Ihre Mutter hat sie gezwungen, alle Kinder aus der Klasse einzuladen. Inklusive meiner Wenigkeit. Ich habe kein Wort verstanden, mich gelangweilt. Hatte sogar erst gedacht, das wäre der Geburtstag von Sophia, weil sie das krasseste Kleid von allen anhatte. Richtig spannend wurde es erst, als Forests Eltern eine fette Piñata ausgepackt haben. Diese wurde an dem großen Baum im Garten befestigt.«

»Oh ja! Das Ding war richtig voll. Ich war gerade an der Reihe und da ist meine Mutter gekommen, um mich zum Geigenunterricht zu bringen«, führt Sam die Geschichte fort.

Wie habe ich vergessen können, dass Sam mal Geige gespielt hat?

»Unser lieber Sam hier hatte einen richtigen Zusammenbruch«, necke ich ihn. »Und dann ist er auf das Dach der Trayls geklettert, damit seine Mum ihn nicht finden konnte.«

»Nicht auf das Dach«, murmelt River korrigierend. »Auf den Baum mit der Piñata. Wiederhol das, damit ich das später schneiden kann.«

Riv wird nicht nur meine Worte, sondern sicher auch mein irritiertes Blinzeln cutten müssen. Wie kann er sich daran erinnern? Er war doch erst fünf!

Ich versuche meine Professionalität wiederzufinden und grinse.

»Und dann ist er auf den Baum geklettert, damit seine Mum ihn nicht finden konnte.«

»Stimmt«, murmelt Sam und schnaubt. »Und dann kam ich nicht mehr runter. Forest hat versucht, mir nachzuklettern, aber ist immer wieder abgerutscht.«

Ich stemme siegessicher die Hände in die Hüften,
denn die Erinnerung ist wieder da. »Daraufhin musste
ich meiner Berufung folgen und bin dir gefolgt!«

»Aber dann sind wir beide nicht mehr runtergekommen und Forests Eltern mussten eine Leiter holen«,
führt Sam die Geschichte fort und wir beide müssen lachen.

»Forest meinte, sie kann es nicht auf sich sitzen lassen, dass zwei Jungs sie im Klettern geschlagen haben,
und lud uns ein, mit ihr in die Kletterhalle zu gehen.
Der Rest ist Geschichte«, beende ich die Erzählung.
Wenn das nicht der perfekte Einstieg für den Forest
Memorial Vlog ist, weiß ich auch nicht.

»Ich durfte am Ende die Piñata einweihen«, erzählt
Sam stolz, doch dann verschwindet das Lächeln. »Allerdings durfte ich zwei Jahre lang nicht mehr auf eine Geburtstagsfeier. Scheiße. River, schneid das raus.«

River nickt und stellt eine neue Frage. Ich kann mich
kaum darauf konzentrieren. Stattdessen erinnere ich
mich daran, wie weder Sam noch ich ein schönes Zuhause gehabt hatten. Die Trayls haben das geändert. Forest und River haben das geändert. Sie sind zu unserer
Zuflucht geworden.

***

Ich hatte gehofft, das Interview würde River aus seiner Schale locken. Aber als wir im Anschluss um den
Eiffelturm spazieren und er Fotos macht, ist er genauso
abweisend wie am Morgen.

»Wir gehen gleich noch Essen. Kommst du mit?«, fragt Sam ihn, nachdem River endlich seine Kamera eingepackt hat. Aber er schüttelt den Kopf.

»Nein. Ich muss mit dem Schneiden anfangen. Camilla will das ganze Paris-Material online haben, bevor wir zur Schlucht fahren«, erklärt er ruhig.

Ich stutze. Das kann doch nicht Camillas ernst sein? Was denkt sie, wer River ist? Ihr Sklave? Hoffentlich spricht Sam ein Machtwort, er muss doch auch sehen, dass das völlig unrealistisch von seiner Mutter ist. Stattdessen rollt er mit den Augen.

»Dann mach doch. Verpiss dich. Warum versuchen wir dich zu integrieren, wenn du uns wie Dreck behandelst?«

»Habe euch nicht darum gebeten«, beschwert River sich, zieht die Kopfhörer auf und zieht von dannen. Ich verschränke die Arme und funkele Sam enttäuscht an.

»Was sollte das, Mann?«

»Ich habe es satt. Wenn er sich keine Mühe gibt, gebe ich mir auch keine.«

»Er ackert sich den ganzen Tag ab«, verteidige ich ihn. »Wenn Camilla das Material so schnell will – «

»War ja klar. Meine Mutter ist wieder die Böse. Nicht River, der schon seit der Ankündigung nur Probleme macht«, fährt er mich an.

»Das habe ich weder gesagt noch gemeint«, versuche ich ihn zu beruhigen. »Was ich – «

»Lass stecken. Ich habe keine Lust, mir von dir oder ihm ständig die Laune ruinieren zu lassen.«

Ohne ein weiteres Wort zu sagen, dreht Sam um und joggt davon. In welchem Universum bin ich gelandet, in dem *ich* der *Vernünftige* bin? Mir muss etwas einfallen, denn so kann das nicht weitergehen.

***

Das Schicksal liebt es, mir Steine in den Weg zu legen. Aber wie gut, dass ich ein Profikletterer bin, der seit Jahren nichts anderes macht als über Felsen hinwegzukommen. Ich habe es mir mit einem Take-away-Container voller Ratatouille auf dem Sofa gemütlich gemacht, als mein Smartphone klingelt und der Name meines Vaters aufleuchtet. Zum Glück ist Sam noch unterwegs und River in seinem Zimmer.

»Hello Dad«, brumme ich in den Hörer.

»Wie oft habe ich dir gesagt, dass du Spanisch reden sollst, wenn ich anrufe«, sagt er auf Spanisch. Doch so herzlich. Ich nicke, was er natürlich nicht sehen kann, weswegen ich ein »Si Papá«, hinterher schiebe. Es ist nicht so, als würde ich ungerne Spanisch mit meinen Eltern reden, nur haben beide unterschiedliche Präferenzen, die ich mir ums Verrecken nicht merken will. Meine Mutter bevorzugt es, wenn ich Englisch mit ihr rede, wobei sie jedes Mal nach ein paar Minuten aufgibt und wir dann irgendwann bei einer anstrengenden Spanglisch Mischung landen, bevor ich ins Spanische wechsle und sie mich dafür anmacht. Zu dem Zeitpunkt habe ich schon keine Lust mehr auf das Gespräch, aber sie besteht immer darauf, alles in meinem Leben in allen Einzelheiten zu erfahren. Ein Einfaches »das war echt gut«, reicht ihr nicht aus. Manchmal weiß ich gar nicht, was ich ihr noch erzählen soll und wenn ich dann zu lange schweige, bekommt sie diesen beleidigten Unterton, in dem der Vorwurf mitschwingt, ihr Sohn meldet sich ja nie.

Mein Papá hingegen kann es auf den Tod nicht ausstehen, wenn ich Englisch mit ihm spreche, da er die Sprache bis heute nicht gut beherrscht. Meiner Theorie nach mag er es nicht, inkompetent dazustehen, was ich verstehen kann. Nur lässt er diese Unsicherheit in Form von Wut an mir aus.

»Wo bist du gerade?«, fragt mein Vater und ich erahne schon, dass diese Konversation kein freundliches Abchecken der Lage ist.

»Wir sind heute Morgen in Paris angekommen«, sage ich.

»Paris? Ich dachte ihr klettert.«

Ich reibe mir die angestrengten Augen und versuche ihm keine Angriffsfläche zu bieten, indem ich auf seine Sticheleien eingehe.

»Ist nur ein Zwischenstopp, übermorgen geht es nach Céüse zum ersten Aufstieg«, gebe ich daher zurück und er brummt.

»Hast du eigentlich schon was mit dieser Tourn verdient? Euer Urlaub klingt teuer«, wirft er hinterher.

Es ist egal, wie oft ich mir sage, dass mein Vater einfach zu alt ist, um Social Media zu verstehen. Seine Seitenhiebe treffen trotzdem jedes Mal ins Schwarze und ich beiße mir auf die Innenseite meiner Wange, um die Antwort hinunterzuschlucken. Kein Job, den ich je gemacht habe, war ihm gut genug. Drei Jahre habe ich in der Boulderhalle als Trainer gearbeitet und dennoch hat er es bis zum Schluss meine »Zwischenlösung« genannt.

»Kein Urlaub. Das hier ist meine Arbeit«, sage ich mit einem Beben in der Stimme. »Was genau wir mit der Tour verdienen, kann ich noch nicht sagen, so funktioniert Social Media nicht. Aber wir haben schon ein paar Zahlen von den Sponsoren. Es sieht ganz gut aus.«

Ich weiß, dass ich verloren habe, noch bevor die Worte meinen Mund verlassen. Fuck, warum kann ich nicht einfach Eltern haben wie die Trayls. Rivers Mum Jodie hat sich gerne unsere Geschichten von den Ausflügen in die Berge angehört.

»Was heißt denn ganz gut? Ich will Zahlen«, verlangt er. *Klar willst du das.* Genervt krame ich in meinem Rucksack auf der Suche nach dem MacBook, wo ich die Gewinnaufstellung von Camilla in irgendeinen Ordner vergraben habe. Warum muss ich das eigentlich meinem Vater sagen? Ich bin 24 und keine 16 mehr, was ich verdiene, geht ihn nichts an.

»Genug«, antworte ich dieses Mal mit fester Stimme. Vielleicht lässt er mich von der Angel, wenn er merkt, dass ich ihm nicht mehr Rede und Antwort stehe.

»Du weißt es nicht.« Ich will meinen Kopf gegen die Wand schlagen, bis ich das Bewusstsein verliere.

»Ich habe mir die Zahlen noch nicht genau angesehen, die Unterlagen sind aber da.«

Padre schnaubt. »Du hast dein Leben nicht unter Kontrolle. So wie immer. Wirklich gute Arbeit machst du da. Gute Arbeit«, seine Stimme trieft vor Sarkasmus. »Wann wirst du endlich erwachsen und fängst mal an, Verantwortung zu übernehmen?«

»Nur weil ich nicht jeden Penny oder Cent auf dem Schirm habe, heißt das nicht, dass ich keinen Plan habe. Dafür haben wir Camilla, die regelt solche Angelegenheiten für mich, damit ich mich um meinen Job kümmern kann. Und das ist das Klettern.«

Endlich habe ich es gesagt, warum fühle ich mich dennoch, als hätte ich verloren?

»Du sagst es doch selbst. Du lässt dir von anderen den Arsch abwischen. Kein Plan von nichts hast du. Null Ahnung vom Leben. Du wirst ja noch sehen, wo dich das hinführt«, die Gehässigkeit ist aus seiner Stimme gewichen und zurück bleibt nur bittere Enttäuschung. Ich sacke auf dem Sofa zusammen, sehe auf meine durchgelaufenen Wanderschuhe. Ich trage zwei unterschiedliche Paar Socken, weil ich kein passendes Paar mehr gefunden habe und stecke einen Finger in das kleine Loch meiner Jeans. Vielleicht hat er recht, ich habe keinen Plan.

»Warum hast du eigentlich angerufen?«, frage ich resigniert.

»Weil ich gehofft habe, dass du endlich aufwachst und mit den Spinnereien aufhörst. Aber ich habe mich geirrt«, sagt er und dieses Mal sage ich nichts mehr. »Wann sind du und deine Freunde hier? Deine Mutter will wissen, wie viele Matratzen sie bereitstellen soll.«

»Wir haben ein Hotel im Dorf. Mamá muss weder die alten Matratzen aus dem Keller holen noch ein Fünf-Gänge-Menü kochen.«

Auf keinen Fall möchte ich Sam und River in meinem alten Kinderzimmer übernachten lassen.

»Wag es nicht, deine Mutter so respektlos zu behandeln. Ihr kommt zum Essen, das ist ihr wichtig. Basta.« Da ist wieder seine Wut, mit der ich besser umgehen kann als mit seiner alles vernichtenden Enttäuschung.

»Ich schicke Mamá gleich die Reisedaten, dann weiß sie, wann wir ankommen und für wie viele sie aufdecken muss«, sage ich und schiebe ein »*Da du nicht mit Technik umgehen kannst*«, in Gedanken hinterher.

Nach dem Gespräch bleibe ich noch eine ganze Weile auf dem Sofa sitzen und sehe aus dem Fenster, fummle so lange an dem Loch in meiner Hose herum, bis es doppelt so groß ist. Was ist, wenn mir die Tour doch über den Kopf wächst? Mein Vater war schon immer gut darin, alles zu managen. Ich hingegen lebe lieber in den Tag und springe von einem Abenteuer ins Nächste. Bislang ist noch alles gut gelaufen, aber er hat Recht: Bis wann kann ich das hier aufrechterhalten? Ich will doch nur glücklich sein und mich am Felsen bis an die Grenzen puschen. Dort oben kann mir niemand etwas. Dort heißt es, ich gegen die Natur.

Von meinem schlechten Gewissen getrieben, schaue ich mir endlich Camillas Dokumente richtig an. Content Plan, Tickets, Reiserouten, Kostenaufstellung. Eines muss man ihr lassen, sie hat an Dinge gedacht, die mir nicht im Leben eingefallen wären. Nach fünf Minuten Frustration, weil ich keinen Plan von Excel habe und die Tabelle nicht so will, wie ich, stopfe ich den Laptop zurück in den Rucksack.

Kapitel 10: The Infamous Triple R Box

River

Vor meinem Hotelfenster thront der Eiffelturm, der sich mittlerweile nur noch so anfühlt, als würde er mich verspotten. Er wird von der aufgehenden Sonne beleuchtet und ich sitze mit meinem Laptop an dem Schreibtisch, der direkt vor dem beschissenen Fenster platziert ist. Die Bilder und Videos von gestern erhalten von mir den letzten Touch. Camilla hat mir ein seitenlanges Dokument gesendet, mit Style-Guides, Anweisungen und Regeln, die ich bei meiner Arbeit befolgen muss. Wenn ich nicht die ganze Zeit meinen Bildschirm wechseln müsste, um nachzusehen, ob das, was ich mache, richtig ist, wäre ich sicher schon längst fertig. Trotzdem tut es gut, Abstand zu Atlas und Sam zu bekommen und mich auf die Arbeit zu konzentrieren.

Das hier ist mein erster großer Job.

Ich bin mir sicher, dass du stolz auf mich wärest. Du würdest es total feiern, mich bei deinen beiden besten Freunden zu wissen. Und auf dieser ganz besonderen

Reise, die dir so viel bedeutet hat. Warum fühlt es sich also so falsch an?

Mister Robinsons Augen haben geleuchtet, als ich mit einem Scheck, den mir Camilla ausgestellt hat, vor seiner Tür stand und die Miete der letzten Monate sowie ein halbes Jahr im Voraus gezahlt habe. Dennoch hinterlässt all das einen bitteren Geschmack auf meiner Zunge. Die ganze Situation kitzelt Erinnerungen in mir wach, die ich vergessen will. Kein niedliches Kitzeln, wohlgemerkt. Sondern die Art, die man früher zum Foltern benutzt hat. Es ist wie damals in der Schule. Ich bin hilflos und Menschen wie Camilla ausgeliefert, die über mich entscheiden. Andere, die die Kontrolle über mich haben, weil ich mich nicht wehren konnte und in eine Ecke gedrängt war.

›*River, der kleine Pisser*‹, singt es in meinem Kopf und ich schlage die Hände darüber zusammen, in dem Versuch, die Stimmen auszublenden. Doch sie werden nur lauter.

›*River ist so klein und schwach! Er wird sicher beim nächsten Windstoß durchbrechen.*‹

›*River hat sich die Knie aufgeschlagen und wie ein Schrei-Baby nach seiner Schwester gerufen! Er flennt wie ein Fluss. Da haben seine Eltern echt den richtigen Namen rausgesucht.*‹

›*Warum weinst du, Riachuelo?*‹

›*Weil sie mich geschubst haben und ich gefallen bin.*‹

›*Soll ich sie verprügeln?*‹

›*Nein. Das macht sie nur wütender.*‹

›*Dann müssen wir zusehen, dass du stärker wirst. Und ich werde dir beibringen, dass es in Ordnung ist zu fallen. Du kommst am Wochenende mit uns mit!*‹

Ein Kloß bildet sich in meinem Hals als ich daran zurückdenke, wie Atlas mich damals weinend gefunden und in die Kletterhalle mitgenommen hat. Er war es, nicht Forest, der mir das Bouldern beibrachte. Erst nachdem ich anfing, regelmäßig mit ihm, Forest und Sam zu klettern, schaffte ich es, mich gegen die ganzen Mobber in unserer Schule zu wehren. Nachdem mein Babyspeck sich in harte Muskeln verwandelt hatte, ich meinen Kopf voller Selbstbewusstsein höher trug und jedem, der mir Scheiße kam, eine reinschlug, hörte das Mobbing auf. Sie zerrissen sich hinter meinem Rücken immer noch die Mäuler. Doch das konnte ich mit meinen Kopfhörern ausblenden. Trotzdem ... Es war Atlas, der mir das Klettern beibrachte, um dadurch stark zu sein. Was ist nur aus uns geworden?

Ich höre ein Klopfen an meiner Tür und befürchte, ich habe zu viel über den Teufel gesprochen. Oder über ihn nachgedacht. Was auch immer.

»Ich habe keinen Room Service bestellt«, rufe ich. Trotzdem bekomme ich mit, wie jemand das Zimmer betritt.

»Dabei bringe ich den besten Service der Welt: Eine Tour durch Paris!«, erwidert Atlas und ich muss mich nicht umdrehen, um zu spüren, wie er näherkommt. »Damn, Riachuelo. Da sehe ich ja richtig heiß drauf aus!«

Begeistert deutet er auf das Foto, das ich gestern Abend von ihm gemacht hatte. Atlas war der Meinung gewesen, unbedingt auf einen der Bäume im Jardin des Eiffelturms zu klettern und von einem Ast zu baumeln. Wegen der Geschichte, die er erzählt hat. Auf dem Bild sieht man sein Sixpack deutlich, da sein viel zu kurzes

Tour-T-Shirt ihm bis unters Kinn gerutscht war. Im Schein der untergehenden Sonne und mit Hilfe meiner Überarbeitungen kommen die einzelnen Muskelpartien besonders gut zur Geltung.

»Das ist nur mein Skill«, erwidere ich nüchtern. »Was willst du?«

Atlas beugt sich noch weiter an meinen Laptop, wobei er mit seinem Gesicht meinem schrecklich nahekommt. Selbst wenn er gerade nicht nach Kreide riecht, ist da sein Duft nach Eukalyptus. Ich rücke von ihm weg, aber Atlas rückt mir nur weiter auf die Pelle, bis seine Brust meine Schulter berührt. Nervös halte ich den Atem an. Was denkt der Kerl sich?

»Schauen, was du so treibst. Sam und ich haben den Frühstückstisch gedeckt und wollen danach direkt los zur Stadttour. Kommst du?«

»Kein Hunger.«

»Hast du seit gestern Mittag überhaupt etwas gegessen?«, fragt er bestürzt.

»Proteinriegel.«

»Das ist keine Mahlzeit. Du pfeifst dir jetzt sofort ein Baguette rein, oder ich schieb dir eins in den Mund.«

Mir entfährt ein Würgelaut. Das absolut allerletzte, was ich gebrauchen kann, ist von *Atlas* etwas in den Mund geschoben zu bekommen.

»Belästigung am Arbeitsplatz«, werfe ich ihm erneut entgegen und erhebe mich von meinem Stuhl, damit ich seiner Nähe entkommen kann. Leider weiß ich nicht, wohin mit mir. Wenn ich rausgehe, wartet da Sam auf mich, der genauso viel Bock auf meine Anwesenheit hat, wie ich auf seine.

Statt abzuhauen, hocke ich mich also auf mein Bett, damit ich zur Not Kissen nach Atlas werfen kann. Ich setze mich an das Kopfende und winkele die Beine an. »War's das dann? Ich komme mit, sobald ihr fertig gegessen habt.«

»Mann, Riachuelo.« Atlas lässt sich auf meinem Bett nieder und ich bemerke erst jetzt, als er ihn abstellt, dass er einen ausgefransten Totebag mit sich herumschleppt. »Du kannst das hier doch nicht wirklich so sehr hassen.«

»Doch«, erwidere ich patzig.

»Okay. Du bist noch wegen der Eröffnungsfeier sauer. Das verstehe ich.«

»Nichts verstehst du.«

»Das sagt man mir häufiger«, witzelt Atlas. »Deswegen bin ich auch nicht an die Uni gegangen. Du bist immer der Kluge von uns allen gewesen.«

Ein Geräusch, das halb Schnauben, halb Lachen ist, entfährt mir. »Glaub mir. In letzter Zeit habe ich keine klugen Entscheidungen getroffen. Beispielsweise habe ich mich dazu erpressen lassen, mit einem richtig nervigen Typen eine wochenlange Reise zu machen.«

»Dem Typen gehört das Maul gestopft!«

Ich greife nach einem der vielen Kissen, lehne mich nach vorne und presse es gegen sein Gesicht.

»Finde ich auch! Wie schön, dass wir doch mal einer Meinung sein können«, verkünde ich und schlage ihn mehrmals mit dem Ding. Atlas hebt abwehrend die Hände, doch er lacht laut auf. Ein Geräusch, das eine Gänsehaut über meinen Körper jagt. Verdammt, ich habe sein Lachen vermisst.

»Hey! Wer belästigt jetzt wen?«, ruft er. Plötzlich wehrt Atlas sich nicht mehr. Er reißt mir das Kissen aus der Hand, wirft es hinter sich und ehe ich etwas tun kann, greift er meine beiden Hände, die ich hochgehalten habe, um ihn zu verprügeln. Atlas beugt sich leicht nach vorne und ich muss mich daran erinnern, wie fürchterlich sauer ich auf ihn bin. Doch seine leuchtenden, grün-braunen Augen rauben mir jeden klaren Gedanken.

»Du kommst aus der Nummer nicht mehr raus«, säuselt er anzüglich und sein Grinsen lässt Grübchen über seinen Drei-Tage-Bart wandern.

»Ich werde dich in der Seine ertränken«, warne ich ihn, atemloser als mir lieb ist. Ich hasse es, dass er nach all den Jahren noch immer den gleichen Effekt auf mich und meinen Körper hat. Wieso muss ich ausgerechnet mit meinem ersten großen Crush hier in Paris sein?

Ich entreiße ihm meine Hände und drehe mich weg, damit ich mich nicht an Erinnerungen an meine Gefühle verliere.

»Du kannst so nicht weitermachen«, teilt er mir streng mit. »Das hier ist die Tour, um an Forest zu denken. Sie hätte es nicht ertragen zu sehen, wie wir uns streiten.«

»Uns streiten?«, erwidere ich. »Atlas, sie wäre fassungslos, wenn sie dich jetzt sehen könnte.«

»Erklär's mir. Was habe ich deiner Meinung nach getan, das rechtfertigt, von dir wie Dreck behandelt zu werden?«, fragt Atlas, offenkundig irritiert.

»Das weißt du ganz genau«, versuche ich abzulenken. Atlas krabbelt über das Bett und setzt sich neben mich.

Ich rücke von ihm weg. Trotzdem mache ich den Fehler, ihn erneut anzusehen.

»Nein, River. Das weiß ich nicht. Ich habe keinen Bock, dass Sam zu seiner Mummy rennt und sich über dich beschwert. Sie ist von mir schon genervt genug. Ich weiß nicht, wie oft ich dich noch verteidigen kann. Und ich will nicht, dass du die nächsten sechs Wochen wie ein Häufchen Elend mit einer Kamera um uns herumtänzelst.«

»Niemand hat dich gebeten, mich vor Camilla zu verteidigen«, erwidere ich und verschränke die Arme vor der Brust.

»Das gehört zum guten Ton. Du warst schon immer der kleine Bruder. Von uns allen.«

Gibt es etwas Schlimmeres als von dem Kerl, über den man jahrelang fantasiert hat, ge-bruder-zoned zu werden?!

»Nein. Ich bin jetzt Einzelkind. Spar dir das also.«

»Mann. Sei doch nicht so ein Sturkopf. Lass uns doch bitte reden. So wie früher.«

Ich schüttele nur den Kopf und runzle die Stirn.

»Du willst es echt wissen, oder?«

»Ja.«

Okay. Er hat es so gewollt. Ich drehe mich zu ihm und lasse all meinen aufgestauten Frust an ihm aus.

»Wo soll ich anfangen? Ich hab's. Du und deine Agentin haben den Tod meiner Schwester in eine Marketing-Shitshow verwandelt. Wer macht sowas?!«

Atlas nickt und ich erkenne, wie selbst er die Hand zur Faust ballt. »Camilla hat uns erst auf dem Weg zum Event erzählt, was sie vorhat. Ich schwöre dir, ich wusste nichts davon und ich habe ihr gesagt, wie scheiße wir die Aktion finden.«

»Trotzdem hast du das durchgezogen! Du hättest mich warnen können«, halte ich ihm vor.

»Ich hab's versucht. Du bist abgehauen. Auch nach der Rede habe ich versucht, für dich da zu sein. Du hast nämlich recht. Das war eine Drecksaktion von Camilla und ich wollte kein Teil davon sein. Ich wollte zu dir. Riv, du bist immer noch einer meiner besten Freunde.«

Die Dringlichkeit, mit der er das sagt, jagt eine Hitze in mein Gesicht, die ich nicht fühlen möchte. Scheiße. Ich glaube ihm. Atlas mag zwar ein Kerl sein, der immer irgendwelche Witze reißt, aber eigentlich ist er kein Lügner. Deswegen hatte es mich auch so verletzt, als er behauptete, die Feier sei für Freund*innen und Familie.

»Du hast meine Daten deiner Agentin gegeben. Ohne mich vorher um Erlaubnis zu fragen«, halte ich ihm als nächstes entgegen und er sieht mich nur mit großen Augen und irritiertem Blick an.

»Du hast doch nach Arbeit gesucht? Ich dachte, ich tue dir einen Gefallen.«

So gradlinig wie Atlas manchmal denkt, glaube ich ihm auch das. Verdammt.

»Ja. Nach Arbeit in der Videografie, weil ich Geld brauche. Nicht nach Arbeit, bei der ich Klettern muss.«

Das Klettern erinnert mich zu sehr an dich. Daran, wie meine Unfähigkeit dich hat fallen lassen. Wenn Atlas wüsste, was damals passiert ist ... Wenn er wüsste, dass ich bei dir war ... dass du wegen mir den Halt verloren hast ... Er würde nicht hier sitzen. Er würde mich hassen, genauso wie ich es verdiene. Ich habe einer der wichtigsten Menschen in seinem Leben getötet. Wer will schon so jemandem helfen?

»Es gab mal eine Zeit, da konntest du nicht genug vom Klettern bekommen. Was Forest passiert ist, gehört zum Berufsrisiko. Du kannst nicht ewig Angst vor der Wand haben.«

Ich will ihn anschreien. Ihm die Wahrheit erzählen. Aber ich weiß, keiner von uns beiden würde damit umgehen können. Und so sauer ich auch auf ihn bin, ich kann es nicht über mich bringen, ihm seine Tour zu vermasseln.

»Ich habe keine Angst! Ich möchte nur nicht. Das ist ein Unterschied.«

Er stößt schwer die Luft aus und schüttelt den Kopf. »Wie gesagt. Ich wollte dir nichts Schlechtes. Um ehrlich zu sein, habe ich gedacht, diese Tour ist genau das Richtige. Mann, Riachuelo. Ich habe dich vermisst. Verstehst du das nicht? Wir haben damals alle zusammen davon geträumt, die Welt zu bereisen und zu klettern. Das hier ist genau die Chance, die wir uns immer gewünscht haben. Es wäre falsch, dich nicht dabei zu haben. Wir brauchen dich. Nur dich. Aber dann musst du auch anwesend sein. Du kannst dich nicht unter deinen Kopfhörern und hinter deiner Linse verstecken!«

Ich habe dich vermisst. Die Worte kribbeln auf meiner Haut.

›*Denkst du, ich hätte dich nicht auch vermisst?*‹, will ich ihm entgegenbrüllen, aber kein Laut dringt über meine Lippen.

»Gib mir ne Sekunde. Ich habe etwas mitgebracht«, verkündet Atlas und steht vom Bett auf. Er greift nach dem Totebag, den er eben abgelegt hat. »Mach die Augen zu!«, bittet er mich und klingt dabei so aufgeregt wie ein Kind vor Weihnachten.

»Wieso? Damit du es mir mit einem Kissen heimzahlen kannst?«, frage ich missmutig.

»Nein. Besser. Na los. Komm schon.«

Widerwillig schließe ich die Augen und warte darauf, dass irgendetwas Seltsames passiert. Doch Atlas verprügelt mich weder mit einem Kissen, noch schiebt er mir plötzlich ein Baguette in den Mund. Wieso ist da ein kleiner, verräterischer Teil in mir, der fast schon enttäuscht ist? Fickt euch, Hormone. Ich bin einundzwanzig, nicht sechszehn. Aber mein Körper sieht das ganz eindeutig anders. Fuck.

»Jetzt kannst du hinschauen!«

Blinzelnd öffne ich die Augen und kann ihnen kaum trauen. Atlas hält mir eine Box entgegen, von der ich mir sicher war, ich würde sie nie wieder sehen. Unzählige Sticker kleben darauf, auch wenn sie mittlerweile ausgebleicht und stellenweise eingerissen sind.

»Die Triple R Box?!«, frage ich ungläubig.

»Jep. Rivers Reizende Reiseorte.«

Ich cringe immer noch bei dem Namen, trotzdem merke ich, wie meine Lippen sich zu dem ersten Lächeln seit ... langem nach oben ziehen. Die Box löst Emotionen in mir aus, die ich vergessen glaubte. Freude. Abenteuerlust. Die kindliche Selbstverständlichkeit, dass Träume in Erfüllung gehen.

Stolz öffnet Atlas die Schatulle und nimmt einen Zettel hervor, den er ganz offensichtlich bewusst oben platziert hat. Genau wie alles andere aus der Box ist es ein Artikel, den ich damals aus irgendeinem Magazin übers Klettern ausgeschnitten und hineingelegt habe. Atlas räuspert sich und liest stolz vor.

»Die besten Orte für Parkour in Paris. Zehn Sprünge, die man unbedingt ausprobieren muss. Extremsportler Antoine Dupont teilt erstmals seine Geheimtipps.«

Die Erinnerung an den Artikel überrumpelt mich, als würde ich mich plötzlich an ein früheres Leben erinnern. Fuck, es war schön gewesen, damals all diese Reisen für Forest, Sam, Atlas und mich zu planen.

»Wir wollen heute diese Orte abklappern und ich muss dich dabeihaben. *Dich.* Nicht den grumpy Kameramann«, bittet Atlas erneut und ich merke, wie er es schafft, der Mauer in meinem Inneren Risse zu verpassen. Ich möchte mit ihm los. Möchte wieder mit ihm und Sam lachen. Aber wäre das nicht falsch? Würde ich dich damit nicht verraten? Wenn ich das Leben weiterlebe, das dir verwehrt ist? Vor allem, weil ich diese Box für dich gebastelt habe?

Erneut versuche ich, Atlas auszuweichen und nehme ihm die Box ab. »Ich dachte sie wäre mit draufgegangen, als unser Zelt damals in Schottland geflutet wurde. Haben wir nicht alles im Regen zurücklassen müssen? Warum hast du nicht vorher schon etwas gesagt? Du weißt, wie sauer es mich gemacht hat, dass die Box verschwunden ist.«

Atlas fährt sich peinlich berührt durch seine Haare und verwuschelt sie dabei.

»Um ehrlich zu sein, hatte ich vergessen, dass ich sie gerettet habe. Ich habe sie erst drei Jahre später in meinem Rucksack gefunden.«

Ich blicke Atlas an, als hätte er mir gerade gesagt, er würde nur einmal im Monat seine Unterwäsche wechseln.

»Ich will nicht wissen, wie dein Rucksack aussieht, wenn du ihn nur alle drei Jahre ausmistet«, merke ich an und schüttele mich bei dem Gedanken.

»Oh, ich kann dir gerne Horrorstorys erzählen, was ich sonst noch gefunden habe. Erinnerst du dich noch an den einen coolen Stein, den wir in Wales gefunden haben? Turns out, das war irgendein Ei … «

»Bitte sprich nicht weiter.«

»Aber du wirst nicht glauben, wie das Ding –«

»Ich will nichts von deinen muffeligen Eiern hören!«, rufe ich und sehe bestimmt immer noch so aus, als hätte ich Schwefel unter der Nase.

»Hey! Ich habe nach der Ankunft geduscht.« Atlas wackelt anzüglich mit den Augenbrauen und hebt sein Kinn nach oben. »Du kannst dich gerne selbst überzeugen.«

Sofort merke ich wieder, wie mein Gesicht heiß wird und ich schlucke schwer.

»Das ist Belästigung am Arbeitsplatz!«, rufe ich aus, um zu überspielen, welchen Effekt Atlas auf mich hat. Verdammt, wenn Forest hier wäre, wäre das definitiv ein neuer Button geworden. Aber Forest ist nicht hier. Das ist doch das eigentliche Problem.

Atlas zuckt nur mit den Schultern und wird wieder ernst. Plötzlich legt er ebenfalls eine Hand auf die Box zwischen uns beiden und lehnt sich vor. Er berührt mich nicht und trotzdem fühle ich mich ihm so verbunden, wie seit über einem Jahr nicht mehr. Er blickt mir eindringlich in die Augen.

»Siehst du es denn nicht, River? Du bist der Einzige, der es verdient, neben Sam und mir auf dieser Tour zu sein. Es gibt keine andere Wahl. Immerhin sind es die Orte aus deiner Triple R Box, die diese Reise inspiriert haben.«

Kapitel 11: Parkour, Baby!

Atlas

Es macht mich unendlich glücklich, dass River beim Parkour zum ersten Mal *nicht* seine Kopfhörer trägt. Wir stehen auf dem Platz vor dem Palais de Chaillot und haben eine frontale Sicht auf den Eiffelturm.

River ist ganz in seinem Element und filmt gerade B-Roll für unseren Vlog. Vorhin, als wir aus dem Apartmenthotel gekommen sind, wollte River eine Luftaufnahme von uns einfangen aber ein sehr wütender Cop hat uns darauf hingewiesen, dass das Fliegen von Drohnen in ganz Paris verboten sei. Was für ein Spielverderber. Da ich nicht schon auf dem ersten Stopp verhaftet werden wollte, habe ich den Mittelfinger stecken gelassen. Dafür hat River sich mit der Kamera auf den Boden gelegt und wir sind über ihn hinüber gehüpft. Seine Erklärung war, dass er das Ganze dann als Übergangsshot nutzen wird. Der kleine Riachuelo legt sich echt ins Zeug und seine Anweisungen sind fantastisch. Selbst Sam blüht heute auf. Wir hatten unsere Auseinandersetzung von gestern wie gute Bros geregelt: Indem wir so getan haben, als hätte es sie nicht gegeben.

Ich schaue zum Palais de Chaillot, stemme zufrieden die Hände in die Hüften und atme tief durch.

»Ah, riecht ihr das auch? Freiheit und Baguette!«, verkünde ich und sehe in den Himmel.

Sam rümpft die Nase. »Also ich rieche nur Abgase und Pisse.« Wie war das mit der guten Laune?

»Der übliche Großstadtcharme«, erwidert Riv und deutet auf die Touristen, die alle versuchen ein schönes Foto mit dem Eiffelturm im Hintergrund zu machen.

»Leute, Leute. Mehr Romantik, wenn ich bitten darf!«

»Dafür fehlen mir der Rotwein und die richtige Begleitung«, sagt Sam bitter. Ich greife nach seinen Händen und er lässt sich von mir lustlos im Kreis drehen. Als ich anfangen will, mit ihm einen Walzer zu tanzen, windet er sich aber aus meinem Griff.

»Let's goo«, rufe ich und beobachte, wie River seine Kamera auf einem Gimbal montiert. Kurz darauf filmt er, wie wir abwechselnd Saltos über die niedrigen Mauern machen. Sam springt zum zweiten Mal etwas zu weit, kommt ins Taumeln und rennt regelrecht in River hinein, der trotzdem weiterfilmt.

»Nimm das bloß nicht rein«, warnt Sam ihn, aber Rivers süffisantes Grinsen bringt auch mich zum Lächeln. Da ist er. Da ist der verlorene Welpe.

»Ich brauche Material. Auch von deiner Unfähigkeit«, neckt River ihn.

»Komm du erstmal in mein Alter, dann will ich dich so hüpfen sehen«, kontert Sam, geht aber wieder in Position und springt dieses Mal richtig.

Mit der Linse folgt Riv uns immer nur so weit, bis er auf der Kante steht, springt dann aber nicht mit. Ich möchte, dass er auch etwas Spaß hat und habe eine

Idee. Am Ende des Platzes ist eine große Treppe, die näher zum Eiffelturm führt. Ich deute den beiden an, mir zu folgen. Das ist der perfekte Spot, um River zum Parkour zu animieren.

»Erinnert mich total an die IMAX-Treppen in London. Die hast du früher so geliebt, River! Beweis uns, dass du im letzten Jahr nicht nur auf der faulen Haut gelegen hast.«

River zieht eine Augenbraue hoch. »Seh ich so aus, als würde ich auf Sport verzichten können?«, fragt er. Ich blicke an seiner Kleidung hinunter. Sein Hoodie und die Hose sind ihm viel zu groß. Nachdenklich neige ich den Kopf von einer Seite zur anderen.

»Du siehst mehr aus wie ein armer Student. Aber nicht wie einer, der Sport studiert«, kommentiere ich. Seine Miene verdunkelt sich.

»Liegt daran, dass das einzige Fach, das mir Spaß gemacht hat, Introduction to Psychology war. Halt das Ding. Ich zeige dir, was ich drauf habe.«

Na, wer sagt's denn?! Meine Methoden funktionieren. Der kleine Riachuelo drückt mir seine Kamera entgegen, krempelt die Ärmel hoch und springt leichtfüßig über die Balustrade der Treppe. Danach hat er Blut geleckt, sieht sich nach coolen Orten für gute Moves um, testet sie selber aus und bittet Sam und mich dann seine Choreo nachzumachen.

Ich zücke mein Handy, filme ihn bei einem Sprung und poste es in die Instagram-Story von Astra Vertice.

Wenn der kleine Bruder deiner besten Freundin krassere Sprünge abliefert als die Profis – Atlas schreibe ich darunter und tagge @*river_trayl*.

Einige Shots später gehen wir zum nächsten Spot des Zeitungsartikels. Und zum nächsten. Und zum nächsten. Und mit jedem Ort, den wir erreichen, blüht River mehr auf. Vor dem Louvre zeigt er uns, wie wir die besten Backflips hinbekommen können. Er will, dass Sam und ich gleichzeitig durchs Bild wirbeln. Es ist anstrengend, aber es tut richtig gut, mit Sam und River Spaß zu haben.

Sam und ich machen eine kurze Pause, trinken Wasser während River ein paar Umgebungsaufnahmen macht. Es fällt mir verdammt schwer, River zu ignorieren, wenn er mit der Cam um mich herumschwirrt und für die Nahaufnahmen so nah an mich herantritt, dass ich seine Körperwärme und den salzigen Geruch seiner Haut wahrnehme. Mittlerweile hat Riv seinen Hoodie ausgezogen und trägt nur noch ein luftiges T-Shirt, das er unten zusammenknotet und zum ersten Mal sehe ich seine Muskeln.

Es ist so, als wäre mein Kopf eine Boulderwand, bei der jemand ein paar Griffe ausgelassen hat. Die Route sollte Sinn ergeben, tut sie aber nicht und ich versuche Lösungen zu finden. Genauso ist es, wenn ich River ansehe. Ich weiß, es ergibt keinen Sinn, Forests kleinen Bruder attraktiv zu finden. Dennoch kann ich meinen Blick nicht von ihm abwenden.

***

Riv liegt bäuchlings vor mir auf dem warmen Steinboden vor dem Louvre, wobei seine hellen Augen den Himmel über uns spiegeln, der langsam rötlicher wird.

Er zückt sein Smartphone und als das Licht sich seltsam darin bricht, erkenne ich, dass der Bildschirm komplett zersprungen ist. Wie sieht er da überhaupt noch etwas? Riv tippt auf dem iPhone und plötzlich vibriert es in meiner Hosentasche. Jetzt zücke auch ich mein Handy und ein breites Grinsen huscht mir auf die Lippen.

Eine Benachrichtigung von Pokémon Go. River hat mir ein Geschenk geschickt.

»Ich sehe, ich bin nicht der einzige Nerd in der Gruppe«, rufe ich ihm entgegen, aber River tut so, als würde er mich nicht hören und greift stattdessen wieder zur Kamera. Aus dem Liegen geht er in eine knieende Position, dabei ist er mit seinem Gesicht nur wenige Zentimeter vom Boden entfernt. Durch die Löcher in der Hose rutschen seine nackten Knie über den Boden und sein wirklich gut geformter Hintern streckt sich mir entgegen. Meine Kehle wird bei dem Anblick trocken und ich trinke noch einen Schluck, obwohl ich gar nicht mehr durstig bin – zumindest kein Durst, den Wasser stillen kann. Wann habe ich das letzte Mal einen Typen in dieser Position gesehen?

Ich schüttle den Kopf. Ich darf diese Gedanken nicht haben. Nicht. Für. Forests. Kleinen. Bruder.

***

Das plötzliche Klingeln meines Handys reißt mich zum Glück aus den fragwürdigen Gedanken.

»Wenn das nicht unsere liebste Agentin ist.«

»Hallo Atlas«, begrüßt sie mich eisig. »Ich habe gerade deine Instagram-Story gesehen.«

»Mega, oder? Er ist richtig talentiert«, verkünde ich glücklich.

»River darf nicht mit auf die Videos.«

»Entschuldigung?«

»Der Account ist nur für Sam und dich«, erklärt sie, wobei sie sich gibt, als würde sie mit einem Erstklässler sprechen. Der Tonfall kippt meine Stimmung. Denn genauso klingt mein Vater auch viel zu oft, wenn ich mal wieder nicht das mache, was er für richtig erachtet.

»Ja und wir sind auf der Forest Memorial Tour. Mit Forests kleinem Bruder. Hast du dir die Kommentare angesehen? Die Fans lieben ihn!«, verteidige ich ihn.

»Die Fans müssen sich auf Sam und dich konzentrieren. Es ist schon schlimm genug, dass es diesen Team Sam- und Team Atlas-Mist gibt. Unsere Strategie erlaubt es nicht, wenn sich jetzt noch River Fans dazugesellen.«

Ich habe lange nicht mehr so einen Quatsch gehört, trotzdem zwinge ich mich zu einem Lächeln und bleibe höflich.

»Ist das nicht gut? Wenn wir mehr Follower bekommen, von Leuten, die sich für River interessieren?«, halte ich dagegen.

»Nein, Atlas. Noch so ein Video und River fliegt.«

»Was? Das ergibt doch keinen Sinn!« So langsam verliere ich doch mein Verständnis für sie.

»Sein Vertrag verbietet es ihm. Wenn du weiter postest, muss ich das als Vertragsbruch sehen und ihn feuern. Also halt River von eurem Account fern«, ordert Camilla an. Ich verkneife mir, dass das hier eigentlich eine Gedenktour für unsere beste Freundin ist, weil ich nicht glaube, dass Camilla das mit ihrem Herz aus Stahl verstehen würde.

»Was ist mit meinem privaten Account? Bestimmst du da auch, was ich poste und was nicht?«, frage ich und erhalte nur ein Seufzen von Camilla.

»Liest du deine Verträge nie?«

»Nur das Wichtigste.«

***

Nach unserer Pause entschließen wir uns noch eine letzte Speed-Runde zu machen. Ein paar französische Kids, die nicht älter als 16 sind, gesellen sich zu uns, machen mit und werden regelrecht waghalsig, als sie Riv und die Kamera bemerken. In gebrochenem Englisch und Französisch erklärt Riv einem von ihnen, wie er bessere Aufnahmen mit seinem Handy machen kann.

Wieder sind Rivs Wangen von der ganzen Bewegung gerötet, seine silbernen Haare sind wild zerzaust. Es juckt mich in den Fingern durch sie hindurchzufahren. Das goldene Licht der untergehenden Sonne taucht Riv in warme Farben und die Erinnerung an Lagerfeuer, Moskitospray und ein vierzehnjähriger Riv fluten mich.

Er hockt hoch oben auf dem dicken Ast einer alten englischen Eiche und hat eines meiner Shirts an, weil er bei der Wanderung in den Bach gefallen ist.

»Glaubst du, die Mutter nimmt das Küken wieder an?«, fragt er, wartet meine Antwort aber nicht ab und legt vorsichtig das schreiende Vogelbaby zurück ins Nest. Wie durch ein Wunder hat der kleine Vogel den Sturz überlebt

und ist von Riv beim Sammeln von Lagerfeuerholz gefunden worden.

»Ganz bestimmt«, antworte ich zuversichtlich, obwohl ich keine Ahnung habe, ob es wahr ist. Ich will Riv nicht die Hoffnung auf ein Happy End nehmen und am liebsten möchte ich selbst daran glauben, dass die Vogelmutter ihr Küken nicht abstoßen wird. Riv strahlt mich von oben an und ich recke ihm grinsend beide Daumen entgegen.

Während ich Riv und die französischen Teenager beobachte, wird mir bewusst, dass ich genau diesen Ausdruck von Naivität und purem Glück seit der Trauerfeier auf Rivs Gesicht suche. Diese Leichtigkeit, die Neugier, die Abenteuerlust. Jetzt, wo er voll in seinem Element ist, und sein Wissen teilen kann, scheint Riv etwas Frieden finden zu können. Denn der Gesichtsausdruck, den ich jetzt sehe, kommt dem von jenem Sommer voller Wunder am nächsten.

Kapitel 12: Dix Shots Tequila und ein Naruto Run

River

Ich hatte ganz vergessen, wie es sich anfühlt, zu lachen. Im Ernst. Meine Mundwinkel schmerzen und ich frage mich, ob man vom Lachen Muskelkater bekommen kann.

Wahrscheinlich werde ich das morgen herausfinden …
Atlas schleift uns nach Montmartre, wo das Künstlerviertel auf dem Place du Tertre am Ende der langen Treppe auf uns wartet. Immer wieder halte ich meine Kamera nach oben, um die bunten Lichter, die die Nacht zieren, zu fotografieren und zu filmen. Ich kann nicht glauben, dass ich es genieße, hier zu sein und nicht schon längst abgehauen bin. Paris ist vielleicht doch nicht so überbewertet, wie ich zuerst dachte. Vielleicht sollte ich Sam nachher mal bitten, meine Temperatur zu messen, damit ich sichergehen kann, dass ich kein Fieber habe.

Ich bin gerade dabei rückwärts die Treppen weiterzulaufen, weil mir der Winkel so gut gefällt. Ich weiß, dass auch dieser Ort gerne für Parkour benutzt wird und greife in meine Tasche, damit ich einen der Forest Memorial Sticker auf eine der Laternen anbringen kann. Ja. Das scheint mir ein guter Ort zu sein. Nachdem ich ihn geklebt habe, hebe ich wieder meine Kamera, um einen guten Shot davon zu schießen.

»Hey *Riachuelo*, mach mal Feierabend.«

Plötzlich erscheint Atlas' Gesicht vor meiner Linse und ich beende seufzend die Aufnahme.

»Aber Paris ist so viel schöner als immer nur deine Wenigkeit, die rumhampelt.«

Sam lacht gehässig und macht damit einer alten Hexe alle Ehre. Atlas hingegen fasst sich an die Brust.

»Ich bin zutiefst verletzt!«, ruft er, deutet an, wie er ohnmächtig wird, springt dann aber mit einem Salto nach hinten. Zeitgleich schütteln Sam und ich den Kopf, doch wieder spüre ich, wie ich ... grinse. Und wie die Muskeln um meinen Mund sich wehren.

»Der Letzte, der am Künstlerplatz ist, muss später Atlas' Stinkesocken vom Boden aufsammeln und in die Wäsche packen«, rufe ich und sprinte los.

»Was habt ihr beiden ständig mit euren scheiß Wettrennen?«, beschwert sich Sam und rennt mir hinterher. Ich muss mich nicht umdrehen, um zu wissen, wie ich die beiden meinen Staub fressen lasse. Von uns allen war ich schon immer der Schnellste gewesen. Die Einzige, die mich hin und wieder geschlagen hat, war ... Forest.

Obwohl ich als erster am Place du Tertre ankomme, ist mir plötzlich wieder schwindelig.

Ich hoffe, du kannst mir verzeihen. Ich hoffe, es ist in Ordnung, dass ich endlich wieder lachen kann. Auch wenn es mit deinen beiden besten Freunden ist.

»Hey, Atlas. Du lässt ganz schön nach. Das ist das zweite Mal, dass ich dich geschlagen habe«, stellt Sam verblüfft fest. Atlas macht eine wegwerfende Handbewegung.

»Ich wollte nur nett sein und meine eigenen Socken aufsammeln«, weicht er aus, doch ich bemerke, wie er seinen linken Fuß mehrmals dreht und das Gewicht auf seinen rechten Fuß verlagert. Stirnrunzelnd frage ich mich, ob alles in Ordnung ist. Allerdings ist Atlas alt genug und kann auf sich allein aufpa– oh shit. Wenn etwas mit seinem Fuß oder Knie ist, sind wir alle gefickt.

Atlas legt einen Arm um Sams Schultern. »Was haltet ihr davon, wenn wir uns in eine der Bars hier setzen und den Abend ausklingen lassen?«

***

Ich wünschte, Alkohol wäre nicht so gut darin, all meine Zweifel und Gedanken in eine dunkle Ecke zu verdrängen. Gleichzeitig genieße ich das Gefühl von Watte und Freude, das mir genau wie der mittlerweile dritte Cocktail zu Kopfe steigt. Wir sitzen auf petrolfarbenen Sofas in der hinteren Ecke einer kleinen Bar namens Lost Generation, deren Name sich passend anfühlt. Zu meiner Linken kann ich einen Barkeeper beobachten, der seinen silbernen Shaker durch die Luft wirbelt. Auf der Wand gegenüber ist die Illustration einer Frau, die zwischen grünen und rosa Blumen den Rauch einer Zigarette auspustet.

Atlas sieht in dem gedämpften, orangenen Licht der modernen, metallenen Deckenlampen umwerfend aus.

Sein schiefes Lächeln lässt mich wieder davon träumen, seine Lippen mit meinen zu erkunden. Es ist ein Wachtraum, in dem man sich verlieren kann, ohne sich vor den Konsequenzen zu fürchten.

Auch Atlas und Sam sind mittlerweile gut dabei. Vor allem Sams Wangen sind ziemlich rot über seinem Bart und auch ihn habe ich schon lange nicht mehr so zufrieden dreinblicken gesehen.

»Ich wusste nicht, dass ich so einen Tag brauchte, aber ich brauchte genauso einen Tag.« Damit spricht Sam das aus, was ich auch schon seit Stunden fühle.

»Hört, hört. Darauf trinke ich einen. Auf uns. Auf die Tour. Auf Paris«, stößt Atlas einen Toast an und wir alle heben die Gläser.

»Auf uns. Auf die Tournee. Auf Paris«, wiederholen Sam und ich. Trotzdem merke ich, wie eine kriechende Melancholie mich erneut einholt und versucht, mich aus meinem Wachtraum zu ziehen.

»Siehste, Riachuelo? Es geht doch«, kommentiert Atlas besserwisserisch. »Und wem habt ihr das zu verdanken? Meiner bezaubernden Wenigkeit!«

»Nehmt dem Kerl den Alkohol weg, bevor er sich noch zum nächsten Messias erklärt«, klagt Sam, aber wir alle lachen.

»Verlockend, verlockend. Ich mag es, angebetet zu werden«, meint Atlas und fährt sich verschwörerisch über seine Bartstoppeln.

»Träum weiter. Sind wir hier bei Dune, oder was?«, merke ich an.

»Zu wenig Sand«, sagen Atlas und Sam wie aus einem Mund. Scheiße, ey. Wir hatten den ersten Teil damals alle zusammen im Kino gesehen. Forest hatte sich so auf die Fortsetzung gefreut. Jetzt wird sie nie erfahren, wie der gute Paul einen heiligen Krieg startet.

»Wieso fühlt sich das hier im ersten Moment so an wie früher und im nächsten wie Verrat?« Ich brauche einen Augenblick, um zu realisieren, dass ich diese Gedanken laut ausgesprochen habe. Mir wird eiskalt. Ich will nicht angetrunken mit den beiden über meine Schwester reden. Plötzlich sehe ich nicht nur auf Sams Wangen Röte, sondern auch in seinen Augen. Er wendet den Kopf ab.

»Weil es nicht das gleiche ohne Forest ist«, murmelt er. Ich will nicht, dass es gut tut, ihn das sagen zu hören. Ich verdiene es nicht, den Schmerz zu teilen, den nur ich zu verantworten habe. Also sage ich nichts und selbst Atlas bleibt still. Sam scheint das nicht zu kümmern. Er hebt sein Cocktailglas und schwenkt es, wobei die Eiswürfel, die darin schmelzen, klackern.

»Wisst ihr? Forest und ihr wart meine erste richtige Familie. Mum hat mich angeschrien. Dad war nur unterwegs«, sagt Sam.

Am liebsten hätte ich ihn in den Arm genommen. Es geht hier nicht nur um Forest. Sondern um so viel mehr. Ich erinnere mich besser als mir lieb ist an so viele Momente an denen Camilla ihn vor uns allen angeschrien hat.

»Mittlerweile ist deine Mutter doch dein größter Fan! Für so viel elterlicher Liebe würde ich eine Niere verschenken«, wirft Atlas ein. Sams buschige Augenbrauen ziehen sich zusammen und er funkelt Atlas wütend an.

»Als ob. Du hast keine Ahnung, wie heftig sie mich unter Druck setzt.«

Noch bevor Atlas wieder irgendeinen Spruch bringen kann, wende ich mich an Sam. Ich habe Camilla noch nie leiden können, das ist kein Geheimnis. Der einzige Grund, warum ich sie vor über einem Jahr in Forests Leben toleriert habe, ist, weil sie ihr versprochen hat, ihre Träume wahr werden zu lassen. Allerdings frage ich mich manchmal, ob es anders gekommen wäre, wenn Forest nicht Ende März geklettert wäre. Wir waren nur so früh in Amerika, weil Camilla Forest El Capitan verboten hatte. Deswegen wollte sie es machen, bevor der Vertrag mit Camilla begann.

Nein. Ihr Sturz ist meine Schuld. Nicht die von Camilla, nicht die des Wetters. Meine. Weil ich mich verletzt habe. Ich versuche, mich wieder auf Sam zu konzentrieren.

»Ich kann mir vorstellen, wie schwierig es ist, die eigene Mutter als Agentin zu haben«, sage ich.

»Du hast ja keine Ahnung«, bestätigt er. Das Rot ist vollends aus seinen Wangen verschwunden und nur noch in seinen hellen Augen zu sehen.

»Ich glaube, wir brauchen alle noch einen Shot, um die Gemüter zu heben. Garçon?« Atlas winkt einem der Kellner zu. Sam schüttelt den Kopf.

»Für mich keinen mehr.«

Atlas nickt und wendet sich an den Kellner, der verboten gut aussieht. ›Ian‹ steht auf einem Namensschild und für den Bruchteil einer Sekunde frage ich mich, wie es klingen würde, seinen Namen zu stöhnen. Scheiße, es ist viel zu lange her, seit ich mich mal von einem heißen Typen habe durchnehmen lassen. Aber warum muss ich ausgerechnet jetzt daran denken? Bei dem Gedanken an Sex und diesen knackigen Arsch erwarte ich zu spüren, wie meine Hose enger wird.

Nichts.

»Dix Shots Tequila, s'il te plaît«, bestellt Atlas und der heiße Kellner macht sich eine Notiz. Ich bin zu sehr von meinem Körper abgelenkt, um sofort zu schalten.

»Moment. Hast du ›dix‹ gesagt?«, frage ich.

»Ja. Zwei Shots. Für dich und mich«, bestätigt Atlas.

»Du weißt, dass ›dix‹ zehn ist, oder? ›Deux‹ ist zwei.«

»Oh. Upsi. Da müssen wir wohl bechern.«

Atlas leckt sich gefährlich langsam über die Lippen und sieht mich dabei intensiv an. Und *jetzt* wird meine Hose eng. Scheiße.

Von Freude, zu Trauer, zu Wut, zu Schuld, zu dem unangebrachtesten Ständer der Welt. Danke, Emotionen. *Ganz aus Versehen* schubse ich eines der Gläser um, sodass mir die Eiswürfel in den Schoß fallen. Der plötzliche Kälteschock ist genau das, was ich gerade brauche.

»Manchmal seid ihr beiden peinlich«, kommentiert Sam und schüttelt den Kopf. Atlas zuckt mit den Schultern. Kurz darauf kommt der Kellner zurück und stellt ein Tablett mit zehn Shots Tequila vor uns ab.

Das wird nicht gut enden.

»Ich hatte wirklich nicht vor, mich zu betrinken«, seufzt Sam, nimmt aber trotzdem eines der Gläser.

»Spaßverderber«, neckt Atlas ihn und ich beobachte schockiert, wie er erst einen, dann noch einen, dann einen dritten und einen vierten Shot trinkt, noch bevor ich meinen überhaupt in der Hand habe. Atlas stößt ein langgezogenes. »Aaaaaah. Geil« aus. »Guckt mal. Jetzt sind es nur noch zwei für jeden von uns.«

»Manchmal vergesse ich echt, wie dumm du bist«, rutscht es mir heraus. Wir alle greifen einen Shot und der Tequila brennt mir im Mund.

»Dumm fickt gut«, sagt Atlas, der als erstes von uns den Shot runter hat und Sams Tequila landet auf meinem Shirt, als er sich prustend daran verschluckt.

»Belästigung am Arbeitsplatz!«, rufe ich erneut.

***

»Macht er gerade den Naruto Run?«, fragt Sam, der mit blankem Horror zusieht, wie Atlas mit beiden Armen nach hinten ausgestreckt wild über den Platz vor der Sacré-Coeur rennt.

»Für mich sieht er eher aus wie ein Pinguin, der einen Schlaganfall erleidet«, gebe ich trocken zurück.

»Sollten wir unserem Pinguin helfen?«

»Nope. Das hat er sich ganz allein eingebrockt und wenn er meint, morgen beim ersten Tag unseres Roadtrips kotzen zu müssen, darf er das auch selbst wegwischen.«

Atlas dreht drei weitere Runden und bleibt plötzlich vor der Sacré-Coeur stehen. Mit großen Augen starrt er nach oben, so als würde er die neobyzantinische Wallfahrtskirche erst jetzt bemerken.

»Woha«, macht er und tritt langsam näher. »Ich habe schon von diesem geilen Gebäude geträumt. Ich schwöre, das habe ich schon in Assassin's Creed Unity bestiegen. Wetten, ich kann das flashen? So ganz ohne Sicherung und Vorbereitung?«

Noch bevor Sam oder ich einschreiten können, ist Atlas losgerannt. Er springt über das Gitter der Kirche, das genau dafür da ist, um übermutige Kletteraffen wie ihn fernzuhalten. Die Leichtigkeit, die mich bisher noch beflügelt hat, lässt mich abstürzen. Zu sehen, wie Atlas versucht, sich ungeschickt an dem äußeren Torbogen hochzuziehen, ist wie ein Eimer Eiswasser, den man mir überkippt. Ich fühle mich sofort wieder nüchtern. Nur begleitet von einem stechenden Schmerz in meinem Kopf. Mit rasendem Herzen eile ich ihm hinterher.

Ich kann nicht zulassen, dass dieser größenwahnsinnige Dreckskerl sich den Nacken bricht.

Ich muss besser sein. Besser als damals. Mir ist kotzübel, als ich ebenfalls über das Gitter springe. Sam ist dicht hinter mir. Während ich den Sprung problemlos packe, bleibt Sam mit der Hose hängen, die genau an seinem Arsch einreißt und eine Boxershorts mit Chili-Schoten offenbart. Ich rolle die Augen und lasse ihn zurück.

Atlas hat es mittlerweile geschafft, sich hochzuziehen und schwebt zwei Meter über mir in der Luft.

»Komm sofort runter!«, schreie ich ihn an, aber Atlas ist zu sehr in seinem eigenen Film. Seine Komödie, die mein Horrorstreifen ist. Mein ganzer Körper zittert. Wenn ich hochspringe, könnte ich seinen Fuß packen. Doch dann würden wir beide auf gefährliche Art fallen.

Denk nach. Denk nach.

Mir bleibt keine Zeit, um nachzudenken.

Ich sehe schockiert, wie Atlas sich nach einem Vorsprung im Stein ausstreckt, seine Finger aber keinen Halt finden.

»Oh oh.« Er fällt.

Von Sorge und Furcht übermannt stürze ich mich unter ihn. Meine Knie protestieren mit einem durchdringen Schmerz, als Atlas mit seinem kompletten Gewicht gegen mich prallt und wir zu Boden gehen. Obwohl ich auf dem Rücken liege, dreht sich alles. Auch wenn mir alles wehtut, spüre ich weder einen Bruch noch gerissene Bänder. Dafür aber Atlas' Arsch auf meiner Mitte, nur ein paar Zentimeter davon entfernt, mich zu kastrieren.

»Was ist denn mit diesem französischen Stein kaputt?!«, flucht Atlas und scheint weder den Ernst der Lage zu checken noch auf was oder wem er sitzt. Ich will etwas sagen, ihn von mir schubsen, aber ich bin zu beschäftigt damit, meinen Atem unter Kontrolle zu bringen.

Atlas hätte sich verletzen können. Doch stattdessen lässt er zu, dass ich verletzt werde. Und damit meine ich nicht meinen eingequetschten Schritt.

»Junge, du bist kaputt«, schreit Sam ihn an und zerrt ihn von mir herunter. Ich schaffe es immer noch nicht, aufzustehen. Vor meinen Augen ist nicht länger der Sternenhimmel Frankreichs, sondern wieder nur der Stein des El Capitan.

»Fuck, Riv. Bist du okay? Hat dieser Wichser dir was angetan?«

Sams Gesicht taucht vor mir auf und reißt mich aus der Paralyse. Ich schüttele den Kopf, auch wenn es eine Lüge ist. Genau diese Waghalsigkeit, die von Selbstüberschätzung beflügelt wird, ist es, warum ich das Klettern hasse. Atlas hat mich gerade wieder daran erinnert, wieso das hier eine Scheißidee ist.

Sam zieht mich hoch, klopft mir den Staub von der Kleidung und prüft, dass es mir wirklich gut geht. Doch noch während er das tut, beginnt Atlas erneut, einen Halt an der Kirche zu finden.

»Ich bring dich um«, presst Sam knurrend hervor und zieht ihn am T-Shirt zurück. Er wirbelt Atlas zu sich herum, packt ihn an der Brust und hebt die Faust.

Ein Teil von mir will, dass er zuschlägt. Da ist ein Hass in Sams Augen, den ich nur zu gut nachempfinden kann. Aber ich will Camilla nicht erklären müssen, wieso ihr Social Media Star ein blaues Auge hat.

»Wasn dein Problem«, lallt Atlas verwirrt.

»Lass ihn«, fordere ich und greife nach seiner Faust. Sam bebt am ganzen Körper.

»Du bist mein Problem! Du kotzt mich an«, schreit Sam. »Was denkst du, wer du bist? Wegen genau so einer – « Sam wehrt sich gegen meinen Griff. Doch dann schüttelte er den Kopf und lässt von Atlas ab. Erst dann spricht er weiter. »Wegen genau so einer Scheiße hast du dich auf der Tower Bridge verletzt.«

Sams Worte treffen mich wie ein Schlag.

»Was meinst du mit Tower Bridge?«, frage ich atemlos und eine fürchterliche Vorahnung beschleicht mich. Es ist Atlas, der auf mich zukommt und stolz einen Arm um mich legt. Ich versteife. Sein Atem stinkt nach Tequila, als er lallend versucht, leise zu sprechen, mir damit aber doch nur ins Ohr brüllt.

»Also eigentlich dürfen wir das ja nicht sagen, weil inkognito und so. Aber wir waren da schon mal oben. Hehehe. Aber vielleicht ... Vielleicht war es auch nur Schall und Rauch. Peeew!« Atlas lässt von mir ab und rennt wieder im Kreis. Diesmal tut er so, als würde er etwas in der Hand halten und ich weiß, er imitiert, wie er dort oben eine Rauchbombe gezündet hat.

»Ihr wart das?«, frage ich Sam bestürzt. »Die Aktion mit Green Vanguard?«

Ich spüre, wie mir der Alkohol wieder hochkommt. Atlas kommt vor uns zum Stehen. Diesmal hat er die Hände in die Hüften gestemmt.

»Natürlich waren wir das. Wer würde sich das sonst trauen? Man nennt mich nicht umsonst den Flash Wizard. Es kann nicht jeder so ein Schisser sein wie du.«

»Fick dich, Atlas«, sage ich, ehe ich losrenne und über die Absperrung springe.

»Warte!«, höre ich noch Sam rufen, doch es ist mir egal, was er zu sagen hat. Was beide zu sagen haben.

Das hier ist ein Fehler.

***

Meine Füße haben mich irgendwo an das Ende des Louise Michel Park gebracht. Ich verstecke mich am Fuße eines großen Baumes. Mein Gesicht ist viel zu heiß und gleichzeitig zu kalt als ich es in meinen Händen vergrabe. Ich werde Atlas und Sam enttäuschen. Genau, wie ich Forest enttäuscht habe. Wie soll ich klettern, wenn es reicht, Leute klettern zu *sehen*, um eine Panikattacke zu bekommen?

»Hab ich dich endlich gefunden.« Ich höre Sam, wie er vollkommen aus der Puste auf mich zukommt.

»Was, wenn ich nicht gefunden werden wollte?«

Sam ignoriert meinen bissigen Kommentar und lässt sich neben mir nieder.

»Atlas ist ein Dreckssack«, meint er und stupst gegen meine Schulter. »Sorry, dass ich gestern auch ein Arsch zu dir war. Ich bin froh, dich dabei zu haben. Du bist für mich kein Schisser. Ich klettere seit Forests Unfall auch nicht mehr ohne Seil.«

»Es geht mir nicht darum, dass Atlas mich einen Schisser genannt hat.«

»Huh? Worum denn dann?«

Ich hole tief Luft und versuche, die richtigen Worte zu finden. Immerhin habe ich das Gefühl, mit Sam besser reden zu können als mit Atlas.

»Ich bin sauer, weil ihr auf die Tower Bridge geklettert seid.«

Ein Schnauben entfährt Sam. »Dude, same. Ich war auch nicht von der Aktion begeistert. Aber Atlas war es wichtig, Green Vanguard zu helfen.«

»Kann ich nachvollziehen. Ich *liebe*, was Green Vanguard machen. Ich war unten an der Themse und habe Poster aufgehängt, als ihr ... Hat mich leider ziemlich getriggert zu sehen, wie zwei Kerle *ungesichert* da hoch sind.«

»Ich war gesichert«, protestiert Sam.

»Und Atlas?«

Ein Schweigen ist Sams einzige Antwort. Wir wissen beide, dass wahrscheinlich nicht nur ich traumatisiert wäre, wenn jemand runtergefallen und wie eine Tomate auf dem Gehweg aufgeplatzt wäre.

»Der Arsch schaufelt sich sein eigenes Grab. Und ich will nicht in der Nähe sein, wenn das passiert«, erkläre ich. Meine Hand fährt über den trockenen Boden neben mir. Ich ertaste die Erde, kleine Zweige und erinnere mich daran, dass nach einem Fall nicht mehr viel von einem Menschen übrig ist, für das man ein Grab schaufeln könnte. Wieder wird mir schlecht.

»Ich *hasse*, wenn er Free Solo und ohne Sicherung klettert. Es kotzt mich an, dass unsere Fans so darauf abfahren und Atlas deswegen der Beliebtere von uns beiden ist«, öffnet sich Sam und ich kann mit ihm fühlen. Ich muss an Camillas Anweisungen denken. Sie hat immer wieder betont, dass ich Atlas und Sam die gleiche Aufmerksamkeit beim Filmen schenken soll. Ob es Camilla gegen den Strich geht, wenn ihr eigener Sohn neben Atlas verblasst?

»Nachvollziehbar. Free Soloing gehört verboten«, kommentiere ich. Vielleicht wäre Forest dann noch am Leben. Wenn sie nicht gedacht hätte, sie muss El Cap als erste Frau ohne Sicherung meistern, um der ganzen Welt zu zeigen, dass sie die Beste ist.

Forest und Atlas sind beide größenwahnsinnig gewesen. Und Atlas ist es ganz klar immer noch. Sie haben sich gegenseitig zu immer gefährlicheren Stunts ermutigt. Denn damals dachten wir noch, wir alle wären unverwundbar.

»Ganz meine Meinung. Ich glaube, Atlas und ich entwickeln uns in zwei verschiedene Richtungen. Das Ganze wird kein gutes Ende nehmen. Weißt du, Riv … «, beginnt Sam, doch wir werden unterbrochen als ein betrunkener Atlas auf uns zutorkelt.

»Gefunden!«, ruft er und Sam springt auf, seine Fäuste sind wieder geballt. So wie es aussieht, werde ich nicht mehr erfahren, was ich weiß und was nicht.

»Hättest du nicht einfach in die Seine fallen können?«, fährt Sam Atlas an und selbst ich bin über die Härte überrascht, die in seinen Worten mitschwingt.

»Schwimmen? Ist doch bestimmt zu kalt. Ich wollt nicht allein sein, Leute«, beschwert Atlas sich, strauchelt aber über einen Busch und fällt kopfüber in die Blätter. Ein tiefes Stöhnen entfährt mir.

»Wir sollten ihn zum Hotel zurückbringen«, schlage ich vor. Dieser Abend ist definitiv zu Ende und nach allem, was in der letzten halben Stunde passiert ist, fühle ich mich nur noch leer.

»Übernimm du das. Ich sehe nicht ein, Babysitter für dieses Arschloch zu spielen«, meint Sam und joggt davon.

»Warte! Ich schaff das nicht allein«, rufe ich ihm hinterher. Kann ich es ihm verübeln? Nein. Normalerweise bin ich derjenige, der abhaut, weil er sich den Scheiß nicht geben kann. Erschöpft sehe ich auf Atlas, der sich ein paar Blätter aus den verwuschelten Haaren zieht.

»Ey, Mann. Ich wollte mich doch nur entschuldigen«, murmelt Atlas und tritt wieder auf mich zu.

»Ich hab keinen Bock, in dem Zustand mit dir zu diskutieren. Wir holen uns ein Taxi, gehen ins Hotel und du nüchterst aus«, sage ich hart und packe ihn am Ärmel. Atlas lehnt sich auf mich. Obwohl ich wütend bin, obwohl ich ihn, genau wie Sam, am liebsten in die Seine geschmissen hätte, wird mir erneut heiß. Er legt einen starken, muskulösen Arm um mich und ich gehe, so gut ich kann, voran.

»Riachuelo, sei mir doch nicht böse. Du bist cool. Und mutig. Ich bin froh, dich hier zu haben«, lallt er.

»Und du bist ein rücksichtsloser Dreckskerl, der nur an sich denkt.«

»Aua.«

»Den hast du verdient.«

Atlas strauchelt erneut, doch diesmal kann ich ihn fangen, indem ich mir den Gürtel seiner Sportjeans kralle und nach oben ziehe.

»Ich denk nich nur an mich. Auch an dich, auch an Sam, an Forest, meine scheiß Eltern, unsere Umwelt ... und Pokémon«, murmelt er und ich schüttele wieder den Kopf. Es schmerzt und gleichzeitig tut es gut zu hören, dass sein Leben sich nicht nur um Klicks dreht.

»Sicher, dass dich das Denken nicht zu sehr überlastet?«, necke ich ihn, in der Hoffnung, die widersprüchlichen Gefühle, die in mir toben mit einer Prise Humor zu überspielen. Aber Atlas lacht nicht. Er senkt nur den Kopf und lässt sich schlaff in meine Arme fallen.

»Nein. Immerhin hat bisher niemand an mich geglaubt. Niemand. Außer Forest.«

Kapitel 13: Die Versöhnung mit dem Fels

Atlas

Zwei Tage. Zwei Tage hat es gedauert, bis ich wieder vollkommen nüchtern war. Sam und River straften mich mehr als die Übelkeit und die Kopfschmerzen. Auf dem Weg nach Süden mussten wir gefühlt jede halbe Stunde anhalten, damit ich mich in irgendeine Toilette übergeben konnte.

Immerhin geht es mir heute besser. Auch wenn ich mich bei der Sacré-Coer etwas blamiert habe – selbst ich würde niemals unter dem Einfluss von Alkohol oder Drogen klettern. Jetzt, da mein Kopf sich nicht mehr anfühlt, als würde jemand Karabiner hinein-schlagen, genieße ich den Ausblick aus dem Autofens-ter. Wir hatten die Nacht in einem kleinen Ferienhaus in der Nähe des Céüse Klettergebietes verbracht. Von dort aus sind es nur fünfzehn Minuten mit dem Auto bis zu dem Parkplatz, von dem aus wir zur Wand wan-dern.

Sam lenkt uns durch die schmalen Wege, River macht Aufnahmen und ich sitze hinten und visualisiere die

Route, die ich mir online angesehen habe. Mit den Fingern in der Luft vor mir gehe ich die Griffe durch, die mich wahrscheinlich erwarten. Riv dreht sich zu mir um und ich grinse in die Kamera.

»Hier seht ihr einen Wizard bei der Arbeit«, kommentiert River. »Manch einer würde denken, er malt sich aus, wie er an Brüsten rumgrabscht, aber in Wahrheit plant er nur seine nächste Route.«

Ich blinzele mehrmals, um aufzuhören an *irgendetwas* sexuelles zu denken. Die nächsten beiden Tage darf ich mich nur auf den Stein fokussieren.

»Wo soll ich denn hier parken?«, unterbricht Sam uns und hält an. Dort, wo der gepflasterte Weg aufhört, stehen bereits ein halbes Dutzend Autos und ... Fans. Mein Herz blüht auf als ich Plakate auf Englisch und Französisch sehe.

Flash Wizard. Forest Memorial Tour. Atlas & Sam Forever. Réalisez vos rêves!

Eine Anspielung auf die Route, die uns bevorsteht.

»Igitt. Menschen«, beschwert River sich, doch auch er setzt ein gezwungenes Lächeln auf und winkt der Menge entgegen.

»Du machst das schon genau richtig. Lächeln und Winken. Und es genießen.«

Während Sam noch immer über das Parken flucht, signalisiere ich Riv, dass er mit mir aussteigen soll.

»Danke fürs Warten«, schnauzt Sam mir hinterher, doch ich ignoriere ihn und laufe auf meine Fans zu, während ich aus den Augenwinkeln mitbekomme, wie

River mir mit der Kamera folgt. Ich bade in Schulterklopfen, Umarmungen und Selfies. Ein weiblicher Fan zeigt mir stolz ein Foto, das sie von dem Forest-Sticker in Paris gemacht hat. Grinsend lasse ich mich fallen, wie ich es niemals an der Wand tun würde. Ich beantworte Fragen und werde von französischen Küsschen überschwemmt. Ein bisschen tut es mir für Sam leid, der erst ein paar Minuten später dazukommt. Denn der Großteil der Fans bleibt vor mir stehen und nur ein paar wedeln mit Sam-Postern.

***

Während wir uns gemeinsam mit den Fans, die ebenfalls Bock aufs Klettern haben, aufwärmen, beginnt River wieder mit seiner Dokumentarfilmmoderation.

»Wir sind auf dem Céüse, einem der beliebtesten Kletterorte in Südfrankreich. Der Berg liegt auf einer Höhe von 2000 Meter und wie ihr sehen könnt, hat man von hier oben einen fantastischen Blick auf die Umgebung. Während das Gipfelplateau auf der Nordseite geneigt ist, gibt es hier im Süden eine 200 Meter hohe Felswand die hunderte von Kletterrouten bietet«, erklärt River und filmt die Umgebung, ehe er sich wieder zu Sam und mir dreht. Wir machen gerade Dehnübungen, die unsere Fans nachahmen.

»Sam!«, ruft River. »Willst du die erste Challenge erklären?«

»Mit dem größten Vergnügen«, erwidert er und wechselt das Bein, das er hoch zu seinem Po zieht. »Hier oben gibt es die sogenannte Realization Route. Von manchen wird der Abschnitt auch Biographie genannt. Sie wurde damals als weltweit erste Route mit dem Grad 9a+ eingestuft.«

»Kannst du denjenigen, die nicht wissen, was der Grad bedeutet, erklären, um was es dabei geht?«, fragt River.

»Dabei handelt es sich um die Schwierigkeit einer Wand. Es fängt bei 1 an und wird immer heftiger. Jede Zahl hat noch ein a bis c, wobei ein plus dahinter aufzeigt, dass es nochmal härter ist, aber eben noch nicht ganz die nächste Stufe. Die höchste Schwierigkeit, die bisher bestiegen wurde, liegt bei 9c. Wir sind mit 9a+ also echt gut dabei.«

Sam wechselt die Position und weil er nicht sofort weiterredet und River keine neue Frage stellt, mische ich mich auch ein. »Das besondere an unserer Tour ist, dass wir die Routen flashen«, teile ich stolz mit.

»Da wollte ich noch hinkommen«, protestiert Sam, aber ich ignoriere ihn. »Flashen bedeutet, eine Route zu besteigen, die man noch nie vorher geklettert ist. Ohne Übung. Nur eine Chance. Das ist das Besondere der Forest Memorial Tour. Jeder Aufstieg, den wir machen, wird geflashed.«

Hinter uns jubeln die Fans.

»Der einzige Kletterer, der bisher 9a+ Flashs geschafft hat, ist Adam Ondra. Aber selbst er ist bei seinem Versuch, Realization in 2012 zu flashen, gescheitert«, greift Sam wieder das Wort an sich, nicht ohne mir vorher einen herausfordernden Blick zuzuwerfen. »Morgen wollen wir die Ersten sein, die mit diesem Aufstieg in die Geschichtsbücher eingehen. Um uns darauf vorzubereiten, sind wir heute schon hier, um ein Gefühl für die Witterung zu bekommen und an einfacheren Routen zu üben.«

Da ist ein kleiner, widerlicher Teil in mir, der sich wünscht, dass nur ich es schaffen werde. Dass nur mein Name in den Geschichtsbüchern stehen wird. Ich wünsche mir die Genugtuung, meinem Vater Artikel und Wikipedia-Einträge von mir zu senden, in denen man mir das Unmögliche nachsagt. Aber das wäre Sam gegenüber nicht fair und selbst für *mich* ein verdammter Arschloch-Move. Vor allem, weil ich weiß, dass Sam Camilla genauso beeindrucken will, wie ich meinen Padre.

Als wir mit dem Aufwärmen fertig sind und zur 7a J'aime Lolo Route aufbrechen, um dort zu üben, wird mir allerdings schnell klar, dass etwas ganz anderes als meine Überheblichkeit unser Training erschweren wird.

Kaum, dass ich meinen Auffanggurt angezogen und meine Karabiner in die Schlaufen eingehakt habe, will ich loslegen. Allerdings ist es Rivers Aufgabe, vorzugehen, damit er die besten Shots bekommt.

Aber River steht neben Sam und ... rührt sich nicht. Sam zeigt ihm ein paar gute Anhaltspunkte, wie er den Aufstieg beginnen kann, es hilft nicht.

»Keine Sorge, der Stein beißt nicht«, lasse ich ihn mit einem Grinsen wissen. River reagiert nicht.

»Sam, ich weiß, ich bin derjenige, der mal in 'ner Boulderhalle gearbeitet hat, aber bist du so schlecht im Erklären?«, necke ich und trete an die beiden heran. Sam schnaubt.

»Sei mein Gast. Riv ist komplett weggetreten«, behauptet er, lässt uns stehen und beginnt sich einzuhaken. Sehnsüchtig sehe ich ihm hinterher.

»Erde an Riachuelo«, versuche ich es erneut und wedele diesmal mit der Hand vor seinem Gesicht. Er rührt sich endlich, aber nur, um mich wegzuschlagen.

»Es tut mir leid. Ich schaffe das nicht, das – «, murmelt er aber der letzte Teil seines Satzes wird von neuem Grölen unserer Fans verschluckt. Obwohl ich mich auf River fokussieren will, drehe ich mich zu Sam um, der einhändig ein paar Metern über uns hängt und Luftküsse nach unten wirft. Scheiß Angeber.

»Wo brennt es denn?«, frage ich sanft.

»Überall.«

Bevor ich weiß, was ich tue, lege ich eine Hand auf seine Schulter und zum ersten Mal sieht er mich an. Seine Augen sind gerötet und gleichzeitig tränenlos. In ihnen tobt ein Kampf, den ich nicht greifen kann.

»Ich kann dir gerne ein paar Stellen zeigen, die gut für einen Anfang sind?«, biete ich an.

»Darum geht es nicht. Ich ... in mir blockiert alles.«

Rivers Hand fährt zu seinem Sicherheitsgurt und den Karabinern. Er tastet jeden einzelnen ab und so langsam dämmert mir, was er meint. Behutsam ergreife ich seine Hand, umschließe sie und einen der Haken.

»Ich bin hier. Wir sind gesichert. Uns kann nichts passieren«, sage ich eindringlich. River lässt los und umklammert meine Finger so fest, dass es wehtut. Mit der anderen überprüft er panisch die anderen Seile.

»Können ... können wir es gemeinsam versuchen?«, fragt er leise und leckt sich über die trockenen Lippen. »Du sicherst mich, ich sichere dich? Zusammen?«

Ich nicke.

»Zusammen.«

River

Du bist ein Versager. Wenn du besser geklettert wärest, hätte Forest nicht nach dir gesehen. Sie wäre nicht abgelenkt gewesen. Sie wäre noch am Leben.

Deine Schuld. Meine Schuld.

Deine Schuld. Meine Schuld.

Atlas versucht, mir gut zuzureden und mir die ersten Griffe zu erklären. Ich schwöre, ich versuche mit allem, was ich habe, ihm zuzuhören und das zu machen, was er von mir verlangt. Seine Fans, die immer wieder auf uns zuzukommen, helfen dabei nicht. Es ist schon schlimm genug, mich mit all dem auseinandersetzen zu müssen. Da brauche ich nicht noch Personen, die all das filmen. Atlas, der bemerkt, wie sehr ich mich verkrampfe, legt eines der Seile als eine Art Trennung auf den Boden und bittet die Schaulustigen etwas Abstand zu wahren und uns Zeit zu geben.

Ich versuche, sie so gut ich kann, auszublenden. Immerhin habe ich genug Horror vor mir.

Mit den Fingern greife ich an die Rille, die Atlas mir zeigt. Sie ist stabil und meine Muskeln *wissen*, was zu tun ist. Es wäre so leicht, mich hochzuziehen. Ich hole tief Luft und lasse meinen Körper einfach machen. Wie von selbst findet mein Fuß die Kerbe, die ich eben schon gesehen habe, um mich zu halten. Es ist eine andere als die, die, Atlas vorgeschlagen hat, aber ich weiß, diese hier ist besser.

»Ja, genau so!«, lobt Atlas mich.

»Keine Sorge, Riv.«

Forests Stimme durchfährt mich wie ein Blitz. Ich lasse los, taumle nach hinten und falle auf den staubigen Boden unter uns.

»Bist du okay?«, fragt Atlas. Er beugt sich über mich, Sorge in seinem warmen Blick. Ich schüttele den Kopf, gehe aber wieder an die Wand.

»Nochmal«, knurre ich. Sofort greife ich wieder nach der gleichen Rille. Ich versuche die Panik, die meinen ganzen Körper in Blei verwandelt, irgendwie abzuschütteln. Ich bekämpfe die Angst mit Sturheit. Meine Augen suchen die Wand vor mir ab. Früher konnte ich die kleinsten Kerben und Rillen erkennen, als würden sie mir den Weg leuchten. Sie haben mir genau gezeigt, wie und wo ich greifen muss. Es war früher so leicht wie atmen.

Wieso nur bekomme ich dann jetzt keine Luft?

Mit purer Ignoranz ziehe ich mich nach oben. Mein Fuß stößt sich von der Kerbe ab und findet sofort den nächsten festen Halt. Es wird Zeit mein Sicherungsseil in den nächsten Karabiner zu packen, der auf der Route angebracht ist. Doch noch während ich danach greife, höre ich wieder Forests Stimme. Denn sie hatte kein Seil. Keinen Karabiner, der ihr das Leben gerettet hat.

»Auf mich passen die Sterne auf.«

Wieder falle ich. Doch ich sehe nur dich fallen. Tiefer und tiefer. Irgendwo schreit jemand meinen Namen.

Weil ich mich nicht richtig eingeklinkt habe, bin ich kurz davor, auf dem Boden aufzuschlagen.

Aber es ist Atlas, der mich fängt. Atlas, der verhindert, dass ich auf den Boden stürze. Ich pralle hart gegen ihn und wir taumeln beide einen Schritt zurück. Trotzdem schlingt er seine starken Arme um mich.

Wieso tut es so gut, gehalten zu werden? Wann war überhaupt das letzte Mal, dass jemand mich umarmt hat? Mich festhielt, damit ich nicht auseinanderbreche? Ich verdiene es nicht. Denn ich hätte derjenige sein müssen, der aufschlug. Nicht du. Mein ganzer Körper ist eine verkrampfte, ekelhafte Masse. Vor meinen Augen flackern Sterne und lachen mich aus, wie sie dich ausgelacht haben.

»Atmen, Riachuelo«, flüstert Atlas.

»Geht ... nicht ... «, presse ich hervor. Atlas ändert seinen Griff um mich, fasst meinen Unterarm. Ich weiß nicht, was er macht, aber er übt mit Daumen und Mittelfinger Druck auf zwei Punkte aus, die den Schwindel lindern und ich schaffe es, tief Luft zu holen.

»Genau so. Einatmen. Ausatmen. Ich bin bei dir«, flüstert er und ich spüre seinen heißen Atem an meinem Ohr.

»Wer bist du und was hast du mit Atlas Cruzado gemacht?«, frage ich keuchend und er lacht leise auf.

»Jemand, der zu viele TikToks über Akupressur gesehen hat«, witzelt er. Seine Finger wandern weiter über meinen Arm, zärtlich und doch rau durch die Stellen, an denen seine Kuppen vom Klettern abgehärtet sind. Zu all den widersprüchlichen Empfindungen in meinem Körper gesellen sich plötzlich eine intensive Wärme und ein angenehmes Prickeln dort, wo Atlas mich berührt. Ich möchte mich dagegen wehren, aber ich bin zu erschöpft und ertappe mich dabei, wie ich mich in jede Berührung hineinlehne.

Zu lange. Zu lange wurde ich nicht mehr so berührt. Ich wünsche mir, die Zeit anzuhalten. Zu vergessen, wo wir sind und was passiert ist. Ich will stundenlang von Atlas angefasst werden, will, dass er jeden Zentimeter meines Körpers erkundet. Doch es wäre falsch. Es *ist* falsch.

Ich schaffe es endlich, mich aus seiner Umarmung zu lösen und räuspere mich, erinnere mich daran, wo wir sind. In Frankreich. In Céüse. Sam ist mittlerweile zwanzig Meter oben an der Wand, an der ich eigentlich üben soll. Ich sehe noch, wie er den letzten Karabiner einhakt und er sich hängen lässt. Siegessicher reckt er beide Arme nach oben und die Menge hinter uns tobt.

»Ich mache eure Tour kaputt. Du solltest da oben bei ihm sein. Ich sollte filmen. Stattdessen halte ich dich auf«, gestehe ich mir missmutig ein. Sofort schüttelt Atlas den Kopf und seine Locken tanzen um sein markantes Gesicht.

»Quatsch. Dafür üben wir doch heute. Wir haben noch genug Zeit, um deine Stützräder abzumachen, damit wir morgen Realization hinbekommen können.«

»Ha. Ha«, mache ich nur trocken.

Wieso fühle ich mich wieder als wäre ich sechs Jahre alt und bekomme von Forest und Atlas beigebracht, wie man Fahrrad fährt?

»Plan. Solange ich nicht wieder in einem Busch lande«, setze ich voraus. Denn genau das ist damals passiert. Atlas hat meine Stützräder abgenommen, Forest hat mich angeschoben und dreißig Sekunden später lag ich kopfüber in einen Strauch am Wegrand. Ein umwerfendes Lächeln bildet sich auf Atlas Lippen und er streicht mir sanft die Haare aus dem Gesicht. Ich kann seinen vertrauten Duft von Kreide und Eukalyptus einatmen, der an seinen Händen klebt.

»Versprochen, Riachuelo.«

***

»Bevor wir dich raufschicken, müssen wir dich erstmal mit dem Stein versöhnen«, erklärt Atlas und lehnt gegen die Wand neben uns. Sam, der gerade damit fertig ist, ein paar Unterschriften zu geben, kommt auf uns zu. In seinen Augen steht alles andere als Geduld geschrieben.

»Ihr seid ja immer noch keinen Schritt weiter«, murrt er. Atlas fuchtelt mit der Hand herum, um Sam anzudeuten, dass er leise sein soll.

»Psst!«, macht er warnend und winkt mich dann zu sich. Bevor ich weiß, was er tut, streckt Atlas die Arme aus und ... umarmt den Stein vor uns.

»Sicher, dass du wieder nüchtern bist?«, hakt Sam erneut nach.

»Ruhe auf den billigen Plätzen. Der Stein will uns etwas sagen. Komm her, Riv.«

»Macht, was ihr wollt. Ich ruhe mich aus und klettere dann einen 8a«, meint Sam und entfernt sich wieder, um zu den Fans zu gehen. Auch wenn sie sich an die provisorische Absperrung von Atlas halten, wirken sie ungeduldig. Ein paar rufen nach Atlas, aber Sam vertröstet sie. Denn Atlas' Blick ist nur auf mich gerichtet.

»Worauf wartest du? Der Stein und ich sind bereit für dich«, sagte er sanft.

Mittlerweile habe ich wirklich nichts mehr zu verlieren. Da kann ich auch Tree, äh – Stone Hugger mit Atlas spielen. Ich trete neben ihn und lehne mich, genau wie er, gegen den Stein. Dabei drehe ich mich von ihm weg, damit er nicht sieht, wie es mir sofort schlechter geht. Ich presse mich an den Felsen und hasse mich dafür, wie mein Körper augenblicklich reagiert. Ich verkrampfe mich, meine Atmung geht schneller und schneller und wieder fühle ich mich wie damals als Forest und ich ...

Eine Berührung an meiner Hand reißt mich aus der Erinnerung. Atlas umarmt immer noch den Stein, doch seine Finger liegen jetzt auf meinen. Dort, wo sie meinen Handrücken streifen, prickelt meine Haut.

»Sieh mich an«, fordert er und ich komme seinem Aufruf nach. Ich konzentriere mich auf Atlas' sanfte Berührung und finde in seinen Augen eine Ruhe, wie ich sie schon lange nicht mehr selbst empfunden habe.

»Was spürst du?«, fragt er.

Ich versuche das, was in mir vor sich geht in Worte zu fassen, aber es kommen immer wieder nur zwei in mein Bewusstsein.

»Angst. Panik«, erwidere ich.

Atlas nickt und irgendwie tut es gut, dass er zu begreifen scheint. »Und in deinem Körper? Was nimmst du wahr? Was riechst du? Was spüren deine Hände?«

Dich, schießt es mir sofort durch den Kopf und mein Blick wandert zu der Stelle, wo seine Finger auf meinen ruhen.

Ich spüre dich.

Atlas und die Ruhe, die er mir durch diese Berührung sendet, sind es, die mir helfen, mich auf die anderen Dinge zu fokussieren, die auf mich einwirken.

»Aufgewärmten Stein. Kleine Unebenheiten. Rillen«, liste ich auf. »Ich fühle die Sonne auf meiner Haut. Es riecht nach Mineralien, Erde, Kreide und … Eukalyptus.« Fast hätte ich unsere Steinumarmung aufgelöst, nur damit ich mir gegen die Stirn schlagen kann. Doch Atlas grinst mich wissend an und ich spüre, wie Hitze mir ins Gesicht steigt. Ehe ich mich versehe, spreizt er meine Finger auseinander und verschränkt seine mit meinen. Seit über einem Jahr habe ich mich nicht mehr so sicher an einer Felswand gefühlt, wie in diesem Moment. Diese kleine Geste, diese Verbundenheit mit ihm ist es, die es schafft, mich zu erden. Damit all die Empfindungen einfach das sind, was sie sind und nicht von Angst und Panik überschattet werden.

»Erinnerst du dich an die erste Lektion, die wir dir damals in der Kletterhalle beigebracht haben?«, fragt Atlas und drückt meine Hand fester.

Ich schüttele den Kopf und spüre, wie Atlas unsere Hände zu einem ersten Vorsprung an der Wand führt. Er zeigt meinen Fingerspitzen, wo ich greifen muss und ich packe zu.

»Einen Fuß und einen Griff nach dem anderen … «, erinnert er mich. Dann lässt er los und nimmt mir die Stützräder. Atlas zieht sich an einer Rille neben meiner hoch. Ich tue es ihm gleich.

»… und dann noch einen.«

***

Ich kann nicht glauben, wie klein die Welt von hier oben aussieht. Mein Atem geht schwer, doch nicht, weil ich Angst habe, sondern weil ich ein klein wenig aus der Puste bin. Auf die beste Art und Weise der Welt. Ich hänge in dem Seil, mit dem ich mich gesichert habe. So wie Atlas es versprochen hat, fühle ich mich sicher. In der Luft. Auf dem Stein. Niemals hätte ich das für möglich gehalten.

Ich greife nach der kleinen GoPro, die hinten neben meinem Chalkbeutel hängt. Wenn ich schon hier bin, kann ich auch testen, ob meine Idee funktioniert. Ich befestige sie an dem obersten Haken, drücke auf Play und posiere in die Kamera, um mir später anzusehen, wie das auf Film wirkt.

Unten höre ich Jubelschreie. Kurz fummele ich an dem oberen Haken und seile mich ab. Ich genieße, wie frei ich mich fühle, während ich zu Boden gleite und sofort fallen mir Sam und Atlas in die Arme.

»Du hast es ja doch noch drauf«, ruft Sam, dessen offensichtliche Erleichterung meiner Stimmung nur einen kleinen Dämpfer geben kann.

»So kenne ich doch meine Bergziege«, fügt Atlas hinzu. Er packt meine Hände und dreht sich mit mir springend im Kreis, bis ich über das Seil stolpere, an dem ich noch gesichert bin. Atlas legt einen Arm um mich und zieht mich an seine starke Brust. Mein Herz rastet aus und ich hoffe, er hört das leise Seufzen nicht, das mir entflieht, als er mir durch die Haare wuschelt.

»Oh«, macht er plötzlich, versteift und deutet hoch. »Riv? Ich glaube, du hast die Kamera oben vergessen.«

Panisch greife ich an meinen Klettergürtel, wo ich die GoPro an einem der Karabiner befestigt hatte. Sie fehlt.

Ich habe sie doch eben dran gemacht?! War ich so sehr in meiner eigenen Welt gewesen? Camilla killt mich, wenn ich etwas von unserer Ausrüstung verliere.

»Shit«, fluche ich. »Du sicherst mich.«

Bestimmt drücke ich Atlas das Seil in die Hand und wende mich wieder dem Stein zu. Jetzt, wo ich die Route kenne, finden meine Finger und Füße fast automatisch die Griffe. Ich kann nur an diese beschissene Kamera denken und lasse meinen Körper einfach machen.

Ich erreiche den letzten Haken und das Herz sackt mir in die Hose, als ich feststelle, dass die Kamera weder an meinem Gürtel noch am oberen Haken ist.

Fuck. Fuck. Fuck.

»Suchst du die hier?«

Ich schaue nach unten, wo Atlas mit der GoPro in der Hand zu mir winkt. Sofort überkommt mich das tiefe, innere Bedürfnis, Atlas eine reinzuschlagen. Ich seile mich erneut ab und kaum, dass meine Füße festen Boden unter sich haben, eile ich auf ihn zu und reiße ihm die Kamera aus der Hand.

»Fick dich, Atlas.«

Er grinst mich selbstzufrieden an und hebt unschuldig die Hände. »Du bist die Strecke gerade im Weltrekordtempo hoch und hast nicht mal mit der Wimper gezuckt.«

»Das musste trotzdem nicht sein«, beschwert sich Sam und verdreht die Augen. Wieder wende ich mich Atlas zu und ich wünschte, er würde nicht so verdammt gut aussehen, wenn er so am Strahlen ist. Denn auch wenn ich gerne sauer auf ihn bin, war das, was er gerade getan hat, eine fucking geniale Idee. Schlimmer noch: Es war hilfreich. Und ich weiß nicht, ob ich ihn deswegen hassen oder lieben soll.

Trotzdem möchte ich ihm nicht die Genugtuung geben, ihm zu sagen, wie sehr er mich unterstützt hat. Er darf nicht wissen, dass sein Stone Hugging mein Herz ein winzig kleines bisschen geheilt hat. Mit ausgestrecktem Finger tippe ich ihm gegen die Brust. Selbst mit so wenig Kontakt spüre ich die harten Muskeln unter seinem Shirt.

»Ich werde morgen bei eurem Flash nur Nahaufnahmen von deinem angestrengten Klettergesicht machen«, warne ich und pieke ihn immer wieder. Atlas nickt und wackelt mit den Augenbrauen.

»Ich kann es kaum erwarten. Also? Bist du bereit, Realization zu üben?«

»Aber sowas von, du Sackgesicht.«

Kapitel 14: Realization

Atlas

Statt mich über die Posts zu freuen, in denen Fans in Paris und Céüse ihre Sticker-Funde teilen, werde ich damit konfrontiert, dass mehrere Videos von unserem Training viral gegangen sind. Aber keins, das wir aufgenommen haben. Auf dem Clip von *vertice_amour* sehe ich mich, wie ich Riv umarme.

*Einmal so von meiner großen Liebe Atlas gehalten werden *weinender Emoji**

steht dabei. Die Kommentare sind allesamt scheiße.

OK Homo.

Der schlägt seine Haken wohl nicht nur in Ritzen.

Ich bin schockiert! Ist das nicht der KLEINE Bruder von Forest?! Wieso fasst er ihn so an?

Atlas bekommt nicht genug von den Trayls. Erst Forest, jetzt River. Ob er wohl auch ihre Mum gebumst hat?

Atlas, du bist doch nicht schwul, oder? Wir Girls haben doch noch eine Chance bei dir?!

Auf meinem privaten Instagram haben mir schon mehrere Gossip-Accounts geschrieben und fragen nach meinem Statement. Plötzlich ist ihnen meine Sexualität super wichtig. Was geht sie das an? Ich bin zum Klettern hier, verdammte Scheiße. Auch wenn ich mich manchmal darüber lustig mache, wie thirsty einige unserer Follower sind, geht mir das gerade auf den Sack.

Das Video von uns macht alles kaputt. Ich gebe es nur ungerne zu, aber ich habe es genossen, ihn zu halten. Seinen zierlichen und doch starken Körper an meiner Brust zu spüren. River hat sich perfekt angefühlt, so als hätte das Universum diesen Moment für uns eingefädelt. Aber wenn die Kommentare mit einem Recht haben, dann damit, dass ich nicht *so* über Forests kleinen Bruder denken darf.

***

Das Wetter an diesem Aprilvormittag ist großartig. Kalt, aber trocken. Die Strahlen der Sonne sind angenehm, während eine frische Brise meinen erhitzten Körper abkühlt. Wir sind gerade mit dem Aufwärmen fertig und unser Publikum hat sich seit gestern fast verdreifacht. Aber heute stehen nicht nur Fans bei uns vor der Felswand des Céüse, sondern auch ein halbes Dutzend Sport-Journalisten, die Rivers Kameraausrüstung in den Schatten stellen.

Sam und ich stehen vor Realization. Diese Wand war damals die Erste 9a+, die jemals jemand geschafft hat.

»Bereit?«, frage ich ihn grinsend.

»Aber sowas von«, erwidert Sam. »Wer zuerst? Regeln wir das auf die übliche Art und Weise?«

»Dachte, du fragst nie. Lass uns loslegen.«

Wir strecken die Fäuste zueinander.

Forest. Jetzt brauche ich dich. Du hast Sam und mich immer geschlagen. Wenn du mir auch nur einen Hinweis senden kannst, bin ich dir auf ewig dankbar.

Kurz sehe ich nach oben, um auf ein göttliches Zeichen zu warten, aber ich sehe nur River, der sich gerade an dem Stein runterlässt.

Am Stein.

»Schnick«

»Schnack«

»Schnuck!«, rufen wir gemeinsam und zeigen unsere Hände. Meine ist weiterhin geballt. Ein Stein eben. Aber Sam zeigt mir eine Schere.

»Sieht ganz so aus, als müsstest du mich zuerst sichern«, verkünde ich glücklich. Sam stampft wütend auf.

Danke, Forest.

»Sonst verlierst du doch immer«, grummelt Sam, aber geht ehrenhaft in Position, damit er mein Seil halten kann.

Mein erster Griff geht nicht an den Felsen, sondern an meinen Sack mit Chalk. Ich reibe meine Hände damit ein und wie bei der Tower Bridge hinterlasse ich eine weiße Spur auf dem »Don't Panic«-Tattoo auf meinem Handgelenk. Erst dann fasse ich mit meinen Fingern in die erste Kerbe, platziere meine Füße am Stein und … klettere los.

Der Anfang ist lächerlich einfach. Mit geübten Bewegungen hake ich das Seil in immer mehr Karabiner ein, wonach ich immer wieder mit abwechselnden Händen in meinen Chalkbeutel greife. Das Wichtigste beim Klettern ist es, sein Gewicht richtig zu verlagern. Solange ich mich mit mindestens einem Fuß und einer Hand halten kann, kann ich die anderen Muskeln problemlos bewegen. Dabei muss ich feststellen, dass mein linker Fuß dafür nicht so gut geeignet ist, wie er sein sollte. Zum Glück schaffe ich es, ihn so wenig zu beanspruchen, wie mir möglich ist, ohne zu fallen. Obwohl ich mehrere Stellen sehe, an denen es sinnvoller gewesen wäre, mich links mit den Beinen hochzuziehen, nehme ich schwierigere Rillen rechts, um zu verhindern, dass ausgerechnet diese lächerliche Verletzung mir einen Strich durch die Rechnung macht.

Ich liebe das Geräusch meines schweren Atems. Liebe das Gefühl in meinem Körper, der sich anstrengt und doch das macht, wofür ich geboren wurde. Der Fels des Céüse hat die perfekten Einkerbungen. Ich erreiche den schwierigsten Teil der Strecke, an dem die Wand nicht länger senkrecht, sondern gebeugt nach hinten verläuft. Hier droht die Schwerkraft mir mit jedem Meter, mich hinunterzuziehen. Und mit jedem weiteren Zug, den ich nach oben nehme, beweise ich ihr, dass ich nicht zu besiegen bin.

River ist nur wenige Meter vor mir und ebenfalls komplett in seinem Element der Videografie. Als ich eine besonders entspannte Stelle finde, wo ich meinen linken Fuß kurz ausruhe, blicke ich auf, grinse in die Kamera und winke mit der Hand, die ich eben noch in meinem Chalkbeutel hatte. Wieder stelle ich mir vor, jemand würde mein Leben kommentieren. Aber diesmal klingt die Stimme verdächtig nach dem kleinen Riachuelo.

»Hier sehen Sie Atlas, wie er trotz seines gefickten Fußes, seine Wizard-Künste unter Beweis stellt.«

»Aber Terry, ist das sinnvoll?«

»Natürlich nicht. Allerdings gibt kein zurück. Nur ein runter. Doch das nur, wenn er das Ende der Route erreicht hat.«

»Bin das nur ich, oder sieht er langsam müde aus? Terry, ist es normal, dass er ein Gesicht macht, als würde er gleich ein besonders großes Ei legen?«

»Psst! Sag ihm das doch nicht, er muss sich konzentrieren!«

River wartet direkt über dem letzten Karabiner der Realization Route. Seine silbernen Haare sind es, auf die ich mich fokussiere. Sie wippen im Wind, der hier oben weht.

Ich bin so scheiße dankbar, dass er es ist, der dort sitzt und niemand anderes. In diesem Moment ist es genau wie früher. Ich stelle mir vor, wie Forest neben ihm an der Wand hängt.

Mit ihm bei der Tour fühlt es sich richtig an. So, als ob Forest wirklich bei uns ist. Ich weiß, sie feuert uns an. Das hier ist nicht nur ein Memorial. Es ist meine Art sie mit in die Zukunft zu nehmen.

Forest ist bei mir.

River ist vor mir.

Und ich beende den Weg nach oben, wo ich die flache Hand nach Riachuelo ausstrecke. Er schlägt ein und mit einem siegreichen Schrei stoße ich mich von der Wand ab.

Denn ich bin Atlas Cruzado.

Der erste Freeclimber der Welt, der Realization On Sight geflashed hat.

Kapitel 15: Von Männern in Röcken

River

Ich komme kaum bei all den Verlinkungen und Kommentaren hinterher, die auf den Astra Vertice Accounts eintrudeln. Fast jedes Klettermagazin berichtet über Atlas und Sams Flash. Wir sind gerade auf dem Weg nach Barcelona und ich sitze mit meinen Kopfhörern und Musik auf der Rückbank.

Selbst auf YouTube gibt es schon Clips über unseren historischen Aufstieg und ich bin ein wenig genervt, dass ich noch keine Zeit hatte, meine eigene Version hochzuladen. Dabei habe ich mich gestern den ganzen Tag in meinem kleinen Zimmer verkrochen, um zu schneiden.

Obwohl ich mich für Atlas und Sam freue, fühle ich mich erschöpft, ausgebrannt. Zwei Tage Klettern waren schon zu viel für mein Nervensystem ... und auch wenn die meisten Fans und News Outlets über den Double-Flash schreiben, sehe ich immer wieder, wie die Leute sich über Atlas und mich lustig machen. Am schlimmsten sticht jedoch immer wieder als »der kleine Bruder« bezeichnet zu werden.

Checkt niemand, dass ich 21 bin? Dass ich, auch wenn ich Forest über alles liebe und vermisse, nicht nur als das nervige Anhängsel gesehen werden will, welches den thirsty Fans angeblich die Chancen versaut? Ich schnaube hörbar und sehe aus den Augenwinkeln, wie Atlas sich zu mir dreht.

Ich weiß, dass mein Crush auf ihn schon immer unrealistisch ist. Eben weil er mich nur als den niedlichen kleinen Riv sieht, dem man in die Wangen kneifen und an der Wand ärgern kann. Wenn diese Kommentare und Gerüchte eines zeigen, dann, dass ich niemals eine Chance bei ihm haben werde.

Wieder ploppt eine neue Benachrichtigung auf und ich sehe in der Vorschau, dass sie von Camilla ist.

Was sollte das? Atlas hätte niemals zuerst den Flash machen dürfen. Du weißt doch –

wird mir angezeigt. Irritiert ziehe ich die Brauen zusammen und klicke darauf, um zu sehen, was sie jetzt schon wieder zu meckern hat.

Nachricht gelöscht.

Sams Handy vibriert. Er greift danach und verzieht das Gesicht. War wohl für ihn. Plötzlich frage ich mich, was sie Sam sonst noch alles vorschreibt, von dem wir nichts mitbekommen. Und viel wichtiger – wie es Sam damit geht. Denn mich beschleicht das dumpfe Gefühl, es steckt mehr hinter seiner Anspannung und dem ständigen Gemecker als nur der Stress der Tour ...

∗∗∗

Barcelona ist beeindruckend. Schon aus dem Auto heraus ist es ganz anders als Paris oder London. Was vor allem an der ganz anderen Architektur liegt, an der wir vorbeifahren. Die Fassaden sind heller und es scheint mehr Blocks zu geben. Auch diesmal ist unser Hotel in einem touristischen Hot Spot, in der Nähe der Sagrada Família.

»Wir müssen morgen Abend unbedingt in Forests liebste Tapas-Bar! Jetzt, wo wir in Spanien sind, muss ich auch euch meine Lieblingsspeisen aufdrücken!«, trällert Atlas und fährt in eine Parkunterführung.

Wir holen unsere Sachen aus dem Auto und ich stecke ein paar Sticker in die Hosentasche, um heute welche zu verteilen.

Die Sonne geht unter, trotzdem sind die Straßen belebt. Von hier aus kann ich die hohen, gotischen Türme der Sagrada Família sehen und ich filme Atlas und Sam, die mit ihren großen Rucksäcken vorgehen. Ich bin beeindruckt, wie anders und warm das Klima hier ist.

Am Ende des Blocks ist ein Park zu unserer Rechten, durch den Atlas uns führt. Wir treten auf einen Platz, der von Bäumen umrundet ist und ich klebe einen Sticker an einen der Stämme. Ein Teich trennt uns von der Basilika. Die Sonne steht perfekt und schenkt uns zur goldenen Stunde einen Anblick, der nur darauf wartet, von meiner Kamera eingefangen zu werden.

Ich gehe in die Hocke und schaue durch die Linse, damit ich ein paar Lichtflecken auf das Video bekomme, bei dem ich vom Wasser hoch zur Basilika filme. Gerade drücke ich auf den Auslöser, um die Aufnahme zu beenden, als ich plötzlich ein Reißen an der Schulter spüre und merke, wie das Gewicht meiner Tasche mir brutal weggenommen wird.

Sofort wirbele ich herum und höre Atlas lauthals auf Spanisch schreien. Mein Herzschlag überschlägt sich und ich kann gar nicht richtig realisieren, was gerade passiert ist. Mir wird kotzübel, als ich sehe, wie ein Kerl in schwarzer Kleidung auf einem e-Bike davonrast – *meine* Tasche in der Hand.

Sam scheint gar nicht mitbekommen zu haben, was gerade passiert ist, aber Atlas rennt dem Kerl hinterher und brüllt ihn an. Er rempelt ein paar Passant*innen an, die nun ihrerseits laut fluchen. Atlas hat keine Chance. Der Kerl auf dem Fahrrad ist längst aus dem Park verschwunden. Dennoch eilt Atlas weiter und ich sehe von Weitem, wie er strauchelt, anhält und sich an seinen linken Knöchel fasst, den er vom Boden genommen hat. What the fuck? Ist er etwa immer noch verletzt?

Ich haste ihm hinterher und mein Herz sackt mir in die Hose, als ich sein schmerzverzerrtes Gesicht sehe.

»Was ist passiert? Bist du in Ordnung?«, frage ich und berühre seine Schulter. Atlas zuckt zusammen und sofort ändert sich seine Miene zu einem gezwungenen Lächeln.

»Bei mir ist alles gut. Tut mir leid, dass ich das Arschloch nicht erwischt habe.«

Perplex schüttele ich den Kopf.

»Ich bin derjenige, der verkackt hat«, erwidere ich.

»Nein. Ich hätte euch warnen müssen, dass Barcelona auch als die Weltstadt der Taschendiebe bekannt ist. War da was Wichtiges drin?«, erkundigt er sich und schielt zu meinem Rucksack.

»Nur meine Klamotten. Ich habe das ganze Film Equipment in meinen Rucksack gepackt, weil mir das sicherer erschien. Der Kerl kann sich also über Stinkesocken und durchgeschwitzte Kletterkleidung freuen«, murre ich. Trotzdem ist das eine Shitshow. Denn auch meine scheiß Kletterschuhe waren in der Tasche.

»Leute, was ist passiert?«, fragt Sam, der jetzt zu uns stößt. »Shit, wo ist dein Zeug?«

»Geklaut«, gebe ich kleinlaut zurück.

»Nicht dein scheiß Ernst! Camilla wird dich umbringen! Hast du eine Ahnung wie viel Stress das mit unseren Sponsoren gibt?«

Atlas stellt sich zwischen Sam und mich. »Chill, Alter. Das waren nur Rivers Klamotten.«

Es berührt mich, wie er für mich Partei ergreift. Ich hatte ganz vergessen, wie es ist, wenn ein Freund sich für mich einsetzt.

»Na dann ist es ja egal«, meint Sam nur und zuckt mit den Schultern.

»Oh, ihr wollt also, dass ich mich die nächsten fünf Wochen nicht umziehe?«, frage ich skeptisch und ziehe eine Braue hoch. »Dachte, ihr mögt eure Fans.«

»Äh. Nein. Was schlagt ihr vor?«

»Das ist doch offensichtlich!«, ruft Atlas aus, dessen Laune definitiv zu gut ist, dafür, dass ich gerade beklaut wurde. Er lehnt sich mit einem Arm auf meiner Schulter ab und grinst abwechselnd Sam und mich an. »Shopping! Unser kleiner Riv braucht sowieso ein

Make-Over. Ich konnte diese Schlabbersachen nicht mehr sehen.«

»Nur über meine Leiche«, sagen Sam und ich.

»Sammy, du bist aus der Sache fein raus. Aber Riachuelo, du musst wohl oder übel mitkommen, wenn du nicht willst, dass ich dir ausschließlich Hawaii-Hemden besorge.«

Jede Farbe weicht aus meinem Gesicht. Das ist unfair. Atlas weiß genau, wie sehr ich Hawaii-Hemden hasse, nachdem eine*r meine*r Expartner der Meinung war, mir jeden Monat eines zu schenken, damit wir im Partnerlook rumlaufen konnten. Wieso nochmal habe ich erst nach dem vierten Hemd Schluss gemacht?

»Du mieser Erpresser«, grummele ich, aber Atlas lehnt sich nur stärker auf mich und wackelt mit den Augenbrauen.

»Genau deswegen vergötterst du mich doch so.«
Der Scheißkerl hat wirklich keine Ahnung ...

Atlas

Mein Fuß bringt mich um, aber niemand darf davon erfahren. Der Flash, die vier Stunden, die ich im Auto gefahren bin und mein unüberlegter Sprint gestern haben mir den Rest gegeben. Da muss wohl wieder die I.I.I. Methode ran und ich bin dankbar für die Ablenkung, die mir der Shopping-Trip schenkt.

Rivers mürrischer Gesichtsausdruck ist unbezahlbar.

»Wir gehen in diesen Barrabes Kletterladen rein, holen nur das Nötigste und gehen zurück zum Hotel«, verlangt er und geht schnurstracks geradeaus.

»Dabei habe ich schon ein paar Läden rausgesucht, die dir gefallen könnten!«, halte ich dagegen.

»Nur. Das. Nötigste«, wiederholt River und beschleunigt seinen Schritt. Ich habe sonst nie Probleme mit ihm mitzuhalten, doch heute ist jeder Schritt ein Kampf.

»¡Ay, *dies mio, es Atlas*!« Der Verkäufer hinter der Theke, tritt hervor und tippt seine Kollegin an, die gerade ein paar Karabiner sortiert. Auch sie dreht sich zu mir um und ihre Augen beginnen zu leuchten.

»Si! Und ich habe einen Freund mitgebracht, um ordentlich Geld dazulassen«, verkünde ich auf Spanisch.

Die beiden Verkäufer stellen sich mir als Gabri und Santi vor und wir plaudern eine Weile, während Riv sich umsieht.

»Suchen du etwas Bestimmtes?«, wendet Gabri sich freundlich an River, der gerade ein Paar Schuhe in der Hand wiegt. Ihr Englisch ist sehr akzentuiert und ich schmunzele über den kleinen grammatikalischen Fehler, den sie macht. So habe ich auch viele Jahre gesprochen.

»Ich hatte bisher immer La Sportiva«, antwortet River. »Aber das Model, was ich bisher getragen habe, gibt es nicht mehr. Kannst du etwas empfehlen?«

»Wir haben auch ein Sponsoring mit ihnen. Hey, Gabri. Akzeptiert ihr die Premium-Mitgliedskarten für den Sponsoren-Rabatt?«

Sie lächelt verlegen und sieht hilfesuchend zu Santiago. »Si, tun wir«, entgegnet er. »Und weil ihr es seid, können wir euch auch noch unseren Mitarbeiterrabatt draufgeben.«

Zum ersten Mal lächelt jetzt auch River. »Das ist mega. Danke! Wow. Es hat ja doch Vorteile, wenn man mit einem Influencer unterwegs ist.«

Ich fahre mir durch die langen Haare. »Natürlich!«

Jetzt fährt Rivs Blick auch über mich. »Welche hast du?«

»Solution und TC Pro«, antworte ich.

»Klingt gut. Die nehme ich beide. Ich habe Größe 8 könnt ihr mir was raussuchen?«

***

»Ich habe jetzt schon keine Lust, die einzulaufen«, murmelt er.

»Nach unserem Shopping-Trip gibt es dann wohl einen Fuß-Spa-Tag auf Sardinien«, verkünde ich. Damit hätte ich auch eine gute Ausrede, mich ein wenig um meinen Knöchel zu kümmern.

Der Rest von unserem Besuch bei Barrabes ist eine schöne Mischung aus Kletter-Anekdoten und weiteren Besuchenden, die nach Fotos oder Autogrammen fragen. Santi erlaubt uns sogar, einen Sticker in den Laden zu kleben.

Wir packen alle Sachen in die neue Umhängetasche, die River sich ausgesucht hat und nach dem großzügigen Rabatt zücke ich für den Restbetrag meine Kreditkarte.

»Ich kann das selbst bezahlen«, weicht River aus und schubst meine Hand von dem Kartelesegerät weg.

»Quatsch. Geht auf mich.«

»Ich brauche keinen Sugar Daddy!«, beharrt er und ich lehne mich näher an ihn heran.

»Sicher? Was, wenn ich aber dein Sugar Daddy sein möchte? Komm. Lass mir den Spaß. Ich hab eh zu viel Kohle und wenn ich noch ein weiteres Gemälde kaufe, das wie ein Verbrechen gegen die Kunst aussieht, bringt Lex mich um.«

»Wer ist Lex?«, erkundigt Riv sich und ich nutze die Chance, um meine Karte gegen das Lesegerät zu halten. Ich bedanke mich erneut bei Gabri und Santi und laufe aus dem Laden heraus.

»Lex ist Founder von Green Vanguard«, erzähle ich und nehme mir vor, dey mal ein paar Updates zu schicken. »Ich mag dey unheimlich gerne. Du würdest dey auch total feiern.«

»Bestimmt. Du kannst uns ja mal vorstellen, wenn wir wieder in London sind.«

London. Riv spricht von einer Zeit nach der Tour. Ob er überhaupt merkt, wie viel mir das bedeutet? Es ist ein Versprechen auf ein *danach*.

Ich blicke von der Tasche zu Riv, der immer noch nur in Baggy-Kleidung herumläuft.

»Wir brauchen noch etwas für den Alltag. Du willst sicher nicht nur in Sportsachen rumlaufen.«

»Doch«, erwidert er und wieder bilden sich Falten auf seinem Gesicht.

»Erinnerst du dich noch an unsere Wales-Reise? Dir hat ständig alles gejuckt, weil du in deinen Klettersachen gepennt hast. Wir brauchen definitiv noch was anderes. Vor allem, wenn wir noch sechs Länder vor uns haben!«

River erschaudert und rümpft die Nase.

»Ich hasse, wenn du recht hast.«

»Wirklich? Ich liebe es.«

»Lass uns einfach kurz einen Primark suchen. Rein, raus und zurück zum Hotel«, meint Riv nur und zückt sein Handy.

»Nuh-uh. Gib mir das Ding. Wir sind in Spanien. Das hier ist mein Turf. Ich entscheide, wo wir hingehen!«, fordere ich und strecke meine Hand zu seinem Smartphone aus. River presst es an sich, als wäre es sein Erstgeborenes.

»Ich geb dir doch nicht mein Handy. Was ist, wenn Camilla etwas –«

»Heute hast du Sendepause. Ein Grund mehr, mir das Teil zu geben. Kein Maps, kein Social Media, keine Ablenkungen. Nur du und ich.« Scheiße, wieso fühlt sich der letzte Satz so verboten gut an?

»Wieso vertraue ich dir nicht?«

»Sieh mich doch an. Ich bin die Unschuld in Person!«, protestiere ich und ziehe einen Schmollmund.

»Eine größere Lüge wurde noch nie gesprochen.«

»Jetzt gib mir endlich das Ding«, beharre ich.

»Was ist mit Pokémon Go? Ich wollte ein paar Item-Spots abklappern«, wirft er ein. Raffiniert, der kleine Riachuelo. Versucht mich mit meinen eigenen Waffen und Vorlieben zu schlagen. Aber so wird das nichts.

»Bessere Idee. Ich schicke dir Geschenke. Das ist eh immer cooler, als nur zu drehen.«

»Du machst mich fertig«, sagt er seufzend, reicht mir aber endlich sein Handy. Stolz nehme ich es an mich. Ich weiß auch schon genau, was ich mit dem Teil machen werde, wenn ich Riv mal ein paar Minuten ablenke …

***

»Das ist nicht Primark«, sagt River und sieht skeptisch auf einen Laden Namens Camden. »Wenn du mich loswerden und zurückschicken willst, kannst du das ruhig sagen.«

»Das hier ist sowohl besser als Camden Town, als auch als Primark. Es ist von London inspiriert, ja. Aber weniger eine Touristenfalle, sondern cool alternativ. Generell ist das hier die beste Gegend für so einen Möchtegern-Punk wie dich.«

»Das nehme ich persönlich, Señor Sugar Daddy. Ist das hier die männliche Version von Pretty Women, oder was?«

»Die kann es gerne werden«, murmele ich anzüglich. »Deinem Sugar Daddy brennt die Kreditkarte. Also? Wollen wir rein?«

River nickt und ich beobachte ihn dabei, wie er zunächst durch die T-Shirts am Eingang durchsieht. Dabei erkenne ich ein sanftes Lächeln auf seinen Lippen.

»Das ist ja fast nur Merch«, meint er und hält mir ein Death Note Shirt entgegen.

»Boah, da kommen Erinnerungen hoch!«, rufe ich. »Weißt du noch, wie Forest und Sam sich die ganze Zeit gestritten haben, ob Light oder L smarter ist?«

»Fuck. Ja. Wenn auch nur einer der beiden so ein Notizbuch gehabt hätte, wäre Astra Vertice nie zu Stande gekommen, weil die beiden sich gegenseitig ausgeschaltet hätten.«

»Dabei wissen wir alle, dass du den größten Leichenberg mit einem Death Note hinterlassen hättest«, werfe ich ein und ein Schauer fährt mir über den Rücken, als ich an die Zeit von damals zurückdenke.

»Kann ja nicht jeder so viele Mobber haben, wie ich«, sagt er und ein Schatten huscht über sein Gesicht. Ich will etwas sagen, da ist der Augenblick aber verflogen und er greift zu einem Shirt.

»Kill me, I am Human«. Ja. Das nehme ich«, liest er vor und formt einen kleinen Kreis mit seinem Zeigefinger und Daumen.

»Oh, ich habe noch eins!« Es zeigt die Illustration eines wütenden Pikachus, unter dem »I am the electric type« steht. »Was hältst du davon, wenn wir uns beide ein passendes Pokémon Shirt zulegen?«

»Nein. Ich werde niemals wieder mit einer anderen Person einen auf Partner-Look machen. Vor allem nicht mit dir. Nimm dir lieber das.« River zeigt mir eins mit einem Wanted Poster von Monkey D. Ruffy von One Piece. »Immerhin bist du auch ein totaler Affe.«

»Kletteraffe, wenn ich bitten darf. Aber Deal.«

Scheiße, es tut so gut Zeit mit River zu verbringen. Zu sehen, dass wir immer noch auf die gleichen, schrägen Dinge stehen, wie schon damals.

***

Zu meiner großen Überraschung schlägt Riv von sich aus vor, noch ein paar weitere Läden zu besuchen. Mein diabolischer Plan geht also auf. Außerdem gefällt es mir mehr als gedacht, wieder mit ihm abzuhängen. Allein zu sein. Es ist genau wie damals und doch so anders. Intensiver. Besonderer. Vielleicht, weil wir früher nie zu zweit waren. Oder weil ich ihn echt vermisst habe. River ist noch genau der Gleiche und trotzdem jemand vollkommen anderes. Ich lerne neue Facetten kennen und finde gleichzeitig so vieles wieder, was ich verloren geglaubt habe. Zuerst führt Riv uns in einen Laden, der Schallplatten verkauft. Natürlich können wir von hier nichts mitnehmen. Aber es ist witzig zu sehen, dass wir beide, nach all den Jahren immer noch total auf Linkin Park stehen. Und wir uns weiterhin darüber streiten, ob nun Hybrid Theory oder Meteora das bessere Album sind.

»Du wählst HT doch nur, weil du 2000 geboren wurdest«, behauptet River und ich schnaube.

»Das Gleiche kann ich dir auch unterstellen! Immerhin kam Meteora 2003 raus!«

Als nächstes kommen wir an einem Shop namens Pink Pepper vorbei und River grinst fies, als er sich die Puppen im Schaufenster ansieht. Ein Kerl trägt ein Oberteil, das einzig aus Fischnetz besteht.

»Wetten, du traust dich nicht, das anzuprobieren?«, meine ich und pieke ihn in die Seite. River zieht die Brauen hoch und lacht mich aus.

»Die Wette habe ich gewonnen. Wetten *du* traust dich nicht, dich in ein Lolita-Kleid zu schmeißen?«, hält er dagegen.

»Was bekomme ich, wenn ich gewinne?«

»Gibt es überhaupt einen Gewinner, wenn wir das beide durchziehen?«, fragt River.

»Dann sind die Gewinner sicher die Leute im Laden, die unsere sexy Körper anstarren können.«

»Oder Verlierer, je nachdem wie man es sieht.«

Wir lachen beide gleichzeitig und ich schlage ein.

Während ich nach einem Kleid suche, das mir mit meinen breiten Schultern passen könnte, ist Riv plötzlich voll in seinem Element. Er hat sich nicht nur das Netzoberteil unter den Arm geklemmt, sondern auch ein paar andere Oberteile, sowie eine dunkle Jeansjacke, eine gestreifte Skinny Jeans und ... einen Kilt.

»Da hat jemand ja ganz schön was vor.«

»Wenn ich schon mal einen Sugar Daddy habe, will ich das jetzt auch auskosten.«

»Heißt das, du unternimmst öfter was mit mir, solange ich bezahle?«, frage ich und schenke ihm einen schiefen Seitenblick.

»Verlockend. Was ist diese Reise, wenn nicht eine Bezahlung dafür, dir überall hinzufolgen?«, erwidert River.

»Touché. Aber heißt das, du magst mich nur wegen meines Geldes?« Bestürzt gebe ich ein paar gespielte Schluchzer von mir.

»Wohl kaum wegen deiner sonnigen Persönlichkeit. Da bekomme ich meist nur Hautkrebs.«

»Ich kann dich auch gerne von oben bis unten mit Sonnenmilch einkleistern«, rutscht es mir heraus, bevor ich merke, wie *flirty* ich das gerade betont habe.

Auch River scheint von dem Bild nicht verschont geblieben zu sein, denn er verzieht das Gesicht. »Lass mal. Wir brauchen nicht noch mehr Videos, wie das aus Frankreich«, merkt er an. Das ist das erste Mal, dass er es anspricht und ich bin etwas überfordert.

»Mach dir nichts draus. Die vergessen das schnell«, behaupte ich nur. »Wenn du wüsstest, wie viele Beziehungen mir schon unterstellt wurden. Puh.«

Gleichzeitig merke ich, dass ich diesen Moment nicht vergessen will. Nicht vergessen *kann*. Er war besonders. Vor allem, weil Riv mir zum ersten Mal seit Forests Tod vertraut hat.

»Ey, wir wissen beide, dass du nichts anbrennen lässt. Jetzt komm, zieh dir dein Kleid an«, fordert Riv und steuert die Umkleiden an.

Damit ich nicht weiter nachdenken muss, schnappe ich mir endlich eines der Kleider und trete neben Riv in die andere Umkleide. Obwohl ich die größte Größe genommen habe, die ich finden konnte, bekomme ich das Kleid hinten nicht zu. Irgendwie schaffe ich es, mir die mit Rüschen verzierten Träger über die Schulter zu ziehen.

Zugegeben. In dem Ding habe ich eine verdammt sexy Taille und der warme Rotton steht mir ausgesprochen gut.

»Yo, Riv!«, rufe ich. »Bist du bereit, bezirzt zu werden? In dem Teil bin ich unwiderstehlich!«

»Warte schon längst draußen«, erwidert er. Ich ziehe die Vorhänge auf und muss mehrfach blinzeln.

No. Fucking. Way. Vor mir steht nicht der kleine Bruder von Forest. Sondern ein verdammt heißer Kerl, der sich zum ersten Mal nicht unter viel zu großer Kleidung versteckt. Holy Hell.

Riv trägt einen schwarzen Kilt und das Netzoberteil, das wirklich keinen Raum für Spekulationen offenlässt. Ich kann jeden seiner Muskeln sehen und vor allem die ausgeprägte V-Line, die zu seiner Mitte führt. Plötzlich passen auch die silbernen Haare perfekt zu seinem Outfit. Wenn er nicht River wäre ... Wenn er nicht Forests kleiner Bruder wäre, würde ich jetzt gerne vor ihm auf die Knie gehen.

Reiß dich zusammen. Wie pervers bist du, Atlas?

Riv hebt eine Braue, lächelt mich aber schief an, ehe er einen Pfiff ausstößt.

»Ich muss ja zugeben. Das Kleid steht dir«, meint er und ich sehe, wie auch seine Augen über meinen Körper wandern. Dort, wo ich seinen Blick vermute, kribbelt meine Haut.

»Oder ich hole mir doch lieber einen Kilt«, schlage ich verlegen vor und zupfe an den Rüschen.

»Kein Partner-Look!«, ermahnt er mich.

»Wieso? Du nimmst den Schwarzen und ich den Graugestreiften. Glaub mir, wenn du mir beim Klettern unter den Stoff filmst, wird das viele Klicks geben.« Ich will nicht, dass er weiß, was für eine Wirkung er auf mich hat. Will so tun, als interessiert es mich, was andere über mich denken. Gleichzeitig stellt sich mir die Frage, ob *River* mich in einem Kilt gutaussehend finden würde.

»Du bist wirklich unverbesserlich, Atlas. Solange du es nicht schottisch trägst, von mir aus. Aber dann kaufe ich dir eine Pokémon-Unterhose mit einem Evoli für die Aufnahme.«

»Einverstanden.«

River dreht ab, um die anderen Teile anzuprobieren, während ich immer noch wie angewurzelt in meinem Lolita-Kleid dastehe. Was. War. Das? Wieso rast mein Herz gerade so? Ich schlüpfe aus dem Kleid heraus und wieder in meine Klamotten.

»Okay. Ich habe mir ein paar Sachen rausgesucht«, teilt er mir mit und hält zwei dunkle Jeans, Hemden und die Denim-Jacken hoch.

»Was ist mit dem Kilt und dem Netzteil?«, frage ich und versuche nicht zu enttäuscht zu klingen.

»Das war doch nur unsere Wette. Nichts davon brauche ich auf unserer Reise.«

»Na dann«, sage ich nur, und versuche mir meine Enttäuschung nicht anmerken zu lassen.

»Zahl du. Ich gehe dann schon mal zu dem C&A, den ich die Straße runter gefunden habe, um Unterwäsche und nen Pyjama zu suchen. Treffen wir uns da?«

»Klar. Aber vergiss nicht, mir irgendwo eine Pokémon Boxer zu holen!«

River lacht und schüttelt den Kopf. »Gut. Mach ich, Sugar Daddy. Eine Unterhose bekommst du von mir spendiert.«

Mit diesen Worten verlässt Riv den Laden und ich stehe immer noch da, wie vom Blitz getroffen. Ich sehe zurück zu seiner Kabine, in der immer noch der schwarze Kilt und das Netzoberteil liegen.

Und ich weiß jetzt schon, dass ich sie nicht zurücklassen kann.

Kapitel 16: Wenn ich sterbe, will ich eine Mariachi Band

Atlas

Zu meinem großen Frust ist mein Knöchel am Ende des Tages geschwollen. So sehr ich die Tour mit River genossen habe, so tödlich war sie für meine Verletzung. Bevor wir morgen das Schiff nach Sardinien nehmen, muss ich mir unbedingt noch unauffällig in einer Apotheke eine Salbe, weitere Schmerzmittel und vielleicht Kompressionsstrümpfe holen. Aber wenn ich es geschafft habe, Rivers Handy zur Reparatur zu bringen, ohne, dass er es merkt, ist das sicher möglich.

Da fällt mir ein. Vielleicht sollte ich es ihm mal zurückgeben. Zu meiner eigenen Überraschung hat er nicht danach gefragt. Stattdessen sitzt er mit Sam in dem Wohnbereich unseres Hotelzimmers und unterhält sich locker mit ihm wie sein Tag war.

»Was? Atlas in einem Kleid? No way, das hätte ich gerne gesehen«, höre ich Sam durch die Tür sagen.

»Tja, wärest du mal mitgekommen«, entgegnet River gedämpft. Ich haue mir nochmal 1000 mg Ibuprofen rein, zwinge mich in meine zu engen Schuhe und gehe zu den beiden.

»Wir dachten schon, du bist ins Klo gefallen«, begrüßt Sam mich. »Oder musstest du ... Druck ablassen?«

»Ertappt«, erwidere ich, froh eine Ausrede zu haben. Wieder fällt mein Blick auf River, dessen Wangen einen rötlichen Ton erhalten.

»Zu viel Information!«, beschwert er sich.

»Schade. Dabei wollte ich euch gerade noch mehr Informationen geben. Und zwar die besten Tapas und den besten Wein der Welt!« Wenn ich jetzt etwas brauche, dann sind es gutes, spanisches Essen und Alkohol.

Eine Menge Alkohol.

***

Das hier fühlt sich nach Heimat an. Nach Nachmittagen, die ich bei meiner Abuela in der Küche verbracht habe und nach Momenten, an denen meine Eltern nicht meine größten Kritiker waren. Ich drehe geistesabwesend meinen verletzten Fuß, während ich zum Horizont schaue, dem die Sonne immer näher kommt. Ich nehme mehrere tiefe Atemzüge von der Meeresluft. Sam und ich sitzen auf der Terrasse des Xup, Xup, einem katalanischen Restaurant, das direkt am Meer liegt. Neben unserem Tisch beginnt der Sandstrand.

River filmt das Ganze mit seiner Kamera und legt sich mit seinen neuen Klamotten bäuchlings in den Sand, um einen besseren Winkel einzufangen. Dabei merke ich, wie mein Blick wieder auf seinen Hintern fällt, der in der Jeans besser zur Geltung kommt, als gut für mein ohnehin seltsames Gemüt ist.

Das Erste, was ich bestelle, ist ein Tinto de verano. Ein Gemisch aus Rotwein und Soda.

»Bekomme ich eigentlich mal mein Handy wieder?«, fragt River, nachdem er fertig ist und zu uns an den Tisch kommt.

»Klar. Hier.« Ich krame in meiner Tasche und halte es ihm hin. Es ist entzückend, sein verwirrtes Gesicht zu sehen.

»Sicher, dass das meins ist? Meins hatte einen kaputten Bildschirm.«

»Ich habe es zur Reparatur gebracht«, verkünde ich stolz.

»Was? Wann?«

»Als du im C&A warst. Gegenüber gab es einen Laden, der Express-Bildschirmtausch angeboten hat.«

»Wow, Atlas, der mal nicht nur an sich denkt. Ein Wunder«, wirft Sam gehässig ein und ich strecke ihm die Zunge heraus. Ja, es soll vorkommen, dass Señor Sugar Daddy Cruzado mal nicht an sich denkt.

River fährt mit dem Finger über das Display. In seinen Augen erkenne ich Dankbarkeit, obwohl er schweigt. Die Sonne geht hinter uns unter. Rivers silberne Haare saugen das Leuchten förmlich auf und seine Strähnen erhalten einen goldenen Schimmer. Ich sehne mich danach, wieder durch sie hindurchzufahren. So, wie ich es in Céüse getan habe.

Die Kellnerin kommt zurück und ich bestelle auf Spanisch eine bunte Auswahl an Tapas und einen Schinkenteller. Ich stelle sicher, dass das Essen schön fischig ist und grinse in mich hinein.

»Was hast du geholt?«, erkundigt Sam sich.

»Lasst euch überraschen. Nur so viel: Das gleiche hat Forest bekommen, als wir hier waren.«

»Wann war das denn?«, fragt Sam und ich kann mir den aggressiven Unterton nicht genau erklären.

»In dem Sommer, als deine Großmutter diesen 40 Jahre jüngeren Mann in Hawaii geheiratet hat und ihr hingeflogen seid. Wie hieß der noch? Apollo? Der konnte kaum Englisch, aber du hast gesagt, dass er gut aussieht«, erinnere ich ihn.

River, der gerade einen Schluck Sangria nimmt, verschluckt sich. »Gosh. Das klingt ziemlich problematisch, Mate. Sicher, dass der Kerl nicht hinter ihrem Geld her ist? Oder dass sie ihn irgendwie ausnutzt?«

»Ach du Scheiße. Das hatte ich total verdrängt. Ich sag euch, meine komplette Familie hat sie nicht mehr alle. Riv, ich glaube da ging es um Kontakte. Ich meine mich zu erinnern, dass Camilla Apollo als Model unter Vertrag genommen hat. Das weirdeste ist, dass er und meine Oma wohl immer noch zusammen sind! Und sich sogar echt mögen?!«, stößt Sam aus.

»Wo die Liebe hinfällt, I guess?«, merkt River skeptisch an. Wieder beobachte ich ihn. Das Thema Altersunterschied in Beziehungen triggert ihn wohl. Oder ist das nur Einbildung? Mann! Warum spielt mir mein Gehirn jetzt die Best of River in einer Beziehung mit älteren Kerlen ab?

»So oder so. Forest und ich haben uns durch die ganze Tapaskarte probiert. Wir konnten kaum mehr zurück zum Hotel laufen und mussten uns ein Taxi nehmen. Ich möchte, dass ihr heute Abend genau die gleiche Erfahrung macht!«

»Die ganze Karte?«, fragt Sam und sieht gequält aus. »Zum Glück sind wir morgen auf dem Schiff. Da brauche ich definitiv zwei Tage zum Verdauen.«

»Keine Sorge, ich habe Hunger für zwei mitgebracht«, beruhige ich ihn. Ich schiele vorsichtig zu Riv, der in sich zusammengesunken ist. Und ich nehme an, dass seine Traurigkeit nicht an dem Gespräch über Apollo liegt.

Ich trinke meinen Tinto leer. Was war eigentlich *meine* letzte Erinnerung mit Forest?

»Ich glaube ... ich habe an dem Abend vor dem Aufbruch nach Kalifornien zuletzt mit Forest gesprochen«, denke ich laut nach. Sofort sehe ich, wie Sam sich anspannt und auch River wieder die Kamera hebt, um den Horizont zu fotografieren und so tut, als würde er nicht zuhören. »Sie hat über den zu kurzen Pony geschimpft, den sie sich in einer Kurzschlussreaktion geschnitten hat. Sie wollte aussehen wie Dakota Johnson. Das Resultat war ein schiefer Pony. Mein Versuch, ihn zu begradigen hat dann in einem schieferen Mikro Pony geendet. *Beschissenste. Idee. Ever.* Hat sie gesagt und wir haben ihre alten Haarspangen vom Dachboden geholt. Mit pinken Schmetterlingen, Hello Kitty, und so 'nem Kram. Sah am Ende fast gewollt aus. Irgendwie edgy as fuck.«

Ich bin überrascht, dass River auf das eingeht, was ich sage. »Die hat sie am Tag ihres Aufstiegs getragen.«

»Können wir bitte aufhören, über Forest zu reden?«, flüstert Sam und blickt finster drein.

»Ich dachte, eine Memorial Tour ist dafür da, um sich zu erinnern«, sage ich etwas provozierend. Ich bin mir voll bewusst, dass ich gerade in ein Hornissennest steche, aber irgendwann müssen wir das Pflaster abziehen und etwas frische Luft an die Wunde lassen.

»Keiner von uns möchte darüber sprechen, was sie am Tag ihres Absturzes getragen hat«, sagt Sam mit zusammengebissenen Zähnen.

»Gut. Wie wäre es dann damit? Wir haben uns beim letzten Mal in Barcelona ein Wetttrinken geliefert. Wir hatten jeweils einen Liter Sangria. Ratet mal, wer gewonnen hat!«, werfe ich stattdessen ein. In diesem Moment ist es mir egal, Sam zu verletzen. Sieht er nicht, dass es auch *mich* trifft, nicht über meine beste Freundin reden zu dürfen?

»Forest«, erwidern beide wie aus einem Mund und über Rivers Lippen huscht endlich ein winziges Lächeln. Na also.

»Und wer hat als erstes gekotzt?«, fahre ich das Spiel fort.

»Du«, sagen wieder beide gleichzeitig.

»Falsch. Auch Forest. Sie hat das Ding vernichtet. Vollkommen neben sich ist sie zum Wasser gelaufen, hat sich in die Wellen geworfen und alles rausgelassen. Ich musste sie rausfischen.«

Es ist eine lustige Geschichte, aber keiner der beiden lacht. Ich stöhne auf, genau in dem Moment als die Kellnerin uns die ersten Tapas hinstellt. Sowohl Sam als auch River scheinen dankbar für die Ablenkung.

»So, jetzt verrate mir mal, was das hier ist«, bittet Sam und deutet auf die Teller. Ich gebe beiden einen Überblick über die verschiedenen Speisen und erzähle etwas über eingelegten Tintenfisch in dunkler Sauce,

Krabbensalat, Knoblauchgarnelen und Chorizo. Bei jedem Gericht füge ich hinzu, wie Forest es geschmeckt hat. Spoiler Alert: war alles scheiße. Außer dem Kartoffelsalat und dem Jamón serrano.

»Zumindest bei Chorizo stimme ich Forest zu«, meint Sam. »Diese Wurst hat etwas, von dem es mir eiskalt den Rücken runterläuft.«

Ich schüttele den Kopf über diesen Kulturbanausen, schwelge aber weiter in Erinnerungen an Forest.

»Ich sage euch. Auch wenn Forest furchtlos war, hat sie gut zehn Minuten gebraucht, um die gebratenen Tintenfische zu probieren. Ich finde gerade die Textur der gerösteten Saugnäpfe mega geil«, meine ich und beiße demonstrativ einen der Arme ab. Riv gibt ein leicht würgendes Geräusch von sich. Sieh mal einer an, Riv wird auch ganz blass um die Nase und bekommt rote Ohren, wenn er sich ekelt, wie seine Schwester.

»Ich denke, ich werde darauf verzichten. Das ist gruselig«, meint er angewidert. Ich halte ihm ein kleines Stück hin.

»Wieso? Stehst du nicht auf Tentakel?«, sage ich und wackle mit den Augenbrauen.

»Absolut nicht!«

»Komm schon. Mund auf. Lass mich dich füttern. Wenn Forest das geschafft hat, schaffst du das auch!«, rufe ich lachend und versuche das Ding an seine Lippen zu bekommen, was allerdings nur in einer kleinen Rauferei am Tisch endet.

»Lass ihn, Atlas«, murrt Sam. Sein Ton ist so eiskalt, dass ich wirklich innehalte und zu ihm sehe. Er hat die Arme verschränkt. Er sieht mich an, wie er früher Camilla angesehen hat, wenn sie ihn gezwungen hat, zum Geigenunterricht anstelle zur Boulderhalle zu gehen. »Nur, weil Forest etwas gemacht hat, heißt das nicht, dass Riv in ihre Fußstapfen treten sollte. Er wäre auch nicht auf die Schnapsidee kommen, El Cap ohne Sicherung zu besteigen, nur weil Forest das getan hat.«

War er nicht derjenige, der mich eben noch dafür zur Sau gemacht hat, weil ich über Forests Unfall rede?

»Was ist dein Problem, Mann?«, rutscht es mir heraus und ich lehne mich wütend im Stuhl zurück.

»Du solltest genau wissen, was mein Problem ist, Atlas«, erwidert er mit so einem aggressiven Tonfall, dass mir ein eiskalter Schauer den Rücken hinunterläuft. Habe ich bereits zu viel Tinto intus, oder bekomme ich gerade etwas nicht mit?

River schiebt die Tapas von sich. »Ich habe keinen Hunger mehr.«

»Du konntest es mal wieder nicht lassen, oder?«, fährt Sam mich erneut an.

»Wieso das denn jetzt? Du hast mit ihrem Absturz abgefangen.«

»Du machst mich krank«, meint Sam nur und bevor ich weiß, was passiert, steht er auf, schnappt sich sein Bier und geht den Strand hinunter.

»Du ... Wie machst du das?«, fragt River leise.

»Was mache ich?« So langsam brauche ich Klartext von den beiden.

»Über Forest reden ... als ... wäre sie nicht ... tot. Bei dir klingt es immer ... als wäre sie nur Backpacken oder sowas. Vermisst du sie nicht?«

»Natürlich vermisse ich sie!«, protestiere ich. Verstehen die beiden mich so falsch? Ich seufze schwer und rücke mit dem Stuhl näher an River heran. Selbst wenn ich ihn nicht berühre, habe ich das tiefe Bedürfnis, ihm jetzt nahe zu sein.

»Das ist meine Art damit umzugehen. Ihr Körper ist nicht mehr bei uns, aber ihre Energie lebt weiter. Für mich ist sie noch da. Für mich ist es unerträglich, wenn ihr alle euch so sehr davor fürchtet, ihren Namen auszusprechen. Sie ist immer noch meine durchgeknallte Wundertüte, egal, ob der Rest der Welt sie hört, oder nur ich es tue.«

Rivers Blick ist tausend Meilen weit weg und ich weiß nicht, ob er überhaupt aufnehmen kann, was ich gerade sage. Dennoch ist es mir wichtig, dass er mich hört. Dass er mich versteht. Denn bisher hat niemand verstanden, was in mir vor sich geht.

»Wenn ich vor dir draufgehe, akzeptiere ich nur schlechte Witze über mich. Ich will Buttons, Memes und eine Tour in meinem Namen.« Das hat Forest mir nach der Beerdigung von unserem Freund Dustin mitgeteilt, der bei einer Gletscherbesteigung verunglückt ist.

»Und ich will eine Mariachi Band, die ein Klagelied auf meine schöne Mähne singt«, habe ich damals vorgeschlagen.

Ich erzähle Riv von der Erinnerung.

»Riachuelo?«, frage ich vorsichtig. Diesmal schaffe ich es nicht, meine Hand bei mir zu behalten und berühre ihn sanft an der Schulter.

»Du hast sie nicht gesehen. Das, was da lag ... Was ... von ihr übrig war. Das Blut ... Die Spangen, zwischen den Fetzen ihrer Haut.« River zittert unter meiner Berührung. Er schluckt, hustet, schluchzt.

»Ich kann nicht lachen, wenn es *das* ist, was ich sehe, wenn ich an sie denke!«, stößt er hervor und vergräbt das verzerrte Gesicht in seinen Händen.

Das Gewicht seines Geständnisses nimmt mir die Luft zum Atmen. Ich wusste nicht, dass River sie gesehen hat, aber die Wahrheit zerreißt mich. Für ein paar viel zu schmerzhafte Herzschläge stelle ich mir das Bild vor, das er beschreibt. »Das, was da lag ...« echot in mir wieder. Ich muss blinzeln, versuchen, das, was ich gesehen habe, loszuwerden. Ich habe keine Angst vor dem Fallen. Aber gerade fühlt es sich an, als würde mein Innerstes von einer Wand stürzen und aufprallen. Langsam umarme ich Riv von hinten, wie ich es schon vor dem Felsen in Frankreich getan habe. Es ist der verzweifelte Versuch, ihn vor etwas zu schützen, vor dem ich ihn nicht schützen kann. River schmiegt sich an mich, umklammert meine Arme, als wären sie eine Sicherung.

Und zum ersten Mal, seit ich erfahren habe, dass meine beste Freundin gestorben ist, weine auch ich.

Kapitel 17: Mommy Issues

River

Normalerweise schafft es das Meer immer, mich runterzubringen. Doch seit letzter Nacht finde ich keine Ruhe. Ich stehe an der Reling des unteren Decks auf unserem Schiff nach Sardinien und beobachte die Wellen, die wir schlagen.

Obwohl da das Rauschen ist, höre ich doch immer wieder nur Atlas' Weinen, erinnere mich an seinen schweren Atem.

Gestern hat sich etwas zwischen uns geändert.

Da, wo vorher eine unüberwindbare Schlucht war, stehen nun zwei Berge nebeneinander, die ihre Standpunkte besser sehen und erkennen konnten. Dennoch sind die Wolken um die Gipfel so dicht, dass wir uns erneut aus den Augen verlieren.

Ich verstehe, wieso Atlas versucht, Forest mit seinem Lachen weiterleben zu lassen.

Atlas versteht jetzt, von was die Erinnerung an Forests Lachen überschattet wird.

Ob es uns jemals möglich sein wird, beides zu empfinden und zu akzeptieren? Die Vorstellung, mit Forests Sturz so umzugehen, wie Atlas es tut ist … tröstlich und gleichzeitig so unmöglich wie die Vorstellung, die beiden Bergspitzen miteinander zu verbinden.

Trotzdem waren Atlas' Worte wie ein Hoffnungsschimmer. Wie schwache Sonnenstrahlen, die versuchen durch die Wolken, die die Wipfel trennen, zu dringen, um das Grau zu vertreiben. Gleichzeitig habe ich das Gefühl, etwas von meinem Schmerz auf Atlas abgeladen zu haben. Heute Morgen sah er so beschissen aus wie nie zuvor. Da war kein Lächeln auf seinen Lippen, kein überschwängliches »Guten Morgen«, sondern nur eine Leere in seinen Augen, wie ich sie selbst aus meinem Spiegelbild nur zu gut kenne. Er ist irgendwo auf die Fähre hin verschwunden und ich habe es nicht über mich gebracht, ihm zu folgen.

Gestern hat sich zwischen uns etwas geändert.

Wo bisher nur die schwache Erinnerung an alte Gefühle war, sind jetzt wieder tosende Emotionen. Wellen, wie das Schiff sie schlägt und mich daran erinnern, warum ich Atlas damals so fucking *geliebt* habe. Scheiße. Habe ich das gerade wirklich gedacht? Das ist nicht gut. Gar nicht gut.

Wir sind Freunde. Er war mit Forest zusammen. Ich darf nicht so für ihn empfinden. Trotzdem macht er es mir so schwer. Denn Atlas ist derjenige, der versucht, uns allen Sonnenstrahlen zu schenken. So, wie er es schon immer getan hat. Atlas war es, der mir damals das Klettern beigebracht hat. Atlas war es, der mich dadurch vor dem Mobbing gerettet hat, weil ich gelernt habe, für mich einzustehen. Atlas, der mir zeigte, mich selbst zu akzeptieren ...

Erschöpft lege ich den Kopf in den Nacken und sehe zum blauen Himmel über mir. Wie ironisch, dass ich mir die ganze Zeit Berge vorstelle, um die Dreckswetter tobt, während über mir nur sanfte Federwolken sind. Fast schon vermisse ich Londons Aprilregen. Der würde definitiv besser zu meinem Gemüt passen.

Ich drehe der Reling den Rücken zu und erblicke auf dem Deck über mir ein bekanntes Gesicht.

Sam sieht noch beschissener aus als Atlas und wie jemand, der einen Freund gebrauchen könnte. Ich versuche auf das obere Deck zu kommen und verlaufe mich nur einmal in der Cafeteria. Erleichtert stelle ich fest, dass Sam immer noch dort steht und so wie ich eben auf das Meer starrt.

»Ganz schöner Scheißtag, was?«, frage ich und lehne mich mit dem Rücken an das Geländer.

»Kannst du laut sagen. Sorry, dass ich abgehauen bin. Ich ... vergiss es. Besser wir reden nicht darüber. Jedenfalls ... Als wäre gestern Nacht nicht schlimm genug gewesen, habe ich heute Morgen einen Anruf von meiner Mutter bekommen.« Ich ziehe eine Grimasse, dennoch bin ich froh, dass Sams Redebedarf sich nicht weiter um Forest, sondern seine Mommy dreht. Ist es falsch, wenn ich das gerade als willkommene Abwechslung sehe?

Denn je mehr ich von Camilla mitbekomme, desto weniger kann ich sie ausstehen. Dabei hatte ich wirklich gehofft, sie wäre eine bessere Agentin als Mutter.

»Charmant. Das würde mir auch den Tag versauen. Mir reichen schon ihre passiv-aggressive Social Media Messages, die sie mir am laufenden Band schickt«, erkläre ich und ein Schauer läuft über meinen Rücken. Sie hat bei jedem zweiten Video und Bild, das ich poste, etwas zu meckern und motzt mich an, ich soll mit der

Moderation der Kommentare schneller sein. Wann ich zum Social Media Manager befördert wurde, ist leider an mir vorbeigegangen. Ich dachte wirklich, ich wäre nur der Kameramann.

Sam lacht nur freudlos. »Passiv-aggressiv ist ihre Muttersprache. Wenigstens spricht sie jetzt mehr als drei Sätze mit mir.«

Ein Schnauben entfährt mir. Ich erinnere mich an einen Samstagnachmittag, als ich ungefähr fünf Jahre alt war, und Sam mit einem Sack voller Kuscheltiere und Klamotten vor unserer Haustür stand. Er hat Forest und meine Eltern gefragt, ob er einziehen kann. Meine Mum hat ihn selbstverständlich aufgenommen. Ich erinnere mich daran, wie sie sich mit Camilla gestritten hat, als diese eine Woche später fuchsteufelswild auf unserer Matte stand. Während Camilla ihr mit Anwälten wegen Kindesentführung drohte, hielt Mum dagegen, dass sie Camilla genauso gut wegen psychischer Kindesmisshandlung und elterlicher Vernachlässigung anzeigen konnte. Denn die Tatsache, dass Camilla eine Woche nicht mal bemerkt hat, dass Sam weg ist, sagt schon alles.

»Kein Wunder, dass du 90 % der Zeit bei uns warst. Du warst quasi mein großer Bruder«, merke ich an, ohne die Erinnerung mit ihm zu teilen. Außerdem ... spüre ich, wie anders sich Sam anfühlt. Was ich für ihn empfinde, ist definitiv krass brüderlich. Bei Atlas war das nie der Fall. Für ihn habe ich schon immer *mehr* gefühlt. Selbst, als ich nicht wusste, was genau ich da für ihn empfand. Ich schlucke und versuche die Gedanken

abzuwimmeln und mich wieder auf Sam zu konzentrieren. Ein trauriges Lächeln huscht über seine Lippen,
als er mich ansieht.

»Ach, Riv. Ich hätte gerne einen kleinen Bruder wie
dich gehabt. Aber Cuntmilla hat sich nach mir sterili-
sieren lassen.«

Ich verschlucke mich an meiner eigenen Spucke,
gebe mir aber Mühe, es irgendwie zu überspielen, in
dem ich mich räuspere. Damn, Sam. Was zur Hölle soll
man darauf antworten? Gleichzeitig zieht mein Herz
sich bei dem »Cuntmilla« zusammen. Denn so wurde
Sams Mutter immer von Forest genannt.

»Du hast einen bleibenden Eindruck hinterlassen«,
witzle ich und so langsam kann ich *wirklich* verstehen,
wieso Atlas immer irgendeinen Spruch reist. Leider
entlocke ich Sam damit nur ein Schnauben. »Komm
schon, Mann. Scheiß auf das, was deine Mutter denkt.
Du hast richtig viele Fans, die davon überzeugt sind,
dass eine Nacht mit dir ihr Lebenshighlight wäre«, versuche ich ihn nun mit seinem Erfolg aufzuheitern.
»Glaub mir, ich bin ständig dabei, sexuelle Kommentare zu lesen. Manche Menschen sind echt zu horny.«

Leider scheint auch das Sam nicht so richtig aufzumuntern und ich erkenne mich mehr wieder als mir
lieb ist.

»Die wollen mich alle nur für meinen Körper und
nicht für mich«, hält er dagegen.

»So gut siehst du auch nicht aus«, scherze ich erneut
und bin erleichtert, dass ihm endlich ein kleines Lächeln über die Lippen huscht.

»Du kannst ja genauso aufmunternd sein, wie meine
Mutter.«

Urgh. Nein. Bloß nicht.

»Was ist eigentlich ihr Problem?«, frage ich kopfschüttelnd.

»Du meinst neben ihrem Narzissmus?«

»Und ihrer Kontrollsucht?«, füge ich hinzu.

»Und der drohenden Menopause?« Endlich wird Sams Lächeln breiter.

»Und ihrem hässlichen Haarschnitt?«

»Wohl nur das Übliche.« Sam zuckt mit den Schultern und seine Miene wird wieder hart. »Sie will, dass ich erfolgreich bin. Weil mein Erfolg auf sie abfärbt. Das mit den Geigenvirtuosen ist ja nichts geworden. Dank eurer Piñata.«

Es ist wunderschön und nostalgisch zugleich, wenn ich daran denke, wie eine einzige Begegnung und ein paar Besuche in der Kletterhalle, Leben verändern können. Seines ebenso so wie meines. Und beide Male war es Atlas, der uns alle zusammengebracht hat.

»Ich weiß ja nicht. Ich glaube, ein Video, wie du oben an einer Wand hängst und Geige spielst, käme richtig gut an«, schlage ich erneut lachend vor. Sam reißt die Augen auf und ich werfe kurz einen Blick über die Schulter, um mich zu vergewissern, dass da kein Geist hinter mir steht.

»Ich habe jetzt schon Angst, was du *dann* in den gefilterten Kommentaren lesen musst«, merkt er an. Als hätte mich wirklich ein Geist berührt, läuft es mir eiskalt den Rücken hinunter.

»Ich auch.«

»Weißt du, Riv? Ich dachte, die Zusammenarbeit mit Camilla würde mir das geben, was mir in der Kindheit gefehlt hat. Aber irgendwie fühle ich mich jeden Tag leerer.«

Fuck. Das ist etwas, das ich besser verstehe als mir lieb ist. Genau diese Leere war es, die mich jeden Tag aufgefressen hat. Die immer noch ständig damit droht, mich wieder an sich zu ketten und mich manchmal sogar in ihre Finger bekommt. Depressionen sind leider kein Spaß, sondern ein dauerhafter Kampf gegen sich selbst. Jeden Tag. Jeden Moment.

»Dude, wenn sie damals schon keine Liebe zeigen konnte, wird sie wohl kaum jetzt damit anfangen«, sage ich, bin mir aber gleichzeitig sicher, dass diese Worte nichts daran ändern können, was Sam durchmacht. Und ich wünschte, ich wäre in der Lage, ihm etwas von dem Schmerz abzunehmen.

»Ja. Aber ein Mann kann hoffen, oder?«, fragt er und ich versuche die richtigen Worte zu finden. Die Stille zwischen uns wird fast unerträglich und Sam schüttelt nur den Kopf. »Ich glaube, die einzige Person, die mich wirklich geliebt hat, war ...«

»War?«, hake ich nach, wissend, dass ich trotzdem keine Antwort bekommen werde.

»Ach, vergiss es. Lass uns lieber nach Atlas schauen, bevor der auf die Idee kommt, mit jemandem die Szene aus Titanic nachzuspielen.«

River

Zum ersten Mal seit unserem Aufbruch bin ich dankbar, dass Atlas diese Tour mit der Triple R Box geplant hat. Das Gebiet der Cala Goloritzè ist atemberaubend. Ich bin so von den weißen Stränden, dem türkisen, glasklaren Wasser und den Wäldern um die Felslandschaft abgelenkt, dass ich fast vergesse, wie sehr das Klettern mich stresst. Aber eben auch nur fast.

Die permanent kriechende Panik ist immer noch da und ich verliere beim Vorklettern das ein oder andere Mal beinahe den Halt. Nicht, weil die Route mich herausfordert, sondern weil in meinem Inneren noch immer ein Kampf tobt. Da ist der Hass, den ich gegenüber dem Stein fühle und gleichzeitig das sanfte Flüstern, dass Forest es feiern würde, uns hier oben zu sehen. Ich versuche das zu tun, was Atlas mir schon in Céüse beigebracht hat: Meinem Körper vertrauen. Mich einzig und allein auf meine Bewegungen und das Filmen zu konzentrieren.

Wie auch schon in Frankreich, ist es meine Aufgabe, in Ruhe vorauszuklettern. Damit ich aus meiner erhöhten Position Atlas und Sam so richtig in Szene setzen kann.

Und Atlas hilft mir sowohl die perfekten Aufnahmen zu machen, als auch dabei, mich abzulenken.

Jetzt, wo er wieder an der Wand ist, ist er voll in seinem Element. Da ist nichts mehr von seiner mürrischen Laune am Tag der Überfahrt. Atlas kann klettern wie ein Gott und sieht dabei auch noch wie einer aus. Er hat seine Haare in einen kurzen Zopf gebunden und seine Mimik ist ein Kunstwerk der puren Konzentration und Freude, als er Sam davonklettert.

»Mach mal langsamer«, rufe ich ihm zu. »Ich muss euch beide drauf bekommen und ich weigere mich, dich von unten zu filmen.«

Er und Sam klettern heute ohne T-Shirt, da es wärmer ist als erwartet. Doch Atlas hat einen draufgesetzt. Denn statt seiner Shorts trägt er ... einen verdammten Kilt. Ich komme immer noch nicht darauf klar, dass er sich einen im Pink Pepper gekauft hat und weniger damit, dass er damit klettert.

»Verdammt, Atlas! Ich kann deine Unterhose sehen! Wo findet man überhaupt noch welche mit Pokémon-Aufdruck? Sind die nicht in der Kinderabteilung?«, beschwert Sam sich, als er sich in den nächsten Karabiner einhakt und das Gewicht verlagert, damit er seine rechte Hand ausschütteln und erneut nach Chalk greifen kann.

Atlas gibt ein lautes Lachen von sich, das von seinem schweren Atem begleitet wird.

»Solange dir gefällt, was du siehst, ist doch alles klar!«

»Tut. Es. Nicht«, stellt Sam klar und ich muss schmunzeln. Gleichzeitig weiß ich in dem Outfit von Atlas nicht, wie ich ihn filmen soll, ohne, dass es aussieht wie ein verdammter Porno. Wo auch immer ich meine Linse auf ihn richte, sehe ich nur seine sexy Muskeln ... seine breiten Schultern ... die durchtrainierten Beine. Die Bauchmuskeln, seine V-Line, die im Kilt verschwinden.

Mit heißem Gesicht richte ich die Kamera wieder auf Sam. Auch er macht eine top Figur. Trotzdem scheint ihm dieser Flash schwerer zu fallen als der letzte. Er wirkt gehetzt und ich sehe, wie er immer wieder das Gesicht verzieht, wenn er hoch zu Atlas blickt. Mehr als einmal findet er nicht sofort die richtigen Griffe und rutscht fast ab.

»Mach dein Tempo«, rufe ich ihm zu. »Versuch nicht aufzuholen. Ignorier unseren Angeber!«

Zu meinem Frust schüttelt er den Kopf und macht genau das Gegenteil von dem, was ich ihm rate. Er beeilt sich und greift höher, als gut für ihn oder seine Ausdauer wäre. Verdammt, Sam. Ich weiß, deine Mutter verlangt alles von dir. Aber du solltest für dich klettern. Nicht für sie. Nicht, um jemandem etwas zu beweisen.

Denn das, was sie *beide* leisten, ist ein Ding der schieren Unmöglichkeit und trotzdem ziehen sie es durch, so als wären sie diese Strecke schon hundert Mal rauf und runter geklettert. Auch wenn Atlas Sam voraus ist, sind beide auf der Zielgeraden. Ich packe mein Seil und hangele mich hoch, denn niemand erwartet von mir, ohne dieses Hilfsmittel raufzukommen. Oben verteile ich drei GoPros in verschiedenen Winkeln und lasse die 4K-Drohne fliegen.

Die Aussicht ist phänomenal. Direkt unter uns ist ein Fluss aus dunkelgrünen, mediterranen Büschen und Bäumen und neben der Punta Caroddi erheben sich links und rechts weitere Felswände, die den kleinen, weißen Kieselstrand in einen versteckten Diamanten verwandeln. Das Türkis des Wassers ist surreal hell und ich freue mich jetzt schon darauf, nach dem Klettern ins Nass zu springen.

Mit genug Abstand lasse ich die Drohne zu Atlas und Sam fliegen, die auf den letzten Metern der Route sind.

Ich staune nicht schlecht, als ich sehe, wie Sam tatsächlich zu Atlas aufgeholt hat. Sie sind jetzt beide auf gleicher Höhe. Trotzdem klettert Sam wie jemand, der auf der Flucht ist. Ist es ihm etwa so wichtig, vor Atlas anzukommen?

»Kein Bock mehr auf meine Evoli-Unterhose?«, höre ich Atlas schelmisch fragen, der sich in seinen Griff hängt, um wieder neuen Chalk zu holen.

»Fick dich. Das hier ist *mein* Aufstieg!«, fährt Sam ihn an und schnallt sich um ... ohne die Hand in seinem Chalkbeutel zu versenken. Ich traue mich nicht, mich einzumischen, da ich, anders als Atlas, seine Konzentration nicht brechen will. Gleichzeitig halte ich es für eine Schnapsidee, dass Sam meint, Zeit dadurch zu sparen, nicht genug Chalk zu nehmen. Nur noch eine Seillänge trennt die beiden vor der Spitze. Es ist fast geschafft.

Sam greift mit der linken Hand über sich, verlagert sein Gewicht, und genau wie mein Herz ... rutscht er ab.

***

Für Sam ist der Flash gescheitert. Er fällt zwei Meter in die Tiefe und fängt sich mit den Beinen auf. Sein frustrierter Schrei echot über das Tal und wird von weit entfernten Klagelauten seiner Fans beantwortet.

»Verdammte Scheiße!«, brüllt er und schlägt mit der Hand gegen den Stein, ehe er erneut nach der Wand greift und sich wieder in Position bringt. Atlas sieht besorgt zu ihm hinunter, sagt aber nichts. Stattdessen wartet er, wo er ist, bis Sam erneut auf gleicher Höhe mit ihm ist, aber Sam sieht ihn nicht an, als sie gleichzeitig bei mir ankommen. Von hier oben ist die Sicht noch besser. Ich erkenne jeden Felsen im Wasser, der sich dunkelblau von dem Türkis abheben. Auf dem weißen Sand hüpfen unzählige Fans aufgeregt wie springende Ameisen auf und ab, um die beiden zu feiern. Ihr Jubel wird durch das ganze Tal getragen, das die Spitze mit dunkelgrünen Büschen schmückt.

»Stellt euch mal nebeneinander und reckt jeweils einen Arm in die Höhe«, bitte ich sie. Sams Lächeln ist ungefähr so realistisch wie das des Jokers, aber er hält tapfer durch. Erst, als ich mit Filmen aufhören, sackt Sam in sich zusammen.

»Ist okay, Mann«, versucht Atlas ihn aufzumuntern und legt eine Hand auf seine Schulter. »Du warst fantastisch.«

»Nichts ist okay!«, fährt Sam ihn an und schlägt Atlas Hand weg. »Ich bin es so verdammt Leid immer in deinem Schatten zu klettern!«

Hilflos sehe ich von Sam zu Atlas, der genauso überfordert von der Situation zu sein scheint wie ich.

»Sammy. Wir sind ein Team, keine Rivalen. Sorry wegen dem Kilt-Joke.«

»Lass mich in Ruhe. Ich will hier runter.«

»Möchtest du nicht noch die Aussicht genießen? Ich wollte noch ein paar coole Fotos machen«, biete ich an und deute auf meine Kamera.

»Nein. Ich brauche kein ach so tolles Material von meinem Versagen.«

Mit diesen Worten packt Sam seine Seile und beginnt den Abstieg. Einen Abstieg, der tiefer ist als nur der Berg, den er trotz allem gemeistert hat.

Sam ist eine leere Hülle. Selbst im Hotel redet er nicht mit uns. Stattdessen beobachten Atlas und ich, wie er sich an den Pool setzt und eine junge Frau dabei beobachtet, wie sie kleinen, aufgedrehten Kindern Tiere und Schwerter aus Luftballons formt.

»Hast du eine Ahnung, wie wir ihn wieder reparieren können?«, frage ich Atlas. Wir sitzen uns auf der anderen Seite des Pools an einem runden Tisch gegenüber und gönnen uns zum Feierabend ein kühles Bier. Zu unserer linken Seite liegt das Meer unter der erhöhten Hotelterrasse. Mondlicht küsst das dunkle Wasser und lässt eine silberne Straße auf den Wellen entstehen, die bis zum Horizont führt.

»Keinen Schimmer. Ich weiß nicht, was Sam da oben geritten hat.«

»Ein Teufel. Wahrscheinlich einer, der Prada trägt«, erwidere ich. Atlas lacht und nippt an seinem Bier. »Wenn er nicht versucht hätte, dich zu überholen, wäre der Flash easy gewesen. Ich glaube, er versucht seiner Mutter zu beweisen, dass er besser ist als du.«

»Ist er aber nicht«, erwidert Atlas wie aus der Pistole geschossen und ich kicke ihm gegen das Schienbein. »Au! Ich sage doch nur die Wahrheit.«

»Manchmal ist es besser, nichts zu sagen.«

»Aber du weißt, dass ich recht habe. Immerhin bist du derjenige, der uns die ganze Zeit filmt.«

Oh nein, Atlas. Ich werde dir nicht diese Genugtuung geben und dein Ego streicheln.

Ich grinse ihn schief an.

»Tatsächlich ist Sam sehr viel gründlicher in seiner Technik«, entgegne ich und Atlas verzieht das Gesicht.

»Manchmal ist es besser, nichts zu sagen!«, zitiert er mich und wir lachen. Es tut gut, bei ihm zu sitzen. Einfach nur ein Bier zu trinken und sich um unseren Freund zu sorgen. Es ist wie früher. Und ich merke wieder, wie sehr er mir gefehlt hat.

»Hey. Guck mal«, fordere ich Atlas auf. Die Animateurin, die mittlerweile die Kinder losgeworden ist, hält einen orangenen Teddy aus Luftballons in der Hand und setzt sich neben Sam an den Pool. Sie überreicht ihm das Tier und sagt etwas, das ich von hier nicht hören kann. Dafür erkenne ich aber das erste, aufrichtige Lächeln auf Sams Lippen, seit seinem Absturz.

Ich muss nicht auf Cis-Frauen stehen, um zu erkennen, wie gut sie aussieht. Mit ihren zerzausten Locken und den Sommersprossen hat die Fremde gleichzeitig etwas Wildes und etwas Niedliches an sich. Wenn sie einen Blumenkranz aufziehen würde, wäre sie der perfekte Hippie.

»Wie süß! Glaubst du, sie kann mir einen Hund machen?«, fragt Atlas und seine Augen leuchten. Er macht Anstalten, sich zu erheben, aber ich packe seinen Arm und ziehe ihn wieder auf den Stuhl.

»Ich glaube nicht, dass die beiden gerade gestört werden wollen«, ermahne ich ihn. Denn die Frau lacht und stößt mit ihrer Schulter gegen die von Sam, nur um kurz darauf ein bisschen näher an ihn heranzurücken.

»Oh«, macht Atlas nur, dem ein Licht aufzugehen scheint und ich schüttele den Kopf. Manchmal frage ich mich, wie er so *nichtsahnend* sein kann.

Mein Arsch vibriert und ich hole mein Handy hervor, auf dem Camillas Name einen Anruf von ihr ankündigt.

»Hey. Wenn man vom Teufel spricht«, meint Atlas nur, der auf mein Telefon linst, und verdreht die Augen. Ich seufze schwer und gehe ran.

»Ja?«

»Wo ist mein Sohn?«, fragt sie hart. »Er geht nicht ans Handy.«

Mein Blick wandert zu Sam, der gerade mit seinen Füßen Wasser gegen die Frau spritzt, die daraufhin ein helles Lachen von sich gibt. »Duschen«, erwidere ich knapp.

»Gib ihn mir«, fordert Camilla und Atlas, der sie selbst auf der anderen Seite des Tisches hören kann, zieht eine Grimasse.

»Bei allem Respekt, Mrs Courteney. Ich werde Sam nicht auflauern, wenn er nackt ist.«

»Wieso? Du bist doch nackte Männer gewohnt«, erwidert sie und Atlas spuckt Bier über den Tisch.

»Hat sie nicht gesagt«, zischt er.

»Es ist spät, Camilla. Sam wird sich melden, wenn er kann. Auch wir dürfen Feierabend machen.«

Mit diesen Worten lege ich einfach auf. Atlas hebt die Hände und klatscht, als hätte ich gerade meinen ersten Oscar gewonnen. »Was?«, frage ich, ein wenig überfordert.

»Das war ... Das war wunderschön«, meint er nur, schnieft und tut so, als würde er sich eine Träne aus dem Augenwinkel wegwischen.

»Kein Grund, so theatralisch zu sein.«

»Riachuelo, ich sage dir seit unserem ersten Tag, du sollst bei unserer Tour auch mal Pausen machen, statt 24/7 zu arbeiten. Du weißt gar nicht, wie stolz ich gerade auf dich bin.« Ich ignoriere seinen Kommentar und sehe wieder besorgt zu Sam, der jetzt seinen Kopf auf der Schulter der Frau anlehnt.

»So kann das doch nicht weitergehen. Ist mir das damals entgangen, oder hat Camilla sich schon immer so unmöglich als Agentin verhalten?«, frage ich Atlas.

»Es ist schlimmer geworden. Ich habe gesagt, ich unterschreibe bei ihr nur, wenn wir weiterhin frei sein können. Mittlerweile glaube ich, Sam erstickt unter ihrer Scheiße.«

Ich nicke. Im Grunde genommen geht es mir … ähnlich. Obwohl ich nicht darüber spreche, merke ich den Druck, den sie mir macht.

»Wir brauchen eine Intervention«, beschließe ich. »Morgen gehen wir offline. Und ich denke, wir sollten auch Sams neue Freundin einladen.«

»Ich mag, wie du denkst, Riachuelo«, säuselt Atlas und grinst. »Und weil ich dich so mag, habe ich auch noch etwas für dich.«

Irritiert sehe ich, wie Atlas sich zu seinem Rucksack hinunterbeugt und ein Päckchen hervorholt.

Sugar von deinem Daddy

steht auf einer Karte.

»Mach es auf«, fordert er mit rauer, tiefer Stimme, die mir erneut eine Gänsehaut über den Rücken jagt.

»Was, wenn nicht?«, erwidere ich heiser.

»Willst du etwa, dass ich dich bestrafe?«

Jesus fucking Christ, Atlas. Was ist plötzlich in dich gefahren? Ich merke, wie mein Gesicht heiß wird und schüttele den Kopf. Stattdessen öffne ich das Paket.

Darin befinden sich der schwarze Kilt und das Netzoberteil, das ich in Barcelona anprobiert habe. Atlas lehnt sich lässig in seinem Stuhl zurück und schiebt sich die Haare nach hinten.

»Wenn wir morgen schon offline gehen, will ich, dass du *das* trägst.«

Kapitel 18: Durch Dunst und Regenbögen

River

Keine Ahnung, wo Atlas dieses Paradies auf Erden ausgegraben hat, aber ich feiere es. Zum ersten Mal seit unserem Aufbruch erlaube ich es mir, anzukommen und die Tatsache zu genießen, an einem magischen Ort zu sein. Wir sind in der Nähe des Hotels einen Bergweg hochgewandert. Außer uns ist niemand hier oben. Ich blicke auf natürliche Wasserbecken, die durch einen Fluss verbunden sind. Sie sind so tief, dass ich in ihrer Mitte nicht mal den Boden erkennen kann, obwohl ihr Wasser glasklar ist. Dieses hier ist mit Abstand das größte, das wir bisher gefunden haben. Es sieht aus wie ein riesiger, natürlicher Pool, der zum Schwimmen einlädt.

Sam lässt flache Steine über die Wasseroberfläche hüpfen, während Atlas sich mit seinem Astra Vertice Crop-Top auf einer Picknickdecke der Sonne entgegenstreckt. Ich hoffe sehr, dass er durch die Sonnenbrille nicht bemerkt, wie ich ihn anstarre. Jeder Zentimeter seines glatten, sonnengebräunten Oberkörpers ist mit

Muskeln überzogen und das enge Top verdeckt nicht viel Haut. Auch sein Sixpack sieht aus wie gemeißelt. Alles in mir sehnt sich danach, ihn zu berühren und zu erkunden, wie seine Haut sich anfühlt.

Hör auf, dich wie ein Spanner zu verhalten. Abstand. Abstand. Abstand. Er ist der Freund deiner Schwester. Vergiss das nicht! Stell dir vor, Atlas hätte ein großes »Anhimmeln Verboten«-Schild um den Hals hängen.

Trotzdem bilde ich mir ein, wie auch er zu mir sieht. Genau, wie er es wollte, trage ich den schwarzen Kilt und das Netzoberteil.

»Yo! Jungs«, reißt eine Stimme mich aus der Trance, in die Atlas mich zieht und wir drehen uns fast zeitgleich zu der Animateurin um, die Sam uns gestern Nacht noch als Quinn vorgestellt hat. Ihre braunen Augen leuchten, als sie sich umsieht und ihr Blick an Sam hängen bleibt. Ich tippe mir ans Kinn, um ihm zu signalisieren, dass er den Mund zumachen soll, aber er scheint das Memo nicht zu bekommen. Stattdessen eilt er auf Quinn zu.

»Hey«, sagt er außer Atem. Ganz vielleicht haben wir ihm nichts von unserer Überraschung für ihn erzählt …

Quinn breitet ihre eigene Decke aus und kramt in ihrer Tasche. Ich bekomme mit, wie Atlas Sam einen Arm um die Schultern legt und ich glaube ihn »Ich wollte schon immer mal dein Wingman sein« flüstern zu hören.

»Alter. Spinnst du?«, zischt Sam.

»Ich dachte du magst sie«, kontert Atlas. Sam will gerade etwas erwidern, doch da richtet sich Quinn erneut auf und kommt mit einem großen Tetrapack Sangría und Pappbechern zu uns.

»Sorry, dass ich so spät bin. Ich musste noch die Schnitzeljagd mit den Kids beenden. Voll das Paradis hier! Ich brauche erstmal einen Drink. So sehr ich sie liebe, die Kinder machen mich fertig.«

Am liebsten hätte ich ihr gesagt, dass wir in letzter Zeit definitiv zu viel getrunken haben, aber selbst ich kann Sangría aus einem Tetrapack nicht widerstehen.

»Dann bist du bei den beiden Clowns hier falsch«, kommentiere ich und werfe Atlas und Sam ein süffisantes Lächeln entgegen. Atlas hebt unschuldig die Hände.

»Ihr wisst doch, was man sagt: Männer werden nicht erwachsen. Nur älter.«

Quinn lacht laut, aber ihr Blick bleibt weiterhin an Sam hängen, dessen Wangen so rot sind, wie der Sangría, den Quinn uns einschenkt. »Darauf trink ich einen!«

Mit den Pappbechern in der Hand lassen wir uns auf den Decken nieder. Dabei legen Atlas und ich wortlos fest, dass Quinn und Sam definitiv nebeneinandersitzen müssen.

»Wenn ich hier schon unter Kindern bin, können wir auch gleich ein Trinkspiel spielen. Ich bin für ›Ich hab noch nie …‹. Der größte Lügner darf dann Nacktbaden gehen.«

Es ist niedlich zu sehen, wie Sam sich ein bisschen näher an Quinn lehnt und anerkennend seinen Becher hebt.

»Eine Frau nach meinem Geschmack.«

Ich schlucke schwer und wieder wandert mein Blick zu Atlas. Wenn ich einem in der Runde zutraue, dass er versucht zu lügen, ist es definitiv er und ich weiß nicht, ob ich es ertragen würde, *ihn* nackt zu sehen.

»Muss das sein?«, frage ich und runzle die Stirn.

»Ja. Muss es. Und weil du so lieb fragst, darfst du anfangen.«

Fuck. Jetzt muss ich mir auch noch etwas ausdenken, oder was? Unsicher drehe ich den Wein in meinem Becher, bis ein kleiner Strudel darin zu sehen ist.

»Ich hab noch nie ... in einen Pool gepinkelt«, sage ich, weil mir nichts Besseres einfällt. Alle vor mir nippen an ihrem Sangría und Atlas schlägt mir spielerisch gegen die Schulter.

»Du willst wohl definitiv ins Wasser, du kleiner Lügner«, neckt er mich und ich ignoriere seine Anmerkung.

»Laaaangweiliiig«, zieht mich Quinn auf.

»Dann mach's besser«, fordere ich. Sie legt sich einen Finger, an dem sie drei Ringe trägt, ans Kinn.

»Ich hab noch nie ... geklaut.«

Wir alle nehmen einen Schluck und sie macht große Augen. »Als ob«, werfe ich ein. »Wer lügt hier jetzt? Nicht mal eine Kaugummipackung als Kind?«

»Nein, nie«, beharrt Quinn. »Ok. Ok. Ich gebe zu, das war immer noch lame. Jetzt müsst ihr wirklich krassere Sachen fragen.« Auffordernd sieht sie Sam an, doch dieser scheint genau zu wissen, was er sagen will.

»Ich hab noch nie ... auf meinem Dating-Profil gelogen.«

Atlas und ich trinken.

»Ich wusste gar nicht, dass du auf Tinder bist«, bemerkt Atlas überrascht mit Blick auf Sam.

»Bin ich auch nicht. Deswegen kann ich dort nicht lügen«, erwidert Sam neckisch und grinst.

»Hey, ich auch nicht! Ich lerne Männer lieber ganz Old School in persona kennen«, erklärt Quinn und ich sehe, wie sie anzüglich eine Hand auf Sams Arm legt. Gut für ihn.

»Und was ist deine Story?«, fragt Atlas und piekt mich neckend in die Seite.

»Es gehört zum guten Ton auf Grindr und Feeld zu lügen. Ich hab gesagt, dass ich nicht auf Fetisch stehe.« Bei der Erinnerung an manche Nachrichten schüttelt es mich und obwohl ich nicht dran bin, trinke ich. Das Zeug ist viel zu stark für das, was es ist, und ich befürchte jetzt schon, nach zwei Runden angetrunken zu sein.

»Oh ho!«, macht Atlas laut und reckt neugierig den Kopf. »Was sind denn deine Fetische?«

Das sage ich dir nur über meine Leiche.

»Hey, das verstößt gegen die Regeln«, kommt Quinn mir zu Hilfe, doch Atlas zuckt nur mit den Schultern. Siegessicher hält er seinen Becher in der Hand und grinst mich schelmisch an.

»Ich hab noch nie ... einen Knebel im Mund gehabt«, sagt er, ohne den Blick von mir zu nehmen. Hitze durchdringt meinen ganzen Körper, während ich mir vorstelle, wie es wäre, wenn Atlas mich festbinden ... Ich muss meine Sitzposition ändern, damit niemand sehen kann, wie sich eine Beule unter dem Stoff meines Kilts bemerkbar macht.

»Das wirst du büßen«, warne ich Atlas und trinke, ehe ich zu Quinn und Sam sehe. Sam verdreht die Augen und trinkt. Quinn wirkt sehr zufrieden und nimmt dann ebenfalls einen Schluck.

»Damn. Ihr seid alle kinky. Ich liebe es!«, ruft Atlas entzückt und lehnt sich zurück. Bevor ich meinen nächsten Satz bringe, nehme ich einen tiefen Schluck aus meinem Becher und bitte Quinn nochmal nachzuschenken. Ich weiß nämlich nicht, wie lange ich das Spiel hier noch nüchtern ertrage.

»Ich hab noch nie ein Spiel missbraucht, um an die sexuellen Vorlieben meiner Freunde ranzukommen«, verkünde ich so passiv-aggressiv, dass Camilla sicher stolz auf mich gewesen wäre.

Atlas und Quinn trinken, während Sam nur seine Hand auf die von Quinn legt. »Also mich musst du einfach nur fragen, wenn du etwas wissen willst«, lässt er sie wissen.

Urgh. Nehmt euch ein Zimmer.

»Das merke ich mir«, flüstert Quinn, ehe sie wieder den Becher hebt. »Ich hab noch nie ... Gruppensex gehabt.«

Scheiße. Muss das sein?

Ich sehe, wie ich der Einzige bin, der trinken muss und wieder leere ich den Becher in einem Zug.

»River. Wirklich? Wie? Wann?«, fragt Atlas schockiert. Denkt er etwa, ich habe noch nie Sex gehabt? Klar. Ich bin ja nur der fucking kleine Bruder von allen. Vielleicht ist es der Wein, vielleicht die Hitze zwischen meinen Beinen, aber ich will ihnen allen beweisen, dass ich kein verdammtes Kind mehr bin.

»Alt genug, um auf queere Sex-Partys zu gehen«, antworte ich nur pampig. Sam macht ein »Not bad«-Gesicht und nickt anerkennend.

Atlas Miene ist kaum zu lesen. Trotzdem starrt er mich so intensiv an, dass sein Blick auf meiner Haut brennt. Er legt den Kopf ganz leicht zur Seite und ich bemerke, wie er sich gedankenverloren auf die Unterlippe beißt. Ich ... was? Nein. Das muss ich mir eingebildet haben. Scheiße.

»Ich liebe es, diese neuen Seiten von dir kennenzulernen, Riv«, ruft Sam freudig, der eindeutig den meisten Spaß aus unserer Klettertruppe hat. Wie auch nicht, wenn sein Crush seine Gefühle ganz klar erwidert?

Atlas wackelt mit den Augenbrauen, sein intensiver Blick immer noch auf mir. »Ich habe mich noch nie beim Sex gefilmt.«

»Nur, weil ich euer Kameramann bin, oder was?«, fahre ich ihn an. Zu meiner großen Erleichterung trinken auch Sam und Quinn. Tatsächlich ist Quinn es, die jetzt Atlas ansieht, als wäre er der Komische in der Runde.

»Halt, Stopp. Du hast noch nie jemandem ein schmutziges Video geschickt?«, fragt sie bestürzt. »Ich will dir ja nicht zu nahe treten. Aber du siehst wie jemand aus, der vor einem großen Badezimmerspiegel posiert und Selfies mit seinem Dick draußen verschickt.«

Sam prustet und lässt sich lachend nach hinten fallen. Kann ich Quinn widersprechen? Nicht wirklich. Atlas schüttelt den Kopf und sieht uns an, als hätten wir Küken geschreddert.

»Nope. Ihr müsst gar nicht so überrascht tun. Ich habe noch nie etwas verschickt. Ich kann nicht riskieren, dass jemand solche Fotos von mir leaked.«

Quinn schüttelt ungläubig den Kopf. »Nicht mal deiner Partnerin ... oder deinem Partner?«

»Beides und alles dazwischen«, wirft Atlas ein und ich merke, wie jeder Zentimeter meiner Haut heiß kribbelt.

»Nice. Ich bin auch pansexuell. Aber du müsstest deinen Partner*innen doch vertrauen können, oder nicht?«, fügt Quinn hinzu.

Atlas lacht erneut und lehnt sich auf der Decke zurück. »Geht schlecht, wenn ich noch nie einen festen Partner hatte.«

Mir fällt der Becher aus der Hand und auf meinem neuen Kilt breitet sich warmer Wein aus. Ich bin zu perplex, um zu reagieren, sondern starre nur Atlas an, der nicht zu verstehen scheint, warum wir ihn alle ansehen, als hätte er uns gerade mitgeteilt, er sei eigentlich ein Pokémon.

»Laber nicht«, wirft Sam ein. »Was war das mit Pedro und Julia vor zwei Jahren?«

»Nur ein wilder Monat. Wir waren nie exklusiv und als die beiden gefragt haben, ob ich mit ihnen zusammen sein will, habe ich nein gesagt.«

… Atlas hatte *angeblich* noch nie eine Beziehung. Aber das … das bedeutet …

Ist Atlas nicht Forests Freund gewesen?! Das ergibt keinen Sinn. Forest ist verliebt gewesen. Sie hat mich ständig gebeten, sie an ihre Pille zu erinnern. Ich habe gedacht … ich habe gedacht, es wäre Atlas gewesen und dass sie es mir nicht hat sagen wollen, weil sie gewusst hat, wie ich für ihn empfunden habe. Habe ich mich geirrt? Mit wem ist sie dann zusammen gewesen? Jonathan-Finlay etwa, dieser dreckige Schmierer?

Atlas. Ist. Nicht. Forests. Freund.Gewesen.

Ich fülle meinen Becher erneut, während es zu mir durchsickert. Ich bin also nicht in den Partner meiner

Schwester verliebt … gewesen. Nur in ihren besten Freund. Macht es das besser? Meine Welt dreht sich. Der Alkohol taucht mich in Nebel und ich fürchte mich. Davor, was das bedeutet. Für mein Herz, das sich schon seit Frankreich wieder an Atlas herangeschlichen hat. Mein Herz, das nur sehnsüchtig darauf wartet, erneut gebrochen zu werden. Solange *er* derjenige ist, der es bricht.

Die anderen führen ihr Gespräch munter weiter, während mein Weltbild fröhlich vor sich hinbröckelt, wie ein Fels, den ich eigentlich noch besteigen sollte.

»Warst du denn noch nie verliebt?«, höre ich mich fragen. Am liebsten hätte ich mir auf die Zunge gebissen. Ich muss es wissen. Gleichzeitig habe ich Angst vor dem, was ich erfahre. Da ist ein Teil von mir, eingehüllt in die Watte des Alkohols, der sich in Was-wäre-Wenns verliert, ebenso wie in Atlas Augen, die amüsiert aufblitzen.

»Das habe ich nie gesagt«, erwidert er schelmisch.

»Uh. Also unerwiderte Liebe? Hört sich tragisch an! Bekommen wir mehr Infos?«

Atlas grinst Quinn entgegen. »Nope. Das bleibt mein Geheimnis.«

»Der verarscht dich, Quinny. Atlas war definitiv noch nie verliebt. Wenn ich für jedes Mal, das er mir sagt, seine einzige große Liebe ist nur der Stein, einen Pfund bekommen hätte, wäre ich reich. Atlas und Romantik sind wie Öl und Wasser. Der Gute kann nur eines und das ist mit seinem Schwanz denken.«

Ein Schnauben entfährt Atlas und er verschränkt die Arme vor der Brust. »Ach, *ich* denke nur mit meinem Schwanz? Sam, ich habe die perfekte nächste Frage für dich. Ich wollte noch nie mit jemandem aus dieser Runde Sex haben.«

Die Aussage ist wie ein Peitschenhieb.

Es gibt keine Hoffnung für mich. Für uns. Für mein Herz. Atlas hat mich noch nie als Mann gesehen. Schon gar nicht als Mann, für den er etwas empfinden könnte. Mein Crush auf ihn ist und wird unerwidert bleiben. Wieso verletze ich mich also immer wieder selbst? Wieso kann ich die Gefühle nicht endlich abschalten?

Quinn und Sam sehen sich tief in die Augen und nehmen beide einen Schluck, was Atlas mit einem siegessicheren »Ha!« kommentiert und in die Hände klatscht.

Ich ertrage dieses Spiel nicht mehr. Ich ertrage diese Gefühle nicht. Und trotzdem verletze ich mich ein weiteres Mal.

Denn ich hebe den Becher an meine Lippen und … leere ihn erneut.

Atlas

»Geht es nur mir so, oder ist es ganz schön heiß geworden?« Quinn ist die Schadenfreude in Person. Mit einem schelmischen Ausdruck fixiert sie Riv, der seinen leeren Becher in die Mitte der Runde wirft und unseren

Blicken ausweicht. Warte, was bekomme ich hier nicht mit?

Hat Riv gerade *auch* getrunken?

Der Alkohol macht es schwer, einen Gedanken zu fassen. Riv hatte also schon mal Fantasien mit jemandem aus der Runde ... Ganz schön mutig, sowas zu beichten. Quinn steht auf, reibt den Sand von ihren gebräunten Beinen.

»So wie ich dich mit deinen queeren Storys einschätze, bin ich es wohl nicht, oder?«, hakt Quin an River gewandt nach.

Mit meinen unklaren Alkoholgedanken versuche ich die Optionen durchzugehen. Wen zur Hölle kann River meinen?

Sam, Riv und Quinn. Quinn und Riv. Sam und Riv. Wenn es um unerwiderte Liebe geht, kann es sich nur um Blondie handeln.

»Der Abend kann ja noch lustig werden, wenn du und Riv euch noch um Sam prügeln müsst«, rutscht es mir raus und ich blinzle sie an.

Ohne es zu wollen, kommen mir all die Male in den Sinn, wo ich die beiden miteinander gesehen habe. In letzter Zeit reden sie viel miteinander, so wie auf der Überfahrt. Ich habe angenommen, dass sie einfach mehr Zeit miteinander brauchen, weil sie auf einer Wellenlänge sind, was die Trauer um Forest angeht. Sam und Riv ... logisch ergibt es Sinn. Bis auf die Tatsache, dass Sam nicht an Männern interessiert ist.

Ich meine, Sam ist blond, sportlich, der stille Typ, der beim Klettern sein Ding durchzieht. Gleich und gleich gesellt sich gern? Es ist trotzdem falsch. Wie alkoholfreies Bier, Butter mit Nutella oder seinen Cousin heiraten.

Dort, wo sich jetzt undenkbare Szenen zwischen den beiden in meinem Kopf abspielen sollten, ist zum Glück nur eine gähnende schwarze Leere. Danke, Selbstschutz.

»Du hast richtig Spaß daran, auf dem Schlauch zu stehen, oder?«, unterbricht Sam meine Gedanken.

»Deswegen hasse ich solche Spiele«, murmelt River und noch bevor jemand etwas sagen kann, eilt er davon.

»Autsch. Da hat jemand aber einen ganz schönen Korb verteilt«, bemerkt Quinn.

»Wie? Glaubt ihr, er meint mich?« Die Worte purzeln aus mir heraus. Ich lache atemlos, als hätte ich einen besonders seltsamen Scherz gehört. Aber keiner lacht mit mir.

»Also mich meinte er definitiv nicht. Und Quinn hat keinen Penis«, legt Sam die Tatsachen auf den Tisch.

Zum ersten Mal in meinem Leben wünsche ich mir, nüchtern genug zu sein, um das zu begreifen, was Sam da andeutet. Es ist das Puzzleteil, welches man nach einer nervenaufreibenden Suche doch noch unter dem Sofa findet und das das Bild vervollständigt. Dieses Mal hat mein Bewusstsein kein Problem, mir die Szenen zu zeigen. In allen Details. In Farbe, Technicolor, Neon.

River und *mich.*

Angefangen hat alles in Paris. Riv auf allen Vieren vor dem Eiffelturm. Unsere Umarmung am Fuße des Berges. Riv im Netzoberteil. Erinnerungen, die beim Abspielen nicht ein einziges Mal jugendfrei sind.

Fuck. Riv auf Sexpartys, Riv bei einem Gangbang. Nein, streich den Gruppensex.

Riv mit mir. Double Fuck.

»Dann ist es Zeit, Nacktbaden zu gehen«, beschließe ich und ziehe mich aus.

»Hm, wieso?«, fragt Sam, steht aber auch auf und folgt meinem Beispiel.

»Weil ich der größte Lügner der Runde bin«, erwidere ich und zwinge mich zu einem Grinsen. »Natürlich hatte ich schon mal Gruppensex.«

Noch eine Lüge. Doch jetzt spielt sie keine Rolle mehr. Ich springe ins kalte Wasser. Es geht niemanden was an, dass ich an Riv denke, wenn ich mich nachts einsam fühle.

***

Es dauert nicht lange bis Sam und Quinn sich im Wasser näherkommen und ich mich wie das dritte Rad am Wagen fühle. Zeit, die beiden allein zu lassen.

Ich treibe zum anderen Ende des Beckens. Von weiter in der Ferne höre ich das Rauschen eines Wasserfalls und entschließe mich, ihn suchen zu gehen. Beschwipst muss ich tierisch aufpassen nicht auf den Steinen auszurutschen. Vor allem mit meinem geschundenen Fuß, der seit dem letzten Flash noch schlimmer schmerzt.

Ich folge dem Pfad, der weiter den Berg hochführt, vorbei an kleinen Bächen, die die einzelnen Becken miteinander verbinden. Das Rauschen des Wasserfalls wird lauter.

»Deswegen hasse ich solche Spiele« seine Stimme echot in mir.

Den ganzen Weg nach oben rede ich mir ein, dass Rivers Geständnis nichts bedeutet. Ist es nicht ein Naturgesetz, dass man als Kind Gefühle für die Freunde von seinen Geschwistern hat? Wer kann sich schon an seinen ersten Crush erinnern? Unweigerlich denke ich an Jonathan-Finley, Forests Sandkastenliebe, die keine Relevanz mehr in ihrem Leben gespielt hat.

Meine drei noch aktiven Gehirnzellen raten mir, für River zu hoffen, dass, was auch immer er für mich empfunden hat, nur noch eine Randnotiz ist. Kanonenfutter fürs Flaschendrehen. Jeder Versuch, die Realität zu verdrehen und sein Geständnis kleinzureden, bewirkt das Gegenteil. Es macht Dinge mit mir, die nicht so sein dürfen.

Ich erreiche das nächste Becken. Wenn ich das Rauschen richtig deute, sollte der Wasserfall sich hinter der Felsspalte befinden, die dieses Becken mit dem nächsten verbindet. Selbst wenn nicht, ich brauche eine Abkühlung. Kopfüber stürze ich ins kühle Nass. Tauche unter und schreie.

River und ich. Fuck. Double Fuck.

Ein wenig hilflos schwimme ich ein paar Runden, bis ich seitlich durch die Lücke im Felsen paddele. Ich habe den Wasserfall gefunden.

Hinter dem Schleier aus Wasser bewegt sich eine Gestalt. Nur wenige Augenblicke später durchbricht River den Wasserstrahl und wirbelt den Regenbogen auf, der am Fuße des Wasserfalls schimmert.

Er ist nackt, schön und mein Untergang.

Da steht nicht der kleine Bruder meiner besten Freundin. Sondern ein erwachsener Mann. Ein Mann dessen Muskeln und Körperkonturen aussehen, als wäre ihr

Bild aus meinen verbotensten Träumen gestohlen worden.

Seine schlanken Finger gleiten über sein Gesicht, das er sich unter dem Wasserfall wäscht. Er öffnet die Augen und sein Blick fängt mich ein.

Wir sehen uns an.

Ein, zwei, drei Herzschläge lang. Er legt den Kopf schief. Unsicher. Und dennoch mit einer Einladung in seinem Blick, die mich wie die Schwerkraft bei einem Fall zu sich zieht.

Ich schwimme zu ihm, klettere auf den Stein, wobei er einen Schritt nach hinten macht. Wieder eine Gestalt hinter sprühendem Regenbogen. Für einen Moment stehen wir beide regungslos da. Auf zwei verschiedenen Seiten des Wasserfalls. Jede meiner Fasern will die Distanz zwischen uns überbrücken und das Rauschen des Wassers übertönt jeden Protestgedanken. Auch wenn es eine beschissene Idee ist, folge ich River durch den Wasserfall, denn ich brauche Klarheit.

Eiskaltes Wasser spritzt mir ins Gesicht. Aber selbst die belebende Kühle kommt nicht gegen die Hitze in mir an. Meine Locken fallen mir tropfend Nass in die Augen und ich muss sie hinter mein Ohr schieben, damit ich sehen kann. Wirklich sehen kann, was vor mir und zwischen uns ist.

Wir stehen uns gegenüber. »Riachuelo«, flüstere ich so leise, dass ich nicht weiß, ob er mich hört.

Ich sehe ihn. Alles an ihm. Aus dem kleinen Bach ist ein Fluss geworden, eine Naturgewalt und ich will mitgerissen werden.

Wir machen beide einen Schritt aufeinander zu, sodass uns kaum mehr eine Armeslänge trennt. Seine silbernen Haare haben dieselbe Farbe wie das tosende Wasser hinter uns. Die Sonne auf der Tour hat seinen Wangen etwas Farbe zurückgegeben. Ohne das Netzteil kann ich die Tattoos auf seiner muskulösen Brust endlich richtig erkunden.

Naturmotive. Schwarz auf weißer Haut. Ich will die Konturen der Bäume auf seinem Bizeps nachfahren und jeden Vogel küssen, der zu seinem schlanken Hals hinaufffliegt.

Aber wir berühren uns nicht, sind immer noch von meiner Unsicherheit getrennt. Jedes Härchen auf meinen Armen stellt sich auf. Ich will die Tropfen des Wassers von seinem spitzen Schlüsselbein trinken. Die Stelle beißen, wo sein Puls flattert.

Wir nähern uns.

Er berührt mich nicht. Lässt mir die volle Kontrolle über was auch immer das hier ist. Riv blinzelt Wassertropfen von seinen langen, schwarzen Wimpern und sie fließen über seine leicht geöffneten Lippen.

»Atlas«, sagt er und ich kann die raue Lust im Klang meines Namens hören. Sie ist die Bestätigung, dass ich keine Anekdote bin, keine Randnotiz. Die Zuneigung in seinen blauen Augen ist unerträglich.

Sein ganzer Anblick strahlt diese blinde Bereitschaft aus, alles für mich und mit mir zu tun, wenn ich ihn nur darum bitte. Genau diesen Ausdruck kenne ich von Fans, die mit mir ins Bett wollen und dann enttäuscht sind, weil sie nicht zum Frühstück bleiben dürfen.

Und doch ist es bei River so viel mehr als nur pure Bewunderung. Mit seinem hoffnungsvollen Blick fragt er nach dem Traum von River und Atlas. Ich komme noch näher, meine Finger schweben über seiner tattoovierten Brust. Sein Blick ist eine Ruine aus unerwiderten Gefühlen.

Ich sehne mich danach, ihn zu berühren. Ich will seinen harten Körper an meinem spüren. Aber ich kann ihm nicht das geben, war er will. Ich bin ein Mann für eine Nacht und auch für Riv gäbe es keinen nächsten Morgen. Kein *Wir* auf der anderen Seite des Wasserfalls.

Wenn ich ihn jetzt berühre, gibt es kein zurück. Denn ich weiß, ich werde ihn nicht wieder gehen lassen können.

Doch dafür bin ich nicht bereit.

Meine Hand fällt schlaff an mir hinunter und ich schüttele den Kopf, ehe ich zurückweiche.

Zurück hinter einen Dunst, der mich davor bewahrt, diesen Fehler zu machen.

Kapitel 19: Tischgebete

River

Ich ertränke mich in Arbeit und Distanz. Alles, damit ich Atlas nicht in die Augen sehen muss. Der ganze Ausflug zu den Becken ist wie ein Albtraum, aus dem ich nicht mehr aufwache. Was zur Hölle hat sich Drunkme dabei gedacht, vor Quinn, Sam und Atlas zu offenbaren, dass ich Gefühle für ihn habe?

Das muss aufhören. Es ist ein Fehler gewesen, Atlas wieder näherzukommen und unsere Freundschaft aufleben zu lassen. Wieso hat er mir auch zu dem beschissenen Wasserfall folgen müssen? Ich bin extra abgehauen, um ihn nicht sehen zu müssen. Trotzdem ist er da gewesen.

Nackt. Seine Augen ein Spiegel von der gleichen Begierde, die auch in mir gewütet hat. Und ich weiß nicht, was schlimmer ist. Dass er meine Erregung deutlich hat sehen können, oder dass auch seine Härte sich mir verräterisch entgegengestreckt hat.

Was soll ich damit anfangen? So viele Jahre lang habe ich mir gewünscht, Atlas würde *so* auf mich reagieren. Wieso ist das alles also so eine Shit Show gewesen? Mit seinem Kopfschütteln und seinem Weggehen hat Atlas mir deutlich gemacht, dass er mich trotzdem nicht will.

Also müssen wir beide mit den Konsequenzen leben. Und die Realität ist: Ich will weder mit ihm reden, noch mit ihm lachen, noch sonst etwas mit ihm zu tun haben. Ich will diese Tour hinter mich bringen und ihn nie wieder sehen. Das schulde ich meinem Herzen. Denn ich kann es nicht weiter zerstören. Nicht, wenn es immer noch mit Forests Tod beschäftigt ist.

Immerhin ist Sam erträglicher, zumindest, wenn er mit mir spricht. Wir sind beide mit unserem Liebeskummer überfordert. Er, weil er Quinn zurücklassen musste und ich wegen Atlas. Wir gehen mit der Sache wie gute Bros um. Indem wir stillschweigend beieinander hängen, nicht reden und hin und wieder blöde Witze reißen. Außerdem ist er es gewesen, der mir geholfen hat, noch Sticker in Sardinien und in Barcelona zu verteilen, nicht Atlas.

Allerdings habe ich das Gefühl, Sam hat seit seinem Absturz noch weniger Lust aufs Klettern als ich. Was einiges bedeutet. Selbst die Fans beschweren sich in unseren DMs mittlerweile, wieso Sam nichts mehr postet und nicht auf Kommentare reagiert.

Gleichzeitig muss ich ständig Camilla abwimmeln, die sowohl mir als auch Sam Feuer unterm Hintern macht.

Also alles in allem herrscht eine Stimmung auf der Tour, die selbst das Grab von Forest in den Schatten stellt.

Atlas

Ich: Hi Lex, sorry, dass ich jetzt erst antworte. 150.000 Unterschriften für die Robben? Gut, dass sie das jetzt in Westminster diskutieren müssen. Das ist der Hammer! Mach die Tories im Parlament fertig damit. Keep me updated! Ich habe kurz darüber nachgedacht, dir eine Bullshitantwort auf deine Frage, wie es mir geht, zu geben. Aber du und ich, wir sind nicht so.

Die Wahrheit ist, dass die komplette letzte Woche beschissen war. Forests kleiner Bruder hat mir bei einem Trinkspiel gebeichtet, dass er mit mir schlafen will. Wir sind uns nackt unter einem Wasserfall begegnet und ich war kurz davor, über ihn herzufallen. Der Junge geht mir so unter die fucking Haut, aber ich habe das Richtige getan und ihn abgewiesen. Jetzt hasst er mich.

Shit Lex, wir sind nur noch wenige Kilometer vom Haus meiner Eltern entfernt und am liebsten würde ich mich schon wieder betrinken. Gerade spüre ich nichts von der Magie des Flash Wizards, dabei kann ich mir bei diesem Berg keine Schwäche erlauben. Mein Vater wird mich das erste Mal klettern sehen.

Ich schicke diese *Wall of Text* ab und setze mich zurück hinter das Steuer des E-Autos. Sam hat mich nach einer Reihe von schlechten Witzen dazu verdonnert, hier zu warten, während er und Riv etwas von der Raststätte holen. Dabei checkt er nicht, wie anstrengend lange Autofahrten sind, wenn die Beifahrer so tun, als würde man nicht existieren. Je nervöser ich werde, desto gesprächiger werde ich – sehr zum Leidwesen meiner Hater.

Die Raststätte hat ein Bistro mit großer Glasfront. Zu meinem Ärgernis setzen sich Sam und Riv dort an einen Tisch und essen. Ohne mich. Okay, die Message ist angekommen, sie haben absolut die Schnauze voll von mir. Dabei bin ich der einzige, der sich noch um gute Stimmung auf der Tour bemüht. Alles wäre niemals so unangenehm zwischen uns geworden, hätte ich nicht erfahren, dass River auf mich abfährt. Wie schnell Zuneigung in Hass umschwingt, erlebe ich live und in Farbe. Genau aus diesem Grund binde ich mich an keinen festen Partner. Denn Gefühle ruinieren *alles*. Beziehungen bedeuteten Kompromisse. Aber die kann ich mir nicht leisten. Meine Kletterkarriere steht an erster Stelle.

Ich drehe das Radio auf und die schlimmsten spanischen Herzschmerz-Songs aus den 2000ern verhöhnen mich. Die Dramatik in spanischen Songs ist einfach anders wild. Bustamante singt davon, dass seine große Liebe ihm sein Leben zurückgeben soll. *Fucking relatable.*

Denn wo ist mein Leben geblieben? Dieser beschissene Wasserfall hat alles ruiniert. Riv schaut mir nicht mehr in die Augen und Sam ist nur noch am Handy mit Quinn. Und was tue ich? Wenn ich nicht gerade fahre und den beiden versuche etwas über Andalusien zu erzählen, spiele ich Pokémon Go oder hocke auf Social Media. Dort lebt die Forest Memorial Tour. Nur hier vor Ort ist tote Hose.

Ist das deren Ernst? Ich stöhne, löse meine Haare aus dem Bun, raufe sie mir und knote sie mir wieder zurecht. Es dauert eine Weile, bis ich die Antwort habe, die all das, was so falsch an Riv und mir ist, am besten zusammenfasst.

Ich tippe, lösche, tippe nochmal, lösche wieder. Ein Klopfen an der Scheibe lässt mich zusammenzucken. Sam winkt mir mit einem belegten Brot zu. Ich bleibe Lex die Antwort schuldig.

***

Am späten Nachmittag kommen wir in dem Dorf meiner Kindheit an. Mittlerweile liegt mir ein Stein so groß wie eine Wassermelone im Magen.

Um die Ankunft hinauszuzögern, fahre ich einen Umweg, bei dem Riv Bildmaterial von dem türkisfarbenen Stausee entlang der Gaitanes Schlucht aufnimmt. El Chorro, das Dorf meiner Eltern, liegt direkt an diesem Wasserreservoir. Eine kleine Oase für Wanderer und Kletterenthusiasten. Komisch, wie sehr Vater meine Leidenschaft verachtet, obwohl er mitten im Herzen von Andalusiens Klettermetropole lebt. Wenn man über den See blickt, erkennt man direkt am Fels den

233

Camino del Rey, den Königspfad. Die beliebte Wanderroute geht über einen Steg, der entlang der Schlucht führt. Jedes Jahr haben wir im Kindergarten und in der Grundschule einen Ausflug nach dort oben gemacht und uns langweilige Vorträge über das Naturschutzgebiet angehört.

Das absolute Highlight ist die zu überquerende Hängebrücke fast am Ende des Wanderweges. Eine Stahlkonstruktion, die die beiden sich gegenüberliegenden Felswände der Schlucht miteinander verbindet. Man hat mich damals schon den Klassenclown genannt. In der ersten Klasse haben die Jungs während des Ausflugs Mutproben gemacht. Es hat damit geendet, dass ich meine Schuhe in die Schlucht geschmissen habe. Mein Vater ist stinksauer gewesen. Statt mich, wie die anderen Eltern es getan haben, abzuholen, habe ich zehn Kilometer barfuß nach Hause laufen dürfen.

Wir parken am Rand der Straße und während Riv die Drohne fliegen lässt und Sam ein TikTok dreht, ziehe ich mir Hemd und frische Jeans an. »Weil sich das so gehört«, höre ich die Stimme meiner Mamá und mache das Hemd bis zum letzten Knopf zu.

»Du hast ja sogar die gleichen Socken an«, macht sich Sam über mich lustig, als er zurück zum Wagen kommt. Riv hält die Kamera in mein Gesicht und ich fühle mich unwohl.

»Lass mal, Riv«, brumme ich und verdecke die Linse.

»Müssen wir auch Business Casual tragen?«, fragt Sam. Der Hohn in seiner Stimme sticht.

»Wieso fragst du nicht deine Mommy? Zu der rennst du doch sonst immer, wenn du keine Entscheidungen treffen kannst«, antworte ich etwas schärfer als gewollt. Gerade treffe ich nicht den richtigen Ton.

Sam zeigt mir den Mittelfinger, aber zu meiner Überraschung wechseln die beiden trotzdem in frische Klamotten.

Riv steckt jetzt in einem der schwarzen Shirts, die ich ihm in Barcelona gekauft habe. Es liegt eng an und ohne es zu wollen, denke ich wieder an seinen nackten Körper unter dem Wasserfall. Ich versuche den Gedanken abzuschütteln. Das, was mir bevorsteht, ist schlimmer als Rivs Abweisung: Das Abendessen mit meinen Eltern.

***

Noch bevor wir durch das gusseiserne Tor treten, kommt Pepinillo kläffend auf uns zu geflitzt.

»Hola Pepi«, begrüße ich den Hund von Almudena. Sie ist die Nachbarin meiner Eltern und ständig zu Besuch. Ich nehme den winzigen Mischlingshund auf den Arm und lasse mich abschlecken. Was für ein süßes Kerlchen. Er sieht aus wie eine nasse Kanalratte und leckt meinen Dreitagebart, als gäbe es einen Preis dafür.

»¡Ay, vida mia, que guapo te has puesto!«, ruft Almudena und kommt mit offenen Armen auf uns zu. Ich küsse sie auf beide Wangen und lasse mich in eine Umarmung ziehen. Sie ist knapp einen Meter sechzig groß, hat schwarze Haare und trägt ein grünes Sommerkleid. Wie die meisten Frauen aus der Generation meiner Mutter trägt sie jede Menge Kajal, Mascara und kräftigen Lippenstift. Ich bin erleichtert, dass Besuch da ist

235

und ich meinen Eltern nicht nur mit den Jungs gegenüberstehen muss.

»Dein Junge ist ja ein richtig heißer Feger geworden!«, ruft Almu zu meiner Mutter, die kurz aus dem Küchenfenster sieht. Mamá trägt die dunkelbraunen Haare kurz und ihre rote Lieblingsbluse. Allerdings ist sie zu beschäftigt beim Kochen, um zu uns zu stoßen. Almu und ihre beste Freundin Patricia sitzen auf der Veranda unter einem Sonnensegel. Patri ist eine rundliche Frau mit blonden Haaren, Sonnenrille und geblümtem Oberteil.

»Wer sind denn deine Freunde?«, fragt Almu auf Spanisch und winkt Riv und Sam durch das Tor, als wäre es ihr Haus. Ich liebe sie ein bisschen dafür.

Ich stelle meine Begleitungen vor. Patri und Almu können nur gebrochenes Englisch, machen es aber mit ihrem Enthusiasmus wett. Ihre Fragen zu der Tour sind erfrischend, sie wollen alles über die französischen Berge und Astra Vertice wissen. Ich kann meine Überraschung nicht darüber verbergen, wie viel Mamá ihnen über uns erzählt hat. Almu verliebt sich auf den ersten Blick in Sam, fragt ihn, ob er eine Freundin hat. Riv setzt sich neben Patri und krault Pepi, der es sich auf seinem Schoß gemütlich macht.

Wir spielen ein paar kurze Runden das Kartenspiel Einunddreißig, bei dem ich jedes Mal abräume, dann folge ich meiner Mutter. Ich schiebe das Mückennetz zur Seite, das den Hof und unsere Küche trennt. Meine Mutter ist am Herd und managet mehrere Töpfe und Pfannen. Trotzdem kommt sie auf mich zugeeilt, als sie mich bemerkt.

»Hey, Mamá«, flüstere ich und schließe sie in die Arme. Sie küsst meine Stirn, richtet meinen Kragen, wischt mir Almus Lippenstift von der Wange. Es ist schön, sie wiederzusehen, doch der Stein in meinem Magen wird nur noch schwerer. England und Spanien sind so verschieden. Das Wetter, die Menschen, das Essen. Es ist vertraut und doch ist der Kulturschock jedes Mal groß.

»Wo ist Papá?«, frage ich und sehe mich in der Küche um, weil ich die Begegnung mit ihm so schnell wie möglich hinter mich bringen möchte.

»Na, wo wohl? Im Wohnzimmer und schaut Formel 1«, sagt sie. Bei näherer Betrachtung schiebe ich das doch lieber weiter auf. Wenn es eine Sache gibt, die man über meinen Vater wissen sollte: Wer ihn beim Sport gucken stört, wird ne miese Zeit haben.

Wie versprochen, bereitet sie mehrere Gänge zu. Der Geruch des Pucheros, ein langsam köchelnder Eintopf, ist seltsam tröstlich. Schweigend setze ich mich an den Küchentisch und bereite den Salat zu. Tomaten aus unserem Garten, schwarze Oliven, eine sehr krumme Gurke und einen großen Salatkopf vom Mercadillo. Während ich Eier schäle, beobachte ich meine Mutter.

Wie alt sie geworden ist, schießt es mir durch den Kopf, als ich die grauen Haare entdecke. Genau hier habe ich als kleiner Junge gesessen und auf dem Gameboy Color Pokémon gefangen und meine Merienda, einen Nachmittagssnack, gegessen. An meine Kindheit zurückzudenken ist immer eine bittersüße Angelegenheit und mein Herz kann sich nicht entscheiden, ob ich dieses Haus vermisse oder nie wieder hierher zurückkehren will.

Mein Vater kommt erst aus seiner Höhle, nachdem ich den Tisch zum Abendessen mit all den köstlich duftenden Gerichten gedeckt habe. Er klopft mir mit einem gebrummten »Mein Sohn« auf die Schulter, sieht mich aber nicht richtig an, bevor er Sam und River mit seiner gönnerhaften Gastgeberstimme begrüßt. Patri und Almu verabschieden sich kurz vor dem Abendessen und so setzen wir uns nur zu fünft an den Tisch.

»Jetzt, wo unser Sohn uns endlich mal mit seiner Anwesenheit beehrt, kann er auch das Tischgebet sprechen«, fordert mein Vater und sein Unterton ist anklagend.

Ich erstarre. Fuck. Wann habe ich das letzte Mal ein Gebet gesprochen? Vor fünf Jahren? Keine Ahnung mehr, wie das geht. Meine Familie faltet die Hände, daraufhin werfen sich Sam und River komische Blicke zu. Um nicht vor Scham im Boden zu versinken, krame ich in meinem Hirn nach den passenden Zeilen.

»Señor bendice estos alimentos-«, murmle ich und mein Hals wird heiß und eng. Weiß der Geier, warum mir das ganze hier so unangenehm ist.

»Atlas, du kriegst ja kaum die Zähne auseinander«, unterbricht mein Vater. Ich sehe ihn kurz an. Er sitzt am Kopf des Tisches. Hinter ihm an der Wand ein leidender Jesus am Kreuz. Warum man sich dafür entschieden hat, den gekreuzigten Jesus in fast jeden katholischen Haushalt zu bringen, ist mir ein Rätsel. Wäre ich Jesus und würde zurück auf die Erde kommen, wäre ich richtig angefressen, wenn ich erfahren würde, dass man mich so in Erinnerung hält.

Ich räuspere mich. Falte erneuet die Hände, fixiere meine weiß hervorstehenden Fingerknöchel und sage mit klarer Stimme: »Señor bendice estos alimentos que por tu bondad vamos a recibir y bendice las manos que los prepararon.«

»Willst du nicht deine Gäste in dein Gebet nehmen?«, fragt er mit dieser tadelnden, geduldigen Stimme. Genau so redet man mit Kindern. Ich atme ein. Die Wut kocht. Aber ich kann sie nicht rauslassen. Ich bin wieder fünf und mein Vater ist eben mein Vater.

»Sergio«, flüstert Mamá, doch er bringt sie mit dem Zucken seiner Hand zum Schweigen.

River und Sam sitzen jeweils rechts und links von mir. Beide schauen etwas betreten auf den gedeckten Tisch. Noch nie bin ich so gedemütigt worden.

»Señor bendice estos alimentos que por tu bondad vamos a recibir y bendice las manos que los prepararon. Te agradecemos de manera especial la presencia de River y Sam en nuestra mesa. Amen.«

Mamá füllt unseren Gästen hastig auf und mein Vater geht ohne Umschweife dazu über, das Formel 1-Rennen von heute zu kommentieren. Zum Glück ist River höflich genug, immer mal wieder passende Fragen zu stellen und mein Vater sieht zufrieden darüber aus, dass sich jemand für seine Leidenschaft interessiert.

»Schmeckt es dir denn nicht, Samy?«, fragt meine Mutter, als sie bemerkt, wie er im Eintopf rührt.

»Doch. Es sieht lecker aus, aber ... ich esse keine, wie heißt das noch gleich, Chorizo? Tut mir leid«, erwidert er und deutet auf die Wurst im Eintopf.

»Soll ich dir das rauspicken? Gib gerne her«, bietet meine Mamá mit einem Lächeln an und nimmt Sam den Teller weg, ohne auf seine Antwort zu warten. Sam entschuldigt sich für den Aufwand und bedankt sich.

»Du hättest auch mal vorher auf die Idee kommen können, uns zu sagen, dass dein Freund hier keine Chorizo isst«, knurrt mein Vater.

»Habe ich vergessen«, entgegne ich pampiger, als ich will. Ich habe sowieso nicht zum Essen kommen wollen. Schließlich lässt er keine Gelegenheit aus, um mich vor meinen Freunden zu demütigen.

»Gibt es irgendetwas, auf das du vorbereitet bist? Kein Plan vom Geld, lässt deine Mutter umsonst kochen. Typisch. Absolut typisch.«

Vater tritt nach ohne Rücksicht auf Verluste. Ich schaufle mir Eintopf in den Mund, um nicht antworten zu müssen. Sam und River mustern uns zaghaft, essen dann aber zum Glück weiter und versuchen die gedrückte Stimmung zu ignorieren.

»Ich kann dir ein Spiegelei machen, wenn es dir gar nicht schmeckt, ja? Nimm doch noch etwas Salat.« Meine Mutter ist in den Turbomodus gewechselt, füllt Sam von dem Salat auf und macht Anstalten aufzustehen, um dem ausgemergelten Jungen ein Spiegelei zu braten.

»Nein, schon okay. Wirklich«, sagt Sam hastig. »Und es gibt genug Alternativen.«

»Aber ihr hattet so eine lange Reise! Ich braucht was im Magen, so dünn wie ihr alle seid«. Sie setzt sich wieder hin und legt River eine Hand auf die Schulter.

»Schmeckt es dir denn wenigstens?«

»Es ist sehr lecker, danke«, erwidert Riv und schenkt ihr ein ehrliches Lächeln. Ich beobachte ihn, als unsere Blicke sich kreuzen, schaut er weg und wird wieder ernst. Großartig. Ich hasse alles.

»Musstest du dir von der Uni frei nehmen, um die Tour zu machen?«, fragt sie an Sam gerichtet. Bitte nicht das Thema.

»Nein, ich bin schon seit zwei Jahren mit meinem Master fertig«, antwortet er und bedient sich großzügig an dem Salat, was meine Mutter sichtlich freut.

»Sogar einen Master! In was denn?« Die Miene meines Vaters hellt auf und ich fühle einen Stich.

Sam schluckt und antwortet: »International Management, aber man sieht ja, wo es mich hingebracht hat.« Er versucht die Stimmung aufzulockern, dabei befindet er sich mitten in einem Mienenfeld.

»Trotzdem, du hast was in der Tasche. Siehst du, Atlas, du kannst deine Spinnereien machen *und* was Vernünftiges lernen.«

Ich schaufle weiter Eintopf und nicke. Zu mehr bin ich nicht imstande. Immer und immer wieder die alte Leier.

»Stimmt. Sogar River studiert, oder?«, mischt sich meine Mutter ein.

River rutscht peinlich berührt auf seinem Stuhl hin und her. »Ich bin noch dabei. Ich warte auf die Note meiner Bachelorarbeit und muss noch drei Examen im August schreiben. Ich hoffe, dass meine Noten damit gut genug sind, um im Anschluss Film im Master zu studieren.«

»Ihr seid doch alle bekloppt. Was sagen denn deine Eltern dazu? Mit Film kann man auch nichts anfangen!«, sagt mein Vater und Riv schrumpft förmlich auf seinem Sitz. Jetzt reichts! Es ist schon beschissen genug, dass er mich jedes Mal so auflaufen lässt.

»Lass ihn. Hast du mal sein Material gesehen? River ist ein Genie hinter der Kamera!«

Keine Ahnung, wo mein Mut auf einmal herkommt. Für einen Moment sieht River mich an. Es ist das erste Mal seit dem Wasserfall, dass wir uns bewusst in die Augen sehen.

»Sport Science war nicht das Richtige für mich. So kann ich etwas machen, das ich liebe. Ich finanziere mir das Studium mit dieser Tour.«

Stimmt, da war ja was. Ich hatte den kleinen Riachuelo nicht direkt auf seine finanziellen Probleme angesprochen, aber bei unserer Begegnung auf der Gedenkfeier hat er angedeutet, dass ihm die Kohle fehlt.

Vater richtet sich wieder an mich. »Wie wäre es denn, wenn du mit dem Geld, was du verdienst, dasselbe machst? Du hast mir immer noch nicht gesagt, wie viel ihr mit diesem Blödsinn hier verdient. Hast du deine Zahlen endlich mal zusammen, oder muss Camilla dir dabei helfen?«

Ich will zurückschießen, doch da fällt Sam mir in den Rücken.

»Helfen? Camilla macht das alles allein. Sie lässt Atlas nicht mal in die Nähe wichtiger Unterlagen.« Er und meine Mutter lachen.

Mein Vater sieht aus, als würde er mich gerne genauso wie den leidenden Jesus ans Kreuz nageln wollen.

»Wenn du nicht genug Geld hast zum Studieren, können wir dir was dazugeben. Wir haben da ein paar Rücklagen«, bietet meine Mutter mir mit einer Naivität an, die auch nur Mütter haben. Ich verdiene mehr als meine Eltern zusammen. Wenn ich studieren wollen würde, dann könnte ich das sogar in den Staaten ohne Studienkredit. Will ich aber nicht.

»Ja. Für dein Studium. Und zwar eine ganze Menge. Aber wenn du nicht anfängst, bis du 30 bist, benutzen wir das fürs Haus.«

Ich schüttle den Kopf. »Macht doch. Das Haus hat es nötiger als ich. Ich. Studiere. Nicht.«

Mein Vater schlägt mit der Faust auf den Tisch und bringt damit sein Bier ins Wanken. Alle verstummen. Ich weiß, dass ich seinen Bogen überspannt habe, aber ich kann einfach nicht mehr.

»Du undankbares Stück Scheiße«, zischt er auf Spanisch. »Deine Mutter und ich reißen uns hier den Arsch auf, damit du eine Zukunft hast. Und was bekommen wir dafür? Blöde Sprüche und Respektlosigkeit!«

Ich wechsle auch ins Spanische und erhebe mich ebenfalls vom Tisch, damit wir auf einer Augenhöhe sind.

»Ich habe euch nie darum gebeten.«

»Englisch, bitte«, sagt meine Mamá und knetet ihre Hände.

»No!«, rufen mein Vater und ich gleichzeitig. Wenigstens darin sind wir uns einig.

»Ihr verhaltet euch peinlich genug. Da müssen sie nicht noch mitbekommen, was für eine Scheiße ihr labert«, füge ich auf Englisch hinzu und funkle dabei Sam an, der wenigstens den Anstand hat, schuldbewusst auszusehen, nachdem er mir so ans Bein gepisst hat.

Mein Vater läuft dunkelrot an, die Ader an seiner Schläfe ist kurz davor zu platzen.

»Wir geben dir und deinen Freunden ein Dach über dem Kopf und so dankst du uns?«, donnert er und wirft tatsächlich ein Stück Brot nach mir. Wenn ich nicht so rasend vor Wut wäre, könnte die Situation fast schon witzig sein. Aber das hier ist kein Scherz. Das hier ist mein fucking Leben.

Mein Spanisch ist zu eingerostet, um die Worte zu finden, die ich meinem Erzeuger entgegenschleudern will, deswegen wechsle ich wirklich wieder ins Englische. »Ich wollte gar nicht kommen! Ich dachte, ich mache euch eine Freude, aber so wie es aussieht, kann ich euch nur enttäuschen.«

»Da hast du heute das erste Mal recht«, sagt er. Er wirkt dabei merkwürdig gefasst. Er sieht mich an, nimmt einen Schluck Bier. River sieht mich mit großen Augen an, als könnte er selbst nicht fassen, was mein Erzeuger gerade von sich gegeben hat.

Nimm es zurück! Brüllt mein inneres Kind. Der Junge, der schon damals gewusst hat, dass er es seinem Vater nie recht machen konnte. Der Junge, der genau deswegen zum besten Freeclimber der Welt werden wollte.

Ich muss hier weg. Ohne ein weiteres Wort stürme ich aus dem Esszimmer.

Kapitel 20: Daddy Issues

River

Wieso macht Atlas es mir so schwer, auf ihn wütend zu sein? Sein Vater ist genauso angenehm wie Camilla. Wenn nicht sogar schlimmer. Ich will nicht mit ihm mitfühlen. Trotzdem mache ich mir Sorgen. Kein Wunder, dass die beiden immer nur bei uns abgehangen haben, bei Sams Mommy- und Atlas Daddy-Issues.

Estela Cruzado sagt mir, ich soll bei Atlas im Kinderzimmer schlafen und drückt mir ein paar raue Handtücher entgegen. Überfordert öffne ich die Tür, auf die sie deutet. Atlas liegt zusammengekauert auf einem Bett, das viel zu kurz für ihn ist und sieht zur Wand. Er dreht sich nicht zu mir. Das einzige Geräusch kommt von dem viel zu lauten Deckenventilator über uns. Da ist ein Teil von mir, der sich danach sehnt, sich neben ihn zu legen. Ihn in den Arm zu nehmen und mit ihm darüber zu sprechen, was passiert ist. Der Frust, den seine Familie in ihm auslöst, wabert wie eine schwarze Wolke um ihn herum. Aber wer bin ich schon, der das Recht hätte, ihm zu helfen?

Wenn ich jetzt für ihn da bin, ist es aus für mich. Wenn ich seine Emotionen jetzt an mich heranlasse, werde ich niemals über ihn hinwegkommen.

Atlas braucht mich und trotzdem bin ich zu stolz, zu ängstlich, zu verdammt *verwirrt*, um etwas zu sagen. Also finde ich mich damit ab, ein beschissener Freund zu sein.

***

Wieso ergibt nichts mehr in meinem Leben Sinn?

Wir sind auf dem Weg zum nächsten Flash und ich will mich *nicht* in die Schlucht neben uns stürzen. Im Gegenteil. Ich kann verstehen, wieso Atlas hier seine Liebe und Leidenschaft fürs Klettern entdeckt hat. Wieder haben sich zahllose Kletterenthusiast*innen um ihn und Sam versammelt, die sie wie auf einer Pilgerschaft zum El Makindromo begleiten.

Sergio läuft schnaubend hinter mir, während ich mir von Estela in gebrochenem Englisch etwas über die Gegend erzählen lasse. Aber wir werden immer wieder von Sergio unterbrochen, der etwas auf Spanisch meckert.

Ich versuche mir von seiner offensichtlichen Missbilligung nicht die Laune verderben zu lassen. Die Schlucht ist geil. Die Steine und Abhänge ein malerisches Kunstwerk von Naturgewalten. Zum ersten Mal seit über einem Jahr merke ich, dass es nicht das Filmen ist, auf das ich mich am meisten freue. Es juckt mir in den Fingern ... zu klettern. Denn hier hat alles angefangen. Noch bevor Atlas zu uns nach England gekommen ist und uns in Kletterhallen geschleppt hat, hat er hier seine ersten Climbs gemacht. Ohne dieses Schauspiel wären wir uns nie begegnet.

El Makindromo ist eine beeindruckende Flanke aus Stein, östlich der El Chorro-Schlucht.

»Die Gegend zählt zu einem der berühmtesten Kletterorten der Welt«, erkläre ich, während ich Sam und Atlas dabei filme, wie sie ihre Seile sortieren. »Als im Jahr 1980 das Klettern in Europa an Beliebtheit gewann, gab es vor allem hier die ersten Routen. Für viele ist vor allem der Makindromo die erste Wahl für ihren ersten Flash. Sam und Atlas werden heute beide die Cous Cous-Route besteigen. Mit einer Schwierigkeit von 8b+.«

Ich schwenke die Kamera und mache Nahaufnahmen der Wand. Sie sieht aus wie ein Gemälde, auf das jemand zu viel Farbe gepackt hat. Vorsprünge stehen wie Tropfen auf der überhängenden Strecke ab. Wie immer bin ich der Erste von uns Dreien, der den Aufstieg beginnt. Im Gegensatz zu Atlas und Sam muss ich weder freeclimben, noch flashen. Und obwohl ich die Seile als Hilfsmittel benutzen könnte, habe ich ... Spaß daran, meinen eigenen Weg hinaufzusuchen. Zu meiner großen Überraschung werde auch ich von vielen Fans angefeuert. Ich hake mich ein, sichere mich und drehe mich um, damit ich zu den Anwesenden winken kann. Dabei sauge ich das Bild der Gegend ein, wie ein Schwamm, der zu lange vertrocknet war.

Selbst wenn ich Atlas durch diese Tour verloren habe ... sie erinnert mich daran, wieso ich das Klettern mal geliebt habe. Und zum ersten Mal ist der Gedanke an dich nicht schmerzhaft. Denn ich weiß, du wärest hier richtig aufgegangen. Ist es in Ordnung, wenn ich für dich klettere? Wenn ich dich in meinem Herzen mit nach oben trage? Ich hoffe, du kannst mir verzeihen.

Ein älterer Mann mit buschigem weißem Bart und Glatze hält ein großes Poster hoch auf dem »Tour conmemorativo de Forest« steht. Ist es nicht unglaublich, wie viele Menschen du berührt hast? Jung, alt. Überall auf der Welt. Fuck, Schwesterherz. Ich bin so stolz auf dich. Ich hoffe, du bist jetzt bei mir.

Ein Windhauch zerzaust meine Haare und für einen Moment bilde ich mir ein, du wuschelst mir wie früher durch die Haare.

Allerdings rutscht mein Herz ab, als ich Atlas sehe. Er trägt seine Sicherung und schreit auf Spanisch seinen Vater an. Die beiden gestikulieren wild und ich habe wieder Mitleid mit ihm. Sergio ist so ein Dreckssack, der keinen Respekt vor seinem Sohn hat. Denn niemand, absolut niemand kann so etwas vor einem Flash gebrauchen. Was Atlas gerade braucht, ist Unterstützung, um den Fokus nicht zu verlieren. Denn selbst mit Sicherung kann ein Sturz böse enden.

Ich wünsche mir, ich wäre jetzt da unten, um Sergio meine Meinung zu geigen. Damit ich Atlas in die Augen sehen und ihn bitten kann, durchzuatmen. So, wie er es mit mir gemacht hat.

Atlas zieht sein T-Shirt aus und schmeißt es seinem Vater vor die Füße. Er eilt an Sam vorbei, der am Start der Cous Cous-Route bereitsteht. Ich halte den Atem an und die Sorge um ihn legt sich wie ein stacheliges Gitter voller Rost um mein Herz. Als hätte dieser Käfig mich vergiftet, brennt mein Körper, der viel zu schnell das Blut durch meine Adern pumpt.

Denn Atlas beginnt seinen Aufstieg. Aber nicht an der geplanten Route. Er startet ein paar Meter weiter rechts und mein Blick wandert den Fels entlang.

Was auch immer Atlas vorhat ... Die Route vor ihm ist purer, gefährlicher Wahnsinn.

Atlas

¡Me cago en todos los muertos!

Don't Panic.

Chalk auf meinem Handgelenk.

Niemand hat sich je an Suspiro gewagt. Niemand wäre abgefuckt genug, diese Route zu flashen. Aber ich bin kein Niemand. Ich bin der Flash Wizard. Meine magischen Finger haben mich noch nie im Stich gelassen und ich werde allen beweisen, was ich draufhabe. Vor allem meinem Vater!

Ich habe genug davon, den Guten zu spielen. Wenn ich ein Wizard bin, ist das hier meine Villain Ära. Ich nehme keine Rücksicht mehr.

Ein Raunen geht durch die Menge, als ich mit den Fingern die Rillen greife, und mich entschlossen die ersten Meter der 9a Route hochziehe. Adrenalin pumpt durch meinen Körper und entfacht ein unbändiges Feuer in mir, das bereit ist, alles in Schutt und Asche zu legen.

»Was zur Hölle machst du, Atlas?«, ruft Sam mir wütend zu, der bereits einige Meter den Cous Cous hoch ist.

»Allen beweisen, dass ich der Beste bin«, knurre ich. Aber nur der Fels kann mich hören. Es ist eine Warnung und zugleich ein Versprechen, das Unmögliche möglich zu machen.

Die Fans unter mir eskalieren. Ob es Jubel oder Sorgenschreie sind, spielt keine Rolle.

Das Einzige, was zählt, ist mein Sieg über den Berg.

Im Rekordtempo erklimme ich die Wand. Im fliegenden Wechsel hake ich mich ein, schüttle die Hand aus und chalke die Hände. Meine Finger wirken ihre dunkle Magie, doch mein Fuß wehrt sich. Jede neue Position beschwört die nächste Schmerzenswelle herauf. Es ist die Art von Schmerz, die das Denken lähmt und mich in die Knie zwingt.

Aber aufgeben ist keine Option. Nicht heute. Nicht hier. Nicht vor meinem Publikum. Nicht vor meinem Vater.

Meine Atmung läuft schwer und unregelmäßig, als der Winkel des Überhangs zunimmt. Es ist nur ein weiterer Test. Statt Luft atme ich Feuer, das mich antreibt.

Das Gestein unter meinen blutenden Fingerspitzen wird nachgiebiger und bröckelt. So weit oben war noch nie jemand, die Ritzen sind überwuchert und dreckig. Ab hier ist die Route nicht mehr erschlossen. Der letzte Sicherungshaken liegt zwei Meter unter mir. Heute bin *ich* derjenige, der vom Teufel diesen Felsen hochgejagt wird.

Das hier ist mein Leben. Es ist in jeder Rille, jedem noch so unmöglichen Griff. Ich allein entscheide über den Weg. Was bildet sich mein Dreckskerl von Vater ein, darüber bestimmen zu wollen?

Hier oben bin ich frei. Hier oben kann mir niemand etwas –

Mein Fuß rutscht ab, ich schreie erbärmlich, als er umknickt. Mit voller Wucht ramme ich das Knie gegen einen spitzen Vorsprung. Ich brülle den Schmerz hinaus.

Blut fließt aus der Stelle, an der der Fels die Haut durchbohrt hat. Doch selbst das Rot, das zu meinen Schuhen kriecht, ist nichts im Vergleich zu dem, was ich sehe.

25 Meter unter mir diskutiert mein Vater mit Mamá. Sein Gesicht ist starr auf mich gerichtet. Selbst auf die Entfernung erkenne ich die Enttäuschung. Er schüttelt angewidert den Kopf ...

Und geht.

Ich bin es ihm nicht wert. Vierundzwanzig Jahre habe ich darauf gewartet, von ihm zu hören, dass er stolz ist. Jetzt weiß ich, dass eher die Hölle zufriert, bevor er mich akzeptiert, wie ich bin. Ich drehe mich wieder der Wand zu.

Die Flammen, die mir Antrieb gegeben haben, verbrennen mich. Zersetzen mein Innerstes und reduzieren jeden Kampfgeist zu kalter Asche.

Die Schmerzen, die ich bis jetzt unter Kontrolle gehabt habe, gewinnen die Oberhand.

»Darf ... nicht ... aufgeben«, presse ich hervor und ziehe mich mit aller Kraft am Felsvorsprung hoch. Wenn meine Beine mir den Dienst versagen, bleiben mir zwei Arme, die mich verdammt nochmal ins Ziel tragen müssen.

Unten toben die Fans. Manche feuern mich an. Andere schreien, dass ich so nicht weiterklettern kann.

»Scheiße, Atlas! Lass gut sein und komm runter«, mischt Sam sich ein. Was weiß er schon?

Ich will sie alle nicht hören. Keinen von ihnen. Klettern ist ein Mindgame. Es gewinnt der, der die Welt ausblendet und einfach den nächsten Move macht.

Auch wenn mein Körper kurz vor dem Aufgeben ist. Auch wenn das Blut Spuren auf dem Fels hinterlässt. Mein Wille darf nicht brechen. Mind over Body.

Ich bekomme kaum Luft und glaube, Asche auf der Zunge zu schmecken. Mir wird übel.

Die Rillen verschwimmen vor meinen Augen und erst, als ich blinzle, merke ich die Tränen.

Erschöpft lehne ich die Stirn an den Fels. Bete zu den Sternen, dass sie mir die Kraft schenken, das hier durchzustehen.

Doch mein Blick fällt auf River. Wir sind auf der gleichen Höhe und dennoch trennen uns Welten.

River schafft es nicht, mir in die Augen zu sehen. Er hängt in den Seilen. Die Kamera zittert in seinen bebenden Händen.

Ich dachte, mir sei egal, wen ich verletze.

Sam kann toben. Camilla kann mir tausend Standpauke halten. Sergio kann meiner Mamá sagen, dass ich ein Versager bin.

Aber River so zu sehen, bricht meinen Willen.

Tränen tropfen mir von den Wangen, schaffen es aber nicht das Feuer, das mich zersetzt, zu löschen.

Ich wünsche, ich könnte weiterkämpfen. Aber in mir ist nichts mehr übrig.

Die Superkraft des Flash Wizards verliert ihre Magie.

Meine geschundenen Hände, die mich bisher noch nie im Stich gelassen haben, verraten mich. Genau wie meine Familie.

Ich falle.

***

Schon komisch, auf einer Party zu sein, die angeblich für dich geschmissen wird, wenn die Gastgeber einen nicht mal mit dem Arsch ansehen. Zur »Feier des Tages« hat Mamá die Nachbarschaft und den Rest der Familie zusammengetrommelt und eine Gartenparty organisiert.

Ich gehe meinem Vater so gut es geht aus dem Weg, doch Sergios Stimme hört man bis in die letzte Ecke. Er wird nicht müde zu betonen, dass er alles für mich getan hat und ich trotzdem *so* geworden bin. Er braucht es nicht einmal aussprechen, denn alle wissen sie, was mit *so* gemeint ist. So unreif. So stur. So dumm. So ungebildet. So schwul.

Seine Brüder stärken ihm den Rücken, betonen in Endlosschleife, dass der Junge einfach *so* geworden sei und er sich nicht die Schuld geben soll. London hat mich verdorben.

Mir ist kotzübel. Das Essen schmeckt wie kalte Asche. Ich will abhauen. Also verabschiede ich mich leise von ein paar Gästen, kehre zur Terrasse zurück, wo ich durch den Perlenvorhang trete und direkt mein Kinderzimmer ansteuere. Jemand folgt mir und für einen Augenblick hoffe ich, dass es River ist.

»Was glaubst du, wo du hingehst?«, fragt mein Vater.

»Auf mein Zimmer«, erwidere ich erschöpft. Ich will nur noch meinen Fuß versorgen und schlafen.

»Ich verbiete es. Deine Mutter hat sich so viel Mühe gegeben, das hier für dich zu organisieren. Also hör auf, dich wie ein undankbares Kleinkind zu verhalten!«

Verdammt. Ich bin zu müde für diesen Dreck.

»Sicher? Für mich sieht es aus, als hätte sie es für dich getan, damit du jedem hier sagen kannst, wie sehr ich dich enttäusche.«

Mein Vater schlägt gegen die Tür und ich zucke zusammen. »Weißt du, wie schwer ich es habe, allen zu erklären, was du machst? Die zerreißen sich das Maul über dich und ich kann es ihnen nicht verübeln.«

Aber du könntest etwas sagen, mich beschützen. Stattdessen machst du mit.

»Wieso interessiert es dich, was die anderen denken?«

»Weil alles, was du machst, auf uns zurückfällt! Ich bin es so leid, von allen Bekannten Videos geschickt zu bekommen, wie mein Sohn sich halbnackt zum Affen macht.«

Es sollte mich verletzen, aber das Taubheitsgefühl in mir ist wie eine Hülle aus Watte. Ich bin wieder fünf Jahre alt und versuche, barfuß nach Hause zu kommen. Nur um mit wundgescheuerten Sohlen festzustellen, dass es da gar kein zu Hause für mich gibt.

»Deiner Mamá geht es deinetwegen gesundheitlich so schlecht, weil ihr Herz das alles nicht mehr mitmacht. Weißt du, wie oft sie schon beim Arzt war, weil sie sich Sorgen macht? Du schmeißt dein Leben weg. Was, wenn du abstürzt wie deine kleine Freundin Forest?

Willst du deiner Mutter das antun?« Sergio macht weiter. Lässt alles an mir aus. Denn nur, wenn er mich kleinmacht, kann er sich groß fühlen.

River

Ein ekelhafter Knoten verengt meine Brust, als ich Atlas' Zimmer betrete. Genau wie gestern liegt er zusammengekauert da, ein Kühlpack an seinem ... what the fuck. Ist das sein Fuß?! Das Ding ist geschwollen wie eine kleine Honigmelone. Wie ist er damit nur zwei Meter hochgeklettert? Meine Gedanken rotieren. Ich kann ihn nachher dafür ankacken. In meinem ganzen Leben habe ich Atlas noch nie so gebrochen gesehen und ich ertrage es nicht. Die Distanz zwischen uns, die Funkstille. Selbst wenn er mein Untergang ist, wenn ich mir mit ihm mein Herz breche – Atlas braucht einen Freund. Er braucht mich. Und es wäre egoistisch von mir, ihm nicht alles von mir zu geben.

»Habt ihr ein Zelt?«, frage ich atemlos.

Atlas zuckt zusammen. »Ich – was?«

»Ein Zelt. Ich habe euren Streit gehört und selbst wenn ich kein Spanisch kann, weiß ich, dass wir hier nicht schlafen können.«

Mein Herz flattert, als ich Atlas damit ein schwaches Lächeln entlocke.

»Schau mal, ob das noch in dem Schrank da ist.«

***

Wir haben kein Zelt gefunden. Dafür aber Isomatten und einen Schlafsack. Wie zwei Einbrecher schleichen wir aus dem Haus und leihen uns von Almudena ein Fahrrad. Ich verdonnere Atlas dazu, sich auf den Gepäckträger zu setzen und die Beine auszustrecken, damit er die Beine schonen kann. Er schlingt die Arme um mich und lehnt sich an meinen Rücken und ich wünsche mir, dass er nie wieder loslässt.

Mit nichts als Mondlicht, um uns den Weg zu leuchten, fahre ich den Berg östlich des Stausees hinauf. Obwohl Atlas mehrmals murmelt, dass wir nicht so hoch müssen, ignoriere ich ihn.

»Ruhe auf den billigen Plätzen.«

Ich brauche das. Brauche die körperliche Anstrengung, um meine Wut und die widersprüchlichen Emotionen aus mir herauszubekommen. Erst, als die Landschaft so steinig wird, dass es bald unmöglich ist, einen Platz zum Schlafen zu finden, halte ich an und breite die Isomatten und den Schlafsack auf einem flachen Vorsprung aus.

Wortlos legen Atlas und ich uns nebeneinander. Keiner scheint so richtig zu wissen, was er sagen soll. Dennoch merke ich, wie Atlas langsam entspannt. Hier oben. Auf einem Berg. Unter den funkelnden Sternen, denen er immer wieder seine Träume und sein Leben anvertraut. In weiter Ferne schimmern die Lichter des Stausees, die das sonst türkise Wasser in einen silbernen Spiegel verwandeln.

Und obwohl die Natur um uns herum atemberaubend ist und ich mich nie daran sattsehen kann, wende ich meinen Blick zu Atlas. Auch in seinen Augen spiegelt sich die Milchstraße.

»Weißt du, ich habe noch nie daran gezweifelt, eine Wand besteigen zu können. Bis auf heute«, flüstert er. Mehr zu sich selbst als zu mir. Entgegen jedem Widerstand lege ich meine Hand auf seinen Arm, den er um seinen Oberkörper gelegt hat. Seine Finger sind in weißes Tape gewickelt.

»Mit so einem miesen Fuß hätte das niemand geschafft. Du kannst verflucht stolz darauf sein, wie weit du gekommen bist«, sage ich. Dabei weiß ich, wie wenig Logik hilft, wenn die Emotionen ein Schatten sind.

»Es geht nicht um den Fuß oder um die Schmerzen. Normalerweise ist das Klettern befreiend. Aber heute ... Er ... ist einfach abgehauen.«

Ich nicke verständnisvoll und mein Griff verstärkt sich. Atlas fasst sich an die Brust, knetet darüber, wie um den Knoten darin zu lösen.

»Ich habe keine Luft bekommen.«

Der Satz trifft mich härter als erwartet. Ich rücke näher, bis unsere Schultern sich berühren. Mir ist kalt und ich weiß nicht, ob ich mir oder ihm Wärme schenken möchte.

»Seit dem Tod von Forest geht es mir genauso«, flüstere ich. »Der bloße Gedanke ans Klettern hat mich paralysiert. Bis ... du zurück in mein Leben getreten bist.«

Atlas dreht sich zu mir. Da ist eine Sehnsucht in seinem Blick, die ich nicht deuten kann. Sein Mundwinkel huscht flüchtig nach oben, doch dann tritt erneut ein gequälter Ausdruck auf sein Gesicht.

»Das letzte Mal, als ich mich so hilflos gefühlt habe wie heute, ist Jahre her. Das war noch, bevor wir nach England ausgewandert sind.«

Atlas legt die Hand auf meine und unsere Finger verschränken sich miteinander. Er hält sich an mir fest, als wäre ich der einzig sichere Fels an einer besonders schweren Stelle. Meine Hand wirkt so klein in seiner.

»Was ist passiert?«, hauche ich und spanne mich an. Atlas kommt mir so nah, dass ich seinen warmen Atem an meinem Gesicht spüre. Unsere Gipfel stürzen ein und das Geröll füllt die Schlucht zwischen uns. Ich frage mich, ob mein Herz die Lawine überleben kann, oder ob es unter Steinschotter zerquetscht wird.

»Die Mädchen im Dorf sind immer in der Straße vor unserem Haus Seil gesprungen. Einer der Kinderreime, zu denen sie gesprungen sind, ist ein Lied, bei dem man sich darüber lustig macht, dass Franco einen weißen Arsch hat, weil seine Frau ihn mit Ariel wäscht.«

Ich schlucke hart. Wieso beginnen so viele traumatische Geschichten mit einer unschuldigen Kindheitserinnerung?

»Wer ist Franco?«, frage ich nach.

»Franco war ein Diktator und Katholik, der bis in die 70er Jahre Spanien regiert hat. Mein Großvater war ein großer Anhänger und hat auch im Militär gedient.«

Atlas hält inne und ich vergesse, wie man atmet, als er sich plötzlich nach vorne beugt und seine Stirn an meine lehnt. Wir waren uns noch nie so nah. Nicht in unserer Jugend. Nicht bei unseren Reisen. Nicht in Frankreich. Nicht beim Wasserfall. Es jagt mir Angst ein und gleichzeitig habe ich das Gefühl, unsere Herzen würden in den Trümmern der Berglawine nacheinander suchen.

»War dein Großvater genauso charmant wie dein Vater?«, erkundige ich mich atemlos.

»Schlimmer. Er hat mich erwischt, wie ich mit den Mädchen Seil gesprungen bin und den Reim aufgesagt habe. Manchmal kribbelt mein Ohr heute noch, denn er hat mich daran gepackt und zurück nach Hause geschleift. Bevor ich wusste, was mit mir geschieht … presste er mich runter. Auf den … Küchentisch. Er hat mich mit seinem Gürtel verprügelt.«

Atlas stockt, ist so angespannt, dass er zittert. Ich spüre die Falten seiner gequälten Stirn an meiner Haut.

»Ich habe noch bis heute kleine Narben … «

Ein tiefes Schluchzen entfährt Atlas und ich kann nicht anders, als ihn näher an mich heranzuziehen. Ich will ihn halten. Will für ihn da sein. Atlas, der immer einen Witz parat hält, selbst wenn die Welt untergeht. Atlas, der immer stark und frei ist, wird von den Erinnerungen erdrückt.

Atlas drückt sich an mich, bis wir verschlungen daliegen und seine Tränen meine Wangen berühren.

»Fuck … River.« Er bebt und sein Schmerz ist mein Schmerz. »Mein Vater hat zugesehen. Er hat genickt … bevor er gegangen ist. Genau wie heute.«

Die Offenbarung zerreißt mich. Mir fehlen die Worte. Ich halte Atlas, streichele ihm über den Rücken, wische ihm die Trauer von den Wangen, als er mich verloren ansieht.

»Das tut mir leid«, murmele ich.

»Dass ihr beiden mir die kalte Schulter gezeigt habt, hat mich auch richtig aus der Bahn geworfen«, gibt Atlas zu und die Schuldgefühle fressen sich in mein Herz. Dabei weiß ich nicht, was ich sonst tun soll.

Weil ich so viel für ihn empfinde, dass es schmerzt.

Weil ich mir so viel mehr wünsche, als er geben kann.

»Jetzt bin ich hier und diesmal werde ich bleiben. Versprochen.« Obwohl ich weiß, wie folgenschwer diese Zusicherung ist, gebe ich sie. Vielleicht werde ich durch sie ein Leben lang mit einer Wunde in der Brust herumlaufen. Doch gleichzeitig erlaubt sie es mir, Atlas in den Trümmern zu finden. So können wir unsere zerbröckelten Herzen gemeinsam wieder zusammensetzen.

Ich will ihn in meinem Leben wissen. Als Freund. Als bester Freund. Als Mensch, der schon immer bei mir und für mich da gewesen ist.

Wir setzen uns auf und bleiben lange schweigend so sitzen, beobachten das Mondlicht auf dem Stausee, bis es zu kalt wird und die Müdigkeit uns in die Knochen kriecht.

Es ist mir vorhin nicht aufgefallen, aber die Isomatten, auf die wir uns legen, sind unbequem und schaffen es nicht ansatzweise, die Kälte aufzuhalten. Ein wenig unbeholfen lege ich den Schlafsack über uns, doch er ist definitiv nicht für zwei erwachsene Männer gemacht.

»Rutsch näher«, fordert Atlas und bietet mir seinen Arm als Kopfkissen an. »Sonst erfrieren wir beide.«

Gänsehaut liegt auf seinem wohlgeformten Bizeps. Ich zögere einen Moment und fange seinen Blick auf, der nicht mehr traurig, sondern warm und einladend ist. Nickend rücke ich dichter und mit jedem Zentimeter, den wir uns nähern, vertiefen sich unsere Blicke. Vorsichtig lege ich den Kopf auf seinen Oberarm. Er streckt seine Hand nach mir aus und ich halte die Luft an. Selbst jetzt finde ich den Anblick seiner geschundenen Finger und seinen starken Unterarm verboten heiß. Eben diese Finger verirren sich in meinen Haaren. Der wohlige Schauer, der über mich wäscht, ist so intensiv, dass mir schwindelig wird. Atlas presst seinen warmen Körper an meinen, seine freie Hand wandert unter mein Shirt und bleibt auf meinem unteren Rücken liegen, der ganz kalt ist, weil der Schlafsack selbst jetzt nicht uns beide bedeckt. Seine Wärme sickert in mich. Ich schließe die Augen, weil ich nicht noch tiefer in Atlas versinken will. Diese Umarmung ist ganz anders, sie tröstet nicht, sondern entfacht einen Funken. Im Schutz der Dunkelheit erlaube ich mir, Atlas zu erkunden, ihm langsam über den muskulösen Rücken zu streicheln, den Duft seiner warmen Haut einzuatmen.

»Danke, Riv«, flüstert er. Sein Atem streicht über meine Lippen, ich presse die Lider fester zusammen. Ein, zwei, drei Herzschläge vergehen, bis mir klar wird, dass ich darauf warte, dass Atlas die letzte Distanz zwischen uns überwindet. Meine Lippen teilen sich erwartungsvoll und ich halte die Luft an. Zu meiner Überraschung haucht er mir lediglich einen Kuss auf die Stirn. Sein lockiges Haar kitzelt meine Nasenspitze, bevor er sich wieder zurückzieht.

Etwas enttäuscht öffne ich die Augen, drehe mich in der Umarmung auf den Rücken und versuche, meinen verräterischen Puls unter Kontrolle zu bringen.

»Wenn du uns jetzt sehen könntest, Forest«, murmelt er. Genau darum geht es, nicht um meine Gefühle für Atlas, nicht darum, wie sehr ich ihn küssen will, sondern darum, für ihn als Freund da zu sein. Wenn du jetzt hier wärest, Forest, hättest du mitgeweint.

Der Gedanke ist tröstlich.

Über uns huscht eine Sternschnuppe über den Himmel.

»Hast du die auch gesehen?«, frage ich leise.

»Habe ich. Wünsch dir was.«

»Ich wünsche mir, dass du mehr auf dich aufpasst, Atlas.«

Kapitel 21: Was Sam nicht weiß, macht Sam nicht heiß

River

Die Luft vor dem Flughafen ist wie eine Wand, gegen die wir rennen. Die Feuchtigkeit erschlägt mich und ich habe nach zwei Minuten das Gefühl, direkt durchgeschwitzt zu sein. Trotzdem macht all das es realer, wo wir gerade sind.

Phuket, Thailand.

So sehr ich es hier liebe, so schwer fällt es mir auch. Denn ich weiß, du bist auch noch nie hier gewesen.

Atlas

Ich habe mein Wort gehalten und bin es die letzten Tage ruhig angegangen. Jetzt, wo wir es uns aber in der Villa am Strand gutgehen lassen, spüre ich den immer größer werdenden Tatendrang. An diesem Tag werde ich bei Morgengrauen wach. Nur in Shorts bekleidet und mit einem Kaffee bewaffnet gehe ich die kurze Strecke hinunter zum Strand. Ganz langsam geht die Sonne über dem Meer auf. Vor mir ragt eine große Felsformation aus dem Türkis auf. Ein echter Traum. Seitdem wir angekommen sind, juckt es mir in den Fingern, zum Fels zu schwimmen und ein bisschen an dem Stein zu üben. Der Ausblick von dort muss der Hammer sein. Meine Gedanken wandern sofort zu Riv, der in dem Zimmer neben mir schläft. Seitdem wir in El Chorro unter dem viel zu kleinen Schlafsack Arm in Arm aufgewacht sind, hat sich etwas zwischen uns verändert. Die ganze Zeit über habe ich geglaubt, ich muss ihn vor dem retten, was auch immer ihn seit Forests Tod heimsucht. Dabei ist er es, der es geschafft hat, den Anfang vom Knoten in meiner Brust zu finden. Seitdem er daran gezogen hat, arbeitet es in mir.

Ich schieße ein seltenes Selfie von mir, mit dem leuchtenden Meer im Hintergrund und poste es auf meinem privaten Instagramaccount. Die langen Haare stehen mir zu Berge und mein Bart ist viel zu lang, als wäre ich ein Höhlenmensch im Strandurlaub. In der Caption schreibe ich:

WARNUNG! Der frühe Vogel fängt in Thailand keine Würmer, sondern nistet in deinen Haaren.

Bitte ruf mich an.

Ich seufze. War ja klar, dass meine Mutter nicht schlafen kann. Seitdem ich ihre Anrufe nicht mehr annehme, ist sie dazu übergegangen, mir auf Insta zu schreiben. Sie will, dass ich mit Sergio rede. Ich habe diesem Mann aber nichts zu sagen. Für ihn sprechen Taten mehr als Worte, einer der wenigen Prinzipien, auf die wir uns einig werden. Ein Gespräch wird nichts zwischen uns verändern. Er wird nie verstehen, was mir das Klettern bedeutet. Und ich werde kein Doktor oder Anwalt. Es ist das letzte Mal, dass ich zulasse, dass diese Missbilligung mich so trifft. Was ich bei Suspiro geleistet habe, war erbärmlich. Ich werde verhindern, dass jemand so meinen Kopf fickt, wenn ich an der Wand bin. Da oben ist nur Platz für mich. Ab jetzt bin ich eine Bergziege im Panzer und scheiße auf meine Hater. Mein Erfolg gibt mir recht.

Gestern haben wir auf TikTok die 5 Millionen Follower geknackt. Camilla hat erst nächste Woche damit gerechnet und Rivs Contentplan mit Ideen vollgeschissen, die aber nicht in das Konzept für diese Woche passen. Gott, ich habe nur einen Blick auf seinen *Google Calender* geworfen und mir ist direkt die Lebensfreude flöten gegangen. Seitdem ich Riv das Versprechen gegeben habe, dass ich meinen Fuß schone, habe ich aus Langeweile wieder angefangen, witzige Clips zu veröffentlichen und die haben ordentlich Menschen auf unseren Account gespült. Ein paar thirst trap Parodien hier, Parkour moves am Pool da und schon frisst der TikTok-Algorithmus mir wieder aus der Hand. Spontanität und Witz sind ein Konzept, mit dem Camilla nicht viel anfangen kann. Im Allgemeinen hat diese Familie nicht viel Humor übrig. Sams ständige schlechte Laune geht mir auf den Sack. Aber wie bei Sergio bin ich nicht für seine Scheiße verantwortlich. Wenn er reden will, dann soll er zu mir kommen.

Ich knote mir die Haare vernünftig zusammen, überlege nicht lange und starte einen spontanen Livestream. Es ist nice, einfach so mit den Menschen zu quatschen. Ein paar sind, wie ich, gerade aufgestanden und sehen mir aus dem Bett zu. Andere überstehen die Nachtschicht im Krankenhaus und versuchen, sich wach zu halten.

Ich zeige ihnen die Umgebung vor der Langour Villa.

»Wir sind hier am Phra Nang Cave Beach«, erkläre ich und deute im Anschluss auf den atemberaubenden Felsen im Wasser vor mir. Da ist eine Formation, die aussieht, als wäre sie vor dem Rest des Gebirges abgehauen. Sie ragen bestimmt gut hundert, zweihundert Meter in die Höhe, zeigen mehrere Höhlen und haben diesen ganz besonderen Thailand-Charme, wie ich ihn bisher nur aus Filmen wie Cloud Atlas oder James Bond kenne. Grüne Vegetation bildet einen endlos geilen Kontrast zu dem Grau des Steins, der von intensiv türkisem Wasser umgeben ist. »Seht ihr die geilen Felsen vor mir? Weiß jemand, wie die dahin gekommen sind?«, frage ich die Fans.

Der Chat geht zu schnell ab, aber ich lese etwas von Kalkstein, Erosionen und steigendem Meeresspiegel. Viel interessanter sind die Nachrichten, die immer wieder eines sagen:

Als Dank für die 5 Millionen solltest du den Fels da im Wasser besteigen.

»Sam killt mich, wenn ich das ohne ihn mache«, sage ich scherzhaft, aber meine Füße haben sich schon in Bewegung gesetzt. Mit unserem straffen Zeitplan weiß ich nicht, ob wir überhaupt Zeit haben werden, uns hier großartig zu vergnügen.

Was Sam nicht weiß, macht Sam nicht heiß.

Was Sam nicht weiß, macht Sam nicht heiß.

Was Sam nicht weiß, macht Sam nicht heiß.

Der Chat rastet aus. Okay, wie schwer kann es schon sein, ein bisschen dort zu klettern? Außerdem soll Salzwasser wahre Wunder für Verletzungen sein.

»Okay, aber verratet niemandem, wie schnell man den Flash Wizard mit etwas Betteln rumbekommt«, sage ich mit einem Zwinkern.

Ich lege mir die Handykette um den Hals und überprüfe, dass die wasserdichte Hülle zu ist. Das schillernde Meer ist glasklar und so flach, dass ich nicht einmal auf meinem Weg zum Felsen schwimmen muss. Geile kleine Fische schwimmen an mir vorbei. Ich zeige dem Stream, was ich sehe, und erreiche kurz darauf den Fels. Wurzeln der Sträucher überdecken seinen Stein, und auf ihnen chillen kleine Krebse in der Sonne.

Ich halte vorsichtig einen der Krebse in die Kamera und eine Welle an Herzchen flutet den Chat. Ich lasse das Handy wieder hängen und beginne, den Felsen hochzuklettern. Das Blut pumpt durch meinen Körper, mein Fuß schmerzt zwar, ist aber auszuhalten. Ich liebe es, barfuß an den Stein zu gehen. Zwar geben Kletterschuhe einem besseren Halt, aber mit meinen Zehen die Beschaffenheit des Felsens ertasten zu können, hat was Schönes und Primitives an sich. Je weniger ich auf

Hilfsmittel angewiesen bin, desto stolzer bin ich auf den Aufstieg. Soloklettern ohne Chalk und Schuhe ist die ultimative Herausforderung, auch wenn der Fels hier maximal eine einfache 4 oder 5 ist.

Nachdem ich zehn Meter in die Höhe geklettert bin, macht der Fels einen Bogen. Ich komme auf dem Absatz einer kleinen Höhle an und drehe mich zurück zum Meer.

»Könnt ihr diesen Sonnenaufgang sehen?«, rufe ich und halte das Handy dem strahlenden Horizont entgegen. Was für ein fucking fantastischer Tag. Noch mehr Herzen. Die Zuschauerzahl steigt.

Ich schaue zum Überhang über mir, an dem Stalaktiten nach mir rufen. Es wirkt so, als hätte der Berg sich einen zotteligen Bart stehen lassen. Sowas Krasses habe ich noch nie gesehen. Abgefahren! Wieder beginne ich zu klettern. So weit, bis ich beinahe über Kopf von der Decke hänge. Unter mir rauschen die Wellen und schlagen auf Felsen. Ich hänge mich sicher mit dem Bein in eine Spalte ein, schüttle die Hände aus, um mein Handy zu greifen und zeige dem Stream das Naturphänomen.

»Folks, das sieht so geil aus«, sage ich, halte das Handy an einen richtig langen Stalaktit, an dem die winzigen Krebse klettern. Ich wünschte, Riv wäre hier und könnte das mit der guten Videokamera einfangen. Doch in dem Moment, in dem ich das Handy wieder um den Hals hängen will ... verliere ich den Halt.

»Fuck!«, entfährt es mir, ehe der Aufprall folgt.

Kapitel 22: Von den Sternen verraten

River

Forests Atlas' Körper auf Felsen.

Blut. Ihr Sein gespaltener Kopf auf dem Boden. So viel fucking Blut. Ich kämpfe mich durch das Wasser, das mich nur noch dazu einlädt, ertrinken zu wollen. Ich finde ihn nicht. Atlas ist nicht hier im Meer gelandet. Es sei denn ... es sei denn, die Wellen haben ihn noch weiter von mir weggetragen.

Mit einem panischen Blick nach oben versuche ich, anhand des Videos einzuschätzen, wo er hoch ist.

Wieso? Wieso ist er allein los? Ohne Sicherung. Ohne mich.

Vom Meer aus sehe ich, dass ein paar Wurzeln zur Seite geschoben wurden oder vom Stein gerissen sind. Ob Atlas hier hoch ist? Ich muss es riskieren. Meine zitternden Hände suchen sich einen Weg nach oben, vorbei an den Wurzeln und an kleinen Krebsen, die vor mir das Weite suchen.

Obwohl mein Herzschlag in meinen Ohren dröhnt, beginne ich, ohne Hilfsmittel hochzuklettern, um Atlas zu suchen.

Erleichterung und Wut rauschen durch meinen Körper, als ich ihn in einer Höhle finde, die gar nicht so weit über der Wasseroberfläche ist, wie ich auf dem Video dachte. Wenn ich nicht so elendig dankbar darüber wäre, diesen Dreckskerl lebendig vor mir zu sehen, würde ich ihn direkt mit einem spartanischen Kick in das Wasser hinter uns befördern. Ich kann mich nicht entscheiden, ob ich ihm um den Hals fallen oder ihn anschreien will. Mir scheint es unmöglich, auch nur einen klaren Gedanken zu fassen.

Atlas sitzt vor mir auf ein paar Steinen. In Sicherheit. Er starrt seelenruhig auf die Wellen.

»Fick dich, Atlas«, entfährt es mir. Heiser. Keuchend. Atlas dreht sich überrascht um. Anscheinend kann er seinen Augen kaum trauen.

»Hätte ich dich wecken sollen? Wolltest du mit?«, fragt er unschuldig. »Dieser Ort hat nach mir gerufen. Ich konnte nicht länger warten. Sam wird sicher ausrasten, weil ich ohne ihn live gegangen bin.«

Das ist es, worüber er sich Gedanken macht?

»Hast du auch nur einen Funken Ahnung, wie dein Livestream aussah? Aus deiner Perspektive wirkte es, als wärest du meilenweit vom Boden entfernt! Und dann dreht sich alles, du fluchst und alles wird schwarz! Ist es dir egal, wie es den Menschen geht, die das mitansehen mussten? Deine Fans denken, du bist tot. Hörst du? Tot!« Plötzlich sehe ich dich wieder fallen. Sehe, wie sich dein Gesicht in das von Atlas verwandelt. »*Ich dachte, du bist tot.*«

Meine letzten Worte sind kaum hörbar.

»Riachuelo«, sagt Atlas eindringlich und hält sein Handy hoch. »Es war nur mein Handy. Mir geht es gut. Das Display ist gesprungen, aber ich habe es trotzdem nochmal anbekommen und mich bei allen für den Schock entschuldigt.«

Ungläubig starre ich auf das zerschrottete Handy. Nachdem ich ihn habe fallen sehen, habe ich alles stehen und liegen gelassen und bin losgerannt. Ich bin gar nicht erst auf die Idee gekommen, nochmal zu schauen, ob er wieder live geht. Wieso auch hätte ich mein scheiß Handy checken sollen? Weder TikTok noch Instagram haben eine Bedeutung, wenn ich den Menschen verliere, der ... Ich schüttele den Kopf, um den Gedanken wieder loszuwerden und mich daran zu erinnern, dass wir nur Freunde sind. Doch all das hier zeigt mir, wie sehr ich mich anlüge.

»Wenn ich nicht so eine verdammte Angst um dich gehabt hätte, würde ich dich gerade am liebsten mit eigenen Händen die Klippe hinter dir runterwerfen.«

Atlas macht einen vorsichtigen Schritt nach vorne. In seinen Augen leuchtet eine Leidenschaft, die mich entwaffnet.

»Ich bin beim Klettern nicht in Gefahr. Auf mich passen die Sterne auf.«

Seine Worte sind wie ein Schlag.

»Nein. Das tun sie nicht. Den Sternen bist du scheißegal«, protestiere ich angewidert.

Atlas sieht aus, als hätte ich ihm den Arm gebrochen und damit seine komplette Karriere zerstört.

»›Durch das Raue zu den Sternen‹ ist nicht einfach nur ein dahergelaberter Scheiß. Es ist ein Versprechen.«

»Ich hasse den Spruch«, murmele ich und muss den Blick abwenden.

»Wieso?«, erkundigt er sich und tritt vor mich. »Das war doch schon immer das, was uns alle vorangetrieben hat.«

Meine Stimme bricht und klingt fremd in meinem viel zu trockenen Hals. »Weil ... ›Auf mich passen die Sterne auf‹ Forests letzte Worte waren.«

Die Erinnerung ist so allumfassend. Wieder sehe ich dich fallen. Wieder verwandelt dein Gesicht sich in das von Atlas. »Wo waren die Sterne, als sie abgestürzt ist? Sag es mir, Atlas! Sag es mir!«

Ich schreie unkontrolliert. Meine Glieder zittern. Atlas steht dicht vor mir. Er streckt eine Hand nach mir aus und berührt meine Schulter. Ich zucke zusammen.

»Woher ... Woher weißt du, was ihre letzten Worte waren?«

»Weil ich dabei war und sie gefilmt habe, Atlas.«

Plötzlich zieht er mich in eine Umarmung. Er schlingt seine starken Arme um mich und drückt mich an seine Brust. Ein Teil von mir will sich wehren, doch ich bin zu schwach.

»Ich habe immer gedacht, dass sie allein oben war.«

Ich spüre den Schmerz, den diese Realisierung in ihm auslöst, so deutlich, als wäre er mein eigener. Er leidet mit mir und ich mit ihm. Atlas hält mich, während ich schluchzend zittere und mich an ihn klammere, als sei er das sichere Seil, das Forest damals gefehlt hat.

»Ich wünschte, das wäre sie. Vielleicht wäre sie dann noch am Leben. Ich habe mich verletzt. Sie ist nur gefallen, weil sie schnell zu mir wollte.«

»Riv … Nein.« Noch ehe Atlas tiefer in mein dunkelstes Geheimnis vordringen kann, stoße ich ihn endlich von mir, dränge mich aus der Umarmung, die für wenige Augenblicke mein zertrümmertes Leben zusammengehalten hat. Ich verdiene es nicht. Nicht, nachdem Forest wegen mir abgestürzt ist. Es ist nur fair, dass ich die Scherben weiterhin trage.

»Doch!«, fahre ich ihn an. Atlas macht Anstalten, mich erneut in eine Umarmung zu ziehen. Diesmal wehre ich mich. Ich schlage ihm erschöpft gegen die Brust. »Es ist meine Schuld, hörst du? Meine Schuld! Ich habe meine Schwester umgebracht! Du solltest mich hassen!«

Vollkommen unbeeindruckt von den lächerlichen Treffern meiner Fäuste, schiebt Atlas meine Arme zur Seite. Er drückt seinen Körper dicht an meinen, damit ich ihn nicht erneut attackieren kann. Ich spüre die Hitze seines Körpers, fühle seinen Atem auf meinen Lippen. Atlas umschließt mein Gesicht mit seinen Händen. Mit einer Zärtlichkeit, wie ich sie nicht erwartet habe, wischt er mit seinen rauen Fingern meine Tränen weg. Er lehnt seine Stirn gegen meine und obwohl ich immer noch protestieren will, schaffe ich es nicht.

»River. Sieh mich an.«

Ich presse die Lider nur fester zusammen.

»Sieh mich an.« Sein Daumen wandert meine Wange hinab und er schiebt mein Kinn nach oben. »Sieh mich an.«

Atlas.

Ich möchte ihn hassen. Dafür, dass er mich in diese Situation gebracht hat, in der ich nur sein Freund sein kann. Dafür, dass er mir gezeigt hat, wie schön das Leben ist. Selbst, wenn du nicht bei uns bist.

»Gut so«, erwidert er, und da ist wieder sein sanftes Lächeln. »Was siehst du?«

Die Bilder des Livestreams suchen mich heim. Ich erkenne, wie er vor einem vermeintlichen Abgrund baumelt und der Bildschirm schwarz wird.

»Dich fallen.«

Atlas schüttelt den Kopf. Er lässt die Hand sinken und macht einen Schritt zur Seite, ohne von mir abzulassen. »River«, wiederholt er eindringlich und seine Stimme lässt meine Seele beben. »Was *siehst* du?«

Das Bild wird vom Felsen der Höhle eingerahmt. Ein Meisterwerk der Natur. Die pastellfarbenen Wolken über dem Meer tragen immer noch das Flüstern des Sonnenaufgangs. Boote, die von hier oben aussehen, wie Spielzeuge, werden von den Wellen des türkisenen Wassers hin – und hergeschaukelt. Keine Kamera dieser Welt kann das Panorama aus weißem Sand und der Küste Thailands so einfangen, wie meine brennenden Augen. Es ist unmöglich, all das vom Boden aus zu sehen. Nur die Felsen und Berge, auf die wir klettern, erlauben es uns, all das für unbezahlbare Momente wahrzunehmen. Ich kann das Salz des Wassers riechen, das sich mit den Wurzeln der Ranken vermischt, die es trotz aller Widrigkeiten schaffen, auf dem Stein um uns herum zu wachsen. Ich spüre den Wind, fühle die Sonnenstrahlen, die sich in die Höhle schleichen. Wäre ich nicht geklettert, wäre mir all das verwehrt geblieben.

»Freiheit.«

Ein einziges Wort, mit dem ich kläglich versuche, die Empfindungen einzufangen, die mich mit einer Ruhe und Zufriedenheit füllen, wie ich sie für immer vergessen geglaubt habe. Atlas nickt. Seine Hand findet meine.

»Wir klettern für diese Freiheit. Gerade wenn ich Free Solo losgehe, weiß ich, dass jeder Blick hinab mein letzter sein kann. Forest wusste das auch. Dennoch entscheiden wir uns immer und immer wieder, es zu riskieren. Weil das hier – « Er macht eine Bewegung, die das Kunstwerk der Höhle einschließt. »Es wert ist. Ich hasse dich nicht, Riachuelo.«

Ich möchte ihm widersprechen. Trotzdem verstehe ich genau, was er meint. Vor Forests Unfall ist es genau diese Freiheit, die mir damals das Leben gerettet hat. Ohne das Klettern hätte ich das Mobbing in der Schule nicht überstanden. Noch bevor ich durch das Klettern alles verloren habe, ist es das Climbing gewesen, das mir alles geschenkt hat. Ich muss an meinen ersten echten Felsen denken. An den kleinen Vorsprung auf der Isle of Skye, zu dem mich Forest, Atlas und Sam mitgenommen haben.

Atlas. Er war derjenige gewesen, der am Boden meine wunden Knie versorgt hat, während Forest und Sam auf dem Gipfel gethront und uns geneckt haben. Schon damals hat er immer an meiner Seite. Schon damals versprach er, dass wir es gemeinsam hoch hinausschaffen.

Ich versuche, mir vorzustellen, wie es wäre, all dem noch eine Chance zu geben. Ich reiße mich von dem Kunstwerk, das Thailand uns bietet, los und richte meinen Blick wieder auf ihn. Den Mann, dessen Freundschaft mir mehr wert ist als jeder Kick, jede Freiheit. Und ich hasse ihn dafür. Denn ich bin weder mit noch ohne ihn frei.

»Ich habe Angst um dich. Verstehst du das nicht? Du kannst mich nicht auch verlassen. Noch einmal packe ich das nicht.«

Atlas' Blick wirkt gequält. Er sieht mich an, als würde er mich zum ersten Mal erkennen. Vielleicht sieht er mich auch in einem neuen Licht.

»Riachuelo ... «, murmelt er. Er macht den Mund auf, so als wolle er noch etwas sagen. Doch stattdessen höre ich nur ein geflüstertes, spanisches Fluchen.

Und bevor ich weiß, was passiert, liegen seine Lippen auf meinen. Ein überraschter Laut entfährt mir, der sich in ein tiefes Seufzen verwandelt. Sein Mund schmeckt nach Sonnenlicht und Meer. So oft habe ich mir diesen Moment herbeigesehnt und obwohl da eine Millionen Fragen in meinem Kopf schreien, verstummen sie. Ich will nur noch nachholen und auskosten, was sich wie ein viel zu langes Leben ohne seine Küsse anfühlt.

Atlas Hand wandert in meinen Nacken, den er fester packt. Wir seufzen beide, als er mit seiner Zunge in meinen Mund dringt. Ich knabbere an Atlas' Unterlippe, was ihm ein raues Lachen entlockt, das meinen Körper erschaudern lässt. Er bestraft mich, indem er sich mir entzieht, und nur frech grinst, als ich versuche, ihn erneut zu finden. Er leckt sich genüsslich und quälend langsam über die Lippe, wobei seine Finger mit meinen Haaren spielen. Noch bevor ich mich fragen kann, ob die Realität mich einholen und zerschmettern wird, überbrückt Atlas erneut die Distanz, die er geschaffen hat. Sein Kuss ist drängend, stürmisch und meine Zunge spielt gierig mit seiner.

In diesem Augenblick spielt Zeit keine Rolle. Ich bin gleichzeitig der schüchterne Teenager, der in den besten Freund seiner Schwester verknallt ist und der rebellische Student, der glaubt, ihm würde die Welt gehören. Ein naiver Climber, der felsenfest davon überzeugt ist, wir alle seien unverwundbar.

Ich möchte protestieren, als Atlas sich erneut von mir löst. Er fährt mit dem Daumen über meine Unterlippe.

»Ich verspreche, ich bleibe für dich am Leben, ob die Sterne es wollen oder nicht.«

Kapitel 23: Less than I bargained for

Atlas

Ich habe zum zweiten Mal das Versprechen gebrochen, meine wachsenden Gefühle für River unter Kontrolle zu bringen. Das Kuscheln auf dem Berg habe ich in den letzten Tagen gerade noch so unter »freundschaftliche Geste unter Bros« in meinem Gehirn archivieren können, obwohl die Karteikarte überhaupt nicht dort hinpasste und ich sie nur mit Falten und Treten in die unpassende Schublade bekommen habe. Generell musste jemand da oben mal für mich aufräumen. Aber der Kuss ... wie auch immer ich ihn gedreht und gewendet habe, er hat nur in die Schublade gepasst, die gefährlich nah an meinem Herzen ist. Rivers Geständnis hat das Fass in mir zum Überlaufen gebracht. Ich habe nicht zulassen können, dass er sich weiterhin die Schuld an Forests Unfall gibt. Plötzlich hat alles Sinn ergeben. Sein ausgemergeltes Erscheinungsbild, sein Hass auf das Klettern und vor allem diese unbändige Wut. Aber unter all den Tattoos, den dunklen Klamotten und dem

Selbsthass schlummert ein Riv, für den ich bereit bin, zu kämpfen.

***

Bereits als wir die Villa betreten, kann ich fühlen, das etwas nicht stimmt.

»Setzt euch«, sagt Sam. Der kalte, aber ruhige Tonfall gefällt mir nicht. Ich werfe Riv einen Blick zu, der neben mir stehen bleibt. Anders als ich, nimmt er an dem großen Esstisch Platz, zu geschafft von dem Morgen, um zu protestieren.

»Ich würde lieber ne Dusche nehmen«, brumme ich und werfe das Handy auf den Tisch. Sams Blick zuckt zu dem gesprungenen Display.

»Das war keine Frage, Atlas. Setz dich.« Für einen Moment liefern wir uns ein Blickduell, dann zucke ich mit den Schultern. Auf eine sadistische Art freue ich mich, dass Sam endlich bereit ist, sein Maul aufzumachen. Sam stemmt sich mit weit geöffneten Armen gegen den Tisch, lässt den Kopf hängen und atmet lang und geräuschvoll aus. Dann nimmt er zu meiner Überraschung auch neben Riv Platz, stellt sein iPad auf und ruft Camilla an. Was soll das denn jetzt werden?

»Ich werde nicht lange um den heißen Brei herumreden«, sagt Camilla in ihrem Ich-bin-euer-Boss-Tonfall und rückt ihren weißen Blazer zurecht. Und obwohl sie nicht um den heißen Brei herumreden will, fängt sie an, über Verantwortung und Sicherheit zu reden. Es dauert einen Moment, bis ich begreife in welche Richtung sich die Konversation entwickelt. »Dein Fuß«, sagt sie und ein viel zu heißer Schauer läuft mir den Rücken hinunter. »Es liegt in meiner Verantwortung, dass diese Tour sauber über die Bühne geht und wir haben beschlossen, dass du für eine Weile aussetzen wirst.«

»Wer ist wir?«, spucke ich hervor und setze mich auf. Das hier ist nichts weiter als eine Strafe, weil ich es gewagt habe, mein eigenes Ding durchzuziehen. Was für eine hinterhältige Schlange.

»Ich habe dir von Anfang an gesagt, dass unsere Zusammenarbeit nur so lange funktionieren kann, wenn ich weiterhin meine Freiheit-«

»Atlas«, unterbricht mich Sam. Verlegen pult er an der Hornhaut seines Daumes. »Du kannst mit dem Fuß nicht klettern«, beschließt er hart. Es geht also nicht um mein Verhalten auf Social Media, sondern um die Verletzung. Erst als mein Stuhl mit einem lauten Knall umfällt, merke ich, dass ich aufgestanden bin.

»Wir machen uns Sorgen«, gibt Camilla zu und ich hasse, wie echt und aufrichtig sie klingt.

»Beruhig dich, Mann«, mischt sich Sam erneut ein. »Forest hätte dir den Arsch aufgerissen, wenn sie wüsste, dass du mit einem Tennisball am Fuß kletterst.«

Es ist nicht cool, dass dieser verdammte Wichser seit Barcelona kein einziges Mal mehr über Forest geredet hat und jetzt diese Nummer abzieht. Sein Scheißargument nimmt mir den ganzen Wind aus den Segeln. Hilfesuchend sehe ich zu River, der den Kopf abgewandt hat, so als wäre er gerade lieber woanders und ich kann es nachempfinden.

»Und was schlagt ihr vor? Wir verschieben Asien um ein paar Tage und legen uns an den Strand?« Selbst in meinen Ohren hört sich mein bockiger Tonfall kindisch an, aber gerade habe ich keine Lust, den erwachsenen Atlas auf die Bühne zu schmeißen.

Eine kurze Stille erfüllt den Raum, in dem die drei mich ansehen.

»Der straffe Zeitplan sieht keine ungeplanten Verzögerungen vor«, mischt Camilla sich ein und tippt geschäftig auf ihrer Tastatur. Die Multitasking-Queen holt ihren Kalender aus der Schublade. Sie murmelt etwas von Sponsoren, Hotelbuchungen. »Ich bin dafür, dass du erst wieder Squamish in Kanada kletterst.«

»Das ist Ende des Monats!«, rufe ich und mir entfährt ein ungläubiges Lachen. Die will mich doch verarschen. »Niemals. Dann verpasse ich Asien komplett! Soll ich etwa auch das Meet & Greet und das Klettern mit den Fans ausfallen lassen?« Ich überschlage die Tage bis Squamish im Kopf. 25 an der Zahl und 5 Aufstiege. Dann kann ich auch gleich die komplette Tour abblasen.

»Ich bin bereit, Thailand ausfallen zu lassen. Dann bin ich in Kuala Lumpur wieder dabei«, halte ich dagegen. Wir würden den Batu Caves Rock nächste Woche besteigen, bis dahin würde mein Knöchel wieder wie neu sein.

»Ich glaube, du versteht den Ernst der Lage nicht. Du wirst in Asien nicht klettern. Kein Thailand, kein Malaysien, kein Indonesien.«

»Oh Mann! Ich bin noch nie in Asien geklettert«, beschwere ich mich.

»Du hast heute Morgen den Stein dort draußen bestiegen und wir sind in Thailand. Also bist du so gesehen in Asien geklettert. Wohlgemerkt ohne mich«, wirft Sam gekränkt ein.

»Seit wann kümmert es dich, dass wir zusammen klettern?«, werfe ich pampig hinterher.

»Jungs! Hört auf damit«, ruft Camilla.

»Du kannst in Kanada wieder klettern. Das sind 14 Tage«, beschließt sie.

Ich hasse mein Leben.

Endlich sieht River zu mir. »Ich weiß, wie beschissen das ist. Aber denk an das, was du mir versprochen hast.«

Ey, die machen mich alle fertig. Trotzdem ist es Rivers Sorge, die mich weich werden lässt. Nach dem Schock, den ich ihm verpasst habe, ist das meine Art, mich bei ihm zu entschuldigen. Wäre er nicht hier, hätte ich die beiden Courtenays sowas von zusammengeschissen.

»Okay«, presse ich missmutig hervor.

»Eine letzte Sache. Astra Vertice ist nicht die Atlas-Show. Ich weiß, das Kleingedruckte zu lesen, zählt nicht zu deinen Stärken, aber auf dieser Tour wird nicht ohne Seil geklettert und schon gar nicht im Alleingang. Bis ihr wieder in London seid, will ich das Wort Free Solo nicht ein einziges Mal mehr hören. Sonst schicke ich dich für den Rest der Tour auf die Ersatzbank.«

***

In dieser Nacht liege ich wach und kann nicht schlafen. Der Instagram-Post sitzt mir immer noch in den

282

Knochen. Es hat physisch weh getan, meinen Fans mitteilen zu müssen, dass ich aussetzen werde. Selbst die echt lieben Mitleidsbekundungen von Freunden und Kollegen in meinen DMs sind nur ein schwacher Trost. »Passiert den Besten. Erhol dich, Mate!«, hat einer meiner großen Kletteridole unter dem Post geschrieben und ich habe drei Minuten lang ins Kissen geschrien. Ich fühle mich wie ein kastrierter Kater. Ich öffne WhatsApp und schreibe Lex, um mich abzulenken.

Atlas: Ich habe River geküsst

Lex: Liebeshoroskop für Skorpion und Wassermann: Wie kompatibel sind eure Sterne?
«Wenn der Wassermann als Luftelement und der Skorpion als Wasserelement aufeinandertreffen, ist ein mitreißender Sturm vorprogrammiert. Hier gilt die Weisheit ›Gegensätze ziehen sich an‹ – oder vielleicht eher aus. Denn im Schlafzimmer (oder an jedem anderen Ort, an dem es die beiden überkommt) ist die Mischung dieser Sternzeichen besonders explosiv. Leidenschaft und Intensivität treffen auf Experimentierfreude und Neugier.
Eine Kombination, die nicht nur unter der Bettdecke für eine einzigartige Verbindung sorgt. Ihre Verschiedenheit entfacht auf beiden Seiten immer wieder aufs Neue die Lust auf eine Entdeckungsreise auch in die Seele und Gedanken des jeweils anderen. Wichtig ist nur, dass die beiden für diese Reise Zeit mitbringen, denn je nach Thema können Gespräche zu langen Diskussionen werden und Wortgefechte wiederum eine leidenschaftliche, physische Ebene erreichen – gegen die beide wenig einzuwenden haben.

Tipp: Wichtig ist, dass Wassermann und Skorpion ihre Unterschiede respektieren. Der Wassermann braucht seine Freiheit und der Skorpion emotionalen Support und Sicherheit. Eine gute Kommunikation ist hier der Schlüssel, um Missverständnisse zu vermeiden.»

Atlas: Hahaha, oh wow, du glaubst doch nicht an sowas?

Lex: Für einen Typen, der andauernd davon faselt, dass er Vertrauen in die Sterne hat, bis du aber ganz schön skeptisch dem Universum gegenüber / neckend

Atlas: :-D Da hast du Recht, woher kennst du eigentlich mein Sternzeichen und das von Riv?

Lex: Schon mal was von Google gehört? Du bist auf Wikipedia und Riv hat eine Webseite mit Vita.

Atlas: Ahh :-D manchmal vergesse ich, wie berühmt ich mittlerweile bin.

Lex: Haha, wer es glaubt! Aber jetzt mal Spaß bei Seite. Was halten wir von dem Kuss? / mitfühlend

Atlas: Ganz ehrlich Lex? Es war komisch, aber es hat sich gut angefühlt. Ich habe Schiss, mich da in etwas zu verrennen.

***

Das Einzige, was mich davon abhält, Teil drei des I.I.I Plans (Im Notfall Amputieren) in die Tat umzusetzen ist River. Wenn er nicht an meiner Seite wäre, hätte ich mir schon längst den Fuß abgesäbelt und würde jetzt mit einem Bein die Cave am Phrang Nang Beach hochklettern. Stattdessen sichere ich Sam und sehe ihm finster dabei zu, wie er sich bei der Hitze abmüht und Anfängerfehler macht. Ich bin mir sicher, das hier ist ein Grund, um Camilla wegen seelischer Grausamkeit zu verklagen. Als er den Flash nicht schafft, klatschen die wenigen Fans, die wir hier in Thailand haben, mehr aus Mitleid. Und mir steht die Schadenfreue ins Gesicht geschrieben.

Statt tatenlos herumzusitzen, nutze ich jede freie Minute, um meinen restlichen Körper in Schuss zu halten. Push-ups, Klimm-Züge, Fingerübungen am Hangboard und manchmal sogar Yoga. Es ist unterhaltsam, Posen zu finden, die man nur mit einem Bein machen kann. Egal, was ich tue, Riv bleibt an meiner Seite. Er steigt mit ein, hilft mir, nicht vollkommen durchzudrehen. Wenn er nicht gerade unseren Vlog filmt, gehen wir gemeinsam auf Pokémonjagd oder schauen Klettervideos. Schon witzig, wie sich langsam unsere Dynamik ändert. Eigentlich bin ich derjenige, der auf ihn aufpassen sollte.

Sobald die Sonne hinter dem Horizont abtaucht, verpisst sich Sam mit Quinn am Ohr auf sein Zimmer.

Wir haben heute Kuala Lumpur erreicht und liegen gemeinsam auf meinem Bett. Wieder sind wir in einem Hotel, von dem aus man die ganze Stadt überblicken kann. Die Twin Towers leuchten wie Kristalle in der Nacht. Trotz dieser Schönheit habe ich nur Augen für Riv. Wenn er sich konzentriert, hat er die Lippen leicht geöffnet und ich kann die niedliche Zahnlücke zwischen seinen Schneidezähnen sehen. Ich streichle mit dem Daumen über seine Unterlippe und er beißt mich sanft.

»Die Towers haben die gleiche Farbe wie deine Haare«, murmele ich und wuschele ihm dadurch. Mittlerweile hat er Ansatz bekommen, doch selbst der steht ihm. Der kleine Riachuelo ist zu einem Mann geworden, der Dinge mit meinem Kopf macht, die ich nie für möglich gehalten habe.

»Vielleicht sollte ich beim nächsten Mal eine Tönung finden, die auch leuchtet. Was meinst du?«, fragt er und fährt mit seiner Hand die Muskeln auf meinem Bauch nach. Ein angenehmer Schauer durchfährt mich.

»Hmm«, brumme ich und schließe die Augen, während er Küsse auf meinem Schulterbein verteilt, nur um weiter nach unten zu wandern. Seine Zunge macht meinen Frust über die verpassten Kletterorte in Süd-Ost-Asien erträglich.

Mein Atem stockt und ein unterdrücktes Stöhnen entfährt mir, als er sich bis zu meiner V-Line hinunterarbeitet. Ich möchte, dass er weitergeht. Will wissen, wie es sich anfühlt, seine Lippen *tiefer* zu spüren. Aber ich greife nach seinem Gesicht und führe ihn wieder zu mir hoch.

Rivs Unsicherheit versetzt mir einen Stich. Er soll nicht denken, dass ich ihn nicht will.

»Sorry«, murmelt er und ich schüttele den Kopf.

»Du kannst gerne hier weitermachen«, meine ich, grinse ihn schief an und deute auf meine Lippen. Zum Glück lässt er sich das nicht zwei Mal sagen. Er beugt sich zu mir hinunter, hält mich mit seinen Beinen gefangen und tut, worum ich ihn gebeten habe. Jeder Kuss ist wie ein Erster. Wie ein Versuch, herauszufinden, ob das hier wirklich real ist. Und manchmal weiß ich es selbst nicht.

Genau das macht es so verdammt schwer. Ich spüre Rivs Härte durch den Stoff seiner Boxershorts an meinem Bauch und ich kann nicht anders, als den Kuss zu unterbrechen. Sanft, aber bestimmt, schiebe ich ihn von mir.

»Glaubst du, die Snack-Bar hat noch offen?«, frage ich und sehe, wie Rivs verlockende Lippen sich in einen Strich verwandeln.

»Weiß nicht. Schau nach.«

»Gute Idee. Soll ich was mitbringen?«

»Kein Hunger. Aber Danke.«

Ich stehe auf und schnappe mir mein T-Shirt. Fuck, eigentlich will ich hier nicht weg. Bei ihm bleiben und riskieren, dass jemand uns erwischt, kann ich auch nicht.

Wir haben noch nicht darüber gesprochen, was wir hier eigentlich machen oder was das zwischen uns ist. Und ehrlich gesagt will ich es auch nicht definieren. Ich will mich nicht fragen, was Forest oder Sam denken würden, wenn einer der beiden wüsste, wie eng umschlungen wir jeden Abend beieinander liegen.

Hell, nicht mal ich weiß, was ich davon halten soll. Ich weiß nur, dass es gut tut. Ich weiß nur, dass mein Frust erträglicher ist, wenn er mich küsst. Gleichzeitig fühle ich mich wie ein Dreckskerl, weil ich ihn als Frustrationstherapie benutze.

Ich kann ihm nicht das geben, was er sich wünscht oder im Stillen erhofft. Mich auf mehr mit ihm einzulassen würde bedeuten, meine Freiheit zu verlieren. Wenn ich weiterhin ein Profisportler sein will, kann ich keine Beziehung gebrauchen. Deswegen date ich nicht. Deswegen habe ich noch nie eine feste Beziehung gehabt.

***

Sam schafft den Flash in den Batu Caves in Kuala Lumpur. Aber ich versuche mir einzureden, wie egal es mir ist. Stattdessen lausche ich Rivs Dokumentationskommentaren über den Hindu-Tempel, der sich in der Nähe des Kletterortes befindet.

Nach dem Climb erkunden wir die Stadt. Während Sam loszieht, um sich Graffiti anzusehen, besuchen Riv und ich ein traditionelles Kaffee-Haus. Danach geht unsere Reise weiter.

Ich bin froh, die laute Großstadt zu verlassen und die lange Reise nach Indonesien anzutreten. Wir brauchen zwei Tage, um nach Lembah Harau zu kommen. Sam nörgelt immer wieder herum, wieso ich mir ausgerechnet einen Kletterort aus der Triple R Box ausgesucht habe, der so weit vom Schuss ist. Aber so langsam ist mir alles egal, was aus seinem Mund kommt. Ich genieße die langen Autofahrten. Vor allem, weil mein Fuß sich tatsächlich nicht mehr so anfühlt, als würde er jeden Moment allein davonrennen. Wenn es nach mir ginge, könnten wir noch eine Woche lang durch die atemberaubende Natur streifen. Riv beschwert sich immer wieder, dass seine Speicherkarten voll sind.

Auch er bekommt nicht genug von den Urwäldern und den hohen Bergen voller Dschungel, an denen wir vorbeikommen.

***

»Nur noch drei Tage, bis mein Kletterverbot vorbei ist.« Ich fühle mich wie ein Gefangener, der auf seine Freilassung wartet. Fuck ist Genesung öde!

Ich liege vor Riv, der meine Beine massiert. Der Kerl hat magische Hände und erzählt mir nebenbei, wie die Muskeln im Körper verlaufen. Seit wann ist Intelligenz so sexy?

»Du hast ja doch einiges im Studium gelernt«, merke ich an, aber Riv schnaubt nur.

»Trotzdem macht mir das Büffeln keinen Spaß. Und die Praktika waren auch nicht so meins. Ich filme lieber.«

»Für mich machst du eine Ausnahme, oder?«, frage ich und grinse ihn schief an.

»Das überlege ich mir noch. Kommt drauf an, ob du dich benimmst«, raunt er dicht an meinem Ohr und bohrt die Daumen in eine empfindliche Stelle. Ich stöhne und vergrabe das Gesicht im Kissen. Er macht mich fertig.

Nachdem er seine Massage beendet hat, nimmt er neben mir Platz und schneidet Videos. Währenddessen visualisiere ich die Strecke, die uns bei Canmore erwartet. Sie heißt »The Show Must Go On« und der Titel könnte nicht passender sein.

»Denkst du, es geht deinem Fuß gut genug, um in Kanada wieder loszulegen?«, fragt Riv nachdenklich, sieht aber von seinem Laptop nicht auf.

»Du bist doch mein heißer Mister Doktor Physiotherapeut. Sag du es mir«, necke ich ihn.

Riv läuft rot an und will antworten, als sein Handy klingelt. Ich sehe den Namen, der auf dem Display steht. Winston. Ist das nicht sein Ex?! Meine Laune erhält einen Dämpfer.

»Bin gleich wieder da«, teilt er mir mit und eilt aus dem Zimmer. Was sagt es über mich aus, dass es mich fuchst, wenn Riv mit seinem Ex redet? Er betont zwar, sie hätten nur eine Freundschaft Plus gehabt, aber es stinkt mir dennoch. Das, was wir haben, ist ja auch nicht viel mehr als das. Oder Freundschaft vor dem Plus? Küssen und Kuscheln ist für mich nichts weiter als Vorspiel.

Ich lehne mich zurück, um weiter Griffe zu visualisieren, als auch mein Handy vibriert.

Lex: Hey Atlas. Wie spät ist es bei euch? Kann ich anrufen? / besorgt und dringlich

Ich stutze. Hoffentlich ist bei Green Vanguard alles in Ordnung? Statt zu antworten, rufe ich Lex an und freue mich, deren Stimme nach all der Zeit zu hören.

»Du, die Bullen waren gerade hier«, meint Lex und ich beiße mir besorgt auf die Unterlippe.

»Wieso das denn? Gibt es Probleme wegen der Petition?«

»Nein. Die Schweine haben mir Fragen zur London Bridge gestellt. Anscheinend hat jemand ihnen einen anonymen Tipp gegeben. Scheiße, Atlas. Ich frage mich, ob sie etwas wissen.«

Mein Kopf rotiert. Die Aktion in London fühlt sich an, als wäre sie Monate her.

»Wieso kommen die jetzt an?«, spreche ich meine Gedanken laut aus.

»Hab ich mich auch gefragt. Natürlich habe ich dichtgehalten. Ich wollte dich trotzdem warnen.«

Mir wird eiskalt. Irgendwie habe ich gar nicht mehr damit gerechnet, noch etwas von der Polizei zu hören. Immerhin sind wir maskiert gewesen und selbst unsere Fans, die uns schon in ganz anderen komischen Situationen wiedererkannt haben, sind nicht darauf gekommen.

»Danke für die Warnung. Halt mich auf dem Laufenden. Wie geht es den Robben? Ich habe euer Video im Rescue Center gesehen. Dieser Gastsprecher hat eine hammer Rede gehalten. Wie hieß der noch gleich?«, wechsele ich das Thema, um mich abzulenken. Selbst wenn die Polizei in London nach den Kletterern – aka mir und Sam – sucht, sind das definitiv Future Me-Probleme.

»Dr. Murdoch MacLeod. Aber wir wissen beide, dass du nicht über Robben reden willst. Gib mir lieber Updates von dir und deinem Lieblingsskorpion. Ist es immer noch so komisch?«

Typisch Lex. Direkt zur Sache kommen. Doch selbst unsere Begegnung unter dem Wasserfall fühlt sich an, als wäre sie ewig her. Ich kann immer noch kaum glauben, dass ich ihm dort den Rücken zugekehrt habe und ihn nun fast jede Nacht in den Armen halte, während ich seinem ruhigen Atem zum Einschlafen lausche. Kurz umreiße ich die Ereignisse der letzten Tage.

»Hah! Wusste doch, dass es nur eine Frage der Zeit ist, bis da was läuft. Wie geht es dir damit?«

Scheiße. Wieso muss Lex auch immer nach meinen Emotionen fragen, wenn ich selbst keine Ahnung habe. Ich schweige und sehe zur Tür, um mich zu vergewissern, dass Riv nicht in Hörweite ist.

»Seltsam«, gebe ich zu. »Mann, Lex. Er ist wie eine Droge, aber ich habe Schiss, ihn zu verletzen.«

»Wieso?«

»Keine Ahnung. Er ist immer noch mein bester Freund und Forests kleiner Bruder«, entgegne ich. »Bisher machen wir nichts außer Kuscheln und Küssen. Aber ich sehe ihm an, dass er mehr will. Damit meine ich nicht nur Sex.«

»Und du nicht? Ich glaube, es würde dir gut tun, mit dem Kleinen-Bruder-deiner-besten-Freundin-Gedöns aufzuhören. River und du seid beide erwachsene Männer. Also sei ehrlich. Was hält dich *wirklich* davon ab, etwas *Richtiges* mit ihm anzufangen?«

Am liebsten hätte ich geschrien, doch ich bleibe still und boxe nur das Kissen, das neben mir liegt.

»Ich will ihm nicht das Herz brechen. Da ... gibt es etwas über mich, das er nicht weiß und ich glaube, wenn er es wüsste, hasst er mich. Ich will ihm das ersparen.« Zum ersten Mal spreche ich etwas aus, das bisher niemand außer mir und meine Sterne wussten.

»Atlas, ich glaube, es ist egal, wie ihr es nennt oder ob ihr Sex habt. Riv ist zu sehr in dich verknallt. Egal, was du vor ihm verbirgst, es wird ihn verletzen. Du weißt, ich bin kein Fan von Lügen«, tadelt Lex.

»Ich glaube, Riv kommt wieder. Sorry. Ich muss auflegen«, gebe ich zurück.

Ohne noch eine Antwort abzuwarten, beende ich den Anruf. Erschöpft lasse ich mich wieder auf die Kissen fallen. Fuck. Ich weiß plötzlich ganz genau, wieso alles in mir blockiert, wenn ich mir vorstelle, River das zu geben, was er braucht. Denn was ich nicht weiß, ist, ob ich das Versprechen, das ich ihm gegeben habe, halten werde. Wenn ich *das* durchziehe, kann ich nicht auf mich aufpassen.

»Na? Was sagt deine Flamme?«, versuche ich zu witzeln, aber Riv verdreht nur die Augen.

»Nicht. Meine. Flamme«, betont er und hockt sich wieder neben mich. »Aber wir konnten uns aussprechen. Winston will uns ein wenig die Stadt zeigen und in sein liebstes Restaurant mitnehmen.«

Fan-fucking-tastisch.

»Cool«, meine ich nur kalt. Riv legt sich neben mich, ein breites Grinsen auf den Lippen.

»Ist da jemand eifersüchtig?«

»Im Leben nicht«, erwidere ich und pieke ihm in die Seite.

Kapitel 24: Hungry for the D

River

Ich kann immer noch nicht glauben, wie die letzten Tage abgelaufen sind. Jedes Mal, wenn ich mich daran erinnere, Atlas zu küssen, fühlt es sich wie ein Traum an. Nicht wie meine neue Realität. Auch wenn es das ist, was ich mir schon seit dem Stimmbruch gewünscht habe, frage ich mich, ob es nicht doch nur wie eine Seifenblase ist, die nur darauf wartet, zu zerplatzen. Und obwohl es alles ist, was ich will, habe ich Angst. Denn jeden Tag rechne ich damit, von Atlas gesagt zu bekommen, dass es doch nicht das ist, was er will. Atlas verwirrt mich des Todes. Er lässt sich von mir massieren, von mir küssen, zieht mich ständig in seine Arme. Doch jedes Mal, wenn ich weitergehen will, blockt er ab. Ich versuche, verständnisvoll zu sein. Rede mir ein, er braucht nur mehr Zeit. Aber die Zweifel und die Furcht vor dem Aus zerfressen mich. Trotzdem hake ich nicht nach. Trotzdem mache ich weiter. Vielleicht gerade weil jeder Moment unser letzter sein könnte.

Statt mich in diesen Gedanken zu verlieren, versuche ich also, die Zeit mit ihm so gut es geht zu genießen. Selbst in seiner Nähe zu sein und mit ihm die Welt zu erkunden ist das Beste, was ich jemals erleben durfte. Wir schlendern durch die Gardens by the Bay, wo wir uns mit Winston treffen. Sam wollte auch mitkommen, doch seine Mutter hat ihn zu einem dringenden Meeting verdonnert, das so wichtig klang, als würde sein Leben davon abhängen. Missmutig hat er uns vertröstet und ist allein im Hotel zurück geblieben. Auf die Frage, ob er später dazukommen wollt, hat er nur gemeint, dass er sich nach Camilla lieber eine traditionell chinesische Massage gönnen will.

Singapur ist krass. Etwas zwischen Cyber- und Solarpunk. Hier im Bay ragen sogenannte Super Trees bis zu 50 Meter in die Höhe. Die Dinger sind gruselig und unglaublich zugleich. Ich filme sie und kommentiere, was ich in der Broschüre gelesen habe.

»Diese künstlichen Bäume sind ein Meisterwerk der Ingenieurskunst und Vorreiter der Nachhaltigkeit. Über 200 verschiedene Pflanzenarten –«

»Yo, River. Das interessiert doch niemand«, unterbricht mich eine vertraute Stimme. Ich drehe mich um und sehe, wie Winston auf Atlas und mich zukommt. Er schließt mich flüchtig in die Arme. Seine sonst kalkweiße Haut ist ein paar Nuancen dunkler geworden. Die Sonne und das Klima scheinen ihm gut zu tun und er sieht nicht mehr so blass aus.

»Nur, weil du hier schon vier Jahre gelebt hast, heißt das nicht, dass andere das nicht cool finden können«, protestiere ich, lasse aber die Kamera sinken. Ich weiß, dass ich das meiste meiner Voice-Over hinterher immer rausschneide. Trotzdem macht es mir Spaß, sie aufzunehmen.

»Ich mag, was du erzählst«, lässt Atlas mich wissen und stupst mir in die Seite. »Bei dir habe ich immer das Gefühl, Neues zu lernen.«

»Du musst Atlas Cruzado sein, richtig?«, wendet Winston sich nun an ihn. Stolz stemmt Atlas die Hände in die Hüften.

»Der einzig wahre Flash Wizard.«

Winston nickt anerkennend. »Ich erinnere mich bis heute noch an die Schlagzeilen von vor fünf Jahren. Klettern war noch nie mein Sport, aber den Perfecto Mundo zu flashen ... Hut ab.«

»Sehr cool. Wo hast du davon gehört?«

Ein Lachen und eine wegewerfende Handbewegung kommen von Winston. »Habe es in einem spanischen Klettermagazin gelesen, das ich immer noch abonniert habe. Ich habe als Teenager nämlich auch in Spanien gelebt und ich versuche, all die sechs Sprachen, die ich draufhabe, zu pflegen.«

»Zu pflegen? Du bekommst keine einzige gute Hausarbeit geschrieben. Ich sag dir, Atlas, für den Kerl Korrektur zu lesen ist eine neue Form der Folter«, necke ich Winston. So sehr das Studium mich vor allem im letzten Jahr fertig gemacht hat, sind die meisten guten Erinnerung immer noch mit Winston verbunden.

»Dafür gehen bei mir keine Sätze über drei Seiten. Dein Zeug zu lesen ist wie einen Marathon mit Asthma zu laufen – man bekommt keine Luft.«

»Gosh, war der schlecht«, meine ich, lache aber trotzdem. Wir bewegen uns in die Richtung der botanischen Gärten voran. Atlas läuft ein paar Schritte hinter uns, doch immer wenn ich mich ein wenig besorgt zu ihm umdrehe, winkt er ab und ich konzentriere mich voll und ganz darauf, mich mal wieder mit Winston zu unterhalten. So wie damals. So wie vor dem Unfall. Scheiße tut das gut. Und ich habe es nur Atlas zu verdanken, dass ich wieder lebensfroher bin.

»Hast du schon was von deiner Bachelorarbeit gehört?«, erkundigt er sich.

»Noch nicht. Habe richtig Schiss, dass Xenia dasitzt und sich die Haare rauft. Aber ich hoffe immer noch, dass ich vielleicht Mitleidspunkte bekomme, weil ich es geschafft habe, ein paar Wortwitze einzubauen.« Zugegeben. Ich habe auch meine Unimails seit unserer Abreise gar nicht mehr geprüft.

»Ich habe Wortwitze gehört?«, fragt Atlas grinsend und stellt sich zu uns.

»Jep. Wir hatten eine Dozentin, die damit um sich geschmissen hat wie Konfetti«, erkläre ich.

»Oh mein Gott. Erinnerst du dich noch ans erste Jahr? Wie ging die eine Multiple Choice-Frage von ihr nochmal?«, schwelgt Winston in Erinnerungen. Es waren tatsächlich ihre Seminare, in denen wir uns angefreundet haben.

»Wer hat den besten *Drip*!«, rufe ich entzückt und drehe mich zu Atlas, der überrascht blinzelt. »Komm. Das weißt sicher auch du. Also. Wer hat den besten Drip? A. Thug Life Freud, B. Zimbardo in sexy Gefängnisuniform, C. Bandura im Kostüm seiner Bobo Puppe oder D. Der Hund von Pavlov?«

Winston neben mir krümmt sich und wischt sich eine Lachträne aus dem Augenwinkel. »Zu gut, dass du dich noch daran erinnerst! Natürlich war die Antwort D. Weil der Hund von Pavlov sabbert. Drip. Drip. Drip.«

Atlas sieht uns an, als würde er uns nicht kennen, während wir lachen.

»Muss man den verstehen?«, erkundigt er sich.

»Nicht zwingend. Das ist nerdige Psychologie«, erwidert Winston und kommt mir plötzlich ganz nah.

Sein Handrücken berührt meinen und er strahlt mich von der Seite an. »Du siehst übrigens echt gut aus, Riv. Die enge Kleidung steht dir.«

»Äh ... Danke«, meine ich nur und mache einen Schritt zur Seite. Automatisch sehe ich wieder zu Atlas. Seine Lippen ziert immer noch ein Lächeln, aber es erreicht seine Augen nicht.

»Die habe ich mit ihm gekauft«, erzählt er. Ein wenig schockiert beobachte ich, wie nun Winston auch Atlas mustert. Nicht auf eine zwanglose Art und Weise, sondern die, bei der man das Gefühl bekommt, die Person stellt sich vor, wie die andere nackt aussehen würde.

»Guter Geschmack«, lobt er Atlas und sieht wieder zu mir. »Jetzt, wo ich ihn in persona treffe, verstehe ich, was du mir so erzählt hast.«

Mein Gesicht wird heiß. Winston kann nicht wissen, dass Atlas und ich ... Nach seinem Wissensstand ist er immer noch mein unerwiderter Crush. Was denkt er sich also dabei, mein Geheimnis so offensichtlich anzudeuten?

»Achja?«, hakt Atlas nach, jetzt mit einem schelmischen Grinsen auf den Lippen. »Was hat er denn so erzählt?«

»Nicht viel«, meint Winston unschuldig. »Nur, was für ein guter Freund du damals warst. Aber dass es eben auch Dinge gab, bei denen du nicht helfen konntest. Da bin ich dann eingesprungen.«

Hat er noch alle Nadeln an der Tanne?

»Was denn?«, fragt Atlas amüsiert.

»Lernen«, meine ich atemlos. »Glaub mir, zehn Stunden in der Bibliothek zu sitzen, wäre nichts für dich.«

»Simmt«, bestätigt Atlas und wieder spüre ich, wie Winston mir gegen die Hand stupst.

»Was hältst du davon, wenn wir uns im August wieder in der Maughan Library treffen und im Anschluss zu mir gehen?«, schlägt Winston vor und sein Tonfall lässt wenig Interpretationsspielraum dafür, was er mit »zu ihm gehen« meint. Ich sehe, wie Atlas kaum merklich die Augen verengt. Gleichzeitig stellt sich mir die Frage, wo *er* im August sein wird. Ist das vielleicht doch nur ein komischer Fling für ihn? Was, wenn sich unsere Wege wieder trennen? Der Gedanke ist schmerzhaft.

»Mal schauen«, antworte ich, bevor mein Schweigen zu auffällig wird.

»Wann geht morgen euer Flieger?«, fragt Winston. »Hast du Zeit, bei mir zu übernachten, damit wir noch ein wenig reden können?«

»Früh«, antwortet Atlas wie aus der Pistole geschossen und Winston wirft nun ihm ein schmieriges Lächeln zu, das *er* wahrscheinlich für anzüglich hält.

»Du wärst auch eingeladen, wenn du mit uns mithalten kannst.«

Mir wird schlecht. Was zur Hölle macht Winston da? Wieso lädt er mich *und Atlas* für Sex ein?! Ist er so dermaßen untervögelt oder was?

»Lasst uns lieber erstmal zu Abendessen, wie geplant. Dann können wir immer noch schauen«, schlage ich vor, in der Hoffnung, damit irgendwie Zeit zu schinden.

Was für eine scheiß Situation. Ich dachte, das wird ein netter Abend. Ich dachte, Winston will uns wirklich nur seine liebsten Orte zeigen. Aber ich glaube, wir haben *sehr* unterschiedliche Vorstellung darüber, welche Orte das sind.

***

Winston führt uns zur Circular Road, einer Straße, in der es von Restaurants und Bars nur so wimmelt. Unzählige Menschen gehen ein und aus und bringen den Abend zum Leben.

Ich will nicht, dass Sam das hier verpasst. Seine Massage muss längst vorbei sein. Ich zücke das Handy und rufe ihn an, werde aber weggedrückt.

Hey Kumpel

schreibe ich ihm in WhatsApp.

Willst du nicht dazukommen? Wir gehen was essen und hier ist es mega. Ich schicke dir die Location.

Geht nicht. Bin noch mit Camilla im Meeting

erwidert er.

Immer noch?!

Diesmal erhalte ich keine Antwort. Was zur Hölle besprechen die beiden so lange? Er ist doch schon den ganzen Tag im Call mit seiner Mutter!

Ich versuche mich wieder auf den Abend zu konzentrieren. Winston bringt uns zum Dragon Chamber, einem Restaurant, das hinter dem Kühlschrank eines unspektakulären Cafés versteckt ist.

Die Wände hinter dem geheimen Eingang sind voller alter Zeitungsartikel, Graffiti und Blech, so als wären wir in einer alten Lagerhalle. Eine übertrieben gruselige Puppenstatue mit riesigen Augen steht vor uns und ich weiß nicht, ob ich sie geil oder creepy finde. Am Ende des Korridors erwartet uns das Restaurant.

Atlas stößt einen Pfiff aus. Drachen in einem Graphic Novel Zeichenstil zieren die Wände. Das Licht hier drin ändert alle paar Sekunden die Farbe in neue Neonlichter und hinter der Bar hantiert jemand beim Cocktailmischen mit einem Flambierer.

»Na? Habe ich zu viel versprochen?«, fragt Winston. Er spricht auf Mandarin mit einer Kellnerin, die ihn herzlich begrüßt und entzückt darüber wirkt, dass ein so weißer Dude wie er, Mandarin spricht. Sie führt uns zu einer Kabine mit roten Ledersesseln. Atlas macht Anstalten sich neben mich zu setzen, doch noch bevor er das tun kann, drängt sich Winston an ihm vorbei und setzt sich zu mir, sodass ich zwischen ihm und der Wand sitze.

Entschuldigend sehe ich Atlas an, aber er zuckt mit den Schultern und vergräbt sein Gesicht hinter der Speisekarte. Allerdings beugt Winston sich vor und schnappt sie ihm weg.

»Nicht nötig. Ich weiß schon, was ich für uns alle bestelle. Unsere Cocktails sind auch schon auf dem Weg«, flötet Winston.

»Ich bin kein Fan davon, wenn andere für mich Entscheidungen treffen«, teilt Atlas ihm kühl mit und lehnt sich in seinem Sitz zurück. »Außerdem haben wir nicht vor, etwas zu trinken.«

Das ist mir zwar neu, aber dem schließe ich mich an. Wie viele britische Studierende – und da bin ich keine Ausnahme – liebt Winston es, bei einer Night Out tief ins Glas zu schauen. Allerdings habe ich seit seinen Sprüchen das Gefühl, ich müsste irgendwie auf der Hut bleiben. Da ist Alkohol definitiv keine gute Idee.

»River? Nicht mal du?«, fragt Winston enttäuscht.

»Nee. Ich habe auf dem Flug von Istanbul nach Phuket fast gekotzt. Da möchte ich kein Risiko eingehen«, lüge ich und wie auf Kommando kommt die Kellnerin und bringt uns drei Drinks. Einen im Tikki-Glas, einen im Margarita-Glas mit Schaum und einen im hohen, milchig-weißen Glas, das dem blauen Inhalt ein mysteriöses Flair gibt.

»Wie wolltest du die denn aufteilen?«, frage ich. Die Dinger sehen definitiv lecker und fantastisch aus, aber ich weiß, das ist keine gute Idee.

»Dachte, wir probieren alle durch. Tu nicht so, als hätten wir noch nie Speichel geteilt.«

Atlas verschluckt sich passenderweise an seiner eigenen Spucke. »Vielleicht wollen die am Nebentisch was abhaben?«, schlägt er keuchend vor.

»Quatsch. Dann sind das eben meine.«

»Ich habe ein Paris-Déjà-vu«, meine ich nur vielsagend zu Atlas, der wild nickt.

»Wieso? Was war in Paris? Erzählt doch mal von euren Reisen«, bittet Winston, der erst das schaumige Getränk an die Lippen legt. Etwas von dem weißen Zeug bleibt über seinem Mund hängen. Grinsend sucht er meinen Blick, während er sich genussvoll und zweideutig darüber leckt. Echt nichts gegen Winston. Aber genau das ist der Grund, wieso ich niemals romantische Gefühle für ihn entwickelt habe. Er denkt, er wäre sexy und smooth, doch das, was er da abzieht, gibt mir den Ick. Winston kommt aus einer reichen, privilegierten Familie und manchmal scheint das Memo nicht bei ihm angekommen zu sein, dass er nicht immer alles kriegen kann, was er möchte.

Ich versuche seine immer wiederkehrenden, zweideutigen Gesten und Sprüche zu ignorieren und ihm so nüchtern wie möglich von der Memorial Tour zu erzählen. Selten habe ich Atlas so abwesend und desinteressiert gesehen, wann immer Winston unsere Erlebnisse umdreht, um von *seinen* Reisen mit *seiner* Familie zu erzählen.

Mir fällt ein mittelgroßes Gebirge vom Herzen als das Essen endlich ankommt. Das ist wenigstens das Einzige, bei dem er nicht zu viel versprochen hat.

Die Gerichte, die gebracht werden, sind unglaublich. Auf mehreren Ebenen. Das Erste, was wir bekommen, ist ein Teller mit *Feuer*. Richtigem, brennenden Feuer, in dessen Mitte eine halbe Ananas mit einer Art Eintopf präsentiert wird. Außerdem erhalten wir ein paar Speisen, die am Tisch fertig zubereitet werden. Wie beispielsweise ungekochte Nudeln, über die wir selbst brühend heiße Soße gießen müssen, um sie aufzuweichen.

»Na? Bin ich ein perfekter Reiseführer, oder was?«, fragt Winston, nachdem wir von allem etwas probiert haben. Jeder von uns hat seinen eigenen Teller und wir nehmen uns von den verschiedenen Speisen vor uns. Winstons drei Drinks sind mittlerweile leer, ein vierter steht vor ihm und seine Wangen haben einen roten Ton angenommen.

»Zumindest das Essen ist gut«, meint Atlas, der sich zum dritten Mal etwas von der Soße nachnimmt, die es zu einem Gericht mit Rind gibt. Winston scheint die Stichelei zu entgehen und er nickt zufrieden. Lustigerweise hat es mir die Suppe angetan, deren klare Brühe einen Geschmack hat, den ich so noch nie probiert habe.

»Weißt du, was da drin ist?«, erkundige ich mich und trinke aus meiner kleinen Schüssel.

»Krokodilpenis.«

Ich verschlucke mich und ein Teil der Suppe landet spritzend auf Winstons Schulter.

»Du verarscht mich«, erwidere ich keuchend.

»Nein. Das ist hier eine Delikatesse.«

Selbst Atlas schmunzelt und als Winston mich anstupst, will ich ihn schlagen.

»Dachte, das wäre passend«, schiebt er hinterher. »Immerhin wissen wir beide, wie hungrig du auf Dick bist.«

Ich will sterben. Unruhig rutschte ich tiefer, während Winston sich jetzt verschwörerisch über den Tisch zu Atlas beugt. »Wusstest du, dass wir gemeinsam auf Sex Partys gegangen sind?«

»Habe da so Gerüchte gehört, ja«, erwidert Atlas.

»Hat Riv dir auch erzählt, wie er einmal einen Lapdance auf einem Kuchen gemacht hat?« Winston wackelt mit den Augenbrauen und mir wird heiß.

»Ist das eine Metapher für etwas?«, fragt Atlas sehr viel interessierter als mir lieb ist.

»Nein. Ich meine einen Sahnekuchen. Hinterher hat sich River auf den Tisch gelegt und sich von allen anwesenden die Reste ablecken lassen.«

Für ein paar Momente ist Atlas' Gesicht wie ein Kaleidoskop, das zwischen verschiedenen Emotionen hin- und herdreht. Er scheint sich selbst nicht sicher zu sein, ob er den Gedanken anziehend, verstörend, geil oder anstößig findet.

»Das reicht jetzt, Winston«, sage ich hart. Das Letzte, was ich will ist, dass ... *Dinge* aus meinem Sexleben besprochen werden.

»Wieso? Du bist doch sonst nicht so prüde«, meint er und plötzlich liegt unter dem Tisch seine Hand auf meinem Oberschenkel. Atlas scheint es nicht zu bemerken, er starrt mich weiterhin mit einem Ausdruck amüsiert-verstörter Faszination an. Jetzt leckt *er* sich über die Unterlippe und verdammt, es gibt nichts Anziehenderes. Doch die Emotionen bilden einen schrecklichen Widerspruch in mir. Ein Kribbeln geht durch meinen Brustkorb, während ich Atlas ansehe und gleichzeitig verkrampft der ganze untere Teil meines Körpers, dort, wo Winston mich anfasst.

»Es reicht«, wiederhole ich, aber ich klinge atemlos. Unauffällig versuche ich seine Hand wegzuschieben, aber er packt mich fester, wandert weiter meinem Schritt entgegen.

»Wir haben doch gerade so viel Spaß. Atlas?«, wendet er sich plötzlich ihm entgegen. »Findest du nicht auch, wir sollten gemeinsam ne Nummer schieben, wenn wir hier fertig sind? Ich schwöre dir. Gruppensex mit Riv ist nicht von dieser Welt.«

Ich bekomme keine Luft mehr. Mir ist schwindelig und die Lichter des Restaurants flackern. Trotzdem erkenne ich, wie Atlas die Hand auf meinem Oberschenkel bemerkt.

»Lass ihn los«, fordert er. Ruhig und doch drängend.

Sofort lässt Winston mich los und hebt die Hände über den Kopf. Endlich kann ich wieder atmen.

»Tschuldigung. Tschuldigung«, meint Winston. »Hab ja ganz vergessen. Ihr beiden seid ja quasi Brüder füreinander.«

Wie viele Schläge will er eigentlich noch austeilen? Drinks hin oder her. Winston geht zu weit. Viel zu fucking weit. Ist das seine Rache dafür, dass ich ihm nicht zusichere, mit ihm zu schlafen?

»Ich denke, wir werden jetzt gehen«, entscheidet Atlas und ich will ihn dafür küssen.

»Was? Aber der Spaß hat gerade erst angefangen.«

»Es ist kein Spaß, wenn nur einer lacht«, erwidert Atlas hart und Winston verschränkt trotzig die Arme vor der Brust.

»Langweiler. Keine Ahnung, was Riv an dir findet. Ich war so neugierig, dich zu treffen, nachdem er mir jahrelang die Ohren vollgeheult hat, wie ach-so-doll er in dich verliebt ist. Ich hätte mehr erwartet.«

Du. Beschissener. Wichser.

Ich danke allen Teufel dieses Universums, dass ich in Sardinien getrunken habe, denn ich hätte es niemals ertragen, wenn Atlas *so* von meinen Gefühlen für ihn erfährt. Ich will aufstehen und mich an Winston vorbeischieben. Aber er bleibt sitzen. Der Ausdruck in seinem Gesicht hat sich mittlerweile in Zorn und Abneigung verwandelt. Wie ein Kind, das kurz davor ist, ein Tantrum zu schmeißen.

»Weißt du, Riv? Genau dieses Verhalten von dir ist der Grund, wieso du so verdammt beziehungsunfähig bist. Ich biete dir etwas an und du willst wieder abhauen«, wirft Winston mir vor.

»Lass mich einfach gehen, verdammt«, fordere ich.

»Nö. Hilf mir mal aus, Atlas. Du denkst doch auch, Riv ist zu kompliziert für was Ernstes, oder? Vor allem, wenn er in seinen depressiven Phasen steckt.«

Winstons Kommentar trifft mich so hart unter der Gürtelline, dass ich das Gefühl habe, mein Penis landet demnächst in einer Suppe. Ich weiß, ich bin nicht leicht gewesen seit Forests Unfall. Trotzdem war mir nicht klar, dass einer meiner vermeintlichen *Freunde* so über mich denkt. Selbst Atlas verschlägt es für ein paar Momente die Sprache, in denen er Winston schockiert ansieht. Doch genau dieses Zögern erlaubt es ihm, einfach weiterzumachen.

»Wie heißt es so schön? Verrückt fickt am besten. Ich habe zumindest noch niemanden gefunden, der so ein Tier im Bett ist, wie unseren Mopey Boi hier. Vielleicht hast du ja doch irgendwann Glück, River. Es gibt sicher ein paar Freaks, die auf so ein Emo-Getue stehen.«

Atlas erhebt sich von seinem Platz und packt Winston schneller am Kragen seines Polo-Shirts, als ich überhaupt schalten kann, was gerade passiert. Fast befürchte ich, Atlas schlägt Winston gleich eine rein, doch stattdessen zieht er ihn von seinem Sitz.

»Komm, Riachuelo. Wir hatten genug«, fordert Atlas mich auf und ich schaffe es endlich, dem Platz, an dem Winston mich eingesperrt hat, zu entkommen.

»Hey. Was soll der Mist. Wer soll die Rechnung bezahlen?«, fragt Winston, als wäre *das* gerade sein einziges fucking Problem.

»Du kannst dir deine Rechnung sonst wohin schieben. Genau wie einen Kaktus«, zischt Atlas und legt schützend einen Arm um mich.

»Wie süß«, ruft Winston uns noch hinterher. »Muss dein großer Bruder den Beschützer spielen, weil du selbst das Maul nicht aufbekommst?«

»Ich bin nicht sein Bruder«, stellt Atlas klar und küsst mich. Kurz. Intensiv. Absolut nicht brüderlich.

***

Obwohl ich noch am Verarbeiten bin, dass Winston sich als das größte Arschloch der Welt entpuppt hat, verfolgen mich seine Worte.

Kompliziert. Depressiv. Unliebenswürdig.

Sprüche, die ich von den Bullies in der Schule jahrelang hinterhergerufen bekommen habe. Nachdem wir wieder im Marina Bay Sands Hotel angekommen sind, habe ich Atlas gebeten, mir ein wenig Freiraum zu geben. Sam hat immer noch nicht auf meine Nachricht reagiert und ein Teil von mir ist froh darüber, dass er mich nicht beansprucht.

Ich stehe unter der Dusche und versuche, diesen schrecklichen Tag von mir abzuwaschen. Da sind so viele Zweifel. So viel ... Selbsthass.

»Hello Darkness my old friend«, murmele ich zynisch, während ich mich mit geballten Fäusten gegen den kühlen Marmor lehne. Ich bin genau da, wo ich schon vor Wochen war. An einem Punkt, an dem nichts mehr wirklich Sinn ergibt und ich mich frage, wieso ich das hier überhaupt noch mache.

Alles nur wegen ein paar Sprüchen, die ein betrunkener Wichser mir an den Kopf geworfen hat.

Doch vor allem ist da die Unsicherheit, die mich schon seit Thailand begleitet. Das Unwissen darüber, was das mit Atlas und mir ist oder wohin es führt. Ich will mit ihm darüber sprechen und gleichzeitig will ich es nicht. Denn auch wenn mich diese Schwebe fertig macht, weiß ich nicht, wie ich mit dem emotionalen Backlash umgehen soll, wenn all das uns um die Ohren fliegt. Egal, ob ich es wahrhaben will, oder nicht. Ich stecke zu tief drin. Ich habe den Punkt erreicht, an dem es kein Zurück für mich gibt.

Genau das, was ich vermeiden wollte.

Wieder und wieder spielt sich der Moment ab, in dem Winston sich an Atlas wendet.

»Du denkst doch auch, Riv ist zu kompliziert für was Ernstes, oder? Vor allem, wenn er in seinen depressiven Phasen steckt.«

Auch wenn Atlas Winston kurz darauf gesagt hat, er soll mich loslassen, hat er nicht geantwortet. Und ist Schweigen nicht meist Antwort genug?

Ist das der Grund, wieso ich nicht genug bin für Atlas? Warum er nicht weiter mit mir gehen will?

Kompliziert. Depressiv. Unliebenswürdig.

Erschöpft rutsche ich die Wand hinunter und lasse das kühle Wasser auf mich prasseln. Es wäre wahrscheinlich keine gute Idee für immer hier –

Ein Klopfen reißt mich aus den Gedanken.

»Riachuelo?«, höre ich gedämpft durch das große Zimmer. Ich weiß nicht, ob ich öffnen soll. Der Gedanke, allein zu sein, ist unerträglich, doch genauso fürchte ich mich davor, Atlas gegenüber zu treten. Obwohl er noch zwei Mal nach mir ruft, schaffe ich es nur langsam aus der Dusche und auch wenn ich den Mund öffne, um zu antworten, bringe ich keinen Ton heraus. Mit einem Handtuch um die Hüften verlasse ich das Bad. Eigentlich will ich nur noch schlafen, immerhin geht unser Wecker in weniger als vier Stunden. Trotzdem gehe ich zum Eingang. Atlas hat schon eine ganze Weile nicht mehr meinen Namen gerufen.

Als ich die Tür einen winzigen Spalt breit öffne, rechne ich nicht damit, jemanden zu sehen.

Doch er ist da. Atlas hockt im Flur, direkt neben meinem Zimmer.

»Du bist geblieben«, flüstere ich und Atlas rappelt sich auf.

»Klar. Können wir reden?« Ich nicke nur, schaffe es aber nicht, ihn anzusehen. Stattdessen setze ich mich aufs Bett und lege einen Arm über mein Gesicht. Atlas' Hand legt sich auf meinen Arm und er streichelt sanft darüber. Er holt mehrmals laut Luft, wie um etwas zu sagen, aber für eine gute Weile schweigen wir.

»Winston ist ein Arsch«, murmelt Atlas schließlich. Wieder nicke ich. Wieder schweigen wir. Doch diesmal schiebt Atlas einen Arm unter mich und zieht mich schützend an seine Brust. Er fährt mir durch die nassen

Haare und haucht einen Kuss auf meine Stirn. Obwohl, oder gerade weil die Geste so fürsorglich ist, zerreißt sie mich. Denn da sind wieder Winstons Worte.

Kompliziert. Depressiv. Unliebenswürdig.

»Er hat unrecht«, murmelt Atlas, als hätte er meine Gedanken gelesen. Aber vielleicht spricht mein gequälter Gesichtsausdruck auch die Worte, die nicht über meine Lippen kommen.

Ich schüttele den Kopf. Nein. Es stimmt. Ich *bin* zu kompliziert. Zu kaputt, damit jemand mehr mit mir möchte. Für Winston war ich immer gut für Spaß, aber er hatte schon mehrfach gemeint, eine Beziehung mit mir wäre undenkbar. Nicht, dass ich eine mit *ihm* gewollt hätte.

»Riachuelo«, flüstert Atlas und eine Gänsehaut breitet sich auf meinen Armen aus. Fuck, ich liebe es zu sehr, wenn er mich so nennt. »Du bist genug.«

Ein Schulterzucken ist alles, was Atlas von mir bekommt. Zu viele Fragen zwischen uns, die ich nicht ausspreche. Zu viele Antworten, die ich nicht ertragen kann. Was ist das? Wieso gehen wir nicht weiter? Reiche ich dir nicht? Bin ich das Problem?

Zärtlich dreht Atlas mein Gesicht zu seinem und wieder kann ich seine Lippen schmecken. Obwohl mein Kopf voller Zweifel ist, reagiert mein Körper sofort. Ein wehleidiges Seufzen entfährt mir, als seine Zunge meine streift und ich mich an ihn klammere.

Es ist alles, was ich möchte. Und doch nicht genug. Fuck. Ich bin wirklich erbärmlich.

Kompliziert. Depressiv. Unliebenswürdig.

Atlas intensiviert unseren Kuss, in dem er mich in eine Umarmung zieht, meinen fast nackten Körper an seinen klammert. Er unterbricht das Spiel unserer Zungen nur, um schwer atmend sein T-Shirt auszuziehen. Die Hitze seiner Brust trifft auf meine und eine angenehme Wärme breitet sich in mir aus, gegen die nicht einmal die Klimaanlage ankommt, die das Hotelzimmer runterkühlt.

Ich bin kurz davor, mich in Atlas sicherer Wärme zu verlieren. Er hat diese seltsame Fähigkeit, mich in den Momenten, in denen wir zusammen sind, all die Zweifel vergessen zu lassen. Doch in dieser Nacht sind sie stärker als sein Schutz. Schwer atmend löse ich mich von ihm.

»Sicher, dass du das hier möchtest?«

Eine von so vielen beschissenen Fragen.

Atlas Lachen kitzelt meine Lippen.

»Wäre ich sonst hier?«

Das muss reichen. Nicht für immer. Aber für jetzt. Für diesen Moment, in dem ich Atlas glauben möchte, genug zu sein. Diesmal trifft sein Kuss nicht auf meinen Mund, sondern meinen Nacken. Er wandert mein Schlüsselbein hinunter und ich lege den Kopf in unserer Umarmung zurück. Ein genüssliches Seufzen entfährt mir und ich erschaudere, als Atlas mit den Fingern meine Taille hinunterwandert, bis zu der Stelle, an der das Handtuch meine Hüfte erreicht. Ich halte die Luft an, als seine Berührungen unter den Stoff gleiten. Atlas drückt mich mit der anderen Hand sanft auf die weichen Laken des Bettes und seine Lippen küssen meinen Körper hinab, während er sich zwischen meinen Beinen positioniert.

Von dem Rausch der Empfindungen wird mir fast schwindelig und ich packe sein Handgelenk. Sofort hält Atlas inne.

»Soll ich aufhören?«, erkundigt er sich vorsichtig.

Nein. Auf keinen Fall.

»Willst du das wirklich?«, frage ich mit bebender Stimme. Statt zu antworten, küsst Atlas weiter. Erreicht die Stelle, wo das Handtuch beginnt. Er hält kurz inne, löst mit den Fingern den Knoten und zum ersten Mal seit dem Wasserfall, reckt sich ihm wieder meine Härte entgegen.

»Darf ich?«

Sein Mund schwebt nur Zentimeter über meinem Penis und ich habe das Gefühl, mein Herz versucht irgendwo hochzuklettern, nur um ständig von der Wand zu gleiten.

»Du fragst das nicht aus Mitleid?«

Atlas lacht und leckt sich über die Lippen, sein Blick wandert gierig auf meine Erektion.

»Sehe ich aus wie jemand, der Mitleid hat oder wie jemand, der will, dass du dich gut fühlst?«

Obwohl jeder Zentimeter meines Körpers rebelliert, als er sich aufrichtet und von mir ablässt, um sich zwischen meinen Beinen hinzuknien, versuche ich mit meinem Blick, seine Frage zu beantworten. Im Gegensatz zu mir trägt Atlas eine kurze Schlafhose. Der Stoff über seiner Mitte ist dünn. Und kann definitiv nicht verbergen, wie hart auch *er* ist.

»Also? Erlaubst du mir, dich zu schmecken?«

Dafür, dass ich keine Fragen aussprechen wollte, sind da gerade sehr viele zwischen uns. Meine Sehnsucht trifft bereits eine Entscheidung für mich. Meine Sehnsucht nach ihm, nach uns, nach seinen verdammt perfekten Lippen an mir.

Das muss reichen. Nicht für immer. Aber für jetzt.

»Ja.«

Mit einem Grinsen beugt Atlas sich wieder hinunter und schiebt meine Beine auseinander, damit er es sich bequem machen kann. Er verteilt Küsse auf meinen Oberschenkeln, neckt mich, indem er immer weiter nach oben wandert, nur um dann doch wieder nicht dort zu landen, wo ich ihn haben will. Ich kralle mich in das Bettlaken und wie von selbst recke ich mich ihm entgegen.

Ein Keuchen entfährt mir, als er endlich mit seinen Lippen mein Glied streift. Flüchtig, nur um wieder spielerisch meinen Bauch zu küssen.

»Atlas!«, protestiere ich.

»Lass mir meinen Spaß. Ich will das genießen.«

Mit den Händen massiert er meine Oberschenkel, zeichnet Kreise, die immer näher in meine Mitte kommen. Erst, als er mit den Daumen die empfindliche Stelle zwischen meinem Arsch und meinem Penis trifft, umschließt er *endlich* meine Spitze mit seinem Mund.

Ich keuche. Er seufzt. Seine Hand packt meinen Schaft, um meine Härte aufzurichten und er liebkost mit der Zunge meine sensible Eichel. Wieder wird mir schwindlig, doch diesmal ist es die Art Schwindel, die sich wie fliegen anfühlt. Atlas Kopf beginnt, sich an mir auf und ab zu bewegen und mit jedem Mal nimmt er mich tiefer. Mit jedem Mal stöhne ich lauter. Mit jedem Mal wird sein gieriges Seufzen intensiver. Das, was er mit mir macht, ist definitiv kein Mitleid. Es ist genauso sehnsüchtig wie meine Entscheidung, ihn *so* zu spüren.

Meine Hand, die sich eben noch ins Laken gekrallt hat, wandert zu seinen Locken und ich greife in sein weiches Haar. Spüre dadurch die präzisen, immer schneller werdenden Bewegungen seines Mundes noch deutlicher. Seine Finger liebkosen die Haut unter meinem Penis, spielen mit meinem Sack und gleiten zu meiner Öffnung, ohne in sie einzudringen.

Mittlerweile gebe ich mir keine Mühe mehr, leise zu sein. Ich stöhne unter jeder Bewegung, hebe mein Becken, stoße sanft in Atlas' Mund. Mein Glied kitzelt, als Atlas mein Verlangen nach ihm mit einem Lachen kommentiert.

»Fuck«, presse ich hervor und spüre, wie ich mich immer weiter meinem Höhepunkt nähere. Ich ziehe an Atlas' Haaren und löse seinen Mund von mir. Er wirft mir einen schmollenden Blick zu.

»Ich war noch nicht fertig«, beschwert er sich.

»Du darfst gleich weitermachen. Aber vorher: Hose aus«, fordere ich atemlos. Ich hebe meinen Oberkörper ein Stück vom Bett, wobei ich mich mit den Ellbogen abstütze. »Und um 180 Grad drehen, damit ich dich auch schmecken kann.« Ich stocke. »... Ehm. Bitte?«, füge ich noch hinzu.

Atlas' Augen blitzen dunkel auf und er schenkt mir dieses schiefe Grinsen, das mich schon seit so vielen Jahren schwach werden lässt. Dieses Grinsen, bei dem ich schon damals wusste, es wird mein Untergang sein.

»Also wenn du so lieb bitte sagst ... kann ich mich ja schlecht wehren«, meint er, erhebt sich und zieht die Stoffhose herunter. Atlas' Penis ist hart, verlockend, perfekt. Verdammt, ich will in diesem Moment nichts mehr als auch ihn zu schmecken und mit meinem Mund gut fühlen zu lassen. Er schubst mich zurück aufs Bett und dreht sich so, wie ich es von ihm verlangt habe. Atlas lässt sich auf mir hinunter und ich packe sehnsüchtig seinen Arsch, der über meinem Gesicht schwebt, um ihn in Position zu bringen.

Ein dunkles, lautes Stöhnen entfährt ihm, als ich ihn zu mir hinunterziehe und mit der Zunge sein Glied entlangwandere.

»Du kannst froh sein, dass ich dich gerade so dringend brauche. Ansonsten hätte ich dir das quälend langsame Vorspiel heimgezahlt«, lasse ich ihn wissen und drücke mit den Händen seinen Po hinunter, damit ich ihn tief in meinem Mund spüren kann.

»Beim nächsten Mal«, keucht Atlas und stöhnt genussvoll, während er auch meinen Schwanz wieder nimmt. Ich beginne, meinen Kopf schneller zu bewegen.

Dieser eine Satz von ihm ist es, der jede Frage verstummen lässt. Der mich zum Schweben bringt, in dem Moment, da auch seine Zunge wieder mit meiner Eichel spielt. Und wir verlieren uns in unseren Bewegungen, unserem Lachen und unserer Sehnsucht.

Das ist genug. Nicht für immer. Aber für jetzt.

Für das nächstes Mal.

Kapitel 25: Zertifizierter Bouldertrainer

Atlas

»Ich wünsche euch einen schönen Aufenthalt«, sagt die junge Frau an der Rezeption und reicht uns die Schlüssel. Ihr Blick huscht zu meinem T-Shirt. Es ist das Einzige, das nicht von der Hitze in Südostasien durchgeschwitzt in meinem Wäschesack gelandet ist. Selbst mein Tour Crop-Top ist außer Betrieb. Auf meiner Brust steht jetzt: *I climb bitches and bros and non-binary hoes*. Ein legendäres Zitat aus einem Anime, das ich mit einer Kletterreferenz kombiniert habe.

Vor drei Stunden sind wir in Kanada gelandet. Ein Bus hat uns etwas außerhalb von Calgary zum Silver Eagle Resort gebracht. Die luxuriöse Unterkunft ist genau das, was ich mir schon immer von einer Kanadareise erträumt habe. Blockhütten an einem glasklaren See mit Lagerfeuerstätten. Hier gibt es neben einer Wildnis Experience auch einen Golfplatz, Indoorswimmingpool, Sternerestaurant und einen Streichelzoo für die Kids.

Das weiß ich nur, weil Riv auf der Fahrt hier her seinen Kopf auf meine Schulter gelegt und mir die Broschüre leise vorgelesen hat. Beim Einstieg in dem Bus hat sich Sam mit den Worten »Dein Shirt ist mir zu peinlich«, nach vorne gesetzt, sodass wir für uns sein konnten. Seine Laune ist noch beschissener als sonst. Ich frage mich, ob er sich genauso freut, Camilla zu sehen, wie ich. Ich verstehe nicht, wieso sie darauf besteht, das Meet & Greet zu einem riesigen PR-Ding zu machen und noch viel weniger, wieso sie sich spontan entschieden hat, dabei sein zu müssen. Wahrscheinlich vertraut sie mir seit Thailand nicht mehr – ein Gefühl, das auf Gegenseitigkeit beruht. Denn ich habe ihr meine Zwangspause nicht verziehen.

Wir betreten unsere Blockhütte und ich staune nicht schlecht. Große, deckenhohe Fenster, mit Seeblick, ein prasselnder Kamin, massive Holzmöbel. Obwohl wir in Paris und Thailand traumhafte Unterkünfte hatten, gefällt mir das am besten. Vielleicht ... kommt mir hier etwas Inspiration für die Einrichtung zuhause.

»Hier gibt es bestimmt keine Opossums im Schlafsack«, witzle ich und schubse Sam an, um ihn an unsere Kanadareise mit Forest zu erinnern.

»Lass den Mist«, brummt er und wie es bereits bei uns Tradition ist, sucht der Stinkstiefel sich als erster ein Zimmer und verschwindet. Ich verdrehe die Augen. Früher hätte er über so etwas gelacht, aber ich habe es aufgegeben, sein Freund sein zu wollen.

Ich drehe mich zu Riv.

»Hey Riachuelo, ein Vögelchen hat mir gezwitschert, dass es eine geräumige Regendusche gibt«, raune ich ihm zu.

»Und ich habe gehört, dass morgen das Meet & Greet ist und ich deswegen leider erst an den Asian Vlog rann muss, bevor ich auch nur in Erwägung ziehen kann, Spaß zu haben«, sagt er entschuldigend.

»Du kannst dich erst an mich ran machen«, sage ich mit wackelnden Augenbrauen. Seit der heißen Nacht in Singapore bin ich kaum noch zu bremsen. River. Nackt. Jetzt. Bitte!

»Das ist Belästigung am Arbeitsplatz«, flüstert er, sieht sich um, küsst mich flüchtig.

»Schläft Camilla auch bei uns?«, fragt er und ich linse hinter ihn, sehe aber nur drei Zimmer.

»Ich hoffe nicht, sonst muss ich mich ja wie ein Teenager unter Muttis Aufsicht in dein Bett schleichen.«

»Musst du das nicht sowieso?«, fragt er.

»Sam ist mehr wie ein miesmuffeliger Campaufpasser, der die Kids ignoriert und darauf wartet, in Rente zu gehen.«

»Du bist gemein«, haucht Riv belustigt gegen meine Lippen.

***

»Guten Morgen Party People! Habt ihr gut geschlafen?«, rufe ich in das Mikrofon und stelle mich in den Mittelgang des Shuttles. Ich stemme selbstbewusst die Hände in die Hüfte und präsentiere mich in meinem Astra Vertice Croptop. Zu meiner Überraschung haben sowohl Sam als auch Riv ohne Widerrede ihre Tourshirts an. Mann! Sowas wollte ich schon immer mal machen. Die 10 Gewinner von der Forest Sticker-Aktion aus Europa antworten mir einem gutgelaunten

»Ja!«. Meine Auszeit ist mir aufs Gemüt geschlagen. Umso berauschender ist es, in die erwartungsvollen Gesichter unserer Fans zu sehen, die nur darauf warten, mich wieder in Aktion zu erleben. Die Lust nach Abenteuer liegt in der Luft und selbst Sam sieht entspannt aus.

»Zum heutigen Ablauf-«, setze ich an aber in dem Moment nimmt das Gefährt eine scharfe Rechtskurve und ich stolpere auf den Beifahrersitz. River, dem das alles viel zu viel Spaß bereitet, springt mir hinterher und fängt alles mit der Linse ein.

»Das gehört zur Show«, schnaufe ich etwas peinlich berührt und der ganze Shuttle lacht.

»Jedenfalls«, ich rapple mich auf. »Wenn der Bus uns lebendig dort abliefert, werden wir in der Nähe von Canmore gemeinsam klettern. Wer von euch war schon mal an der Wand?« Bis auf zwei Frauen melden sich alle. Die beiden wirken verunsichert und ich mache eine wegwerfende Handbewegung.

»Null Problemo! Sam und ich werden euch helfen, den ersten Felsen zu bezwingen.« Ich schmunzle und schubse den Satz hinterher, den ich bereits tausend Mal am Anfang unserer Klettertutorials gebracht habe: »Man sieht es mir vielleicht nicht an, aber ich bin tatsächlich ... «

»Zertifizierter Bouldertrainer«, ruft die Truppe und bricht wieder in Gelächter aus.

***

Der Tag vergeht wie im Flug. Wir arbeiten mit einer lokalen Firma zusammen, die unseren Gästen die Kletterausrüstung stellt. Die Bewunderung, die sie mir alle entgegenbringen, während ich ihnen meine Welt näherbringe, ist Balsam für mein Ego. Obwohl ich nur kleine Felsen besteige, Griffe, Ausrüstung und Körperpositionen erkläre, Hilfe leiste und darauf achte, dass die unerfahrenen Teilnehmer beim Abrutschen auf den ausgelegten Matten landen, bin ich am Ende richtig erfüllt.

Joseph und Bruno sind zwei Männer aus Deutschland, beide Mitte Sechzig und fitter als die ganze Truppe zusammen. Joseph ist drei Zentimeter größer als ich, ja, wir haben nachgemessen. Er hat helle, wässrige Augen und einen dicken Schnurrbart. Bruno ist etwas kleiner mit wettergegerbter Haut, setzt nie seine Sonnenbrille ab und hat einen extrem langen und dünnen grauen Zopf. Joseph nennt diesen liebevoll seinen Arschpinsel. Unter unseren Gewinnern sind sie eindeutig die Veteranen und gehen mit stolzen vierzig Jahren Klettererfahrung ins Rennen. Wenn ich mal alt bin, dann will ich immer noch genauso fit und voller guter Laune sein wie die beiden. Joseph erzählt von den Routen, die sie in den Siebzigern bezwungen haben. Er klettert am liebsten barfuß, wie früher die Ostdeutschen. Er berichtet von alten Routen in Dresden, bei denen die Anker bis zu dreißig Meter voneinander entfernt sind. Chalk, Haken und Klemmkeile sind dort verboten und meine Augen müssen wie die eines Kindes leuchten.

»Das hört sich abgefahren an«, gebe ich zu. Der Typ ist der Hammer. Vielleicht ist das genau die Herausforderung, die ich brauche, sobald die Tour vorbei ist. Sofort will ich River davon erzählen. Es würde mir gefallen, Kletterurlaub mit ihm zu machen, ohne Kamera.

»Ich war das letzte Mal mit meinem Sohn dort«, erzählt er und in seiner Stimme schwingt eine gewisse Melancholie mit.

»Ihr Jungs seid ihm so ähnlich«, brummt er und legt seine Hand auf meine Schulter. »Bruno hat beim Abendessen dauernd eure YouTube Filmchen am Laufen und sagt: ›Der Niklas hätte da richtig gut reingepasst‹.«

»Weil wir gutes Bier und dreckige Witze mögen?«, frage ich und er lacht und nickt.

»Kletterst du oft mit deinem Sohn?«, will ich wissen und versuche den Stich zu ignorieren, den die Vorstellung von einer nicht verkorksten Vater-Sohn-Beziehung in mir auslöst.

Joseph schweigt kurz und löst den Knoten seines Seils aus dem Karabiner.

»Er ist vor dreizehn Jahren von uns gegangen, aber davor sind wir ständig auf Achse gewesen«, sagt er.

»Das tut mir leid«, antworte ich aufrichtig und dieses Mal klopfe ich ihm auf die Schulter. »War es auch ein Kletterunfall?«, will ich wissen, könnte mich aber direkt ohrfeigen, weil ich nicht weiß, ob ich in der Position bin, sowas zu fragen. »Entschuldige, das geht mich nichts an«, schiebe ich deswegen schnell hinterher, doch Joseph schüttelt den Kopf.

»Alles gut. Ich bewundere, wie offen du über den Tod von eurer Kleinen redest, denn ich kann auch nicht den Rand halten, wenn es um Niklas geht. Er war ein richtig feiner Kerl«, sagt er und legt sich die offene Hand auf die Brust. Ich erkenne mich in der Art, wie seine blassen Augen leuchten, wenn er von ihm spricht, wieder. Es stimmt, ich rede gerne über Forest und werde wohl mein Leben lang nicht damit aufhören. Verdammt, wenn ich in zwanzig Jahren immer noch mit so viel Liebe über dich sprechen kann, Forest, habe ich alles richtig gemacht. Shit, du machst mich zu einem sentimentalen Weichei.

»Niklas ist am ersten Tag nach seiner Ausbildung zum Rettungssanitäter gestorben. Sie sind zu einem Unfall auf der Autobahn gerufen worden. Er und sein Kollege sind gerade aus dem RTW gestiegen, da hat ein LKW sie erwischt. Keiner hat überlebt. Er wäre dieses Jahr 33 geworden.«

»Klingt nach nem richtig guten Typen. Ich hätte ihn gerne kennengelernt«, antworte ich aufrichtig.

***

Im Licht der untergehenden Sonne kehren wir erschöpft, aber glücklich in das Reservoir zurück, wo Camilla auf uns wartet. Sie begrüßt unsere Gewinner und lässt sich auf etwas Smalltalk ein, bevor sie sich an uns wendet.

»Kannst du mir bitte deine Kamera und dein MacBook geben? Mein Assistent wird sich heute um Social Media kümmern, damit du in Ruhe zu Abend essen kannst«, sagt sie an Riv gewandt.

»Ähm ... okay? Danke«, sagt er, zögert eine Sekunde, bevor er ihr die Kamera gibt. Wow, so gönnerhaft kenne ich sie gar nicht.

»Sam, kann ich dich nochmal sprechen?«, sagt sie an ihren Sohn gewandt. Typisch, jetzt gibt sie Riv ne Auszeit und Sam muss trotzdem für sie den Laufburschen spielen.

Erst als die Essensteller vom Dinnertisch abgeräumt sind und wir im Kerzenlicht dazu über gegangen sind, den Weinkeller auf die Probe zu stellen, stößt Sam wieder zu uns. Ohne ein Wort lässt er sich auf dem Stuhl neben mich fallen und vergräbt das Gesicht in den Händen.

»Alles okay?«, frage ich, weil ich Idiot es trotz der dicken Luft zwischen uns nicht ertrage, dass es ihm schlecht geht. Er nickt, sieht aber trotzdem blass aus.

»Langer Tag«, antwortet er knapp und bevor ich weitere Fragen stellen kann, gießt er sich ein großes Glas Wein ein, steht auf und mischt sich unter die Gäste.

Wie ungewohnt es ist, einen anderen Fotografen um mich herum zu haben, merke ich erst, als der Typ mir mit der Linse zu nah kommt. Der Kerl atmet flach und riecht irgendwie nach Mundwasser und Schweiß. Ich zwinkere in die Kamera, wie ich es gewohnt bin, es ist aber eher unangenehm.

»Von mir keine Bilder, danke«, sagt Riv verhalten und verdeckt sein schönes Gesicht mit dem Rotweinglas. Der Typ nimmt es als Anlass, Riv und mich für den Rest des Abends komplett zu ignorieren. Er fokussiert sich auf Sam, der mit Fans Selfies macht, mit ihnen trinkt und feiert.

Ich denke an Forest, ohne sie wäre das hier alles nie zustande gekommen. Unter dem Tisch taste ich nach Rivers Hand. Als unsere Finger sich berühren, hält er in seiner Bewegung inne. In seinem schwarzen Shirt und dem Kerzenschein sieht er verboten aus. Ganz anders als damals auf der Trauerfeier. Ich drücke seine Hand und sein Blick findet meinen. Seine Augen sind wach, leuchten warm und zufrieden. Ich streichle über die Schwielen an seiner Handinnenfläche und erkenne den Felsen an ihnen.

Ein Vibrieren aus seiner Hose lässt ihn zusammenfahren. Er lässt mich los, wirft einen Blick nach rechts und links, als hätte er Angst, jemand hätte uns gesehen. Riv greift zu seinem Handy und starrt auf den Bildschirm. Ein Schatten liegt auf seinem Gesicht.

»Oh fuck«, stößt River er aus und ich spanne mich an.

»Alles in Ordnung?«

»Ich habe eine Mail mit der Note meiner Bachelorarbeit.«

Auch wenn dieses ganze Studiums Gedöns über mich herausgeht, sehe ich, wie wichtig das River ist. Fast automatisch fiebere ich ihn an. »Mach auf! Mach auf!«

»Was, wenn ich durchgefallen bin? Dann wird das mit dem Film Master nichts«, meint er und schielt zu seinem Weinglas.

»Dann ist das so. Aus mir ist auch was geworden.«

River lächelt mich an. »Okay. Alles oder Nichts.« Er tippt auf sein Smartphone und atmet hörbar aus.

»Und? Mach es nicht so spannend!«

»Eine glatte Zwei«, teilt er mir ungläubig mit. »Das heißt, mein Schnitt reicht, selbst wenn die Examen Ende August mies laufen.«

»Fuck, Riachuelo. Das ist großartig! Herzlichen Glückwunsch!« Ich hebe mein Weinglas und wir stoßen an.

»Ich kann es gerade nicht so richtig glauben. Warte mal.« Riv liest durch die Mail und stößt ein schallendes

Lachen aus. »Sie sagt, ich soll mal zwischendurch Luft holen und weniger Schachtelsätze bauen. Aber sie mochte die Wortwitze. Deswegen habe ich eine 2 statt eine 2 Minus bekommen.«

Ich mache einen Slow Clap. Keine Ahnung, was Jodie in ihre Muttermilch gemischt hat, aber die Liebe zu Wortwitzen ist definitiv strong in dieser Familie.

»Deine Schwester wäre stolz auf dich«, flüstere ich ihm zu und er drückt meine Hand. »Und damit meine ich nicht nur diese Note.«

***

»Sag mal, kommst du bei Instagram rein?«, fragt River mit gerunzelter Stirn und reicht mir sein Handy. *Passwort ungültig.*

»Mache ich dich so nervös, dass du deine Passwörter vergisst?«, necke ich ihn, woraufhin er mit den Augen rollt und mir die Decke klaut, die über unseren Beinen liegt.

Wir sitzen zusammen auf dem hinteren Sofa des Freiluftkinos. Durch den frischen kanadischen Frühling sitzen unsere VIP-Gäste versorgt mit Snacks, heißen Getränken und eingehüllt in Decken vor der Leinwand, auf der die unveröffentlichte, Extended Version unseres Asia-Vlogs läuft. Zugegeben, es ist merkwürdig, den Leuten dabei zuzugucken, wie sie unseren Content konsumieren.

»Komisch, ich komme auch nicht rein«, stelle ich fest. Kalter Schauer läuft mir über den Rücken.

»Glaubst du, jemand hat sich Zugang zu unserem Account verschafft?«, spreche ich meine Befürchtung aus.

***

»Wir haben ein Problem«, sagt River hastig, noch bevor Camilla die Tür zu ihrer Hütte ganz geöffnet hat. Er zittert und obwohl ich ihm versichert habe, dass ihn keine Schuld trifft, beruhigt es ihn kein bisschen. Ich würde ihn in den Arm nehmen, aber ich weiß, dass er das vor Camilla nicht zulassen würde.

»Ich – ich war dabei eine Story hochzuladen, da hat mich Instagram einfach aus der App geworfen und seitdem komme ich nicht mehr in den Astra Vertice Account«, erklärt er.

»TikTok und E-Mail sind auch tot«, füge ich hinzu und zum Beweis, strecke ich Camilla das Handy entgegen, doch sie nimmt es nicht.

»Kommt rein«, ihr Ton ist eiskalt. Ich werfe Riv einen fragenden Blick zu, doch er zuckt mit den Schultern. Wir folgen ihr bis zum Esstisch. Dort liegen ein Stapel Unterlagen und Rivers Kamera und Laptop.

»Eigentlich wollte ich das ganze erst morgen besprechen, sobald eure Gäste abgereist sind. Das Ganze ist auch so schon unschön genug.«

Sie macht eine Kunstpause, verschränkt die Arme vor der Brust. Ihre Miene ist hart und undurchdringlich. Ich kenne diesen Ausdruck, doch als sie das nächste Mal spricht, treffen mich ihre Worte trotzdem hart und vollkommen unerwartet.

»Die *Talent Tribe Agency* beendet mit sofortiger Wirkung die Zusammenarbeit mit euch. Sam wird die Tour allein weiterführen.«

Kapitel 26:
Because I hate you

Atlas

Hätte mich vor einem halben Jahr jemand gefragt, ob ich jemals meinen ehemalig besten Freund schlagen würde, ich hätte gelacht. Aber als Sam endlich die Tür öffnet, landet meine Faust direkt auf seiner Oberlippe. Er stolpert zurück und fällt über seine Schuhe.

Es wäre fast komisch, wenn die Situation nicht so verdammt scheiße wäre.

»Atlas!«, schreit River und packt mich am Arm, doch ich schüttle mich los. Seit Forest Tod habe ich immer daran geglaubt, dass Sam nur Zeit braucht. Genauso wie River Zeit gebraucht hat, um endlich wieder Gefühle zuzulassen. Ich habe mich getäuscht.

»Warum?«, frage ich. Meine Stimme ist härter und gefasster, als ich mich fühle. Ich will die Antworten aus ihm herausboxen und gleichzeitig nichts mehr aus seinem Mund hören.

Siebzehn Jahre Freundschaft. Und er hat mich verraten. Er hat mich ans Messer geliefert und mir alles genommen, für das ich Blut, Schweiß und Tränen vergossen habe. Mein Lebenswerk. Forests Tour.

Sam rappelt sich auf, die tiefen braunen Augen verdunkeln sich. *Gleich kommt der Schlag.* Doch er holt nicht mit seiner Faus aus.

»Weil ich dich hasse.« Es sind nicht die Worte, die mir die Luft zum Atmen nehmen. Es ist sein Blick. Seine Art. Er hasst mich, ich kann es sehen und es ist keines dieser Dinge, die man im Streit zueinander sagt, und dann direkt danach bitter bereut. Es ist endlich die Wahrheit, auf die ich gewartet habe. Er trägt sie schon so lange mit sich herum, dass sie ihn von innen aufgefressen hat.

»Deswegen lieferst du mich an die Polizei aus und erzählst es deiner Mutter? Weil du es nicht erträgst, in meinem Schatten zu stehen?«

Ich sehe sie vor mir, die Standbilder, die Camilla River und mir gezeigt hat. Sie stammen von den Aufnahmen zu den Aktionen von Green Vanguard. Ich weiß, dass Sam sie ihr gegeben haben muss, denn auf vielen Aufnahmen ist mein »Don't Panic«-Tattoo zu sehen oder man kann mich kurz durch das Guckloch in der Skimaske erkennen. Sam ist der Einzige, der dieses rohe Material von mir hätte machen können.

Ich werde offiziell in England gesucht. Mindestens Sachbeschädigung und Erregung öffentlichen Ärgernis. Ich habe mit der extrem erfolgreichen Petition der Politik so hart ans Bein gepisst, dass sie ein Exempel an mir statuieren wollen. Camilla hat daraufhin meinen Vertrag aufgelöst und River gefeuert.

»Du kapierst es nicht, oder? Glaubst du wirklich, es geht hier ums Klettern oder um TikTok-Fame?«, fragt er ungläubig.

»Worum denn dann?«

»Um Forest!«, brüllt er. Unter seiner Wut mischt sich Verzweiflung. Ein, zwei Herzschläge lang ist es still, weil ich es nicht verstehe. Sam sucht etwas in meinem Blick, doch als er nur meine Verwirrung findet, lässt er die Schultern hängen.

»Du bist es«, sagt River langsam, als würde er selber gerade ein Puzzle lösen. »Kurz bevor wir El Capitan hoch sind, hat sie mir gesagt, dass sie sich verliebt hat.«

»Ihr wart zusammen?«, frage ich und Sam nickt. Und jetzt, wo die Wahrheit auf dem Tisch liegt, ergibt es Sinn. Was sagt es über mich als Freund aus, dass ich mich nie gefragt habe, wie es um Sam und sie steht?

Forest und ich, wir haben uns wortlos verstanden. Ich konnte bei ihr im Bett schlafen und sie in meinem Zelt, ohne dass da je ein Zwischengedanken gewesen wäre. Aber Sam und sie, das war anders. Ich habe an Badesträndern ihr Handtuch beim Umziehen als Sichtschutz gehalten und Sam hat sich aus Höflichkeit weggedreht. Ich habe ihr immer die schwerste Tasche von allen gegeben, weil es witzig war ihr dabei zuzusehen, wie sie so getan hat, als wäre es kein Problem. Sam hat ihr die Tür aufgehalten und ihr dann alles abgenommen. Sam hat ihr immer das erste Bier aufgemacht, während ich ihr die Flasche weggenommen und angeleckt habe, um das Bier zu behalten.

»Hättest du ihr El Capitan nicht eingeredet, dann wäre sie noch bei mir.« Mir klappt der Mund auf, als seine Worte wie eine Lawine aus Geröll auf mich niedergehen. Ich starre Sam an, weil ich nicht fassen kann, was er mir vorwirft. Aber er ist nicht fertig.

»Sie hat sich noch nie für das Free Soloklettern interessiert. Nicht wie du. Den ganzen Winter lang hast du sie bearbeitet, ihr eingeredet, dass es großartig ist, wenn sie als erste Frau den El Cap ohne Sicherung schafft.«

Er bebt vor Zorn, eine einzelne Träne rollt ihm über das wutverzerrte Gesicht.

»Als wir dann den Vertrag bei meiner Mutter hatten, war ich so erleichtert, weil ich wusste, dass das Thema wegen der Free Solo Klausel dann vom Tisch ist.«

Ich presse die Zähne zusammen. In mir geht alles in Flammen auf. *Durch das Raue zu den Sternen.* Das hat für uns immer Freiheit und Selbstbestimmung bedeutet und Sam tritt das alles mit Füßen.

»Forest wollte generell nicht zu Camilla-«, spreche ich das aus, was Forest mir im Vertrauen erzählt hat.

»Glaubst du ich?!«, schreit er und rauft sich die blonden Haare.

»Ich habe den Vertrag so schnell vorangetrieben, weil ich sie retten wollte. Aber du hast nichts kapiert und mich sogar ausgelacht, als ich meine Bedenken geäußert habe.«

Die Erinnerung Blitz vor meinem inneren Auge auf. Wir sitzen bei den Trayls im Wintergarten kurz nach Weihnachten. Der Schnee fällt. Sam zockt mich gerade bei einer Partie Karten ab, Forest hilft ihrem Vater in der Küche. Sam hat gesagt, dass er Forests Exkurs für unnötig riskant hält. Damals habe ich geglaubt, dass er sich nur einen Scherz erlaubt und die Nerven mit ihm durchgehen.

»Wenn du mir die Schuld an Forest Tod gibst, dann hast du sie nicht gekannt. Du hast nichts verstanden. Durch das Raue zu den Sternen steht für-«

»Ich scheiß auf dieses Motto! Atlas, ich ertrage deine Fantasiewelt nicht mehr. Forets Unfalls ist kein Symbol für ultimative Freiheit. Wir hatten Pläne-«, Sam stockt, sieht an mir vorbei. »Es tut mir leid, Riv«, sagt er.

Ich ziehe River in meine Arme, als ich sehe, in was für einem Zustand er ist.

»Ich ertrage das nicht mehr«, schluchzt er an meiner Brust »Hätte ich mich besser unter Kontrolle gehabt, dann wäre Forest noch da und eure Freundschaft nicht im Arsch.«

Ich presse ihn so fest an mich, wie ich kann. Ich kann förmlich seine Gedanken hören. Die Vorwürfe, den Hass.

»So ist das also«, sagt Sam bitter und erkennt, was zwischen mir und River herangewachsen ist.

»Was wird jetzt aus der Tour?«, wimmert Riv, windet sich aus meinen Armen und sieht Sam an.

»Ich werde sie ohne euch beenden. Das bin ich Forest schuldig«, sagt er und seine Miene wird eiskalt. Ganz der Sohn von Camilla.

»Ach ja? Weiß deine Mutti, dass ich nicht der Einzige auf der Tower Bridge war? Weiß sie von der Hausbesteigung im Finanzdistrikt im Februar? Weiß sie, dass du derjenige bist, der die Kamera hält, der Fenster einschlägt?«, spucke ich ihm entgegen.

»Hast du es ihr gesagt? Hat sie dir geglaubt?«, fragt er mit einem süffisanten Grinsen.

»Nein, weil ich nicht so ein ehrenloser Bastard bin, wie du«, erwidere ich und er wirkt kurz irritiert.

»Ich will Lex nicht in diesen Bullshit mit reinziehen, denn ich weiß, wozu Camilla imstande ist. Eher brennt sie Green Vanguard nieder, als dass sie ihren golden Boy verliert. Seit wann plant ihr es, die Solokarriere.«

»Das ist...«, murmelt er, aber dieses Mal lasse ich ihn nicht ausreden. »Glaubst du, wir haben das Rebranding nicht gesehen? Es gibt sogar schon Pressemitteilungen. Ganz TikTok redet darüber: *Astra Vertice* wird zu *Sam goes higher*. Sehr kreativ. Sowas passiert nicht über Nacht.«

Camillas Entscheidung hat mir den Boden unter den Füßen weggerissen, doch der Verrat von Sam brennt bis auf die Knochen. Er hat Astra Vertice einfach ausgelöscht und mich aus seinem Leben radiert.

»Du hast schon lange nicht mehr nach unseren Regeln gespielt«, verteidigt er sich. Es reicht mir.

»Es sind *meine* Regeln! *Ich* habe *Astra Vertice* ins Leben gerufen und es groß gemacht. *Ich!* Weder du noch deine verkommene Mutter wissen, was es bedeutet, der Beste zu sein. Was es einem abverlangt, an der Spitze mitzuspielen. Das hast du nie kapiert, Sam. Fragst du dich nicht auch, warum du jedes Mal Meilen weit hinter mir liegst?«

Sam presst die Kiefer aufeinander, schweigt aber. Er ist der König des Schweigens und ein Champion darin, alles in sich hineinzufressen, aber nicht heute, heute bin ich am Ende meiner Geduld.

»Du kletterst, um zu leben. Ich lebe für das Klettern. Forest hat das verstanden.«

Ich lasse River los und trete so nah an Sam heran, dass unsere Nasen sich fast berühren.

»*Sam goes higher* wird nichts daran ändern, dass du immer die Nummer zwei sein wirst«, ich flüstere es, trotzdem zuckt Sam merklich zusammen. »Sag was!«, knurre ich.

Er senkt kurz seinen Blick, doch als er meinen Augen wieder begegnet, hat er sich gesammelt.

»Du lebst angeblich fürs Klettern? Du schaffst es nicht einmal aus dem Schatten deines Vaters zu springen. Du bist immer noch der verängstigte kleine Junge, mit dem niemand Pokémon spielen will. Du blendest sie alle mit deiner Entertainer-Persönlichkeit. Ohne Show und ohne Bühne ist der Flash Wizzard *nichts*«, spricht er genauso bedrohlich und leise. Der Kommentar zu Sergio, ist Säure in der klaffenden Wunde unserer kaputten Freundschaft. Es stimmt. Sergios Schatten ist länger und größer als meiner und ich habe mich vor seiner Enttäuschung gefürchtet.

Mein Blick fällt auf River.

River, der mir zugehört hat. Mich gehalten und getröstet hat. In der Nacht voller Mondlicht, Sternenleuchten und mit dem einen Schlafsack, hat er mir gezeigt, dass ich Sergios Zustimmung nicht brauche. Dass ein Mann, der zulässt, wie ich geschlagen werde, es nicht verdient, dass ich mich für ihn abmühe. River ist in diesem Moment eine Sonne für mich, deren Leuchten mir etwas verspricht: Nämlich, dass die Sonne auch dann für mich scheint, wenn ich aus Sergios Schatten austrete und ihn hinter mir lasse.

»Dann lass uns ein für alle Mal die Frage klären, wer der Bessere ist. Morgen früh, klettern wir Sacrifice. Der

Gewinner behält alle Astra Vertice Accounts und klettert die Tour zu ende. Der Verlierer nimmt die Schuld für Green Vanguard auf sich und stellt sich der Polizei«, schlage ich vor. Auch wenn er mich hasst, kenne ich Sam gut genug, dass er dieses Angebot nicht ausschlagen wird.

Sacrifice ist erst von zwei Kletterern bestiegen worden und somit einer der härtesten Routen aus Kanada. Sacrifice, einer von uns beiden wird ein Opfer bringen müssen. Und ich bin es nicht.

»Abgemacht. Wir klettern aber Free Solo. Wer als erster aufgibt, verliert«, zischt er und wir geben uns die Hand.

Kapitel 27:
Der Fels verlangt ein Opfer

River

Die eisige Morgenluft riecht nach gebrochenen Versprechen. Ich habe die ganze Nacht kein Auge zugetan. Nicht nur, weil Atlas immer wieder zu meiner Hütte gekommen ist, um mit mir zu reden. Ich habe ihn nicht reingelassen. Bin irgendwann abgehauen, damit er mich nicht finden kann. Jetzt umrunde ich den Bergsee ohne ein Ziel.

Ich weiß nicht, was schlimmer ist. Unser Rauswurf. Sams Verrat. Die Wahrheit über Forest. Über die Beziehung der Beiden. Klar hätte ich draufkommen können. Immerhin war es naheliegend, aber ich *wollte* es nicht in Erwägung ziehen. Es war leichter zu glauben, dass Atlas und Forest ein Paar waren. Denn Atlas hat selbst nach ihrem Tod sein Lächeln nicht verloren. Sam hingegen trägt den gleichen Schmerz wie ich.

Dieser Schmerz, der jetzt wieder so präsent ist wie vor einigen Wochen. All meine Emotionen überschlagen sich.

Die Verzweiflung. Die Wut, der Unglauben über ihren Unfall.

Und Atlas ist schuld an ihrem Tod.

Nein.

Sam gibt Atlas die Schuld.

Ich kann mich nicht erinnern, dass Forest mir gesagt hat, Atlas habe sie auf die Idee gebracht. Doch gerade in den Monaten vor ihrem letzten Climb war sie voller Geheimnisse. Geheimnisse wie Sam.

»Ich hasse dich«, hat Sam Atlas an den Kopf geworfen. Weil ich ein Feigling bin, habe ich ihm nicht meine Wahrheit gesagt. Dass Forest es sicher geschafft hätte, wenn ihr kleiner Bruder nicht so verkackt hätte.

Es ist eine Tragödie. Eine Shit Show in der wir alle verlieren. Unsere Freundschaft. Unsere Liebe.

Warum also. Warum zur verfickten, zugefrorenen Hölle wollen Atlas und Sam sich ein verdammtes Free Solo Wettklettern liefern? Es ergibt keinen Sinn.

»Wer als erster aufgibt, verliert.«

Oder einer fällt, korrigiert alles in mir schreiend, tobend, verzweifelt. El Cap zu Free Solon ist schon Selbstmord. Doch die 9a+ Route, die Atlas vorschlägt, ist selbst mit Sicherung genau das, wonach sie benannt ist.

Ein Sacrifice. Ein Opfer.

Verdammt. Verdammt, Atlas. Wieso hast du zugestimmt, das fucking Free Solo zu machen? Du hast mir versprochen, am Leben zu bleiben. Du hast mir versprochen, auf dich aufzupassen.

Ich schaue zu dem Meer aus Sternen auf und schreie. Schreie, bis meine Stimme heiser ist. Ich traue mich nicht zu schlafen. Denn ich fürchte mich vor den Neuigkeiten, die mich erwarten, wenn ich aufwache.

»Kletterikonen Atlas und Sam von Astra Vertice tödlich verunglückt, weil beide ihre fucking Emotionen nicht geregelt bekommen haben.«

Der Wind nimmt zu und ich schaue auf meine Fitbit. Nur noch drei Stunden, bis die beiden ihren Plan in die Tat umsetzen. Reicht das, damit ich meine Sachen packen und zurück zum Flughafen fahren kann? Ich beginne den langen Rückweg, sehe immer wieder nach oben, um die Sterne zu verfluchen, aber mittlerweile kann ich sie nicht mehr sehen. Der Himmel ist eine einzige, Anthrazite Masse.

Bei den Hütten angekommen, bin ich überrascht, Bruno, einer der älteren Ostdeutschen, im Wasser des Sees zu sehen. Allein beim Anblick wird mir eiskalt. Wer geht bitte um fünf Uhr morgens schwimmen?! Im Mai? In *Kanada*.

Bruno winkt mir zu, aber ich tue so, als hätte ich ihn nicht gesehen.

»River, warte!«

Er läuft mir hinterher und fängt mich ab, bevor ich in meine Hütte gehen kann. Mit einem Seufzen halte ich inne und versuche, nicht auf seine viel zu eng anliegende Badehose zu schauen.

»Bist du nicht mit den anderen beiden los?«

»Nein«, erwidere ich und hoffe, damit kälter zu klingen als das Wasser, aus dem er gestiegen ist.

»Ich mache mir Sorgen«, meint er und schaut nach oben.

No shit, Sherlock. Ich mir auch.

Obwohl die Sonne mittlerweile aufgegangen sein müsste, ist es immer noch düster.

»River. Das sieht nach Regen aus. Auch wenn die Wetterapp das nicht zeigt. Ich kann das in der Luft spüren, im Wasser. Wenn die beiden da klettern, verletzt man sich selbst mit der besten Sicherung der Welt. Kannst du sie anrufen und warnen?«

Sie haben dir also nicht gesagt, dass sie keine Sicherung mitnehmen werden. Fantastisch.

Es fühlt sich an, als hätte Bruno mich gepackt und in den See geworfen. Ein plötzlicher Umschwung im Wind. Nässe, wo trockener Stein sein sollte. Eine Lebensgefahr für jeden, der es wagt, die Natur herauszufordern.

Der wahre Grund, warum Forest gefallen ist. Ein Verrat der Sterne. Eine Laune der Natur. Eine Schuld, die nur das Universum tragen kann.

»Das wird nichts nützen. Es gibt dort sicher keinen Empfang«, meine ich.

Scheiße, Atlas. Scheiße. Forests Gesicht. *Dein* Gesicht. Fallen.

Ich will abhauen. Will zurück nach London. Will zu meinen Eltern, mich bei ihnen für all die Funkstille entschuldigen, ihnen sagen, wie leid es mir tut, dass ich mich verloren habe. Ich will dem Klettern den Rücken zukehren, so, wie ich es mir vor dieser Tour versprochen habe. Aber die Morgenluft ist geladen von Feuchtigkeit und gebrochenen Versprechen.

Statt zu fliehen, mache ich auf dem Absatz kehrt.

Und renne.

***

Einzelne Tropfen landen auf meinem überhitzten Gesicht, während ich über die Steine haste, die zu der Felswand führen. Mir bleibt nicht viel Zeit, bis diese Tropfen die Route in eine Todesfalle verwandeln. Die Wanderung zu Sacrifice hat mich schon viel zu viel Energie gekostet. Mittlerweile ist es heller, sodass es mir leichter fällt, nicht über das Geröll zu stolpern.

Mein Herz zerschmettert, als ich Atlas und Sam bereits an der Wand sehe. Sie sind zehn Meter über dem harten Boden. Selbst aus dieser Höhe wäre ein Fall tödlich.

Atlas liegt vor Sam und mir wird schlecht, denn ich erkenne, wie Sam sich abmüht, einen festen Griff zu finden.

Keiner der beiden bemerkt, dass ich keuchend unten abgekommen bin.

»Na? Schmeckt dir mein Staub?«, ruft Atlas gehässig und zieht sich weiter nach oben.

»Du kannst froh sein, dass ich nicht nach deinem Fuß greife, Arschloch«, erwidert Sam.

Die fucking Dreckskerle sind zu sehr in ihrer Feindschaft gefangen, um die Gefahr wahrzunehmen. Wieso sollte sie also meine Warnung interessieren? Trotzdem ... Ich hole tief Luft und balle die Hände zu Fäusten.

»Aufhören!«, schreie ich und hasse, dass ich sehen muss, wie Atlas' linker Fuß den Halt verliert und er mit dem Rechten ausgleichen muss. Er sieht nach unten. Unsere Blicke begegnen sich. Schock trifft auf besorgte Wut. Dennoch hält er inne, während Sam weiterklettert.

»Es regnet!«, fahre ich fort. Mittlerweile landen immer mehr Tropfen auf meinem Gesicht. »Ihr müsst runter! Euch bleiben nur Minuten, bis der Stein euch nicht mehr hält!«

»Nein«, meint Sam nur und kämpft weiter. Atlas zögert einen weiteren Moment, dann wendet er mit gequältem Blick sein Gesicht von mir ab und dem Stein zu.

Scheiße, Atlas. Ich hole ein paar Mal tief Luft. Meine Beine sind von dem schnellen Spurt hierhin erschöpft. Trotzdem dehne ich meine Muskeln und wische mir die Hände an der Hose ab. Ich steige aus meinen Wanderstiefeln und Socken, bis mir die spitzen Steine in die Fußsohlen stechen.

Der Fels vor mir ist kalt und rau. Die Angst greift nach mir, genauso wie ich an den Stein greife. Trotzdem versuche ich an ihm Halt zu finden und gebe dem Universum ein weiteres Opfer.

Atlas soll verdammt nochmal wissen, was er mir antut. Wie es sich anfühlt, jede Sekunde damit zu rechnen, dass die Person, die einem alles bedeutet, in den Tod stürzen könnte. Bin ich damit besser darin, mit meinen Emotionen umzugehen, als Sam und Atlas? Absolut nicht. Aber genau wie die beiden habe ich meine Rationalität geopfert, um hier zu sein.

Der Einstieg ist bereits eine der schwersten Schlüsselstellen. Denn hier ist der Stein wie eine Anordnung symmetrischer Kasten, die erst hochlaufen, dann in einem rechten Winkel überhängen und den Rest der Route blockieren. Ich muss einen sicheren Halt finden. Wenn ich abrutsche, lande ich mit dem Rücken auf spitzem Geröll. Doch wie durch ein Wunder schaffe ich es, meine beiden Füße gegen zwei Vierecke des Überhangs zu stemmen. Für einen Herzschlag lang halte ich mich nur durch die Kraft meiner Beine in der Luft. Dann packe ich über den Überhang drüber, kralle mich förmlich in den Stein und ziehe mich hoch. Nur einer meiner Griffe hält mich, denn ohne Kreide ist der Fels zu rutschig.

Mir stockt der Atem, den ich doch so dringend brauche, während ich mein ganzes Gewicht mit zwei Fingern halte. Die Furcht vor dem Fall versucht, mich zu lähmen. Doch meine Furcht um Atlas ist größer. Ein angestrengter Schrei entfährt mir, als ich meinen Körper anspanne und meinen rechten Fuß wieder an den Fels bekomme.

»Was machst du da?!«, brüllt Atlas, der jetzt nach unten sieht, wo ich endlich wieder in eine sicherere Position komme.

»Bei Regen Free Solo Klettern. Genau wie ihr«, erwidere ich laut und ertaste die Rillen an der Wand. Sie hat definitiv schon einige der gefährlichen Tropfen abbekommen.

»Das ist viel zu gefährlich! Vor allem ohne Chalk und Schuhe!«, meint er fassungslos. Sam sieht gar nicht zu mir, sondern versucht weiterhin stur, Atlas einzuholen.

»Ach, meinst du?«, fahre ich ihn an und klettere weiter. Höher. Steiler. Gefährlicher. Weitere Gefühle legen sich über meine Angst. Belebend. Berauschend. *Befreiend.*

»River! Dreh um!«

»Nein! Wenn ihr klettert, klettere ich mit«, beharre ich.

»Hör auf! Das ist zwischen Sam und mir!«

»Solltest du dir nicht den Atem sparen, Atlas?«, keift Sam ihn gehässig an.

»Nein!«, rufe ich und keuche laut, als mir wieder die rechte Hand abrutscht. Erst, als ich mich fange und halbwegs sicher an der Wand klebe, sehe ich wieder hoch zu Atlas. »Das ist zwischen uns allen. Zwischen Forest, den Astra Vertice, dem Universum und mir.«

»Fuck!«, brüllt Atlas und die Berge werfen ihm sein Fluchen zurück. Angewidert fällt sein Blick zur Seite, wo Sam ihn eingeholt hat. »Wir sind hier fertig. Schieb mir Green Vanguard in die Schuhe. Zerstör Astra Vertice. Zerstör dich. Ich höre auf. Du hast gewonnen.«

Erleichterung überflutet mich. Denn Atlas Füße suchen nicht länger einen Weg nach oben, sondern nach unten. Zu mir. Zu uns. *Wir* haben gewonnen.

Auch ich versuche jetzt, sicher abwärts zu kommen. Trotzdem ist da ein Anflug von Trauer. Wenn es nicht bald in Strömen regnen würde ... wenn ich Chalk und Schuhe hätte ... wäre es dann nicht absolut geil zu versuchen, ganz nach oben zu kommen? Ohne Sicherung? Das zu tun, was kein Mensch vor uns jemals geschafft hat?

Nein.

Scheiße, Forest. Ich will dich nicht verstehen. Ich *darf* dich nicht verstehen. Ich bin hier, damit deine Tragödie sich *nicht* wiederholt. Nicht, um Verständnis für sie zu entwickeln.

Der Abstieg ist schwerer und einfacher zugleich. Schwerer, weil ich die Griffe nur erfühlen, statt sehen kann. Leichter, weil sich nicht alles in mir davor fürchtet, Atlas höher auf einem immer nasser werdenden Felsen zu wissen.

Keuchend taumele ich auf die Steine, an denen Sacrifice beginnt und Atlas landet nur wenige Sekunden später neben mir. Ich will ihn anschreien und ihm eine reinschlagen, aber er zieht mich in eine feste Umarmung, klammert sich an meinen Rücken, sodass ich kaum Luft holen kann.

»Jag mir nie wieder so eine scheiß Angst ein«, murmelt er und vergräbt sein Gesicht an meiner Schulter.

»Sagt der Richtige, Arschloch«, erwidere ich und statt ihm eine zu klatschen, küsse ich ihn. Erleichtert, seinen warmen Körper an meinem zu spüren. Der Wind nimmt zu und jetzt fallen mehrere schwere Tropfen auf uns herab. Ich löse schwer atmend unseren Kuss, lehne meine Stirn an die von Atlas. »Ich kann dich nicht verlieren. Ich … « Mein Herz pocht wild in meiner Brust. Schneller noch als in dem Moment, in dem ich fast gefallen wäre.

»Ich liebe dich, Atlas. Fuck, ich glaube, ich liebe dich schon mein halbes Leben lang.«

Nun stockt auch ihm der Atem, ein verwirrtes und doch freudiges Lachen entfährt ihm. »Riachuelo … «

Ein Schrei lässt uns nach oben blicken.

»Was zur Hölle, Sam?«, brüllt Atlas und wird so bleich wie der Chalk an seinen Händen. Ich bin so auf Atlas fokussiert gewesen, darauf, dass ich es nach all den Jahren geschafft habe, ihm meine Wahrheit zu sagen, dass ich nicht auf Sam geachtet habe.

Doch jetzt trifft mich die Realisierung wie ein Brocken. Obwohl Sam gewonnen hat, ist er nicht umgekehrt.

Er ist weitergeklettert.

»Ich ... bin ... besser«, erreicht es uns aus dreißig Metern Höhe. Jetzt hilft selbst Atlas' Umarmung nicht gegen die neue Welle an Angst, die mich überrollt.

»Sam!«, versuche ich es jetzt auch. »Bitte komm runter! Das ist Selbstmord!«

»Nein. Ich ... schreibe ... Geschichte! Erster ... 9c+ Free Solo.«

Ein plötzlicher Umschwung im Wind. Nässe, wo trockener Stein sein sollte. Eine Lebensgefahr für jeden, der es wagt, die Natur herauszufordern. Und die Natur scheint es nicht wertzuschätzen, dass Sam versucht sie zu ignorieren.

Der Wind schlägt hart gegen Atlas und mich, wobei wir fast mit einem Mal nasser werden als in den letzten zehn Minuten zusammen.

Alles geht schnell und doch fühlt es sich an, als hätte ich die Kamera meiner Augen auf Zeitlupe gestellt. Sams Füße verlieren den Halt. Er versucht sich mit den Händen zu halten, doch die Schwerkraft lässt sie nur über die Wand schaben, während er sich rasend schnell dem Boden nähert. Atlas und ich springen gemeinsam nach vorne. Doch wenn er aus der Höhe auf uns stürzt, sind wir alle geliefert.

Wie durch ein Wunder gelingt es Sam, einen der Sicherungshaken in der Wand zu packen, die Evan Hau für seinen Aufstieg benutzt hat und der drei Meter hoch, direkt über dem Überhang ist. Allerdings schafft er es damit nur, den Fall abzubremsen. Seine Seite prallt hart gegen den Stein und jetzt echot ein Schmerzensschrei durch das Gebirge. Sam schafft es nicht, sich ohne die Spannung in seinem Körper, festzuhalten.

Er fällt in unsere Arme und reißt uns zu Boden. Wir straucheln und fallen auf das Geröll, überschlagen uns, bis wir nebeneinander liegen.

Voller Schrammen. Paralysiert vom Schock.

Doch am Leben.

Die Wolken brechen vollends auf und es regnet auf uns herab. Atlas ist der Erste, der sich wieder aufrappelt und er eilt auf mich zu.

»Hast du dich verletzt?«, erkundigt er sich besorgt.

»Nein. Ich stehe nur unter Schock. Du?«

»Nein. Selbst meinem Fuß geht es gut.«

Atlas hilft mir auf und wir sehen zu Sam, der auf seinem Po hockt, eine Hand an seiner Brust. Sein Gesicht ist grün und er zittert.

»Kannst du aufstehen? Gehen?«, fragt Atlas ihn. Sam nickt, rappelt sich auf und macht einen Schritt auf uns zu.

»Atlas. Riv. Ihr … «

»Gut. Genieß deinen Sieg, Samuel«, sagt Atlas eiskalt, geht an ihm vorbei und schnappt sich meine und seine Wanderschuhe, die er sich an den Gürtel bindet. Doch er lässt mir nicht die Zeit, sie anzuziehen. Stattdessen legt er einen Arm um meine Mitte und hebt mich hoch. Ich klammere mich um seinen Hals, während er mich das Geröll herunterträgt. Weg von Sam.

Wir sehen uns noch länger an, seine blonden Haare fallen ihm durch die Nässe platt ins verzweifelte Gesicht. Ich bilde mir ein, ein »Tut mir leid« zu hören.

Doch dafür ist es zu spät.

Erst, als wir wieder in dem Wald sind, der an die Klippen grenzt, setzt er mich auf weichem Moos ab.

»Ich fühle mich schlecht, ihn zurückzulassen«, gebe ich zu und drehe mich um.

»Geschieht ihm recht. Er hat uns auch zurückgelassen.«

»Was wird jetzt aus der Forests Memorial Tour?«, frage ich und sehe mich um. Der Wald erinnert mich an dich. An die Momente, in denen wir als Kinder durch Wälder wie diese gerannt sind. An Tage, an denen jeder Stock ein Schwert war und jeder Fels ein Drache, den es zu erlegen galt. Wenn ich das immernoch sehe, sind unsere kindlichen Träume wahr geworden. Wir sind alle zu Drachentötern geworden.

Und manchmal müssen Menschen Drachen töten, weil es ihre Bestimmung ist. Schmerzhaft erinnere ich mich an das Gefühl an dem Fels. An das verräterische Gefühl von Freiheit, das Sam, genau wie dir, fast das Leben gekostet hätte. Irgendetwas stimmt mit Menschen wie uns nicht. Denn kein Mensch sollte mit bloßen Händen und ohne Hilfe Drachen besiegen. Wieso fühlt es sich also so berauschend an?

Atlas lacht und fährt mit seiner Hand durch meine nassen Haare.

»Hätte nicht gedacht, dass du mal wissen willst, wie es mit der Tour weitergeht, die du so sehr verabscheut hast«, neckt er mich und ich zucke trotzig mit den Schultern.

»Forest … Forest hätte gewollt, dass wir weitermachen. Ich … will es wie du machen. Ich will sie mitnehmen. An die Orte, die sie nicht sehen konnte. Und ich will mir vorstellen, dass sie bei uns ist.«

In Atlas Augen leuchten Sterne. »Wie gut, dass ich die Triple R Box dabei habe. Dann können wir eine neue Route raussuchen.«

Mir kommt eine Idee. »Und ich habe noch die Log-in Daten von Forests Social Media-Kanälen. Wir können dort unsere Reise in ihren Ehren dokumentieren.«

»Deal.«

»Unter einer Bedingung«, stelle ich klar und verschränke die Arme vor der Brust.

»Okay. Ich verspreche, ich mache keine Thirst Trap Videos mehr, um die Views anzukurbeln. Selbst ich verstehe, dass das auf dem Account deiner Schwester etwas pietätlos wäre. Außer ... du willst es unbedingt.«

Ich verdrehe die Augen und ignoriere seinen Kommentar.

»Du kletterst nie wieder Free Solo.«

Kapitel 28:
#ForestForever

Atlas

Draußen auf dem Deck erwacht ein Gartenlicht nach dem anderen. Ein eisiger Gebirgswind streitet sich mit dem Heizstrahler neben uns und trotz der Wärme fröstele ich. Wir sind nicht mehr zu Dritt. Sams Abwesenheit liegt wie ein Bleimantel über uns, der es nur darauf anlegt, diesen gemütlichen Ort zu zerstören. Jemand hat sein Zimmer leergeräumt, sodass Riv und ich allein sind.

Ich ignoriere die dutzenden Anrufe von Freunden, anderen Influencern und alle Anfragen der Presse. Camilla hat, während wir um unser Überleben geklettert sind, ein Statement veröffentlicht. Sie müsse sich von »Herrn Cruzado« distanzieren, weil sie »Gewalt und Vandalismus« nicht unterstützen könne.

Ächzend lasse ich mich auf ein Plüschkissen fallen und spüre zu meinem Leidwesen die Strapazen des Tages. Ich strecke mich und mindestens zwanzig Muskeln melden sich mit Beschwerden, Kündigungen und eiligen Urlaubsanträgen. Aus dem Augenwinkel sehe ich

Sams Tour Shirt, das der Bastard hier liegen gelassen hat. Ich schleudere es von der Veranda und wünsche mir, ich könnte ihn direkt hinterherwerfen. Zwischen dem entspannten Freiluftkino und jetzt liegen Kontinente, nein, ganze Universen. Wir sind ein Mal durch die ganze Galaxis gereist und in der Timeline ausgespuckt worden, in der mein bester Freund Sam mich hintergangen und River einen Free Solo gewagt hat, nur um mich zu retten.

Während ich dort oben war, wollte ich es mir nicht eingestehen, aber ich hatte das erste Mal Angst. Mein eigener Überlebensinstinkt wäre fast vor die Hunde gegangen, nur um nicht dabei zusehen zu müssen, wie River ohne Absicherung die Klippe besteigt.

Verdammt. Vor einem Monat hätte ich nicht gedacht, dass mir jemals in diesem und im nächsten Leben jemand so wichtig werden würde, wie er. Ich sehe zurück zum Eingang der Hütte. Riv füllt gerade eine Schüssel mit Wasser, kühlt dann seine schlanken Finger unter dem Strahl. Ich hasse mich ein bisschen für diesen kitschigen Gedanken, aber alle Aussichten über den Bergen dieser Welt verblassen im Vergleich zu ihm. Kein Gipfel dieser Welt gibt mir das gleiche Gefühl von Heimat, wie ich es gerade verspüre, als River mit gerunzelter Stirn zu mir sieht.

Er versucht tadelnd dreinzublicken, aber vergisst dabei ganz eindeutig, wie sexy seine Lippen sind, wenn er sie zu einem Strich formt. So macht es viel mehr Spaß sie mit meiner Zunge zu öffnen. Die Vorstellung, dass ich ihn heute hätte verlieren und nie wieder küssen können, lässt meine Brust eng werden. Aber Riv hat uns alle überrascht.

Im Winter vor Forests Unfall hat sie erzählt, dass Riv mittlerweile Felsen hinauffliegt.

»Wie ein Wasserfall, der in die falsche Richtung fließt«, hat sie damals gewitzelt.

Bis jetzt habe ich nicht begriffen, was sie damit gemeint hat. Dieser Flow, diese Eleganz, diese Kontrolle über seinen Körper und die Situation.

Das Geräusch von schwappendem Wasser lässt mich zusammenzucken. Ich starre zu River hinauf, dessen Körper mir so vertraut und plötzlich doch so fremd ist. Die Muskeln, die seinen schlanken Körper bedecken, sind definierter, noch verführerischer und ich sehne mich danach, meine Zunge über jeden Zentimeter seiner Haut wandern zu lassen. Sein Liebesgeständnis hat mich aus der Bahn geworfen und bislang hat er nichts dazu gesagt, dass ich nichts erwidert habe. Ich brauche Zeit, um alles zu verarbeiten und mir bewusst zu werden, was ich will.

River kniet vor meinem Bein und legt einen lauwarmen Waschlappen auf die Abschürfungen auf meiner Haut. Seine Mimik ist immer noch hart und besorgt.

»Das war bestimmt ein neuer Rekord«, sage ich und strecke die Hand nach ihm aus. Im Schein der Gartenbeleuchtung schimmert sein Haar silbern. Sanft streiche ich ihm eine verirrte Strähne aus dem Gesicht. Mein fliegender River. Mein verdrehter Wasserfall.

»So viele Verletzungen in einem Monat sind definitiv ein Rekord, den du nicht nochmal brechen solltest«, antwortet er und mir entgeht nicht, dass er bei meiner Berührung kurz den Atem anhält.

Ich lächle. »Das meinte ich nicht. Damals als ich noch in der Boulderhalle gearbeitet habe, sind mir jeden Tag unfassbar begabte Kletterer begegnet, aber ich habe noch nie jemanden gesehen, der Zehn Meter in dieser Geschwindigkeit zurücklegt, wie du. Vor allem kein 9c+.«

Fuck. Ich will, dass er sieht, was er für ein Talent hat. Ich lehne mich vor und streichle seine Wange. River sieht mich noch immer nicht an. Stattdessen kippt er Desinfektionsmittel über die Schrammen an meinem Schienbein und ich unterdrücke ein Fluchen, indem ich mir auf die Unterlippe beiße. Okay, er ist sauer und ich habe es verdient. Ich dachte, mit dem Beschluss, die Tour auf Forests Account weiterzuführen, hätten wir auch alles andere hinter uns gelassen.

»Du hast mir keine Wahl gelassen«, grummelt er und zieht die Augenbrauen zusammen. »Sam hätte dich fast umgebracht.«

Die Wut in seiner Stimme wird von einem Beben begleitet. Er hatte Angst um mich. Wie damals bei unserem ersten Kuss. Ich rücke näher an ihn heran. Noch nie hat sich jemand Sorgen um mich gemacht. Niemand. Außer Forest. Bei meinen Eltern gab es immer nur einen nicht enden wollenden Zirkus aus Leistungsdruck und Enttäuschung. Wenn es mir beschissen ging, dann sind sie mir schweigend aus dem Weg gegangen, bis ich wieder fit war. Über allem schwebte diese genervte Grundstimmung, weil das Leben eines kleinen Jungen nicht in geordnete Kalenderkärtchen passte. Ich war gleichzeitig zu viel und nicht genug.

»Hat er aber nicht und das verdanke ich dir«, raune ich und lege den Kopf schief. River wäscht meine Kratzer. Seine griesgrämige Zuneigung scheint ein kleines Licht auf die dunklen Ecken in mir, obwohl seine Wut noch immer von ihm abstrahlt, als wäre er einer der Heißluftstrahler. Und Hitze trifft es verdammt gut. Ich rolle eine Strähne seines kurzen Haares um meinen Zeigefinger.

»Ich war rücksichtslos«, sagt er und schnaubt. Seine geübten Bewegungen beim Abtupfen werden trotzdem sanfter. Ich frage mich, was er noch alles mit seinen flinken Händen anstellen kann. Seit Asien hat es leider keine Blowjobs mehr gegeben. Die bloße Vorstellung davon, wie er mit seinen Fingern meine Beine hochklettert, reicht, damit meine Boxershorts enger werden. Die Energie zwischen uns verändert sich. Bilde ich es mir ein oder lehnt er sich zu mir?

»Hat sich dein Free Solo nicht ein bisschen angefühlt wie Freiheit?«, frage ich, weil ich mir trotz der brenzlichen Situation nicht vorstellen kann, dass er nicht das Potential sieht.

»Es war ein Fehler. Hör auf, so zu tun, als wärest du ein gerupfter amerikanischer Adler, der ständig etwas über Freiheit kräht.«

»Aber wenn ich ein Adler wäre, könntest du mich besser rupfen«, meine ich grinsend. Das winzigste Grinsen aller Zeiten huscht über sein Gesicht. Endlich blickt er zu mir auf und die Energie zwischen uns wird zu einem reißenden Strom. Meine Erregung überdeckt jeden Schmerz, den ich bis vor wenigen Momenten noch gespürt habe.

»Ich mein's ernst, Atlas. Hör auf, deine Versprechen zu brechen und denk an meine Bedingung«, sagt er warnend und versucht, sich wieder aus unserem Strom zu befreien, indem er den Lappen wieder in die Wasserschüssel tunkt. Er entkommt mir nicht. Ich hebe sein

Kinn und will ihn gerade küssen, da räuspert sich jemand.

»Es tut mir leid, dass ich störe«, sagt die junge Frau, die uns vor ein paar Tagen die Schlüssel gegeben hat.

»Check-out war bereits vor ein paar Stunden.«

Ach ... da war ja was. Ich habe durch das Wettklettern im Morgengrauen ganz verpeilt, dass heute eigentlich unser offizieller Abreisetag ist.

»Können wir noch eine Nacht buchen?«, frage ich. Die Frau verzieht entschuldigend das Gesicht.

»Die Hütten sind leider alle belegt.«

***

Das Leben ist schon verrückt. Ich sitze eingequetscht zwischen Bruno und der Wohnwagentür, während er, Joseph und ich »Country Road« schmettern. Im Gegensatz zu den anderen Meet & Greet Gewinnern, haben die beiden nach dem All-Inklusive-Aufenthalt nicht den Heimweg angetreten, sondern einen Camper gemietet. Joseph fährt wie ein Betrunkener, was Riv ein bisschen auf den Magen schlägt. Der Arme liegt auf der Bank direkt hinter dem Beifahrersitz und gibt ein undefinierbares Brummen von sich. Schon lustig, dass mein Riachuelo nicht mal mit der Wimper zuckt, wenn er hunderte Meter über dem Boden schwebt, aber ein bisschen Geschaukel ihn so aus der Bahn wirft.

»Alles okay dahinten?«, frage ich und strecke die Hand nach ihm aus. Er greift sie und drückt sachte, um zu zeigen, dass alles okay ist.

»Den Leuten gefällt die neue Reiseroute und #Forest-Forever kommt auch gut an«, murmelt er mit dünner Stimme.

»Hab doch gesagt, dass das ein guter Hashtag ist«, gebe ich grinsend zurück.

»Übrigens, *Sam goes Higher* hat fast eine Million Follower verloren und die Fans wischen auf Reddit mit Camilla den Boden. Tja, man kann nicht einfach den Frontman der Boyband kicken und erwarten, dass die Leute das einfach schlucken.« Was für ein Vergleich! River hat seine eigene Art, Komplimente zu verpacken. Wie eine Kratzbüste mit Borsten aus süßer Schokolade.

»Heißt das, ich bin Harry Styles?«, erwidere ich und wackle mit den Augenbrauen.

»Eher mehr wie Hairy Stiles, der behaarte Frontman einer mittelmäßigen Coverband, die aber diesen einen Song richtig gut können und nur deswegen für Geburtstage gebucht werden«, elaboriert er mit einem fiesen Grinsen und ich schnappe ihm das Handy weg.

»Hey...«, protestiert er eher lustlos.

»Du sollst nicht auf den Bildschirm gucken, sonst kotzt du schon wieder«, ermahne ich ihn. Sagen wir es so, Joseph musste seinen Nachttopf in eine Frühstück-Auffangstation umfunktionieren.

»Willst du nicht doch meine Brille probieren?«, fragt Bruno und kramt das hässlichste Ding aus dem Handschuhfach, das ich je gesehen habe. Die Brillengläser sind rund wie Bullaugen. Das Gestell ins transparent und enthält eine blaue Flüssigkeit, die dem Auge einen Horizont vorgaukeln soll. Das soll Reisekrankheit verhindern. So zumindest der Plan. Das Lustigste ist, dass das Gestell auch an den Seiten jeweils ein Bullauge besitzt.

»Sieht aus wie die Brille einer Spinne«, sage ich bei ihrem Anblick und muss jetzt schon auf die Innenseite meiner Wange beißen, um nicht loszuprusten.

»Gib schon her«, murmelt mein kleiner Stinkstiefel und setzt sie auf. Oh nein, das ist das fucking Witzigste, was ich jemals gesehen habe!

Ich werde River nach der Tour vermissen, doch bis dahin will ich noch ein bisschen in der Illusion dieser Ferienlagerromanze bleiben.

Bis ich ihm das Herz brechen muss.

***

Post von @forested.mountain, 24. Mai

Hey Folks, wir möchten uns für die tausend Nachrichten bedanken, die ihr unter dem Ankündigungspost hinterlassen habt.
Ja, es stimmt. Astra Vertice gibt es nicht mehr. Die Memorial Tour sollte eigentlich eine Reise sein, um die Berge zu besteigen, die Forest nicht mehr erleben kann. Eine Hommage. Ein Abschied. Eine neue Herausforderung.
Leider haben wir bei dem Spektakel das Wichtigste aus den Augen verloren: Unsere Freundschaft und die Bucketliste meiner Schwester. Atlas und ich sind offiziell nicht mehr Teil dieser Tour. Die Reise ist hier für uns aber noch nicht beendet. In der Triple-R-Box gibt es noch genügend Stopps, um ein ganzes Leben zu füllen. Wir haben beschlossen, dass wir unsere Reise durch Kanada und Amerika ohne Sam fortführen. Seid ihr dabei?

#ForestForever

Bildbeschreibung: Eine alte Schachtel voller Sticker in der Mitte. Darum herum liegen verschiedene Polaroid Bilder, die diverse Berge und Aufstiege in Kanada zeigen.

Post von @forested.mountain, 26. Mai

Hey Folks, wer von euch findet es eine gute Idee, in Kanada barfuß zu klettern? Genau, niemand. Atlas und unser Freund Joseph haben gestern aber mehrere Routen in Squamish ohne Schuhe bestiegen. Ich würde gerne behaupten, dass Forest bei den kanadischen Temperaturen genauso vernünftig wie ich gewesen wäre, und die Schuhe anbehalten hätte. Aber wenn sie etwas geliebt hat, dann eine Challenge. Ich schreibe diesen Beitrag eingerollt in einer Decke, während ich vor unserem Zelt darauf warte, dass das Wasser für die Wärmfalsche heiß wird. Spoiler Alert: Sie ist nicht für meine Zehen.
#ForestForever

Bildbeschreibung: Eine Kletterroute bei Squamish, von unten hoch fotografiert. Joseph und Atlas sind nebeneinander barfuß am Fels.

***

Lex: Hi! Ich wollte mich mal wieder melden, ohne dass es nur um Anwälte und Green Vanguard geht. Habe das Gefühl, ich muss unseren Chat mal von den negativen Vibes befreien. / Entspannt und in Plauderlaune

Atlas: *sendet 3 Zigaretten-Emojis* Es gibt keine Räucherstäbchen, aber wenn wir schon an Horoskope glauben, dann kann ich auch einen Chat mit Zigaretten ausräuchern.

Lex: Ha, ha. Hoffentlich manifestierst du damit keinen Lungenkrebs. Apropos Horoskope, wie geht es denn deinem Lieblingsskorpion? Habe gesehen, dass ihr euch ein Zelt teilt. / Neugierig, hungrig nach Gossip.

Atlas: Und einen Schlafsack ...

Lex: Hört sich nach Happy End an. / Ja, das ist zweideutig gemeint.

Atlas: Was das angeht... Riv hat mir eine Liebeserklärung gemacht und ich habe nicht geantwortet.

Lex: Weil?

Atlas: Weil ich nicht weiß, ob ich mehr für ihn sein sollte.

Lex: Möchtest du denn mehr? / Ernste Frage

Atlas: Er kann sich gut mit mir von der ganzen Scheiße ablenken. Ist wie eine Sommerromanze im Ferienlager.

Lex: Du weichst meiner Frage aus / Weiterhin ernst

Atlas: Lex ... ich werde von der Polizei gesucht, meine Familie denkt, dass ich Dreck bin, und mein Business ist im

Arsch. Es ist scheißegal, was ich will. Nach dieser Tour kann ich ihm einfach nichts mehr bieten.

Lex: Schon mal darüber nachgedacht, dass du auch ohne den ganzen Zirkus genug bist? / Liebevoll

Atlas: Und was soll ich jetzt deiner Meinung nach tun?

Lex: Ehrlich zu ihm sein.

Kapitel 29: All Good Things Come to an End

River

Ich kann mir selbst nicht glauben. Wenn mir jemand gesagt hätte, dass ich mal traurig darüber bin, die Tour zu beenden, hätte ich hysterisch gelacht. Doch wir haben ihn erreicht. Den letzten Stopp der Forest Memorial Tour und ich fühle mich seltsam melancholisch und glücklich zugleich.

Denn das hier ist endlich die Gedenkfeier, die du verdienst. Und gleichzeitig ist es das, was ich gebraucht habe. Es ist nämlich genau das: Eine *Feier*, in der du zelebriert wirst. In der es nur um dich geht. Dein Andenken. Deine Leistung. Dein Leben. Denn auch wenn es viel zu kurz war, auch wenn du mir immer noch jeden Tag, jede Minute fehlst … Bin ich so unglaublich stolz auf dich, Schwesterherz.

Du hast Menschen bewegt. Inspiriert. Ihnen geholfen, ihnen Mut gemacht, an sich selbst zu glauben.

Die Nachrichten, die uns auf deinen Accounts erreicht haben, haben mein Herz gewärmt. Sie waren von Personen, die *dir* gefolgt sind und von Anfang durchschaut haben, was für eine Shitshow Camillas Social Media-Plan ist.

Hier sind nur Menschen, die dich gekannt und geschätzt haben. Freund*innen von überall aus den USA und Kanada. Und Joseph und Bruno. Die durch die ganzen Geschichten, die wir ihnen über dich erzählt haben, im Grunde auch zu deinen Freunden gehören.

Atlas hat eine Rooftop Bar in Santa Monica organisiert, von der aus man auf Palmen, Strand und das Meer blicken kann. Es hätte dir gefallen. Ich stelle mir vor, wie du mit einem Cocktail in der Hand neben Atlas und den beiden Frauen stehst, mit denen er redet und Witze reißt. Für einen Moment sehe ich dein Lächeln. Deine offenen, braunen Haare, die in der Brise wippen, deine übertriebenen Handgesten, über die wir schon immer gelacht haben.

Ich stelle mich zu Atlas und den beiden Fremden, die sich gar nicht fremd anfühlen.

»Das sind Mona und April«, stellt Atlas sie mir vor. Die beiden Lächeln mich an und Mona winkt mit einem verkürzten Arm. »Wir haben gerade darüber gesprochen, wie Forest mit ihnen ein sexy Fotoshooting für einen Kalender organisiert hat«, erklärt Atlas.

»Um Spenden für *Challenged Atheletes* zu sammeln«, erklärt Mona. »Forest und ich haben uns mal bei einer Kletter-Konferenz kennengelernt und ich habe sie gefragt, ob sie für unsere Organisation einen Kletterworkshop für Menschen körperlicher Behinderung geben kann. Ohne sie hätte ich niemals meine Liebe für den Stein entdeckt.«

»Gibt es diesen Kalender noch?«, frage ich schockiert. Wenn ja, würde ich gerne dafür sorgen, dass ihn niemand jemals zu Gesicht bekommt.

Wir alle lachen und Atlas verzieht das Gesicht. »Ich glaube, ich sterbe innerlich, wenn ich Forest in sexy Posen sehe«, meint er. Wieso genau kam ich jemals auf die Idee, die beiden wären ein Paar?

Einige Zeit später bin ich bei einer Gruppe junger Männer. Ich sage nicht viel, sondern lehne mich an das Geländer und höre ihnen zu, wie sie in Erinnerungen schwelgen.

»Ich schwöre euch. Forest hat mich zu einem Feministen gemacht. Bevor ich sie kennengelernt habe, habe ich die anderen Mädchen in meiner Junior High School beim Sport ausgelacht. Aber Forest. Mann, Forest hat mir beim Red Rock gezeigt, was Mädchen so drauf haben«, sagt einer von ihnen.

»Hat dir nur leider nicht bei deinem Erfolg mit Frauen geholfen«, neckt ihn ein Kumpel, woraufhin er die Arme vor der Brust verschränkt.

»Du weißt schon, dass ich schwul bin, oder?«

Ich pruste und gleichzeitig kommt mir auch eine Erinnerung.

»Forest war so süß, als ich ihr vollkommen verängstigt erzählt habe, dass ich nicht auf Cis-Frauen stehe«, schließe ich mich dem Gespräch an. Mein Blick fällt automatisch zu Atlas, denn schon damals ging es um ihn. »Sie hat mich einfach in den Arm und genommen und ganz fest gehalten. Mir gesagt, ich bin immer ihr kleiner Bruder, den sie bedingungslos lieb haben wird. Und als ich keine Tränen mehr hatte und sie mich losließ, meinte sie nur eiskalt: ›Ein Wort der Warnung, Bruderherz. Anders als beim Klettern gibt es bei Penissen ein *zu* behangen‹.«

Jetzt sind es die anderen Typen um mich herum, die in Gelächter ausbrechen. Gemeinsam erstellen wir eine kleine Liste à la die Best-Schlechtesten Wortwitze von Forest Trayl und fügen unsere eigenen Lieblinge hinzu.

Ich hoffe, du bist damit einverstanden, dass ich hier stehe und mit deinen Bekannten und Freund*innen lache. Ich hoffe, du freust dich mit mir, dass ich selbst wieder die schönen Erinnerungen zulassen kann. Und ich hoffe, du kannst dich mit mir darüber freuen, dass Atlas und ich …

Wie von selbst bewege ich mich auf ihn zu. Wie selbstverständlich legt er einen Arm um mich und gibt mir einen flüchtigen Kuss.

»Der Look steht dir«, meint er grinsend.

»Was hast du denn schon wieder mit meinem Kilt, ey?«, frage ich und schlage ihm sanft gegen die Brust.

»Den meine ich nicht«, behauptet er verschwörerisch. Er legt mir eine Hand auf die Wange und fährt mit seinem Finger zu meinen Lippen hinunter, die er sinnlich berührt. »Sondern dein Lächeln.«

Atlas

April, Mona, Bruno, Joseph und River sitzen vor einem Lagerfeuer am Strand. River sieht unglaublich aus. Seine silbernen Haare schimmern orange hinter den tanzenden Funken und sein Lachen ... Verdammt, sein Lachen ist alles, was ich gerade brauche. Wobei das nicht ganz stimmt. Ich schleiche mich an ihn heran und packe ihn um die Hüfte, damit ich ihn hochheben und über meine Schulter werfen kann.

»Hey. Was wird das?«, fragt er lachend und versucht selbst jetzt noch weiter zu Tanzen.

»Eine Entführung«, teile ich ihm mit. »Gute Nacht, Leute. Danke, dass ihr gekommen seid!«, rufe ich in die kleine Runde und trage River davon.

»Du stehst also doch auf Kink?«

»Habe ich je behauptet, es nicht zu tun?«, merke ich an und wackele mit den Augenbrauen, auch wenn er es nicht sehen kann. Erst am Ende des Strandes setze ich ihn wieder ab, nur um seine Hand zu greifen und mit ihm zu unserer Beach Wohnung zu laufen.

Dieser Kerl geht mir so unter die Haut. Wenn dieser Abend voller Lachen, schönen Erinnerungen und Anekdoten eines klar gemacht hat, dann, wie viel mir River bedeutet. Das hier ist keine Sommerromanze. Kein Crush eines Ferienlagers. Ich ertappe mich dabei, wie ich über unsere Zukunft nachdenke. Für das danach. Ich will Pläne mit ihm aushecken. Will weiter mit ihm die Welt bereisen, mit ihm Klettern und jede Leidenschaft ausleben, die mein Herz zu neuen Gipfeln bringt.

River ist einer der wichtigsten Menschen meiner Vergangenheit. Und ich möchte, dass er auch Teil meiner Zukunft ist.

Wenn du uns jetzt sehen könntest, Forest.

Kannst du es glauben? Ich, der sich eine Zukunft mit jemandem wünscht? Und ausgerechnet mit deinem kleinen Bruder?

In dem Moment, da die Tür hinter uns ins Schloss fällt, presse ich ihn gegen das Holz. Ich halte seine Hände über dem Kopf und er fixiert mich mit seinen blauen Augen. Mit einer Intensität, die ich bis in die Zehenspitzen spüre. Mein überhitztes Gehirn muss an unsere Begegnung unter dem Wasserfall denken. Wie verzweifelt mein Wunsch war, ihn schon damals zu schmecken. Scheiße, bin ich froh, dass ich doch noch auf ihn zugegangen bin.

Er ist alles, was ich nicht einmal zu träumen gewagt habe. Und noch so viel mehr. Einer meiner besten Freunde. Jemand, dessen Lächeln ich um jeden Preis beschützen möchte. Auch wenn ich weiß, dass das nicht möglich ist. Nicht mit der fehlenden Wahrheit zwischen uns.

Doch selbst, wenn ich es immer noch nicht schaffe, ihm zu sagen, wo es für mich als nächstes hingeht, verdient er zumindest die Wahrheit.

»Riachuelo?«, murmele ich und sein Mundwinkel zuckt nach oben.

»Hm?«

»Ich schulde dir noch eine Antwort«, flüstere ich und hauche einen Kuss auf seine Stirn.

»Worauf? Darf ich dir endlich die Haare flechten, oder noch besser, blonde Highlights!«

Ich lache laut auf. Genau das ist es, was mich so sicher macht. Die Tatsache, wie wir miteinander scherzen können, selbst wenn mein Körper mir gerade noch ganz andere Signale gibt.

»Nein. Das meine ich nicht.« Ich hole tief Luft. Wieso ist das eigentlich so schwer? Dieser eine Satz, den noch nie jemand von mir zu hören bekommen hat.

»Ich liebe dich auch.«

Seine Augen weiten sich, doch auf seine Lippen huscht ein Lächeln, das voller Hoffnung und wahr gewordenen Träumen ist.

»Bevor du fragst. Ich kann auch nicht glauben, dass ich das sage. Aber ich meine es ernst«, füge ich hinzu.

Riv grinst, lehnt sich leidenschaftlich mit seinem Körper gegen meinen. »Das will ich auch hoffen.«

Er befreit sich aus meinem Griff und nun ist er derjenige, der mich nach hinten drückt, bis meine Beine gegen das Bett stoßen und ich mich gemeinsam mit ihm auf die Laken fallen lasse. Mit den Fingernägeln fährt er über die Innenseite meiner Beine und jagtn einen Blitz nach dem anderen durch mich hindurch. Riv hat eindeutig zu viel Spaß daran, mich zu necken und ich halte es nicht länger aus. Ich rutsche ihm entgegen, bis meine harte Mitte seine Hand findet.

Ich will, dass er seine Hand nach oben führt, zu spüren bekommt, wie sehr ich mich nach ihm sehne. Sofort lässt River mich los. Stattdessen beugt er sich auf mich herab und küsst mich. Tadelnd. Drängend.

Er lässt mich spüren, wie ernst er es meint, zeigt mir mit seiner Zunge, wie viel ihm mein Geständnis bedeutet. Seine Lippen wandern weiter zu meinem Ohr.

»Sei ein guter Junge und warte hier auf mich. Nackt. Verstanden?«, fordert er und ich nicke grinsend, verschränke die Arme hinter dem Kopf.

Riv lässt von mir ab und auch wenn sich mein Körper wieder nach ihm sehnt, lasse ich ihn ins Bad gehen.

Denn ich habe eine Vermutung, worauf er sich da vorbereit, als ich die Dusche höre und der bloße Gedanke lässt mich steinhart werden. Wie er von mir verlangt hat, bin ich nackt, als er wiederkommt. Und meine Vermutung, wo all das hier hinführt, verhärtet sich – wortwörtlich, als er an seinen Rucksack tritt, Gleitgel herausholt und ans Ende des Bettes legt.

Ich grinse ihn wissend, begierig, an und Riv lässt mich keine Sekunde länger warten. Er setzt sich auf meine Beine. Sein Gewicht fühlt sich so unglaublich richtig an. Doch das ist gar nichts im Vergleich zu der Empfindung, die mich überrollt, als nach oben rutscht und unsere Härten aufeinanderstoßen. Wir stöhnen gleichzeitig auf und ich verliere mich in der Intensität dieses Aufpralls.

River verschlingt unsere Hände miteinander. Er zieht unsere verschlungenen Hände nach oben und pinnt sie über meinem Kopf. Ich weiß nicht, wann ich angefangen habe, mich in den Bruder meiner besten Freundin zu verlieben. Aber in diesem Moment ist mir klar, dass es nicht erst während der letzten Wochen war.

War es, als er uns damals für seinen ersten Outdoor Climb zur Isle of Skye begleitet hat? Ich weiß noch genau, dass er immer wieder störrisch aufgesprungen ist, obwohl er immer wieder gefallen ist. Oder war es, als er das erste Video von Forest, Sam und mir gedreht hat? Als wir uns bei der Gedenkfeier wiedergetroffen haben und mein Herz zersprungen ist, als ich gesehen habe, wie verloren er war? Diese ganze Tour lang hat er mich beschützt. Mir und Sam das Leben gerettet. Nun liegt es an mir ihm all das und noch mehr zurückzuzahlen.

Und ich weiß, dass ich nicht will, dass das zwischen uns jemals endet.

River sieht zu mir runter. Unsere Ferienwohnung hat ein gläsernes Dach und hinter seiner Silhouette sehe ich den funkelnden Nachthimmel, der sein markantes Gesicht und die hellgrauen Haare hervorhebt, als gehöre er ganz selbstverständlich in das Universum, das auf uns herabgrinst. Durch das Raue zu den Sternen fühlte sich noch nie so echt an.

Sein Mund findet meinen Hals, verteilt Küsse darauf und ich kann mich nicht mehr zurückhalten.

»Riachuelo ... «, stöhne ich und mein Penis pulsiert gegen seinen. Seine Lippen wandern weiter hoch, saugen an meinem Ohrläppchen, erforschen meine Halsbeuge, küssen mein Kinn. Sanft beißt er in meine Unterlippe.

Ich befreie meine Hände und übernehme die Kontrolle. Küssend, hart und bereit, mich nicht mehr zurückzuhalten. Meine Finger wandern über seine muskulöse Brust und ich beuge mich hoch, damit ich ihm sanft über seine Nippel lecken kann.

Riv zuckt zusammen und kichert. »Kitzlig«, haucht er und sieht mich unter halb geschlossenen Lidern an.

»Lieber etwas härter?«, frage ich, meine Stimme rau vor Lust. Riv nickt und ich beiße in die rosa Wölbungen. Ich will ihm genau das geben, was er braucht. Das habe ich immer getan. Dieses Mal ist er empfänglich für die Liebkosungen und ich lecke und sauge so lange, bis er seinen Penis rhythmisch an mir reibt und ich die Feuchtigkeit seiner Spitze an mir spüre.

Ich packe ihn und werfe ihn auf die Decke neben mir.

Er protestiert nicht, lässt mich zwischen seine Beine gleiten. Seine Finger erkunden jeden Zentimeter meines Rückens, während unsere Küsse dringlich und schmutzig werden. River umfasst meinen Hintern mit beiden Händen, reibt seinen Unterleib an mir und seufzt genussvoll in meinen Mund. Gosh, ich will ihn für immer so in meine Lippen stöhnen hören.

»Wer ist jetzt ungeduldig?«, necke ich ihn, tauche aber gleichzeitig in seinen Rhythmus mit ein und genieße seine feuchte Schwanzspitze an meinem Schaft.

»Atlas ... « Er wimmert meinen Namen und sein Kopf fällt zurück, sein Atem geht stoßweise. Ich könnte ihn zum Kommen bringen. Doch wir haben gerade erst angefangen. So schnell würde ich ihn noch nicht erlösen. Obwohl meine Lippen seine jetzt schon vermissen, unterbreche ich unseren Kuss, um erneut seinen Körper hinabzuwandern. Diesmal mache ich nicht an seinem Hals oder seinen Nippeln Halt, sondern seile mich weiter hinab, um die mit Abstand beste Aussicht direkt vor mir zu finden. Ich balanciere meinen Mund über seiner Härte, sodass er meinen heißen Atem spüren kann und beobachte grinsend, wie seine Oberschenkel in freudiger Erwartung beben. Meine Hand wandert zu seinem Zittern und ich fahre mit meinen Fingern liebkosend über seine Eier. Rivers Hände krallen sich in mein Haar und er drückt mich hinunter, bettelt förmlich danach, dass ich ihn erneut in den Mund nehme. Ich schüttele nur den Kopf und schenke ihm das süffisante Grinsen, für das er so viel Hassliebe empfindet.

Entrüstet sucht er meinen Blick. Erst, als wir uns ansehen, erst als ich mir sicher sein kann, dass er mich genau ansieht, beginne ich, mit ihm zu spielen. Ich sehe ihn direkt an, sehe, wie in seinen Augen Lust und Sehnsucht kämpfen und strecke meine Zunge nach seinem Schwanz aus, nur um Millimeter vorher wieder innezuhalten.

»Scheiße, Mann. Ich brauche dich«, keucht er. Genau das wollte ich hören. Diesmal hält meine Zunge nicht inne, sondern leckt genüsslich seine feuchte Spitze. Wir stöhnen fast zeitgleich.

»Du schmeckst noch besser als beim letzten Mal«, lasse ich ihn wissen und lege meinen Mund um seine Spitze, genieße es, seine weiche Haut mit meiner Zunge umspielen zu können. Unter meiner Hand zucken seine Beine fast unkontrolliert.

River schreit vor Begierde, und ich frage mich, ob die Wellen uns hören können. Als River bemerkt, wie laut er ist, verwandelt sein Stöhnen sich in ein Lachen und auch ich muss innehalten. Ich lege mein Kinn auf seinem Bauch ab und genieße, spüren zu können, wie sich seine Muskeln schnell zusammenziehen. Ihn so glücklich zu hören, ist fast noch besser, als ihn zu blasen. Aber auch nur fast. Liebevoll streiche ich ihm über den Bauch, ehe ich ihn erneut in den Mund nehme.

Diesmal bin ich nicht mehr so sanft und spielerisch. Diesmal will ich ihn so laut werden lassen, dass das Meer sich ehrfürchtig zurückzieht.

River bewegt sein Becken, stößt gierig in meinen Mund, sodass seine Eichel tief in meinen Rachen eindringt. Eine umwerfende Röte liegt auf seinen Wangen. Er stößt, ich sauge, er beschleunigt, ich lasse meine Zunge an seinem Schaft auf und ab gleiten.

»Fuck, Atlas, ich … « Ich spüre, wie das Zucken in seinem Schwanz seinen Orgasmus ankündigt. River hält inne, wirkt unsicher, ob er weitermachen darf, doch ich wandere mit meiner Hand unter seinen Arsch, lasse einen Finger sanft im Eingang seiner Öffnung verschwinden und drücke ihn hoch. Ich bin es nun, der ihn gegen mich stößt, sicherstellt, dass wir nicht langsamer werden.

River entlädt sich in meinen Mund und ich habe noch nie jemand Besseren geschmeckt. Ich genieße jeden Tropfen und lecke mir genüsslich über die Lippen, als River in sich zusammensackt und ich von ihm ablasse.

Ich richte mich auf und sehe, wie er mit glasigem Blick nach oben starrt und die Sterne sich in seinen blauen Augen spiegeln. Noch nie war ich ihnen so nahe, wie jetzt.

»Nicht einschlafen«, necke ich ihn. Ich greife nach dem Gleitgel, das er so wunderschön bereitgestellt hat und verteile etwas davon auf meinen Fingern. Lustvoll verfolgt er, wie ich sie in seine Öffnung schiebe, diesmal tiefer als zuvor. Ich spüre, wie River sich um mich zusammenzieht.

»Glaub mir, ich war noch nie wacher«, erwidert er. Trotzdem legt er seine Hand auf meinen Arm, den ich benutze, um ihn zu erkunden. Ich halte inne als River mich ein wenig nach hinten drückt und hole enttäuscht meine Finger aus ihm heraus.

»Sieh mich an«, fordert er und ich bade in seinen Augen, in denen unsere Sterne ein neues Zuhause gefunden haben. River erforscht mich, fast als würde er mich zum ersten Mal sehen, ehe er sich vorbeugt und mir einen sanften Kuss gibt. Ich ziehe ihn in meine Arme, halte ihn, während ich die Hitze seines Körpers an meinem spüre. Er löst sich von mir, wandert mit seinen Lippen zu meinem Ohr. Seine Stimme ist vom vielen Schreien heiser, doch das macht seine nächsten Worte nur verlockender.

»Ich möchte dich auch zum Kommen bringen. Fick mich, Atlas. Fick mich.«

»Wenn du mich so lieb bittest … «

Ich stoße ihn von mir hinunter und richte mich auf. Wieder packe ich seine Haare, drehe ihn um und drücke ihn auf die Decken, sodass er auf allen Vieren vor mir kniet. Erst dann lasse ich ihn los, damit meine Hände seinen perfekten, muskulösen Hintern umschließen können. Ich knete ihn, ziehe ihn auseinander und sorge dafür, dass meine Finger und seine Öffnung vom Gleitgel feucht genug sind, damit ich erneut in ihn gleiten kann.

Noch nie in meinem Leben habe ich so eine perfekte Aussicht genossen. Ich greife meinen Schwanz und führe ihn zu seinem Arsch. Noch nie hat es so gut ausgesehen, in jemanden einzudringen.

Unsere Geschichte ist wie das Erklimmen einer Bergspitze. Ein steiniges Auf und Ab. Ein harter Weg, der manchmal aufregend, manchmal gefährlich ist. Doch ganz gleich, wie viele zertrümmerte Felsen uns im Weg stehen. Das Ziel ist es wert.

River und ich stöhnen gleichzeitig auf, als ich komplett in ihm verschwinde und beginne, mich in ihm zu bewegen.

Diesmal verharren wir nicht auf den Gipfeln, die wir bezwungen haben. Wir heben gemeinsam ab, den Sternen entgegen, die anscheinend doch auf uns aufpassen. Ich fühle mich eins mit River, eins mit dem Ort, an dem

Berge und Himmel aufeinanderprallen. Und verdammt, ich pralle gegen ihn. Immer und immer wieder, bis ich nicht mehr weiß, wo wir oder unsere Erde endet und das Universum anfängt.

Nachdem ich den Höhepunkt erreicht habe, lasse ich mich fallen, nur um Hand in Hand mit River auf weichen Decken zu schweben. Wir atmen schwer, lächeln und tauschen sanfte Küsse und Berührungen.

»Ich habe es noch nie so deutlich gesagt. Aber ich habe es vermisst«, flüstert River, während er mir tief in Gedanken über die Bartstoppeln fährt.

»Wie kannst du das hier vermisst haben, wenn du noch nie so guten Sex hattest, wie mit mir?«

River packt mein Kinn und stößt mich spielerisch von sich. »Du bist unverbesserlich.«

»Ja, weil ich schon der Beste bin«, entgegne ich und schenke ihm mein bestes Atlas-Grinsen. Amüsiert sehe ich, wie er die Augen verdreht.

»Ich meinte das Klettern, du arroganter Egoist. Diese ganze Tour ... Hat mich daran erinnert, warum ich es so geliebt habe. Du hast beides wieder aufleben lassen. Meine Liebe zu dir und zum Fels.«

Das ist das schönste Geschenk, das River mir und sich selbst machen kann.

»Siehst du? Dieser arrogante Egoist wusste doch, dass dir diese Tour gut tun wird. Ich habe das von Anfang an geplant.«

»Was? Mich von hinten zu nehmen?«, fragt er neckend.

»Vielleicht«, entgegne ich unschuldig. »Ich habe deinen süßen Arsch schon ziemlich lange still und heimlich bewundert, River Trayl.« Ich gebe mir Mühe, wieder ernst zu werden. »Ich wusste, dass du zurückfinden wirst. Zum Klettern. Und zu mir.«

River schmiegt sich an meine Brust. »Ich möchte bei dir bleiben, Atlas. Egal, wohin es dich als nächstes verschlägt. Ich will an deiner Seite sein.«

Seine Bitte ist wie ein Eimer mit Eiswasser, den er über mich kippt. Verdammt. Warum muss er das ausgerechnet jetzt ansprechen? Jetzt ist nicht der richtige Zeitpunkt, um ihm die Wahrheit zu sagen. Doch ich weiß, dass ich *etwas* sagen muss. Eben noch hätte uns keine Höhe irgendetwas antun können. Wir wären sicher im Schutz der Sterne gewesen. Sie hätten uns aufgefangen.

Jetzt ist da nur noch ein klaffender Abgrund. Ich muss mich entscheiden. Ich kann weiter lügen, oder ehrlich sein. Beides wird uns abstürzen lassen.

»Riv ... Ich glaube nicht, dass du das willst.«

Wie zu erwarten, löst sich River von mir und sieht mich verwirrt an.

»Was soll das heißen, Atlas?«

»Für mich ist die Tour noch nicht zu Ende. Es gibt einen letzten Stopp. Einen Ort, den ich in Forests Namen klettern muss, um das zu beenden, was sie angefangen hat.«

Jede Farbe weicht aus Rivers Gesicht. Er rutscht so weit von mir weg, dass wir uns nicht länger berühren. Er entfernt sich von mir und es steht außer Frage, dass ich ihn gerade für immer verliere. Seine Augen, die mich eben noch verliebt angestarrt haben, sind nur noch ein Meer aus Enttäuschung.

»Du … « Rivers Stimme bricht. »Wenn du sagst, dass du beenden willst, was sie angefangen hat. Du meinst nicht … Du kannst nicht … «

»Doch, Riachuelo. Es tut mir leid, aber ich kann mein Versprechen nicht halten«, gebe ich zu und mein Herz zerreißt. In unserem ganzen Leben habe ich River noch nie so verzweifelt gesehen.

»Ich werde ein letztes Mal Free Solo klettern.«

Er verzieht das Gesicht, so als würden meine Worte ihm körperliche Schmerzen bereiten und ich verabscheue mich dafür, dass er wegen mir so leidet.

»Sprich es aus. Was ist dein letzter Stopp, Atlas?«, spuckt er mir verachtend entgegen.

Ich wende den Blick ab.

»El Capitan.«

***

Ich sitze allein in einem Mietwagen. Aber ich rede mir ein, dass du bei mir bist, Forest. Nach sechs Stunden Fahrt rauscht er Yosemite Nationalpark an mir vorbei.

Wenn du mich jetzt sehen könntest.

Ich mache das hier für dich. Für deinen Traum. Selbst wenn es alles kostet. Das hier ist dein Erbe. Ich werde dafür sorgen, dass alle deinen Namen kennen. Wenn ich dieses historische Free Solo schaffe, dann nur dir zu Ehren. Ich hoffe, du kannst es immer noch wertschätzen. Jetzt, wo ich deinem kleinen Bruder das Herz gebrochen habe. Obwohl es unmöglich ist, versuche ich den Gedanken an River zu vertreiben. Gleichzeitig sehe ich immer wieder den Schmerz in seinen Augen.

375

Die Straße findet ein Ende und ich halte an. Vor mir weite Wiesen und Wälder, die alle winzig wirken, im Angesicht der Felsformation, die fast senkrecht in die Höhe ragt. Der Häuptlingsfelsen. Der letzte Stopp der Forest Memorial Tour.

Mein Free Solo von El Cap.

Kapitel 30: Broken Promises

River

Ich habe es versucht. Weiterzuleben. Zu lachen. Zu akzeptieren. Ich habe dir so viele Chancen gegeben, Atlas. Habe dir vergeben, Suspiro mit deinem verletzten Fuß zu klettern. Dich geküsst, obwohl du in Thailand schon nicht auf dich aufgepasst hast. Fuck, ich habe dir sogar die Sache mit Sacrifice verziehen.

Aber El Capitan kann ich nicht vergessen. Nicht vergeben.

Atlas hat mich verlassen. Jetzt sitze ich allein irgendwo im Will Rogers Park von Santa Monica. An einer Stelle, in der Wald und die Ruinen eines Flusses aufeinandertreffen. Forest und River. Ein Symbolbild.

Der Rustic Creek, der hier mal durchgeflossen ist, ist ausgetrocknet und voller rostiger Altmetallteile, auf die jemand Graffiti gesprüht hat.

Ich habe die Beine angewinkelt, meine Arme um sie geschlungen und wünsche mir nichts sehnlicher, als mit dir zu reden, Forest. Meine Tränen wische ich mir an meinen Knien ab, ehe ich in meine Hosentasche greife und mein iPhone heraushole. Mein Herz bricht als ich mein Wallpaper sehe. Joseph hat das Bild von uns in den Rocky Mountains gemacht. Wir stehen auf einem Felsen vor einem Bergsee, in dem sich ein träumerischer Sonnenuntergang spiegelt. Atlas hält mich an den Beinen hoch, während ich die Arme um seinen Nacken habe und ihn verliebt angrinse.

Das wäre unsere Zukunft gewesen. Jetzt ist es nur noch eine schmerzhafte Erinnerung. Ich gehe in die Einstellungen und wechsele zu meinem vorherigen Wallpaper. Bis auf das rote Linkin Park Logo ist der Hintergrund komplett schwarz. NUMB steht in weißer Schrift senkrecht darauf geschrieben.

Mein Finger zittert, als er über dem Kontakt »Mumster« schwebt. Ich beiße die Zähne zusammen und es klingelt. Nach den ersten beiden Malen des Läutens will ich wieder auflegen, doch dann geht sie ran.

»River! Honey!«, begrüßt sie mich und in ihrer Stimme ist so viel Freude. »Danke, dass du die Zeit findest, dich zu melden.«

Ich schweige. Schaffe es nicht, irgendetwas zu sagen. Jodie Trayl war schon immer die beste Mum gewesen. Allerdings war ich selbst in der Kindheit ein undankbares Balg, das meinte, gegen alle und jeden rebellieren zu müssen. Ich habe es nie so richtig wertgeschätzt, weil ich nicht verstanden habe, wie andere Eltern drauf sein können. Doch nachdem ich gesehen habe, wie Camilla Sam und Sergio Atlas behandelt haben, will ich ihr einen Preis geben.

»Hey Mum«, meine ich nur heiser.

»Was ist los?«, fragt sie sofort. »Ist etwas passiert?«

Statt zu antworten, schluchze ich ins Telefon. Weine, während Mum beruhigend auf mich einredet.

»Es ist okay, Riv. Lass es raus. Ich bin hier. Tief Luft holen.«

Ich weiß nicht, wie sie es immer schafft mich zu trösten. Es ist ihre Art, ihre Stimme. Das ist der Grund, wieso ich nach Forests Unfall den Kontakt zu ihnen abgebrochen habe. Weil ich zu diesem Zeitpunkt nicht von ihr getröstet werden konnte. Und auch wenn Mum am anderen Ende der Welt ist, fühlt es sich an, als würde sie mir über den Rücken streicheln.

»Ich vermisse sie«, schluchze ich. »Mum. Ich wünschte, Forest wäre hier.«

»Ich weiß, mein Schatz«, erwidert sie und ich bin überrascht, wie sie so ruhig bleiben kann. »Wir alle vermissen sie. Aber River ... Eure Tour war so wunderschön. Oliver und ich haben jeden Abend alles angesehen, als wir bemerkt haben, dass ihr auf Forests alten Kanälen postet. Sie kann nicht mit uns reden. Trotzdem war sie bei euch. Das spüre ich als Mutter.«

Wieder dringt ein leises Wimmern aus meinem Mund. Mum wartet, ob ich noch etwas sage, doch als ich schweige, spricht sie sanft weiter.

»Riv. Dad und ich sind so stolz auf dich, Honey. Ich wollte es dir sagen, wenn wir uns wiedersehen, doch ich glaube, du musst das jetzt hören. Du und Atlas habt uns sehr geholfen. Die Videos zu sehen war ... heilsam. Nicht nur, damit wir uns lachend an Forest erinnern konnten. Sondern vor allem, weil wir dich endlich wieder so glücklich gesehen haben.«

»Das ist vorbei«, klage ich. »Atlas ... Er hat versprochen, nie wieder Free Solo zu klettern!« Meine Stimme wird lauter, bis ich meinen Frust rausschreie. »Jetzt ist er in Yosemite, Mum. Atlas will El Capitan besteigen!

Wieso ist er so egoistisch? Was, wenn ich ihn auch noch verliere? Ich hasse ihn!«

Jodie schweigt für einen Moment. Ich stelle mir vor, wie sie die Luft anhält. Immerhin war Atlas auch für sie wie ein Adoptivsohn. Sicher ist das der Moment, in dem sie ihre Ruhe verliert. Denn sie kann unmöglich ertragen, noch eines ihrer Kinder an diesen gottlosen Berg zu verlieren. Aber als Mum wieder redet, klingt sie ruhig und liebevoll.

»Das passt zu Atlas«, meint sie, lacht leise und ich starre ungläubig das Smartphone in meiner Hand an.

»Bitte was?! Mum! Das ist der Moment, in dem du mir sagen sollst, wie schrecklich das ist!«, brülle ich.

»Soll ich dich anlügen, oder was?«, entgegnet sie. Ich höre sie nur leise und halte das Handy wieder dichter an mein Ohr.

»Nein. Aber. Mum. Du verstehst nicht. *El Capitan*! Was, wenn Atlas fällt? Wenn er einfach weg ist, genau wie Forest?«, protestiere ich und mein Herz zerreißt.

»Dann ist das seine Entscheidung, River«, sagt sie vorsichtig. »Genau wie es Forests Entscheidung war. Atlas hat versucht, es ihr auszureden. Wochenlang hat sie mir erzählt, wie sehr sie es genervt hat.«

Ich blinzele mehrfach. Sagte Sam nicht, es wäre Atlas gewesen, der Forest auf die Idee gebracht hat?

»Woher weißt du das?«, frage ich atemlos.

»Die Zwei haben zwischen ihren Kletterreisen hier gelebt. Ich konnte die beiden Hitzköpfe durch das ganze Haus streiten hören. Du warst schon zum Studieren ausgezogen. Zu wem ist Forest wohl gekommen, wenn sie die Schnauze voll von Atlas hatte, hm?«

»Zu dir«, gebe ich kleinlaut zu.

»Wir haben uns zu dritt in den Garten gesetzt. Atlas hat mich angesehen und gefragt, wie ich es als Mutter ertrage, dass Forest diesen Traum hat und wieso *ich* sie nicht davon abhalte.«

Die Welt um mich herum dreht sich. Ich lasse mich auf den Waldboden fallen und schaue zu den Blättern herauf, die über mir im Wind wippen.

»Was hast du ihm gesagt?«, frage ich atemlos.

»Forest klettert nicht, um zu leben. Sie lebt, um zu klettern. Sie hat mit ihren 23 Jahren mehr gelebt als einige ältere, verbitterte Personen in unserer Nachbarschaft. Wenn ich ihr das Klettern verboten hätte, hätte ich ihr verboten, das Leben zu leben, das sie erfüllt hat. Ohne das Klettern wäre Forest nicht so viel herumgekommen. Sie hätte nicht Menschen auf der ganzen Welt kennengelernt. Wäre nicht auf den Covern so vieler Magazine gewesen. Forest hat gelebt, statt nur Zeit auszusitzen. Sterben hat viele Formen. Genauso wie das Leben. Das Harte ist, *beide* zu akzeptieren. Atlas hat das verstanden.«

Fucking Hell ... Ich schaffe es nicht mehr zu weinen, geschweige denn etwas zu erwidern. Stattdessen ist mein Brustkorb nur ein einziger, schmerzhafter Knoten.

»Weißt du, was schlimmer war, als Forests Absturz?«, fragt Mum, wieder mit dieser direkten, fürsorglichen Härte, die nur Eltern drauf zu haben scheinen.

»Hm?«

»Zu sehen, wie *du* tot weitergelebt hast.«

Ich beiße mir in den Unterarm und schreie. Ich hätte Mum es nicht verübelt, wenn sie aufgelegt hätte. Aber selbst, als ich mich wieder beruhigt habe, höre ich ihren Atem am anderen Ende der Leitung.

»Es tut mir leid«, presse ich hervor.

»Du musst dich nicht bei mir entschuldigen. Sondern bei dir. Egal, was passiert, wenn Atlas El Capitan klettert. Das ist seine Art das Leben auszukosten. Du musst das akzeptieren.«

»Aber ... «, werfe ich ein, werde das Gefühl aber nicht los, dass Mum mich immer und immer wieder entwaffnen wird. »Ich habe mich verliebt.«

Mum seufzt. »Das habe ich schon mal gehört.«

»Von Forest? Du wusstest es?«

»Natürlich wusste ich es. Wer glaubst du hat ihr und Sam den Vortrag über Verhütung gegeben? Camilla?« Sie schnaubt und obwohl alles in mir schmerzt, muss ich bei der Vorstellung lachen.

Jodie Trayl. Die Mutter von uns allen. Nur ich habe sie immer wieder weggestoßen. Doch auch diese Freiheit hat sie mir gelassen.

»Ich werde dir mal eine Sprachnachricht schicken, sobald wir auflegt haben«, kündigt Mum an. »Wo bist du jetzt, River?«

»Santa Monica bei Los Angeles.«

»Und Atlas?«

»Er ... ist zu El Capitan.«

»Lass ihn nicht alleine. Egal, ob er den Aufstieg schafft oder nicht, er wird dich brauchen.«

Ich hasse es. Hasse die Situation. Aber Mum hat Recht. Ich war so in meiner Wut und meiner Trauer gefangen. Ich habe nicht darüber nachgedacht, wie wichtig das für Atlas ist. Stattdessen habe ich ihn angeschrien. Habe mich von ihm abgewandt. Das darf nicht unsere letzte Begegnung gewesen sein.

»Okay«, meine ich nur atemlos und rappele mich auf. Doch meine Welt dreht sich immer noch.

»Ich hab dich sehr lieb, Honey. Egal, was passiert. Wir sind für dich da. Jederzeit. Du musst nur den Mut haben, zu uns zu kommen.«

Mut haben. Leichter gesagt als getan.

»Danke, Mum.«

Ich lege auf und öffne Instagram, gehe auf das Profil, auf dem Atlas und ich die letzten Wochen #ForestFover gefeiert haben. Das letzte Foto ist ein Selfie, das ihn am Fuße der Free Rider Route zeigt. Die weiße Wand des El Capitan hinter ihm.

Ich renne los. Und hoffe erneut, nicht zu spät zu sein.

Forest

(Sprachnachricht)

»Hey Mum. Ich habe ewig überlegt, ob ich anrufe, aber eine Sprachi ist leichter. Sonst weiß ich nicht, ob ich mich traue, es dir zu erzählen. Ich mach's kurz und schmerzlos. Ich habe mich verliebt. So. Es ist raus. Und bevor du fragst, nein es ist nicht Jonathan-Finley. Sondern ... Sam. Es ist einfach passiert. Irgendwie? Scheiße, ich gebe Atlas die Schuld. Wieso hat er auch einen

Schlafsack zu wenig eingepackt? Das hat er doch mit Absicht gemacht. Jedenfalls ... wir sind jetzt zusammen. Oder so. Bitte sag es noch niemandem. Wir wollen es erstmal für uns behalten. Wir fliegen wahrscheinlich bald nach Paris. Aber er weiß nichts von El Capitan. Das ist das Geheimnis von Atlas und mir. Ich habe Angst, wie er reagiert. Ich glaube, er wird es nicht verstehen. Sam ist einer dieser eifersüchtigen Typen. Urgh. Er checkt nicht, dass wir in einer polyamoren Beziehung sind. Er. Ich. Der Stein. Ich brauche das. Egal, was passiert. Das wird der krasseste Climb meines Lebens, Mum. Die Welt wird mich nicht vergessen. Und selbst wenn es keine Menschen mehr gibt, wird sich El Capitan an mich erinnern. An meine Hände, meine Liebesbekundung ans Klettern. Ich werde mein Zeichen setzen. Jetzt und für immer. Durch den Stein am El Capitan werde ich unsterblich.«

Atlas

Wenn das kein geiler Schnappschuss ist, weiß ich auch nicht.

See you on the other side. #ForestForever

ist alles, was ich unter den Post schreibe, ehe ich auf »Veröffentlichen»« drücke.

Ich schließe Instagram. Das Bild von River und mir leuchtet mir von dem Wallpaper entgegen. Ein Lächeln huscht über meine Lippen. Auch wenn Riv mich hasst, hat er mir alles gegeben, was ich mir jemals gewünscht habe.

Liebe und Unterstützung.

Das werde ich nicht vergessen.

Der Tag kann nicht perfekter sein. Das Wetter an diesem Maivormittag ist großartig. Kalt, aber trocken. Die Strahlen der Sonne sind angenehm, während eine frische Brise meinen erhitzten Körper abkühlt.

Das Ende ist wie der Start.

Mit dem einzigen Unterschied, dass ich diesmal allein bin. Allein, aber frei.

Ich hole tief Luft und versenke meine Hände in dem Beutel aus Chalk. Mit dem Daumen verteile ich eine weiße Spur auf dem »Don't Panic« an meinem Handgelenk.

Und wie so oft in meinem Leben, positioniere ich meine Finger an der Wand.

Forest

21. März. 2023

Mit dem Mittelfinger tippe ich das »Don't Panic« an meinem Handgelenk an. Ich habe noch nie verstanden, wieso Atlas meint, da Chalk drauf zu schmieren. Sinn und Zweck der Sache ist doch, das Ding als Erinnerung zu sehen. Obwohl ich mir das Tattoo jeden Tag anschaue, muss ich ausgerechnet jetzt daran denken, wie wir es uns gestochen haben.

Die Entscheidung war gefallen. Ich würde El Cap besteigen. Atlas und ich hatten wochenlang von nichts anderem geredet, Routen geplant, von Amerika geträumt. Doch als ich ihm mitteilte, dass ich den Flug für März gebucht hatte, bekam er kalte Füße. Ich habe meinen besten Freund noch nie so unsicher gesehen und es verletzte mich. Wenn er dummen Scheiß gemacht hat, zögerte er auch nie. Es bedeutete, dass er nicht an mich glaubte. Meine Mum hat ihm dann den Kopf zurechtgerückt. Zur Wiedergutmachung hat er mir ein Freundschaftstattoo geschenkt. Das komplizierteste an er ganzen Situation, war Sammy zu erklären, warum ich ein Partnertattoo mit Atlas habe, während er und ich unsere Beziehung noch unter Verschluss hielten. Nachdem ich aber sein süßes Gesicht im Büro Cuntmilla geritten habe, war er wieder ganz handzahm.

»Was willst du dir stechen? Getting COCK Blocked?«, habe ich ihn gefragt.

»Nicht ganz. Aber wir sollten definitiv wiederkommen und uns ein paar deiner Buttons unter die Haut bringen.«

»Deal! Was denn dann?«

»Don't Panic. Aufs Handgelenk, damit du dir nicht in die Hosen machst, wenn du das Boulder Problem von Free Rider erreichst.«

»Bitch, please. Wenn sich hier jemand schon die ganze Zeit in die Hosen macht, dann bist du das.« Und ich hatte Recht. Atlas hat beim Stechen wie eine kleine Bitch geschrien, während ich ihn ausgelacht habe.

Trotzdem war das der Moment, ab dem er mich nicht mehr hinterfragt, sondern angefeuert hat. Ein Jammer, dass er heute nicht hier ist. Aber es ist besser, wenn Sammy und Atlas nicht wissen, dass *heute* der Tag ist. Sie wissen nur, dass ich es diese Woche durchziehen werde.

Riv ist noch damit beschäftigt die gefühlt trölfzigste Kamera in Position zu bringen. Mein Bruderherz liebt es, zum Bruderschmerz zu werden, wenn es um seine Videografie geht. Aber ich lasse ihn machen. Das gibt mir immerhin die Zeit, noch jemanden anzurufen.

»Hey«, flüstert Sam und eine Gänsehaut wandert über meine Unterarme. Ich komme immer noch nicht darauf klar, wie anders alles von mir auf ihn reagiert, seit wir uns geküsst haben. Ich habe Riv ewig ausgelacht, wie er in unseren besten Freund verknallt sein kann. Und ich weiß jetzt schon, dass er es mir heimzahlen wird, sobald er das mit Sammy herausfindet. Ich brauche definitiv ein paar gute Sprüche, die ich ihm an den Kopf hauen kann.

»Na? Was geht?«, frage ich ihn.

»Nicht viel ohne dich. Ich vermisse dich. Kannst du nicht umkehren? Wir wollten doch nochmal nach Paris, bevor Camilla uns zu ihren Sklaven macht«, meint er und ich verdrehe die Augen. Das soll seine aggressive Glucke von Mutter erstmal versuchen.

Niemand kann Forest Trayl eine Leine umlegen. Nicht mal Forest Trayl legt Forest Trayl Seile an. Deswegen muss ich das hier auch ohne Sicherung machen. Es ist meine Lobeshymne an die Freiheit. Meine Unendlichkeit.

»Ich vermisse dich auch«, sage ich liebevoll, bevor ich wieder in meinen Rage-Modus wechsele. »Und scheiß auf Cuntmilla. Du. Ich. Paris für Runde zwei. Wenn sie meint, deswegen rumzustänkern, reiß ich ihr so sehr den Arsch auf, bis ein Möbellaster darin wenden kann.«

Sam lacht laut auf und mein Herz springt »Ach, Forest. Genau für solche Sprüche liebe ich dich. Und auch dafür, dass du Cuntmilla für uns beide ins Leben gerufen hast. Bester. Spitzname. Ever.«

Ich lächele in mich hinein. »Ich liebe dich auch.« Deswegen habe ich ihn angerufen. Damit er es weiß.

»Du, Sam?«, füge ich hinzu.

»Ja?«

»Wir sollten es den anderen sagen, wenn ich zurück bin. Ich will mich nicht länger verstecken.«

Selbst durch das Telefon kann ich spüren, wie Sam aufleuchtet.

»Bist du sicher? Sind wir bereit für die Sprüche von Atlas und River?«

Mein Blick wandert zu dem Fels neben mir. »Ich war noch nie bereiter.« Riv kommt auf mich zu. »Ich muss jetzt aber wieder weiter. Sei nicht zu unanständig ohne mich. Und ... « Ich denke über meine letzten Worte nach. »Vertrau den Sternen.«

»Mit wem hast du gesprochen?«, fragt Riv und kneift die Augen verschwörerisch zusammen.

»Sag ich dir nicht«, trällere ich.

»Mann, Sis. Wann sagst du mir, wer dich in so ein Honigkuchenpferd verwandelt?«, drängt er.

Ich schweige grinsend.

»Ist es Atlas?! Es ist Atlas, oder?«

»Verrate ich nicht«, wiederhole ich gut gelaunt.

»Du und Atlas passt doch gar nicht zusammen«, protestiert er verzieht das Gesicht. Als ob ich was mit Atlas anfangen würde. Aber Riv darf gerne noch ein wenig schmoren.

»Wie wäre es damit? Ich sag's dir, wenn wir oben sind«, meine ich grinsend und trete zum Felsen.

Mit dem Mittelfinger tippe ich das »Don't Panic« an meinem Handgelenk an. Und wie so oft in meinem Leben, positioniere ich meine Finger an der Wand.

River

»Fahr schneller, Joseph!«, brülle ich und klammere mich an das Armaturenbrett des Campers und rücke die Anti-Kotz-Brille zurecht. Obwohl mir übel ist, kommt mir jede abrupte Beschleunigung zu langsam vor. Es ist eine sechs-stündige Fahrt von Santa Monica zum El Capitan. Die meisten Kletterer schaffen *mit Sicherung* die Free Rider Route in drei bis vier Stunden.

Wenn Atlas angefangen hat, nachdem er gepostet hat ... Bin ich wahrscheinlich zu spät. Aber ich muss es ihm sagen.

Ihm sagen, dass ich ihn endlich verstehe. Genau wie ich Forest endlich verstehe.

Gleichzeitig ist da so viel Panik in mir, die sich mit dem Adrenalin prügelt. Ich aktualisiere ständig Instagram, um zu sehen, wie Atlas ein Foto von sich auf der Spitze postet. Nichts. Kein Lebenszeichen.

Wir brettern in dem Camper, der definitiv nicht für diese Strecken geeignet ist, durch den Yosemite Park. Am Ende der Straße steht ein einzelnes Auto. Durch die Scheiben erkenne ich eine Tasche, auf der Forests Buttons angebracht sind. Ich bin kurz davor zu kotzen. Das macht es so viel realer. Realer als das Foto. Er ist hier. Er war hier. Bitte lasst ihn noch hier sein.

»Sollen wir mitkommen?«, fragt Bruno, aber ich schüttele nur den Kopf und springe aus dem Camper. Ich strauchele, so schwindelig ist mir. Gleichzeitig weiß ich nicht, wie ich mich auf den Anblick vorbereiten soll. Im besten Fall erkenne ich eine kleine Ameise á la Atlas an der Wand. Im schlimmsten Fall ...

Ich schüttele den Kopf. Nein. Mit zusammengebissenen Zähnen schaue ich auf den blauen Himmel. Die Sterne verstecken sich vor meinem Zorn.

»Ich schwöre euch, wenn ihr uns nochmal verratet, mache ich einen auf Icarus und reiße euch alle einzeln vom Himmel«, knurre ich.

Weil ich es nicht schaffe, zum Fuß des Berges zu sehen, fokussiere ich meine Augen nur auf die Wand. Suche sie ab. Suche nach dir, Atlas.

Ich finde dich nicht. Je weiter ich renne, desto sicherer bin ich mir, dich nicht Klettern zu sehen.

Mein Herz zieht sich zusammen, schreit vor Angst. Denn ich lasse meinen Blick den Stein hinunterwandern. An den Fuß des Felsens.

Und ich sehe dich auf dem Boden liegen.

Kapitel 31: Per aspera ad astra

River

»Fick dich.«

Verwirrt dreht Atlas sich zur Seite. Er setzt sich auf und seine Augen weiten sich.

»Riachuelo.«

Ich schmeiße mich auf ihn, sodass er direkt wieder mit dem Rücken auf dem Boden landet. Für ein paar viel zu verzweifelte Momente klammere ich mich an ihn. Ich sauge seinen Geruch nach Eukalyptus und Chalk ein. Küsse seinen Hals, bevor ich frustriert an seine Haut schreie.

Er lebt. Er ist noch bei mir.

Nichts anderes ist mehr wichtig. Ich richte mich auf und Atlas tut es mir gleich. Meine Beine umschließen seine Hüften und ich packe mit beiden Händen sein Shirt.

»Du bist gekommen«, flüstert er und sieht mich an, als müsse er sich vergewissern, dass ich real bin.

»Du bist nicht geklettert«, halte ich ihm genauso perplex entgegen. »Aber ... der Post.«

Atlas lacht atemlos. »Seit wann glauben wir alles, was man auf Social Media sieht?«, fragt er neckend und ich packe ihn fester, ziehe ihn dichter an mein Gesicht heran.

»Jetzt ist nicht der richtige Zeitpunkt, um Witze zu machen«, meine ich und obwohl ich immer noch voller widersprüchlicher Emotionen bin, sehnt sich alles in mir danach, meine Lippen auf seine zu legen.

»Du bist nicht geklettert«, wiederhole ich, so als würde es mir helfen, es dadurch besser zu verstehen. »Wieso?«

Atlas lacht. Er streckt die Hände aus, damit er mein Gesicht damit umschließen kann.

»Ich habe es nicht ertragen, noch mehr Versprechen zu brechen. Ich sollte auf mich aufpassen. Hier bin ich.«

Erschöpft, glücklich und vollkommen überfordert lasse ich sein Shirt los und lege meine Hände auf seine, ehe ich mich vorbeuge und meine Stirn an seine lege.

»Verdammt«, murmele ich nur. Er ist für mich hier. Er hat mir zuliebe dem Felsen den Rücken zugekehrt. »Wieso bist du dann nicht längst zurück?«

»Wohin soll ich denn?«, fragt er und schnaubt. »Ich dachte, du hasst mich. In London wartet die Polizei. Also bin ich hier geblieben. Ich bin Free Rider in meiner Vorstellung geklettert.«

»Wie war es?«, frage ich. Atlas löst sich von mir und sieht zu dem Felsen neben uns. Da ist ein Funkeln in seinen Augen, ein Verlangen, das über alles hinausgeht, was ich sonst bei ihm gesehen habe.

»Unglaublich«, flüstert er und verzieht das Gesicht. »Aber drauf geschissen.«

»Nein.«

»Was?«

»Nein. Du hast mir versprochen, für mich am Leben zu bleiben.« Ich kann nicht glauben, was da aus meinem Mund kommt, aber Mum hat recht. Ich greife Atlas' Hände fester, stehe auf, ziehe ihn mit mir, damit wir gemeinsam den Häuptling aller Berge ansehen können.

Den Ort, an dem Forest unsterblich ist.

Der Ort, wo der Stein sich immer an uns erinnern wird. Selbst wenn alle Menschen in Vergessenheit geraten sind.

Per aspera ad astra. Durch das Raue zu den Sternen.

Wenn dieser Fels und sein Gipfel nicht genau das sind, weiß ich auch nicht.

»Du lebst für das Klettern, Atlas. Forest hat das verstanden. Und ... ich glaube ... ich glaube, ich verstehe es auch. Also halte dein Versprechen. Leb.«

»Aber Riachuelo ... «

Ich muss an Sacrifice denken. Daran, wie viel Angst ich um Atlas hatte. Und auch daran, wie fucking *gut* es sich angefühlt hat. Frei zu sein. Zu diesem Zeitpunkt dachte ich, es sei ein Kampf gegen die Gewalt der Natur. Doch was, wenn es das nicht sein muss? Wenn der Kampf nur in uns ist und es das Wichtigste ist, wenn wir uns vertrauen. Und akzeptieren. Egal, ob wir den nächsten Tag erleben oder nicht.

»Wieso wolltest du so dringend El Cap Free Solon? Wegen Forest? Deinem Dad? Um der Welt etwas zu beweisen?«, frage ich nach und drücke seine Hand fester.

Atlas denkt nach. Sein Blick wandert über die Route vor uns. Er legt den Kopf schief und mehrere Emotionen wandern über sein Gesicht.

»Früher dachte ich, ich will es versuchen, weil Forest es wollte und wir schon immer die gleichen Climbs ausprobiert haben«, erzählt er leise. »Dann wollte ich es, um meinem Vater zu beweisen, wie gut ich bin, damit er mich liebt. Ein anderer Teil wollte den Fame, wollte zu einer Legende werden. Und jetzt ... «

»Jetzt?«

»Will ich es, weil es mir in den Fingern juckt. Der bloße Gedanke ... « Wieder strahlen in seinen Augen die Sterne. »Fühlt sich wie meine Bestimmung dann. Ich will es für mich. Und ich will es für Forest. Denn, ob du es glaubst oder nicht. Ich denke, sie ist immer noch hier.«

Er legt eine Hand auf sein Herz und lächelt.

»Dann ist das ja geklärt«, sage ich. »Morgen früh kommen wir wieder.«

»Nur du und ich, ja? Keine Kameras. Kein Social Media. Mir ist egal, ob die Welt es erfährt. Das ist meine offene Rechnung, die ich mit diesem Stein zu begleichen habe.«

Ich drehe mich zu Atlas um und kann nicht glauben, dass ich gerade lächele. Der Kerl hat mir ganz schön den Kopf verdreht. So viel ist sicher. Aber ich würde es um keinen Preis der Welt anders wollen. Ich bin dankbar. Dafür, dass er mich auf diese Tour geschleift hat. Dass er mir gezeigt hat, wie es ist, wieder zu leben.

Aber vor allem dafür, dass ich durch ihn endlich meine Schwester wiedergefunden habe.

Ich stelle mich auf Zehenspitzen und küsse ihn, ehe ich ihn schief angrinse.

»Du denkst doch nicht, du kannst einen kletternden Kameramann mitnehmen und ihm das Filmen verbieten. Das Climben ist deine Leidenschaft. Die Videographie meine. Wenn du der Welt nicht zeigen willst, was es bedeutet, seine Träume nicht aufzugeben ... Werde ich es tun.«

Kapitel 32: How to Save a life

Sam

Fuck, Forest. Was ist aus mir geworden? Cuntmilla streitet sich mit einem Anwalt, sodass die Wände beben und ich wünsche mir, du wärest hier. Du hättest Cuntmilla, wie du sie immer genannt hast, deine Meinung gegeigt. Jetzt, wo wir wieder in London sind, ist ihr einziges Ziel, Atlas hinter Gitter zu bringen.

»Um die Konkurrenz auszuschalten«, wie sie so herzallerliebst zu sagen pflegt. Ey, ich hab so die Schnauze voll von ihr. Ich hab meine Seele an den Teufel verkauft. Den gleichen Teufel, der mich neun Monate im Bauch getragen und sich dann die Eierstöcke entfernen lassen hat. Seit der Film gestern aufgetaucht ist, ist sie nur noch dabei, wütend rumzutelefonieren.

»Um die Scheiße aus dem Netz zu nehmen.«

Der Film. Astra Vertice – Rising Above von River Trayl Cinematography.

Cuntmilla brüllt was von Copyright Streit, von Vertragsverletzungen und ich nehme mir ein Beispiel an Riv. Ziehe Noise Cancelling-Kopfhörer auf und setze mich mit meinem iPad aufs Bett. Hach. So viel Ruhe. So langsam kapier ich, wieso Riv die Dinger förmlich angewachsen sind. Ich öffne WhatsApp und lächle, als ich eine Nachricht von Quinn sehe. Sie ist die Einzige, die es überhaupt schafft, meine Mundwinkel nach oben zu bringen.

Bald sehen wir uns wieder. Das ist so ziemlich der einzige Lichtblick in meinem Leben. Sie fragt, ob ich den Film geschaut hab.

Sam: Nope. Kp. Denk nicht, dass ich das aushalte.

Quinny: Ich weiß, es ist hart. Aber vertrau mir. Du willst das sehen. Wenn du durch bist, ruf mich an. Ich bin für dich da, Sam.

Wahrscheinlich kann ich's nicht ewig vor mir herschieben. Der bloße Gedanke, Riv und Atlas zu sehen, ist unerträglich. Ich mach das jetzt wie ein Pflaster. Ratsch und ab. Aber nicht hier. Nicht in der Nähe von Cuntmilla. Sie checkt nicht mal, wie ich abhaue.

»Das kann nicht legal sein! Astra Vertice gehört mir. Sie können den Namen nicht benutzen«, höre ich sie rufen.

»Mit der Vertragslösung von Atlas und dem Rebranding hast du die Rechte daran verloren. Damit geht das Copyright an den ursprünglichen Besitzer und das ist Atlas Cruzado«, erklärt der Anwalt. Ich bewundere, wie ruhig der Mann bleibt. Aber hey, ich schaffe es ja auch nie, etwas gegen sie zu sagen.

Mit dem iPad unterm Arm wandere ich verloren durch London. Setze mich in den nächstbesten Bus und fahr drauf los. Allerdings scheint mein Unterbewusstsein mir was sagen zu wollen, denn die Endstation ist bei der Tower Bridge. Na geil. Genau da, wo die Shitshow so richtig eskaliert ist.

Trotzdem hocke ich mich in ein Café auf der Nordseite, hole mir einen Iced Latte und ... presse auf Play.

Sofort wird mir schlecht. Ich sehe El Capitan von oben. Die Höhe des Felsens ist schwindelerregend. An seiner Wand sind zwei Kletterer.

Atlas...

Und Forest.

Mein Gehirn schmerzt und brauch ein paar Momente, um zu realisieren, dass da zwei Videos übereinandergelegt sind.

Szenenwechsel.

Forest sitzt oben auf den San Vito Lo Capo Klippen in Sizilien und starrt in die Ferne. Mein Brustkorb verengt sich, als ich zum ersten Mal seit über einem Jahr Forests Stimme höre.

»Ich brauche das. Egal, was passiert. Das wird der krasseste Climb meines Lebens, Mum. Ich werde mein Zeichen setzen. Jetzt und für immer. Durch den Stein am El Capitan werde ich unsterblich.«

Der nächste Schluck meines Kaffees schmeckt salzig und ich merke erst jetzt die Tränen, die sich zu meinem Mund verirrt haben.

Szenenwechsel.

Ein altes Video, bei dem Forest auf Atlas Füßen steht und mit ihm tanzt. Jetzt ist es River, der spricht.

»Meine Schwester Forest war ein besonderer Mensch. Frech, stur und vor allem eines: Furchtlos. Sie war eine durchgeknallte Wundertüte. Ich habe nicht verstanden, wieso es ihr Traum war, El Capitan ohne Sicherung zu besteigen. Ein Traum, der sie das Leben gekostet hat. Bis heute. Bis Atlas Cruzado beendet hat, was sie begonnen hat.«

Szenenwechsel.

Bilder, die ich nicht sehen will und doch sehen muss.

Ich lausche dem Dokumentarfilm wie in Trance. Höre die Stimme von Jodie, die darüber spricht, was es bedeutet zu leben. River erzählt Forests und Atlas Geschichte, zeigt ihre Vorbereitung, ihre einmalige Freundschaft. Es wirkt, als wäre Atlas damals dabei gewesen. Der Schnitt erweckt den Eindruck, als stünden sie gemeinsam am Fuß des Felsens. Gemeinsam. So, wie Atlas und ich es die ganze Tour über gewesen sind. Bis ich ihn und mich selbst verraten hab. Für die Anerkennung einer Mutter, für die ich sowieso nur ein weiterer Punkt einer Excel-Tabelle bin.

Szenenwechsel. Zusammenschnitte der Memorial Tour.

Es hat wehgetan zu sehen, was sie auf @forested.mountains gepostet haben. Denn sie hatten so viel *Spaß* bei der Tour. Und ich? Ich wurde von Cuntmilla von einem Pressetermin zum nächsten geschleppt und habe nur zu hören bekommen, wie ich schneller, besser, extremer klettern soll.

Szenenwechsel.

Videos aus unserer Jugend. Atlas und Jodie, die mir jetzt erzählen, Atlas hätte sie abhalten wollen. Bilder von ihren »Don't Panic«-Tattoos. Habe ich Forest so wenig gekannt, obwohl ich sie so geliebt habe? Oder habe ich gerade *weil* ich sie geliebt habe, diesen Teil von ihr verdrängen wollen?

Eine Frau vom Nachbarstisch reicht mir plötzlich eine Packung Taschentücher. Genau wie River am Anfang der Tour habe ich ihren Tod nicht verarbeitet. Statt zu trauern, habe ich begonnen, zu hassen. Und die einzigen Menschen von mir gestoßen, die mir vielleicht hätten helfen können, Frieden zu schließen.

Szenenwechsel.

Der Aufstieg beginnt. Er ist furchteinflößend. Vollkommen irrational. Und wunderschön. Atlas und Forest. Forest und Atlas, wie sie Geschichte schreiben. Für einen naiven Moment erwarte ich zu sehen, wie auch Forest den sicheren Gipfel erreicht. Aber da ist nur Atlas. Er sieht zurück zu der Schlucht und sein Blick ist voller Ehrfurcht.

»Gracias por todo, Forest. Fuiste la estrella que cuidó de mí«, sagt er und dreht sich lächelnd um, grinst schief in die Kamera.

Szenenwechsel.

Atlas und River halten sich in den Armen und Atlas wirbelt ihn durch die Luft, ehe sie sich innig küssen.

Ich klappe den Umschlag meines iPads zu, damit ich nicht weiterschauen muss.

»Bloody hell, Atlas«, keuche ich. »Du hast es durchgezogen. Du bist wirklich der Beste unserer Generation.«

Wenn das nicht das Memo ist, um meine Karriere an den Nagel zu hängen, weiß ich auch nicht. Es ist, wie Quinn gesagt hat. Das Klettern war nie meine Leidenschaft. Es war das, was ich mit meiner Familie gemacht habe, um mich aufgehoben zu fühlen. Wie jemand, der dazugehört. Was bringt mir das Klettern, wenn ich das nicht mehr habe?

Ich höre auf. Zumindest professionell. Und vielleicht … vielleicht kann ich irgendwann wieder mit meiner Familie klettern. Mit Atlas und River. Denn nur dann macht es Spaß.

Der Gedanke ist seltsam tröstlich. So, als würde mit dieser Entscheidung eine felsenschwere Last von mir fallen. Vielleicht nehme ich Quinns Angebot an und begleite sie für eine Weile bei ihrer Work and Travel Reise. Zumindest bis ich herausgefunden habe, was *ich* möchte.

Ich verlasse das Café und stehe vor der Tower Bridge. Selbst wenn ich keine Ahnung habe, was die Zukunft bringt, weiß ich zumindest, was ich *jetzt* machen muss.

Kapitel 33: Rising Above

Atlas

Ein kleiner Teil von mir ist enttäuscht. In Filmen ist dieser Moment dramatisch. Dem Kriminellen werden vor versammelter Mannschaft die Handschellen angelegt, alle starren. Die Welt hört auf, sich zu drehen. Kurz bevor er im Polizeiwagen abgeführt werden kann, kommt jemand aus seiner Crew und es gelingt ihnen die waghalsige Flucht.

Die Frau an der Passkontrolle heißt »Higgins«. Sie reicht mir kaum bis zur Brust und hat ein rundes, freundliches Gesicht. Ihr Namensschild hängt schief an ihrer gelben Warnweste.

»Wären Sie so nett einen Schritt zur Seite zu treten und hier zu warten?«, sagt sie mit dieser typisch britischen Höflichkeit, die ich etwas vermisst habe und dackelt mit meinem Pass davon.

»Bitte weitergehen«, weist ein Mitarbeiter Riv an, der neben mir stehen geblieben ist.

»Ich warte bei ihm«, erwidert er und nimmt meine Hand, doch der Mitarbeiter schiebt ihn mit den Worten

»Sie können auf der anderen Seite warten«, in die Richtung des nächsten Schalters. Ich fange Rivs nervösen Blick ein.

»Ist schon gut«, versichere ich ihm und küsse seine Stirn. *Wer weiß, wann ich ihn wiedersehe,* flüstert mir meine innere Stimme zu und in dem Moment, wo er sich abwendet, ziehe ich ihn an mich und fordere einen richtigen Abschiedskuss. Mit Zunge und Feuerwerk im Bauch.

»Womit habe ich das verdient«, brummt der Mann hinter uns und ich gebe ihm den Mittelfinger. Wenn man mich schon nicht mit einem SWAT-Team holen kommt, bestehe ich auf einen romantischen Bonnie und Clyde Moment.

Eine Minute später werde ich von zwei Polizisten empfangen. Sie nehmen mich fest und Lex lag richtig mit deren Vermutung der Anklagepunkte: Sachbeschädigung, Hausfriedensbruch, Erregung öffentlichen Ärgernis. Nur mit dem Punkt der Körperverletzung bin ich nicht einverstanden. Trotzdem halte ich meine Klappe und lasse mich abführen. Ich schweige. Genau wie Lex es empfohlen hat.

Während wir uns dem Ausgang nähern, höre ich den Tumult. Erst kurz bevor wir draußen sind, erkenne ich, was sie rufen: Meinen Namen. Es ist etwas anderes durch einen kleinen Bildschirm die Liebe von tausenden Menschen zu spüren oder vor Ort zu sein. Als wir ins freie Treten und ich sehe, wie viele gekommen sind, um gegen meine Verhaftung zu protestieren, breitet sich das fetteste Grinsen auf mein Gesicht aus. Wer braucht schon Sterne, die auf einen aufpassen, wenn man eine Gemeinschaft hat, die einem den Rücken stärkt. Es war die perfekte Entscheidung, heute mein ACAB-Shirt zu tragen.

***

Die letzten Stunden habe ich auf einer kleinen Pritsche verbracht und über alles nachgedacht. Diese Reise hat mich fundamental verändert. Man sagt ja, dass die Zellen im Körper sich alle sieben Jahre regenerieren. Ich bin überzeugt, dass auf dem Gipfel von El Cap genau das passiert ist, auf einen Schlag. Der Atlas, der sich in dieser miefigen Zelle langweilt, ist nicht der, der noch vor wenigen Wochen in den Zug nach Paris gestiegen ist. Ich bereue nichts und am wenigsten bereue ich, was zwischen mir und River gewesen ist. Wie so oft hat Lex recht behalten und ehrlich mit Riv zu sein, hat meinen letzten Widerstand gelöst. Wo er wohl gerade ist? Verdammt, ich hocke im Kittchen und das Einzige, was meine überhitze Gehirnzelle interessiert, ist, wann ich meinen Partner wiedersehen kann. Meinen Partner ... Hätte nicht gedacht, dass ich das mal denken würde. Und schon gar nicht, wie scheiße gut es sich anfühlt. Als hätte ich es manifestiert, höre ich den Schlüssel in der Tür meiner Zelle.

»Cruzado, ihre Anwältin Frau Krammer ist da.«

Ich schüttle ihr die Hand, doch dann fällt mein Blick auf den Mann hinter ihr und ich stocke.

»Was machst du hier?« Ich starre Sam an. Zehntausend Fragezeichen in meinem Kopf. Er ist die letzte fucking Person, die ich hier erwartet hätte. Etwas in mir schwillt an, rot, heiß und wütend.

»Bist du gekommen, um nachzutreten?«, frage ich, schiebe mich an der Anwältin vorbei, bis Sam und ich uns wieder Auge in Auge gegenüberstehen.

»Ich bin hier, um etwas klarzustellen-«, fängt er an.

»Lass stecken, wenn du nachdenkst, kommt eh nur Scheiße dabei heraus«, werfe ich ihm giftig vor die Füße. Das ist der Moment, in dem ich ihn zivilisiert bitten sollte, zu gehen, damit ich mich mit meiner Anwältin besprechen kann, doch gerade entlädt sich etwas in mir.

»Ich habe Forest nie zu etwas gezwungen und schon gar nicht zu El Cap. Keine Ahnung, was zwischen euch gelaufen ist, aber wenn du sie auch nur ansatzweise so gekannt hättest, wie ich, dann wüsstest du, dass ihr niemand etwas hätte vorschreiben konnte.«

»Ich weiß«, antwortet Sam leise.

»Das Schlimmste an allem ist, dass du River aus der Tour für seine Schwester geschmissen hast. Hat das Klettern mit dem Lakai deiner Mutti Spaß gemacht? Wieviel Geld hast du durch den Code SamDieMiese-Ratte verdient? Und ich darf jetzt alles ausbaden und wandere in den Knast.« Verflixter Mist. Mehrere Male öffnet und schließt Sam den Mund, sucht nach Worten.

»Wenn ich euch da mal kurz unterbrechen darf«, sagt Frau Krammer, die Anwältin, die bislang stumm unseren Schlagabtausch verfolgt hat. Sie sieht nicht so aus, als würde sie das hier gerade beeindrucken. Anwälte, die Aktivisten vertreten sind einfach hart im Nehmen.

»Mr Courtney hat gerade ein Geständnis unterschrieben. Eigentlich bin ich nur hier, damit Sie, Mr Cruzado, ihre Freilassung nicht mit einem Geständnis gefährden.«

Sam hat endlich seine Stimme wiedergefunden.

»Es tut mir leid, Atlas. Nachdem ich Forest verloren habe, war ich verdammt wütend. Es war einfacher, mir einzureden, dass du für Forest Tod verantwortlich bist, als ihren Verlust zu verarbeiten.«

»Ich habe sie auch verloren, Sammy«, sage ich und kann die Tränen nicht mehr zurückhalten. Sam sieht mich an, als würde er mich jetzt zum ersten Mal sehen.

»Ich hätte mit dir reden sollen. Du musst mir nicht verzeihen, aber ich bringe das hier in Ordnung, versprochen.«

»Du weißt, ich bin scheiße darin, lange sauer zu sein«, erwidere ich und ziehe ihn in meine Arme.

River

Ganz ehrlich? Ans Protestieren könnte ich mich gewöhnen. Hier draußen werden Fremde zu Verbündeten. Ich fühle mich als Teil von etwas Größerem. Ein Gefühl, das ich nicht mehr hatte, seit ich mich von der Klettergemeinschaft abgewandt habe.

Lex ist mein neuer Lieblingsmensch. Deren Direktheit und Schlagfertigkeit sind etwas, das mein rebellisches Herz feiert. Außerdem hat dey Atlas eine Anwältin aus der Aktivist*innen Community organisiert. Die gleiche Anwältin, die auch den Gerichtsstreit gegen das Fracking gewonnen hat.

»Selbst wenn wir verlieren sollten – wovon ich nicht ausgehe – sollte Atlas maximal zweiundzwanzig Wochen sitzen müssen«, erklärt Lex. Irgendwie beruhigt mich das nicht. Atlas fünf Monate nicht zu sehen, hört sich wie ein neuer Kreis der Hölle an. Vor allem, weil wir vor Beginn meines Filmstudiums noch so viel machen wollten.

»Das ist doch so eine Scheiße, ey«, meckere ich. »So viele reiche Wichser zerstören unsere Erde ohne Konsequenzen und Menschen wie Atlas sollen weggesperrt werden, weil sie protestieren.«

Lex dreht sich zu mir um und neigt den Kopf. »Genau deswegen gibt es Leute wie mich und die Green Vanguard Crew. River? Was hältst du davon, uns mit deinem Filmen zu unterstützen? Du hast eine Gabe. Ich kann nicht zählen, wie oft ich bei eurer Doku geweint habe. Das sind genau die Emotionen, die wir in die Welt tragen müssen.«

Der Gedanke gefällt mir.

»Darf ich dann häufiger zum Protestieren mitkommen?«, frage ich begeistert. Lex lacht und hebt eine rote Augenbraue.

»Duh. Na klar.«

»Deal.«

Wir schütteln uns die Hände und sehen uns verschwörerisch an, als die Menge um uns herum plötzlich zu jubeln beginnt.

»So muss das, Punks!«, schreit ein Kerl mit lila Haaren. Wir drehen uns gleichzeitig zur Seite, zum Eingang der Police Station.

Mein Herz macht Saltos, Freudensprünge und Parkour in meiner Brust. Denn Atlas und seine Anwältin kommen gemeinsam heraus. Allein. Ohne Polizei. Ohne Handschellen. Wie von Flügeln getragen, springe ich über die Absperrung, die ein paar Bullen vor uns Protestierenden aufgebaut haben und renne auf ihn zu.

Atlas streckt die Arme nach mir aus, fängt mich und wirbelt mich durch die Luft. Der Jubel hinter uns wird lauter und eskaliert komplett, als wir uns stürmisch küssen. Ich verliere mich für ein paar Momente in dem Geschmack seiner Lippen, dem Geruch von Eukalyptus und Chalk, der selbst jetzt noch an ihm hängt. Er klebt an ihm, sogar nachdem er einen Tag in Haft gesessen hat. Gehört zu ihm. Wie das Klettern. Wie ich.

Atlas lässt mich wieder runter, packt meine Hand und hält sie nach oben, was eine neue Welle des Applauses auslöst. Mit schiefem Lächeln grinst er zu mir herunter.

»Sorry, Riachuelo. Du kannst deine Bad Boy Phase nicht weiter ausleben und einen Knacki daten. Ich bin ein freier Mann«, meint er und ich verdrehe spielerisch die Augen.

»Wieso?« Ich drehe mich zu der Anwältin. »Du bist *wirklich* gut.«

Sie lacht. »Das war nicht ich. Euer Freund hat sich der Polizei gestellt und die komplette Schuld auf sich genommen.«

»Sam?!«, frage ich Atlas ungläubig.

»Jap. Der Bastard hat Camilla den Stock aus dem Arsch gezogen und sich daraus ein Rückgrat gebaut«, witzelt Atlas liebevoll. Ich pruste, kann aber immer noch nicht glauben, was er da sagt. Gleichzeitig füllt ein warmes Gefühl meine Brust. Sam hat sich gegen seine Mutter und auf unsere Seite gestellt. Er hat das getan, was ein guter Freund tun würde. Und ich hoffe, das ist der erste Schritt in eine Zukunft für uns drei. Für das Trio, das Forest wie einen leuchtenden Stern in seinen Herzen trägt.

Atlas und ich laufen gemeinsam zur Menge. Vertraute Fremde klopfen uns auf die Schultern. Feiern uns.

Lex piekt Atlas in die Seite.

»Na? Wie hat dir die Luft in der Untersuchungshaft gefallen? Jetzt weißt du, wo ich den Großteil meiner Jugend verbracht habe«, meint dey und grinst.

»Hmm«, brummt Atlas und fährt sich mit zwei Fingern über den Bart. »Ohne dir zu nahe treten zu wollen, aber sie ist nicht so geil wie die Luft an nem Fels.«

Diesmal boxt Lex ihm gegen die Schulter. »Das wollte ich hören. Ich habe nämlich große Pläne für dich.«

Atlas dreht nachdenklich den Kopf. »Wie groß?«, fragt er verschwörerisch.

»El Capitan groß«, erwidert Lex.

»Fahr fort.«

»Ich will, dass du der offizielle Spokesman für Green Vanguard wirst. Die Welt liebt dich. Nach eurer Doku kennen euch Kletterer und selbst alle, die eine Bergspitze nur von Instagram kennen. Wir brauchen dich. Die Welt braucht dich. Was sagst du?«

Wow. Das ist mal ein Statement von Lex. Mein Bauch ist voller Sternschnuppen, die uns eine geile Zukunft versprechen. Atlas sieht dem mit großen Augen an.

»Hell yeah«, erwidert er und genau wie ich, gibt er Lex die Hand. Ich grinse und mache ihn nach, indem ich mit den Augenbrauen wackele.

»Sieht so aus, als wären wir dann Kollegen.«

»Wie das?«, erkundet er sich überrascht.

»Ganz eventuell habe ich Lex zugesagt, ebenfalls für Green Vanguard als Videograf zu arbeiten«, meine ich schelmisch. Atlas kneift die Augen zusammen und leckt sich genüsslich über die Lippen.

»Du weißt schon, was das bedeutet, oder?«

Bevor ich weiß, wie mir geschieht, fasst er mir unters T-Shirt und beginnt, mich durchzukitzeln. Ich quieke laut lachend auf, krümme mich unter seinem Angriff. Leider weiß ich genau, was das für uns bedeutet und ich rufe es ihm prustend unter seinem Kitzeln entgegen.

»Belästigung am Arbeitsplatz!«

Epilog: Our Climb For Love

Atlas

»Ich bin im Himmel, Jodie«, stöhne ich und schiebe mir den zehnten Pfannkuchen in den Mund. Für einen Moment bin ich wieder sieben und der glücklichste Junge der Welt, der seine wahre Familie gefunden hat.

»Ich bin noch genauso schockiert wie früher, wie viel ihr Extremsportler verschlingen könnt«, merkt Rivs Mum lachend an. Wir sitzen an diesem angenehm warmen Augustnachmittag im Garten der Trayls. Unter genau dem Baum, den ich damals hochgeklettert bin, um Sam runterzuholen.

Gute Zeiten.

Mit diesem Climb hat alles angefangen. Das goldene Trio, das einige Jahre später Riachuelo adoptierte.

Mein Riachuelo.

Er sitzt auf der Schaukel, die von dem Baum hängt, dem ich alles verdanke und grinst mich an. Seine Haare sind Türkis, wie ein besonders schöner Bergfluss. Diesen neuen Style haben wir wahrscheinlich Lex zu verdanken. Die Zwei passen wie Arsch auf Eimer und ich bin froh, dass sie sich durch mich kennengelernt haben.

Oliver, Rivs Dad, sitzt neben seiner Frau und lächelt sie verliebt an, während er auf die offene Seite im National Geographic Magazin in seinen Händen deutet.

»Du hattest Recht. Der Artikel ist super. Aber die Fotos sind besser.« Oliver sieht zu Riv und reckt den Daumen nach oben.

Ich überrasche mich selbst, denn es tut nicht weh. Früher war da immer dieser Stich gewesen, wenn ich gesehen habe, wie Oli seine Kinder behandelt hat.

»Und auch auf dich, Atlas«, fügt er hinzu und zwinkert mir zu. »Ihr beiden verändert mit eurer Arbeit die Welt. Das hier ist erst der Anfang. Ich bin stolz auf euch«

»Danke, Dad«, meinen Riv und ich aus einem Mund. Dabei sage ich es eigentlich nur, um River zu ärgern. Mit vollem Erfolg. Er fällt vorne von der Schaukel, strauchelt und fängt sich, wobei er prustend hustet. Jodie, Oliver und ich lachen ihn aus.

»Mann, Atlas!«, protestiert er. »Ich dachte wir haben die kleine Bruder Scherze hinter uns gelassen.«

»Aber es macht so viel Spaß dich wütend zu sehen. Erinnert mich auch an gute alte Zeiten«, meine ich, stehe auf, nehme ihn in den Schwitzkasten und wuschele ihm durch die Haare. River windet sich aus meinem Arm heraus, aber ich packe ihn von hinten und ziehe in an meine Brust, um ihm einen Kuss auf die Wange zu geben.

Oliver räuspert sich und versteckt sich wieder hinter dem Magazin, während Jodie uns anstrahlt. Wie eine Mum, die einfach mit dem Leben zufrieden ist, wenn es ihren Kindern gut geht. Jodie Trayl. Die Mutter von uns allen.

Ein Klopfen lässt uns alle zur Veranda blicken.

»The Man! The Myth! The Legend!«, rufe ich. »Unser Knacki ist endlich wieder auf freiem Fuß. Klappt die Bürgersteine hoch und holt die Kinder ins Haus.«

Sam sieht mich mit einem genervten »Echt jetzt, Mann«-Blick an und tritt in den Garten. Hinter ihm erkenne ich einen roten Lockenschopf und meine Laune wird noch besser. Wusste gar nicht, dass Quinn auch kommt. Sie hält einen selbstbemalten Blumentopf mit Dahlien im Arm und lächelt ein wenig unsicher zu Jodie und Oliver. So schüchtern kenne ich sie ja gar nicht. Denkt sie etwa, Jodie würde sie nicht mögen, weil sie die neue Freundin von Forests erster großer Liebe ist?

»Hey Mr Und Mrs Trayl«, begrüßt sie die beiden. »Ich hoffe, ich mache keine Umstände. Der ist für euch.« Sie reckt den Blumentopf vor sich.

Jodie steht auf und geht strahlend auf sie zu. »Danke, Liebes. Hat Sam dir gesagt, du sollst Dahlien kaufen?«

»Nein«, jetzt schafft sie es zu lachen und sieht schelmisch zu ihrem Freund. »Sammy kann sicher nicht mal Rosen und Sonnenblumen auseinanderhalten.«

»Hey! Klar. Die einen sind rot und dornig, die anderen … sonnig«, beschwert Sam sich.

Jodie prustet und nickt zustimmend. »Sam, du hast viele Stärken. Gärtnern gehört nicht dazu. Ich weiß noch, wie du mal versucht hast, auszuhelfen und statt Unkraut all unsere Tulpensetzlinge rausgerupft hast.«

Eine dunkle Röte tritt auf Sams Wangen, aber Jodie sieht wieder zu Quinn. »Meine Tochter liebt Dahlien. Das war eine tolle Wahl. Ich bin froh, wieder eine junge

Frau in unserer Runde zu haben.« Jodie stellt die Blumen ab und legt fürsorglich einen Arm um Quinn, die jetzt wie ein Honigkuchenpferd grinst.

Ich löse mich von Riv, damit ich Sam gebürtig begrüßen kann. Indem ich ihn auch in den Schwitzkasten nehme und ihm das Haar zerzause.

»Jetzt sag schon. Wie war der Knast? Krass, dass der Anwalt deiner Mami nur acht Wochen für dich rausgehandelt hat.«

Sam erschlafft ein wenig und ich lasse ihn los. Er zuckt mit den Schultern. »Langweilig. Ich war ja nur in einem Kategorie D Gefängnis, da konnte ich mich halbwegs frei bewegen. Ich bin richtig gut in Ping Pong geworden. Und mein Zimmerkollege hatte eine PS3, auf der wir gezockt haben. War ein angenehmer Kollege, der wegen Videopiraterie saß und sich regelmäßig gewaschen hat. Andere hatten, was das angeht, nicht so viel Glück.«

Ich werde ernst und ziehe Sam brüderlich in eine Umarmung, wobei ich ihm auf den Rücken klopfe. »Hey, Mann. Ich vergesse nie, was du für mich getan hast.«

»Gleichfalls«, erwidert Sam. »Ohne River und dich wäre ich sicher nicht mehr am Leben. Acht Wochen zu sitzen war das Mindeste, das ich tun konnte, um mich zu entschuldigen.«

Unser Wettklettern an der Sacrifice Wand fühlt sich an, als hätte es in einem anderen Leben stattgefunden.

»Hey. Bei Astra Vertice fängt man sich, wenn man fällt«, gebe ich zurück. »Selbst in Momenten, in denen man sich an die Kehle will.«

Sams buschige Augenbrauen verengen sich. »Astra Vertice gibt es nicht mehr. Ich habs umgebracht.«

Ein Lachen entfährt mir. »Quatschkopf. Astra Vertice ist mehr als ein Instagram Account. Es ist eine Idee, ein Versprechen ans Leben. Nämlich, dass wir Sterne an der Spitze sind. Und verdammt, Mann. Setz dich. Dann können wir dir erzählen, was du verpasst hast.«

Ich führe ihn zurück zum Tisch, wo auch Riv auf ihn zukommt und ihn in den Arm nimmt.

»Gut, dich wieder zu haben«, begrüßt er ihn. Sam legt den Kopf in den Nacken und blinzelt mehrfach.

»Du weißt gar nicht, wie viel mir das bedeutet. Cuntmilla und ich haben uns geeinigt, dass wir uns legal entfremden.«

Jodie stöhnt genervt auf. »Ey, diese Frau lässt mir neue graue Haare wachsen. Sammy, du weißt, du kannst immer zu uns kommen. Wir sind deine Familie.« Sie lächelt zu ihrem Mann, zu Riv und auch zu Quinn, die eifrig nickt.

Oliver schüttelt lachend den Kopf. »Wieso habe ich noch mal die Frau geheiratet, die schon in unserer Kindheit alle Streuner in der Scheune ihrer Eltern beherbergt und gefüttert hat?«

»Weil du derjenige warst, der seinen Eltern das Hundefutter geklaut hat, um mir zu helfen«, neckt sie ihn und gibt ihrem Mann einen flüchtigen Kuss.

»Urgh, ihr seid peinlich«, beschwert Riv sich und rümpft die Nase. Doch genau so stelle ich mir meine Zukunft mit Riv vor. Ich will mit ihm Abenteuer erleben, die Welt verändern und dann mit ihm nach Hause kommen, um ihn zu necken und zu küssen.

»Komm, Oli. Wir lassen die Kids in Ruhe. Wir sind ihnen zu peinlich«, äfft sie Riv liebevoll nach und zieht Oli mit sich.

Kaum, dass die beiden verschwunden sind, stemme ich die Ellbogen auf den Tisch und sehe Sam erwartungsvoll an.

»Spuck es schon aus, Atlas«, meint er. »Ich sehe doch, dass du kurz davor bist, zu explodieren, wenn du nicht angeben kannst.«

Hach, der Junge kennt mich zu gut. »National Geographic will einen Film mit uns und Green Vanguard drehen. Riv gehört zum Kamerateam.«

Sam fällt die Kinnlade hinunter.

»Wir beginnen die Arbeit aber erst in einem Jahr«, fügt River hinzu. »Immerhin habe ich noch einen Master abzuschließen.«

»Vollkommen unnötig«, meine ich. »Du hast schon längst einen Fuß in der Tür für was ganz Großes.«

»Hey. Selbst ich kann noch etwas dazulernen«, verteidigt er sich. Mann, er sieht so bezaubernd aus, wenn er genervt ist. Das sollte verboten gehören.

»Stimmt. An deinen Blowjob-Künsten können wir noch arbeiten«, necke ich ihn. River lacht schallend auf.

»Ich schmeiß dich gleich in unseren Teich. Wer lügt, muss Nacktbaden, schon vergessen? Meine Blowjobs sind bereits Perfektion«, korrigiert er mich und beißt sich verführerisch auf die Unterlippe. Ich schlucke und setzte mich ein wenig angenehmer hin, denn mein Schwanz stimmt ihm definitiv zu.

»Hach. Ich hab vergessen, wie wundervoll kinky ihr seid«, trällert Quinn glücklich. Sam auf der anderen Seite hat sein Gesicht hinter seinen Händen versteckt, als würden wir gar nicht existieren. Er räuspert sich.

»Um zum Thema zurückzukommen«, führt er heiser fort. »Was sagt denn dein Vadda dazu, Atlas?«

Ich zucke mit den Schultern. »Keine Ahnung. Habe es ihm nicht erzählt.«

»Du hast ihm doch sonst immer alles unter die Nase gerieben«, sagt Sam ungläubig.

Das war der alte Atlas. Der, der El Capitan noch nicht Free Solo geklettert ist. Aber dieser Climb hat mir gezeigt, dass ich meine Entscheidungen für mich treffe. Damit *ich* auf *mich* stolz sein kann.

»Ich habe jetzt ein neues Opfer, dem ich unter die Nase reiben kann, wie toll ich bin«, meine ich nur und kuschele mich an River.

»Was hast du jetzt vor, Sam?«, erkundigt Riv sich und krault mir über den Rücken, was mir einen angenehmen Schauer nach dem anderen durch den Körper jagt.

Sam lächelt zu Quinn. »Keine Ahnung. Wir wollen gemeinsam auf eine Work and Travel Reise gehen und schauen, wo das Leben uns hinführt.«

»Sagt Bescheid, wenn ihr an ein paar coole Kletterorte kommt«, bittet River. »Dann können wir auch mal vorbeischauen.«

»Raus aus meinem Kopf, Riachuelo. Das wollte ich auch gerade vorschlagen. Da fällt mir ein. Wann soll's losgehen?«

»Wir haben noch keinen Plan«, antwortet Quinn.

»Habt ihr Lust nächste Woche mit uns nach Deutschland zu kommen? Joseph und Bruno haben uns eingeladen. Riv und ich wollten noch eine Reise machen, ehe sein Studium beginnt«, schlage ich vor. Beim Gedanken an die Felsen, von denen die beiden Veteranen gesprochen haben, juckt es mir sofort wieder in den Fingern.

Quinn und Sam sehen sich eine Weile an und nicken fast zeitgleich.

»Gerne«, antwortet Sam. »Es ist viel zu lange her, dass ich zum Spaß geklettert bin. Das klingt genau nach dem, was ich jetzt brauche, um mich wieder selbst zu finden.«

Ich klatsche in die Hände. »Hell Yeah! Dann ist es beschlossen. Astra Vertice ist wieder vereint und Back on Tour!«

River

Auf Isomatten und einem einzelnen Schlafsack liegen wir zusammen auf einer Lichtung in dem Wald hinter unserem Haus. Eine nächtliche Brise bringt die Blätter zum Singen, während ich in Atlas Armen liege.

»Du hast da was«, flüstert er und wischt mir mit dem Daumen über die Wange.

»Farbe?«, frage ich und er nickt. Seit Tagen streichen wir Atlas Mörder-Apartment neu. Lex ist begeistert. Im Schlafzimmer strahlen die Wände jetzt sonnengelb – genauso wie die Hälfte meiner Jogginghosen. Selbst Atlas Tour-Crop-Top ist nicht verschont geblieben.

»Da muss ich dich leider nochmal in der Dusche Schrubben«, flüstert Atlas anzüglich und reibt mein Ohrläppchen. Gleichzeitig zupfe ich ihm Farbreste aus dem Bart.

»Wenn du uns jetzt sehen könntest, Forest«, sagt er und streichelt mir gedankenverloren über den Kopf.

»Ich glaube, das tut sie«, erwidere ich und Atlas Brust bebt unter seinem Lachen.

»Wenn das so ist, nehme ich das zurück. Was ich heute Nacht mit dir vorhabe, will sie definitiv nicht sehen.«

Ein Schwall der Vorfreude zuckt durch meinen Körper. So oft bin ich mit dir hierher gekommen, Forest. Ich habe dir mein Herz darüber ausgeschüttet. Geweint, weil ich mir sicher war, dass Atlas niemals so für mich fühlen wird, wie ich für ihn fühle.

Jetzt sind wir unzertrennlich. Keine zwei Schluchten. Sondern ein einzelner Berg, der sicher und unbezwingbar im Universum steht. Durch die Felsen, die wir gemeinsam besteigen, sind wir zusammen unendlich. Genau wie du.

»Atlas?«, murmele ich und sehe zum Firmament auf, an dem die Milchstraße auf uns herabschimmert. Mit ihm an meiner Seite ist der Weg zu den Sternen nicht rau. Er ist gespickt von Freundschaft, Zärtlichkeit und Träumen, die Stück für Stück Realität werden.

»Riachuelo?«

»Ich glaube Forest und du hattet von Anfang an Recht. Auf uns passen die Sterne auf.«

Ende

Danksagung

Here we are! Am Ende dieser Geschichte, die gleichzeitig ein Anfang für uns als Co-Autorinnen bedeutet. Ein Buch zusammen zu schreiben verlangt viel Vertrauen, Geduld, Mut, Verständnis und vor allem eins: gute Freundschaft. Die Idee zu »Rising Above« ist aus dem Wunsch entstanden, bei einigen Pitch-Aktionen von Verlagen teilzunehmen, und unsere Skills auf die Probe zu stellen. Einen Liebesroman mit Extremsportlern zu schreiben war skurril, aufregend und absolutes Neuland. Am Ende ist aus der Geschichte um Atlas und River mehr als nur eine Sportsromance geworden, nämlich vor allem ein Buch über zwei Menschen, die sich verloren und wiedergefunden haben.

Auf dieser Reise haben uns viele gute Seelen begleitet. Ein Gruß geht raus an alle Herzen aus den Schreibgruppen auf WhatsApp und Discord, die hautnah unsere Freude (und unseren Frust) miterlebt haben und immer ein offenes Ohr hatten.

Großer Dank für den lieben Zuspruch all unserer Testleser*innen und Blogger*innen. Eure lieben Worte haben uns gezeigt, dass »Rising Above« ein richtig schönes Buch geworden ist. Besonderen Dank an April, Julia und Jana, die uns mit weisen Worten und witzigen Kommentaren über die Ziellinie getragen haben.

We are sending a huge hug to our favorite illustrator bunnysan. Thanks for giving life to Atlas and River.

Liebe geht raus an das dp Verlags-Team, die an dieses Buch glauben und Ensa eine Plattform geben.

Amber: Always und forever eine virtuelle Umarmung an die Witches und Mary, die immer da sind. Egal wann, egal wo und die Chicas aus del B+L Team, die gespannt auf dieses Buch warten und immer Platz für meine Freude und den Frust geschaffen haben. Tiefer ehrlicher Dank an meine Co-Autorin Murphy, die einfach alles gegeben hat – nur nicht auf. I love ya ♥

Murphy: Danke dir, Amber für die wundervolle Idee, Liebe und all die Nachhilfe bei den Tropes und beim Romance-Storytelling. Grüße gehen raus an die Crew von Death would be a Mercy. Marcel. Ohne dich wären die Nächte unerträglich einsam. Danke, Ian, dass du mit mir fluchst und das Unmögliche möglich machst. Ein großer Knuddler geht auch an Mari für die Hilfe bei Sportfragen. Und selbstverständlich auch an Flo. Du bist der Beschte. Ohne dich wären die Aktivist*innen nicht das Gleiche und ich lieb dich immer noch dafür, dass du mich in die Boulderhalle begleitet hast. Du hast keine Ahnung, wie viel mir das bedeutet. Zu guter Letzt dürfen natürlich auch Rik und Chris nicht fehlen. Thank you both for supporting me. Especially you, Rik. I know it's hard to see me rise above all these challenges. And yet, you are always there to catch me. I love you. Und natürlich lieb ich auch alle anderen. ♥

Triggerwarnung

Depression, Panikattacken, suizidale Gedanken, Alkoholkonsum, Tod und Trauer, emotionaler (Kindes-) Missbrauch, Gewalt gegen Kinder, sexuelle Übergriffigkeit, ableistische Sprache und Queerfeindlichkeit.